昌江区政协文化文史和学习委员会 编

昌江
古代诗文
选集

CHANGJIANG
GUDAI SHIWEN XUANJI

江西高校出版社
JIANGXI UNIVERSITIES AND COLLEGES PRESS

图书在版编目(CIP)数据

昌江古代诗文选集/昌江区政协文化文史和学习委员会编.——南昌:江西高校出版社,2021.5(2022.3重印)
ISBN 978-7-5762-1165-8

Ⅰ.①昌… Ⅱ.①昌… Ⅲ.①古典诗歌—诗集—中国 ②古典散文—散文集—中国 Ⅳ.①I211

中国版本图书馆 CIP 数据核字(2021)第 064664 号

出 版 发 行	江西高校出版社
社　　　址	江西省南昌市洪都北大道 96 号
总编室电话	(0791)88504319
销 售 电 话	(0791)88522516
网　　　址	www.juacp.com
印　　　刷	天津画中画印刷有限公司
经　　　销	全国新华书店
开　　　本	787mm×1092mm　1/16
印　　　张	20.5
字　　　数	350 千字
版　　　次	2021 年 5 月第 1 版
2022 年 3 月第 2 次印刷
书　　　号	ISBN 978-7-5762-1165-8
定　　　价	68.00 元

赣版权登字-07-2021-409

版权所有　侵权必究

图书若有印装问题,请随时向本社印制部(0791-88513257)退换

编委会名单

主　　　编：陈华清
常务副主编：吴集才
副　主　编：汪　农　段嗣斌　刘　坚　刘丽红　程厚宏
成　　　员：严君勇　徐德崀　许元和　王　亮　张瑜华
　　　　　　曹达连　史丽珍　余泉明　王　颖　饶国爱
　　　　　　董国助　洪东亮　冯小华　石国禄　程仁修

坚持文化自信，助推昌江发展

以古鉴今，惠泽昌江

序

南山滴翠,昌江秀绿。一脉昌江,川流不息,数不尽风流人物;沧海桑田,岁月更迭,书不完册页丹书。

昌江人杰地灵,历代文人辈出。昌江先贤们留下的诗文,是我区历史文化中的瑰宝。北宋状元彭汝砺的诗文具有较高的文学和史学价值,他的"浮梁巧烧瓷,颜色比琼玖"的诗句在景德镇脍炙人口;南宋抗元名将、重庆历史名人彭大雅,撰著《黑鞑事略》为近代王国维、罗振玉、李文田、胡思敬等著名学者以及上海复旦大学许全胜等当代学者所关注;宋元时期著名诗人黎廷瑞的《芳洲集》,丞相马廷鸾在其诗集中题赞"古诗近陈子昂感遇,绝句可杂半山诗",元末明初之际刘彦昺的《春雨轩集》,著名文学家、史学家宋濂为之作序,还有徐瑞的《松巢漫稿》一并被清代史简编入《鄱阳五家集》收入《四库全书》;明时著名理学家史桂芳的《皇明史惺堂先生遗稿》刻印本分别珍藏在安徽省博物馆和复旦大学图书馆。以上诗文是研究昌江区历史文化的重要文献。此外,散落在史志、宗谱以及碑铭里的诗文,也是我区的珍贵历史文献。

历史文化是一个地方的灵魂和气质所在。昌江区地处古徽州和饶州文化的过渡地带,保留了较为丰富的历史文化传统,是昌江区发展的一个重要基础。今年是昌江区成立50周年,也是我区创建"文化旅游拓展区"等"五区"建设的关键之年。继2019年创建了省级全域旅游示范区后,今年我区又

顺势而为,创建了国家全域旅游示范区。

当前,我区文化事业发展面临着一个极佳的战略机遇期。景德镇国家陶瓷文化传承创新试验区的建设落地,是我们面临的最大机遇。以史为鉴,承前启后。政协昌江区第八届文史委先后召开7次调度会,陈华清主席多次莅临指导《昌江古代诗文选集》的编辑工作并提出中肯的建议。我们相信该书的编辑出版,既填补了我区古代文献收集整理上的空白,是我区历史文化研究的一个新成果,也是文化传承的继续与弘扬,必将有助于我区"文化旅游拓展区"的建设,恰逢其时。

是为序!

2020 年 9 月 16 日

目录

一、《鄱阳集》选注 …………………… [北宋]彭汝砺撰　冯小华校注(1)

二、《黑鞑事略》选注 …………………… [南宋]彭大雅撰　石国禄校注(82)

三、《芳洲集》选注 …………………… [南宋]黎廷瑞撰　董国助校注(99)

四、《松巢漫稿》选注 …………………… [元]徐瑞撰　石国禄校注(128)

五、《刘彦昺集》选注 …………………… [明]刘炳撰　洪东亮校注(152)

六、《皇明史惺堂先生遗稿》选注 ……… [明]史桂芳撰　董国助校注(213)

七、昌江村景诗 …………………… 程仁修、石国禄、董国助整理(255)

八、古诗文拾遗 …………………… 程仁修、石国禄、董国助整理(291)

后记 ……………………………………………………………… (316)

一、《鄱阳集》选注

[北宋]彭汝砺撰　冯小华校注

【彭汝砺简介】

彭汝砺(1041—1095),字器资。彭姓江西始祖彭构云(号徵君公,著《通元真经》)十三代孙。据彭氏宗谱资料,彭氏一族自西汉迁居鄱阳县利阳镇(今属昌江区丽阳镇)。彭汝砺师从桐庐倪天隐,宋英宗治平二年(1065年)获乙巳科状元,又是省元,获得双第一。曾任军事推官、大理寺丞、太子中允、监察御史等职。神宗时为起居舍人,加集贤殿修撰,后任兵、刑两部侍郎。哲宗时,任吏部尚书,终官宝文阁待制、知江州,54岁去世,翌年葬浮梁屏山,9年后奉敕葬湖北兴国,俗称彭尚书墓。明代于鄱阳县东江药炉山仙坛观重建彭汝砺墓,进士刘莘(今昌江区丽阳镇同子坞村人)撰《彭汝砺墓志铭》:"彭维巨姓,侨寓昌江""初居浮梁,游学郡庠"。道光《浮梁县志》载,景德镇湖田都西涧草堂为彭汝砺读书处。彭汝砺在任上,敢于直言进谏,成为宋朝一代直谏名臣。他的好友、古文八大家之一的曾巩给他总的评价是"内外全德,始终一贯,实积流之砥柱,宜大厦之栋干"。著有《易议》《诗义》各10卷,奏议、诗文共50卷。所著《鄱阳集》录诗1176首,共十二卷。今选注前5卷以飨读者。

《鄱阳集》卷一

忠孝图(并序)

燕滁州,雍为忠孝图,以遗淝守宋公、选公曰:"此皆古人大节,吾昔闻之矣,传于编简之纷纷,不如见诸绘画之昭昭,目视心维,可以动荡人之志气,以施之事业,滁州之图,盖不为小,补俾某图之学宫。千乘先生倪天隐①为之序,深悼后世之臣子,蹈邪趋恶,负冈极之恩,而不知报图。"成某与诸生,顾而言曰:"君臣之义,父子之爱,出天性之自然,至于义穷爱弛,而甘心乱贼之名,情夺之也。"呜呼!今为子而思其所以生育,为臣而思其所以安荣,推而极之,则古人之心可以坐照禽兽,或知有养,奴仆有为其主死者,况于士耶!子曰:"未之思也,夫何远之有?"

君亲等乾坤,恩义俱冈极。浮生一毫发,尽出覆载力。我思古之人,节义有遗则。以身托万事,糜殒终无啬。名教落编简,不与日月蚀。世薄道亦微,纲常堕荆棘。想像不可追,徘徊意凄恻。燕卿真士雄,绘素见颜色。谋惟引深思,摩揣穷多识。金朱宠纯懿,斧钺诛奸慝②。欲将春秋法,转徙示九域。肥陵泮宫庭,收拾在四壁。千年土中身,精神回翰墨。峥嵘列星辰,奴隶生叹息。已死疑可求,欲语嗟复默。清风飒冰霜,直气森剑戟。富贵喜图画,蓄聚穷千亿。丹青彼虽工,龟鉴③吾自得。愿言同此心,论世师盛德。当使忠孝风,自家刑邦国。

【注释】①倪天隐:桐庐(今浙江省桐庐县)人,号茅冈。北宋初年理学大家。彭汝砺恩师。②慝(tè):奸邪,邪恶。③龟鉴:龟,龟甲;鉴,镜子。龟甲占卜吉凶,镜子照见美丑。比喻警戒和反省。

宿万孝子家(并序)

万敬儒,肥陵人。其家同居数世,亲死庐墓不归。敕指写佛经数百卷,太守表之,诏旌其门。

昔人回车胜母里,今我枉步孝子家。天寒日暮林谷暗,回旋道路甘泥沙。高台隆隆起门户,松桧夹径清阴斜。县官抱烛读碑字,夜阑相视生咨嗟①。今我为诗语万氏,万事成难败之易。尔家承承今几年,勉旃②无为先世累。

【注释】①咨嗟:赞叹。②勉旃(zhān):努力。多于劝勉时用之。旃,语气助词,"之焉"的合音字。

七门堰①（并序）

予为合肥职官，始按事龙舒，出邑之西北门，观所谓乌阳"七门三堰"，问耆老求疏治之，始漠然，无能知者，盖其所从来远矣。晚得刘攽贡父所为庙碑，乃知始于羹颉侯刘仲②，而刘馥实继之，因自叹曰："古人之所为乃能如此。"刘仲遭际，幸会以得爵位，传所言惟力于耕产耳。馥诚奇士，然亦无他称道。而其规画已足，以休福元元于无穷。后世议论，太高而亡，其实视民事藐然矣。万一有为，则利常不胜。其毙而民卒，穷困以死而不救也。嗟夫！

古人材大心亦公，忧乐每与天下同。谋功虑事不草草，欲与天地为无穷。我来舒城道三堰，行看利入东南徧③。渔樵处处乐太平，稻粱岁岁收余羡。江淮旱涝相缀联，舒城独自为丰年。人知今日乐其土，不知古人为尔天。二刘未必真奇伟，谋虑及民乃如此。俗儒文多实已亡，洋洋大论言羲皇。心欲为功害辄胜，医庸未足平膏肓。纷纷予亦何为者，爱古伤今空涕洒。题诗倚立寄西风，不知材力非骚雅④。

【注释】①七门堰：古代著名的水利灌溉工程，在舒城县西南七门山下。②刘仲（？—前193）：又名刘喜，江苏丰县人，汉高祖刘邦次兄（二哥）。③徧（biàn）：同"遍"，普遍，遍及。④骚雅：《离骚》与《诗经》中《大雅》《小雅》的并称。借指由《诗经》和《离骚》所奠定的古诗优秀风格和传统。

金星砚行

星出云之端，石在溪之浔。天上地下相绝几百千万里，砚中安得有星点点明如金。既非瑕掩瑜，又似徽在琴。我疑星之飞流运动或不居，精采误落黟流深。不然神灵悯恻学士久濡滞，故借光景资清吟。或有感此理，杳默难推寻。君不见虢山之石团团有桂在中象圆月，又不见庐江之石扶疏有木相樛①为寒林。无重言，但置寒窗笔札往古研于今。大刚无睢睢②，至明无阴阴。君也能如此，是真金星砚之知音。

【注释】①相樛（jiū）：亦作"相摎"，相互缠结。②睢睢（suī suī）：仰目而视的样子。

选仙图

自昔黄老①言无为，谬说汗漫为神仙。古人力探源未塞，今世复用根尤坚。仙

经自是物外来,画图谁向人间传。碧油堂印始等差,洞天福地分后先。势穷或滞酆都②幽,彩胜即上昆仑颠。得失无端见掌握,胜负有势生回旋。终朝相视何为哉,万事不齐俱偶然。物虽无庸意甚远,为子探取题诗篇。

【注释】①黄老:"黄"指黄帝学派始祖黄帝,"老"指道家学派始祖老子。"黄老"也称黄老学说或黄老教派。②酆(fēng)都:中国传说中的地府、地狱,以"鬼城"扬名。现隶属重庆。

李卿惠太平州学诗

李侯昔也治当涂,作学以遗当涂民。谣言散落在樵牧,事迹收拾归瑶珉。高文大字比珠玉,长与后世为奇珍。我因李侯念往初,党庠①遂序明人伦。井田变更万事废,士林泣血悲孤秦。今人思虑到本原,愿见风俗终还醇。尝闻君子天下志,一视万物无疏亲。侯来我邦嗣其兄,爱惜不后当涂人。即视学宫动风采,复尊师席尸陶钧。道路尚思前召父,闾阎敢忘小冯君②。

【注释】①党庠(xiáng):指古代乡学。②小冯君:西汉冯奉世的儿子冯野王、冯立兄弟先后为上郡太守,皆居职公廉,时人称之为大、小冯君。后用以称誉他人之弟。

瓦　鼓

客游南昌归,归我四瓦鼓①。(瓦鼓自新建令仲文得之。)浑完自甄冶,质朴排罂瓿②。触之散遗声,往往中商羽。声来殆天得,不用询有瞽。野心爱不彻,取之置林宇。竹梢奏清风,似喜佳物伍。岸巾策筇杖,共尔蠲③毒暑。世浮见此拙,坐觉幽兴聚。丹楹惜异时,黈桴想淳古。君年比予少,能亦珍此否?

【注释】①瓦鼓:陶制乐器。②罂瓿(yīng wǔ):罂,大腹小口的瓦器;瓿,古代盛酒的瓦器。③蠲(juān):除去,免除。

寄佛印禅师①

遣奴持书问云居,我今持节行匡庐。请服磨衲大牛车,来饭香积及雕胡。舍施琥珀及珊瑚,沧海径寸之明珠。师应问吾今何如?谓方据案治文书。较量贵贱调盈虚,擒取猾吏如捕狐。夜凉饮酒一百壶,醉视万物浑锱铢。云居若言太粗疏,谓我寄声谢云吁。

【注释】①佛印禅师(1032—1098)：宋代云门宗僧，法名了元，字觉老，俗姓林，饶州浮梁人。浮邑西河林氏第五世，生于福港明堂山下。自幼学习儒家经典，三岁能诵《论语》、诸家诗，五岁诵诗三千，长而精通五经。

去年行建昌作诗，招云居元禅师，近过南康不见，用前韵驰寄

雕金间璧云中居，卧龙更有文公庐。门前不设羊牛车，谁抂虎须跋狼胡①。宝林环绕千珊瑚，中间一点摩尼珠②。游戏乐说心如如，诸方传录为奇书。爱师谈实非空虚，生决定信无疑狐。表里洞彻如冰壶，轻重已自分锱铢。咫尺只恨相逢疏，各自有口能无吁。（禅师和予诗云有口吃饭谁能吁。）

【注释】①狼胡：喻处境艰难，进退维谷。出自《诗经·豳风·狼跋》。②摩尼珠：指海底龙宫中出来的如意宝珠，普照四方。

答赵温甫，见谢茶瓯韵

我昔曾涉昌江①滨，故人指我观陶钧。庞眉老匠矜捷手，为我百转雕与轮。镌刓②刻画走风雨，须臾万态增鲜新。盘龙飞凤满日月，细花密叶生瑶珉。轻浮儿女爱奇崛，舟浮辇运倾金银。我盂不野亦不文，浑然美璞舍天真。光沉未入世人爱，德洁诚为天下珍。朅③来东江欲学古，喜听英杰参吾伦。谨持清白与子共，敢因泥土邀仁恩。空言见复非所欲，再拜谢子之殷勤。

【注释】①昌江：流经景德镇市的最大河流，曾是景德镇历史上对外交通最重要的通道。②刓(jī)：古同"刉"，切断、割断。③朅(qiè)：离去，去。

雪夜饮分题得雪字

颠风夜号花木折，平明阶前三尺雪。谁家羌笛落早梅，中夜南楼对明月。苦寒侵人毛发缩，厌厌夜饮肠内热。公才奔放欲万里，应恨低徊受羁绁①。一巢安稳身自在，生涯却羡鹪鸠拙。人生所值俱所乐，万事悠悠无可说。偶有名酒须尽醉，醉辄题诗如靖节。君不见，万卒征南凯未旋，戎衣虽厚冷如铁。

【注释】①羁绁(jī xiè)：马辔，喻束缚。

和深之饮字

穷阴方欲归,故故作凝凛。乾坤几日雪,昼作宵还甚。寒威镇氛浸,和气生丰稔。君子有酒食,健啖亦豪饮。齑盐本吾味,笑此已多品。芬芳臭①如兰,烂漫文似锦。夜阑烛花低,更转鸟声噤。私饮乐已湛,情话言尤审。驽才负荷重,终夕无安寝。楼头钟几声,辗转屡(嘉庆本作欲)欹枕。

【注释】①臭(xiù):香气。

和亶甫①夜字

雪轻不自持,风急更相借。仙人集蓬岛,鸿鹄云中下。飞腾障空虚,细碎穿隙罅。光明入幽室,晃耀不知夜。苦寒为公饮,酒尽解貂贳②。盘蔬起乡思,披绵问鹅鲊③。浮生夙何绿,今昔同官舍。才调稍迫促,每羡公优暇。草玄入幽微,曾不解嘲骂。文衡委轻重,事亦宗伯亚。我愚实未称,得友还自诧。两骖万里心,双璧连城价。尘土难淹留,云霄看高跨。

【注释】①亶(dǎn)甫:周文王祖父,周武王追尊为太王。甫,一作父。②贳(shì):本义为出租、出借,后引申为经济活动。③鲊(zhǎ):以鱼加盐等调料腌渍之,使久藏不坏。糟鱼、腌肉也称为"鲊"。

和执中游山四诗

谷 隐 寺①

谷隐多牡丹,一花百千叶。一根出一切,一切一根摄。爱君看花处,立悟恒沙劫。其谁知此意,只有花间蝶。

【注释】①谷隐寺:岘山主峰的东侧有一小山头曰谷隐山。《襄阳县志·寺观》载:"谷隐寺在县南十里。晋建。"为襄阳市重点文物保护单位。

楼阁倚天外,钟梵①落人间。俗客有时去,野僧长日闲。白云何所往,飞鸟未能还。一望辄一叹,令人唯厚颜。

【注释】①钟梵(fàn):寺院的钟声和诵经声。

岘山①

甘棠如众木,岘首如众山。燕人爱召公,公去不忍攀。襄阳思叔子,堕泪湿屚颜。至今山外溪,日夜波澜翻。如公章贡祠,亦在山水间。(执中治处,郡立生祠。)

【注释】①岘(xiàn)山:又名岘首山,在湖北襄阳县(今襄阳市)南。东临汉水,为襄阳南面要塞。

高阳池

三年南雍居,十(一作五)至高阳池。鱼鸟如故人,相忘不相疑。但持青莲叶,不倒白接䍦。我与之子游,何似山公①时。

【注释】①山公:山涛,西晋人,竹林七贤之一。晋初任吏部尚书、尚书右仆射等职。性嗜酒,镇守襄阳,常游高阳池,饮辄大醉。后用为作者自况,或借称嗜酒的朋友。

内乡山中

野人住山中,不见山色好。我行久尘土,窥览慰怀抱。禹稷①不乏人,翻焉忆商皓②。使我有以食,甘于此山老。

【注释】①禹稷:指夏禹与后稷。夏禹、后稷受尧舜命整治山川,教民耕种,称为贤臣。②商皓:指秦末东园公、绮里季、夏黄公、甪(lù)里先生,避秦乱,隐商山,年皆八十有余,须眉皓然,时称"商山四皓"。

静喧岂殊途①,能静理亦好。所以见山色,爱之置怀抱。揽镜照须发,已如霜雪皓。吾方与神游,未肯尘土老。

【注释】①殊途:不同途径。殊,不同。

寄叶法曹①

参军琢玉为天性,灵台一点秋江静。少年勤苦取富贵,不知勤苦今为病。世人喜邪疾中正,爱君与物终无竞。围棋坐争百局胜,雕弓力挽六钧劲。棋子劳神弓力硬,此图养疾俱非令。作诗劝君今勿更,诗书自足资游泳。奥室重帘锁幽径,我不见君心怲怲。疾病勿忧有天命,恺悌②君子神所庆。

【注释】①法曹:古代司法机关或司法官员的称谓。②恺悌:平易近人。

送皇甫法曹

始予来肥陵,问士得皇甫。(皇甫子仁吾同年。)经年在闾巷,不肯出公府。樽俎①献酬间,为之赋翘楚②。今上襄阳官,拙诗愧兼取。襄阳真名区,碑碣字多古。能因东南风,取以寄予否。

【注释】①樽俎(zūn zǔ):古代盛酒食的器皿。樽以盛酒,俎以置肉,借指宴席。②翘楚:原指高出杂树丛的荆树,后比喻杰出的人才或事物。

寄 友 人

汉上近多雨,江头应好风。想君当此时,挂席随孤鸿。翔龙压大浪,画鹢凌长空。男子四方志,生时射桑蓬。尔来何迟迟,吾忧只忡忡。安得百顷田,稍邻五老峰。早赋归去来,同为采芝翁①。

【注释】①采芝翁:晋代皇甫谧《高士传·四皓》:"四皓者,河内轵人也,为避秦时乱,隐居于蓝田山,采芝以度日。"后以"采芝翁"为避世隐居者之典。

和君时弟见贻一首

凫①短非不足,鹤长非有余。太山逮毫芒,其理固一如。君才乃骅骝,行矣无踟蹰。万里不加鞭,日力复有舒。岂如老钝马,寸进徒渠渠。低头恋栈豆,时复仰天嘘。徊徨槽枥间,不用论智愚。惟中可以休,吾与子归欤。

【注释】①凫:水鸟,俗称"野鸭"。

送范侍郎归许昌一首

凤鸟跄跄①,其羽仪仪。其集伊何,梧桐之枝。鸿飞冥冥,其翼差差。其止伊何,清泠之池。朝廷于公,夫岂不知。国有大疑,爰度爰咨。公虽家居,如在庙堂。国之大经,论讨靡忘。(公在仁宗时,数论尺度是非。去年朝廷修乐,公亦预议。今虽家居,然讨论犹不废。)徐徐公车,在汴之郊。薄言追之,以永今朝。泛泛公舟,在河之阴。薄言维之,以慰我心。公赐我言,我斯藏之。何以报之,羔羊素丝,秉德不遗。公饮我酒,我斯酬之。何以祝之,秀发庞眉②,受福无期。

【注释】①跄跄(qiāng qiāng):形容走路有节奏的样子。②庞眉:庞,通"龙",杂色。

眉毛黑白杂色。形容老貌。

读　史

娄敬①脱挽辂②,独建金城安。韩信出羁旅,遽上将军坛。谋出万乘惊,名飞百夫叹。丈夫松桂姿,直气虹霓蟠。得时树功业,未谢娄与韩。

【注释】①娄敬:汉初谋臣。汉高祖五年(前202年),他以戍卒身份建议刘邦入都关中有功,赐姓刘,后封关内侯。②挽辂(lù):车上牵引用的横木,代指所拉的车子。

管仲有老母

王阳为孝子,王尊未能非。管仲①有老母,鲍叔②独能知。同途不同行,亦各有所思。今或有斯人,执鞭吾不辞。

【注释】①管仲(前723—约前645):名夷吾,字仲,春秋齐国政治家、军事家,采取"尊王攘夷"策略,使齐桓公成为春秋第一个霸主。②鲍叔:鲍叔牙的别称,春秋时齐国大夫,以知人并笃于友谊称于世。

暴　雨

云如惊澜如泼墨,万窍怒号四山黑。电母摇睛吓风伯,疾雷怒张坤轴侧。雨如河倾如雨石,上山下山泉动脉。石漂木拔崖裂坼,高原立脚成大泽。古寺颠前后冈逼,瓦腐椽折破无壁。泥佛露头水浸(一作霑)臆,苔钱藤蔓生金碧。背堂众流如箭激,挟气急欲投闲隙。衣掔脚芒看沟减,有恻烝徒老荆棘。荷戈与殳甲不释,中夕愁居昼艰食。我今乃敢求安席,间阎人家水没极。壮夫浮泅老者溺,高占鸟巢据猨杙①。可怜欲走无羽翮,我起熟视惟叹息。断蘖栖苴在檐额,鸡飞犬跳上屋脊。蛟鼋睥睨迷所宅,乾坤欲晴但顷刻。广庭泥深犹数尺,大浪如银沸阡陌。万马相蹄毂相击,穷民欲炊无釜鬲。蚯蚓在堂鱼在阈,儿童捕鱼不知戚。溪南不能过溪北,跬步如越与胡隔。溺者漫(一作汗)不见踪迹,东村西村哭声塞。手援不能泪沾臆,掩骼②虽欲终何益。天理吁嗟杳难测,惸③独无辜不爱惜。葬填溪鱼瘗砂砾,乃能屈折容盗贼。凿险开深听藏匿,不以血膋④膏锋镝。皇天无情祸福直,昔也昭昭今也惑。我歌且谣写悲恻,竹林一夜生秋色。

【注释】①杙(yì):古书上说的树,果实像梨,味酸甜,核坚实,也指小木桩。②骼

(zì):带有腐肉的尸骨。③惸(qióng):同"茕",没有兄弟的人。④膋(liáo):肠部的脂肪。

和执中①游山

峨峨楚山前,屹屹樊堞后。汗漫清汉左,蜿蜒大堤右。雷霆沸波澜,龙虎卧冈阜。春风无偏陂,润泽到藜莠。日月有底急,忽忽似奔走。乐哉城南游,矧复得智叟。横踰路东头,纵踏山北口。逶迤陟嶔崟②,莽苍度林薮。巍亭立青冥,隐几见十部。崖石险欲落,参差露妍丑。沉沉开殿阁,阙穴得圈臼。尚或埋泥涂,谁能斩薪槱③。(壬辰同论主僧洗石。)法海惟我泛,禅关与君叩。清泉给醍醐,一饮失尘垢。丹凤杳不来,瞻想更搔(一作回)首。潭潭谷中寺,花木照堂坳。楼阁守岧峣④,敔危贴星斗。白云杂香雾,终日在户牖。有沼旱不枯,金莲岂凡偶。不见白马至,似闻苍龙吼。一雨作丰年,懽愉逮鸡狗。税车高阳池,遗事问黄耇⑤。叹息当世士,所怀自非苟。方醉白接䍦,宁贵朱组绶。拭目堕泪碑,徘徊想忠厚。河内借寇恂,南阳祠杜母。彼惟一纯诚,名等天地久。爱君所志远,尧舜望高后。谈经破小辩,独自持纲纽。德爱在章贡,甘棠不枯朽。(执中治虔郡立生祠。)遭回久荆楚,白发嗟未偶。轩昂更自拔,怵惕非人咎。宁甘冻饥死,不一变厥守。吾惟人间世,所遇皆所授。生死等梦幻,可能憬然否。譬犹二人奕,日夜竞胜负。纷纷置黑白,毕竟一何有。但愿山下水,尽作杯中酒。时时与君醉,独与造化友。忠臣不忘君,不问在畎亩。

【注释】①执中:刘彝(1017—1086),字执中,福建长乐人。北宋水利专家。登庆历进士第。②嶔崟(qīn yín):山势高险。③薪槱(xīn yǒu):毛传:"槱,积也。山木茂盛,万民得而薪之。"后以"薪槱"喻贤良人才或选拔贤良人才。④岧峣(tiáo yáo):高峻,高耸。⑤耇(gǒu):指老年人。

次韵尧民同年

飞雪鲙①长鲸,浮蛆酸新酒。故人不我过,绝壁频回首。北岗无断绝,参错纷燕豆。触目事斩新,怆怀治平旧。龙飞第一牓,四百如兰友。劲气沮金石,高文烂星斗。我衰也久矣,雕落几无有。未去真厚颜,欲归犹掣肘。盘根发余刃,想见敏捷手。江河被郛郭②,云雾生户牖③。顾瞻良集易,叹息幽期后。兴到诗辄成,吾穷久箝口④。

【注释】①鲙(kuài):同"脍",细切肉。②郛郭(fú guō):外城。③户牖(yǒu):门和窗。④箝(qián)口:闭口。

答同舍游凝祥池

仙宫神灵之所宅,楼阁倚天一千尺。先生好游犹挟册,藜苋不惭吾鼎食。凝祥池头三月春,腰金骑狨多贵人。天边五岳烟霞暗,海上三山雨露新。蛱蝶能飞燕能舞,凤凰在云鸿在渚。仙人骖鸾①入云雾,寂寂不闻青鸟语。洞天落日晚沉沉,渔舟缥缈桃源深。红玉坐看花着子,青云行见叶成阴。疾雷怒飞风雨急,瘦马不行归䇿湿。投闲一日须一来,岁时变化犹呼吸。

【注释】①骖鸾(cān luán):谓仙人驾驭鸾鸟云游。

栽　竹

一生正能着几屐,旷达人称阮遥集。何可一日无此君,风流我爱王参军。夏葛①冬裘②吾便足,由来世间无可欲。但栽翠竹满东林,我日对之歌且吟。

【注释】①夏葛(xià gě):指夏天穿的葛衣。②冬裘(qiú):冬季穿的毛皮衣服。

送君宜之临城簿二首

人之与万物,异名而同体。贵贱何以殊,知与不知尔。(一本云贵贱曷以分,知与无知耳。谓人或无知,亦物而已矣。)知之莫如学,学莫如修己。汝学自有得,愿言惟不已。不已须(一作终)自到,不到由中止。请观为田者,日夜(一作夕)服耒耜①。久之田自熟,其入须倍蓰②。至于耕耘废,稂莠③败糜苣。常时不用力,畲获终无几。予与尔知田,肆言聊及此。

【注释】①耒耜(lěi sì):古代耕地翻土的农具。②倍蓰(xǐ):亦作"倍徙",谓数倍。③稂莠(láng yǒu):稂和莠,都是形状像禾苗而妨害禾苗生长的杂草。

事贤如事亲,敬长如敬兄。读书如吃饭,近欲如近兵。百事总欲是,一言不可轻。汝能慎于初,更欲观厥成①。仲兮舍予南,汝今复北去。南北牵我梦,终夕无定处。但寄两眼泪,为君衣上露。会知老者心,从尔无早暮。

【注释】①厥成:其成就、其功成;他的功德、功劳。

送范侍郎帅庆州得以字

池水日夜流,日行无停轨。人生长道路,扰扰还如此。莫辞饮我酒,酒尽君且起。赠君双宝剑,有言惭近俚。圣人之于物,爱视犹赤子(一作视之犹赤子)。顾复愁不至,不知分此尔。谁欤较寻尺,竟未知所以。夷外当反内,刮毛须及里。边陲今无事,自可缓带理。愿君宏远业,赫赫光祖祢。

送颖叔帅临洮

风如疾雷雹如芋,积雪如丘壅道路。蒋侯①车驰挽不住,见说西人②复啸聚③。目视阴山欲飞去,蒋侯文如江海注。一决万里无尽处,笔落在纸成云雾。气吞云梦八九数,力转丘山缚螭虎。终日笑言公不怒,三军号令成樽俎。羌戎胆落汗流跗,边人乃至歌五袴④。昔夸禁中得颇牧⑤,今见南阳称召杜⑥。前席⑦宣室⑧疑已暮,勒功燕然无可慕。归来遍作人间雨,杕杜⑨吾当为君赋。

【注释】①蒋侯:蒋之奇(1031—1104),字颖叔。北宋常州宜兴人。嘉祐二年(1057年)中进士。官太常博士、监察御史、殿中御史。②西人:西夏人。③啸聚:指结伙为寇。④五袴:也作"五绔",称颂地方官吏施行善政之词。⑤颇牧:战国时赵国廉颇与李牧的并称,后为名将的代称。⑥召杜:召父杜母。召,指西汉召信臣;杜,指东汉杜诗。召信臣与杜诗先后任南阳太守,行善政。称赞地方官政绩显赫。⑦前席:表示听者对于对方的说话听得入迷。⑧宣室:古代官殿名,后泛指帝王所居的正室。⑨杕(dì)杜:原为《诗经·唐风》篇名。此诗希冀蒋颖叔建功立业。

舟中大热,夜半起坐,因作是诗寄诸友

星辰与天旋,河汉入地流。其行虽不同,昼夜不自休。彼能致其诚,岂不至诚犹。如何尔为士,乃不强厥修。功不偿其食,不如马与牛。金朱岂不宠,顾视只可羞。谁谓古之人,乃无一可忧。何以图厥终①,尚惟友之求。

【注释】①厥终:结果。

彦衡①约饮湖亭行不及赴

主人欲留客,其意良已厚。行人念行役,奔命惟恐后。张帆半夜起,撇若惊蓬

走。盈盈水中莲,郁郁堤上柳。相别不相见,已行更回首。人生如朝露,理固无可久。可为惟为德,万一或不朽。行也死后已,庶犹无大咎。君恩不胜报,聊一报我友。

【注释】①彦衡:上官均(1038—1115),字彦衡,福建省邵武县(今邵武市)人。宋神宗熙宁三年(1070年)科考榜眼,任监察御史等职,一生廉正,以龙图阁待制致仕。

宋履中示月桂佳篇并圣俞诗,因赋四韵

古人种花昔已老,后人种花今更好。听诗令人饥顿饱,叹息古人不可到。庭中花落君勿扫,醉饮全胜借幽草。白发不嫌花压帽,寄声我友车先膏①。

【注释】①膏(gào):把油抹在车轴或机械上,如"膏车"。

再用前韵书呈诸友学士

凡花朝开暮即老,仙桂春花秋更好。幽砌终年看不饱,洞门无日春不到。玉樽一挹①把笔扫,跂脚②诗成不立草。醉倒淋漓应落帽,衣襟沾湿云如膏。

【注释】①挹(yì):把液体盛出来。②跂(qí)脚:瘸腿;跷起脚。

察院学士灸焫连日,戏作鄙句

截艾作炷大如椽,三日彻夜烧丹田。心腹生火口生烟,皮毛润泽骨骼坚。舍杖趋走脚轻儇,赫如渥丹①颜色鲜。五十六岁如少年,顾我一生百迍邅②。病多未老先华颠,欲灸自量无罪愆。一切久矣付诸缘,三月人家花欲燃。阳春水色碧于天,更欲载公青翰船。唤取佳人舞绣筵,一饮一斗醉不眠。不怕世人笑逃禅,火中自会生金莲。作诗问公奚若旃,肌肉忍自投戈鋋。宣顾厥后勤着鞭,万事悉置心超然。服食不须求汞铅,公名已自列诸仙。

【注释】①渥(wò)丹:润泽光艳的朱砂。多形容红润的面色。②迍邅(zhūn zhān):处境不利。"大如椽、烧丹田、口生烟、骨骼坚"刻画好友针灸治病,幽默诙谐。

再用前韵呈察院学士

真人养真如养源,道士耕道如耕田。吐纳日月踏云烟,牢如金石齿牙坚。捷

如猿猱身体僵,沐浴雾露甚荣鲜。受命一万有千年,既安且乐无回邅。后人好恶纷倒颠,湎淫①蛊惑作罪愆。堕落世网缚尘缘,爱河流转业火燃。猗公淡泊其得天,泛泛乘世如虚船。精神采色照四筵,老鹤饮露夜不眠。戏笑中有第三禅,净不着水花如莲。酬酢②不停奚敏遨,赋诗马上横殳铤。不放祖生先着鞭,北方灸焫③自古然。其力十百倍凡铅,功成不数饮中仙。

【注释】①湎淫(miǎn yín):指沉溺于酒。②酬酢(chóu zuò):酬,向客人敬酒;酢,向主人敬酒。泛指应酬。③焫(ruò):中医指用火烧针以刺激体表穴位。

是非寄君时

一或以为是,一或以为非。是非如环中①,毕竟无穷时。汝唱我其从,嗟吾亦何为。

【注释】①环中:指圆环的中心。庄子用以比喻无是非之境地。

自 然

皇天典下民,寔①亦付自然。祸福与是非,日夜相推迁。譬犹泥在钧,随分有丑妍。丑非其所恶,妍非其所怜。彼怜我不知,方知乐其天。

【注释】①寔:通"实",确实、实在。

行 西 城

我将行西城,曲指计日月。汝来今几时,已卜钱塘别。吾衰况多病,冉冉鬓已雪。安能久去汝,漫自投羁绁。田园苟可饭,声利非吾屑。与汝归去来,相看至耆耋①。苍茫尚无涘②,空复愁如结。

【注释】①耆耋(qí dié):老年。②涘(sì):水边。

汉上谒刘执中①

尘土能污人,有如衣匪浣。驱车出闉阇②,纵目尽江汉。渔舟泛青云,潇洒雁为伴。芦花如飞雪,时逐风散漫。可怜独清人,憔悴行泽畔。

【注释】①刘执中:刘彝(1017—1086),字执中,福建长乐人。北宋著名水利专家。

登庆历进士第。②闉阇(yīn dū):古代城门外瓮城的重门。后泛指城门或城楼。

答君时用前韵

振衣近沧浪,聊以垢腻浣。仰首冥冥雁,肃肃在云汉。吾今寡所合,尔独为吾伴。荡舟泛江海,四顾畏汗漫①。君看水中坻,不是无边畔。

【注释】①汗漫:形容水势浩荡。

口占和君时

吾生有穷通,吾志不可衰。飘飘如浮云,富贵我何为。我今乐不浅,我歌尔其随。譬犹富者家,畜聚不可訾。怡怡任天真,何害为偲偲①。人惟学不学,高下成云泥。是非惟所求,万物岂我私。君看鉴中明,不隐嫫母②媸③。君病本自无,吾药奚所施。惟作日新铭,与汝同为规。

【注释】①偲(sī):相互勉励,相互督促,如"朋友切切偲偲"。②嫫(mó)母:又名丑女,是中国文学史上受褒扬的第一个丑女。③媸(chī):相貌丑陋,与"妍"相对。

菊 苗

重阳黄菊花,零落殆无有。微阳①动渊泉②,嫩叶出枯朽。青青好颜色,寂寥霜雪后。物理如转环,开花岂其久。

【注释】①微阳:阳气始生。②渊泉:深泉。比喻思虑深远。

物理①如转环,昔亡乃今有。眷言篱边菊,根叶未终朽。盛衰各一时,何足竞先后。彼花似无情,能并天地久。

【注释】①物理:事物的内在规律、道理。

采 葵

古人采薇蕨,我亦爱斯葵。能随朝阳倾,不为秋露萎。烹调戒中厨,聊以燕母慈。拔根取廉名,未愧鲁公①仪。

【注释】①鲁公:颜真卿(709—784),陕西西安人,封鲁郡开国公,世称颜鲁公。唐

— 15 —

代书法家。其"颜体"与赵孟頫、柳公权、欧阳询并称"楷书四大家"。

荠①

阴风号暮景,零落悲晚秋。纷纷彼芳荠,郁郁此中丘。作甘岂不珍,冒寒不为柔。薄言撷以归,呼奴具晨羞。

【注释】①荠(jì):荠菜。一种常见杂草、野菜,亦可入药。

途中和君时

相望不相见,一步一回头。况汝将有适,前路正悠悠。土壤去宛叶,星躔①近斗牛。不知明之日,何以解吾忧。

【注释】①星躔(chán):日月星辰运行的度次。

闻君欲脂车,辗转睡不安。忧心顽如石,百计不可宽。鸤鸠①只在桑,归雁乃云端。一瞻百叹息,强饮终无欢。

【注释】①鸤鸠(shī jiū):布谷鸟。

行　役

行行重行行,吾役几时休。春风不相饶①,尘土满敝裘。人生能几何,乃有千岁忧。须知一樽酒,可胜万户侯。

【注释】①饶:宽恕,免除处罚。

南　阳

复尔行南阳,兴言涉清汉。日晴川谷明,风靡花竹乱。遥瞻万山麓,近眺樊城岸。南北有仳离①,令人感鸿雁。

【注释】①仳离(pǐ lí):离别;背离。

途　中

一日复一日,悠悠竟何之。万物但此理,百年能几时。墨翟①悲已误,贾生②

哭奚为。可怜日月轮,日夜争东西。

【注释】①墨翟(约前476—约前390):名翟(dí),战国初期宋国人,墨家学派创始人。②贾生:贾谊,洛阳人。西汉初年政论家、文学家。

早　　起

客心不能休,未晓辄欲起。耳冻南山风,衣冰北溪水。舍我一息劳,先行十余里。因知人之学,患不勉旃①尔。

【注释】①勉旃:努力。

《鄱阳集》卷二

昨日饯①赵教授②,行会饮秀楚堂,晚徙樱桃花下,夜月上,正夫③设烛于花下,光明焜耀,昔所未见正夫,因约赋诗。

夜凉月色清如水,天静无风尘不起。移酒近花坐明月,画烛横斜插花里。月寒烛艳花淡薄,意思相疑不相似。一下一高总能见,半白半红浑可喜。时有幽香暗着人,更分疏影低临水。密如云雾即成阴,团作珠玑看结子。异时尚拟与君醉,景物更作今日比。富贵功名是底物,人生百年行乐耳。

【注释】①饯:设酒食送行,如"饯行"。②教授:原指传授知识、讲课授业,后成为学官名。汉唐以后各级学校均设教授,主管学校课试具体事务。③正夫:刘正夫(1062—1117),字德初,衢州西安人。北宋大臣、书法家。元丰八年(1085年)进士,官至中书舍人、礼部侍郎、工部尚书。

再用前韵

朝日薰酬晨露洗,中林入夜幽香起。烛与花明月影中,月和烛照花阴里。光华混杂不可认,刻画虽工难比似。烛偏月下花亦别,疏影横从俱可喜。使君白头衰久矣,空惜流年去如水。作诗与花雪羞耻,多材自属佳公子。青春九十今能几,不当只作常时比。莫令俗事一关心,可厌浩歌①频到耳。

【注释】①浩歌:大声唱歌。

夜色清如水新洗,月上烛明栖鸟起。灼灼其华散成绮,仙翁岸帻光明里。公明如月非如烛,文华亦非花得似。安危自以天下任,故与众人同笑喜。手折芳枝嚼红蕊,临池想濯沧浪水。芳菲肯付游人醉,知公爱民一如子。月盈易亏花落易,直须催促公排比。公看光阴去无止,歘①如白驹过隙耳。

【注释】①歘(xū):快速。

次正夫登沛中歌风台

屹屹泗上城,隆隆沛中台。登台不见人,只见山崔嵬。高祖汤武资,神明天所开。潜龙已飞跃,乘马宁遭回。倒戈与天旋,万国俱子来。西楚殪①封兕②,东齐

荡纤埃。任使虽故人,萧曹亦贤哉。功成思猛士,乐极自成哀。如何古之人,懿德乃所怀。

【注释】①殪(yì):杀死。②兕(sì):古书上所说的雌犀牛。

次正夫相寄佳句

朱橘大可围,白鱼阔盈尺。掀林撷甘芳,舣岸披的皪①。我酒清且旨,于焉饯佳客。鸿飞不知远,日暮寒云碧。回澜只如昨,不见舟行迹。寄诗何道丽,若见好颜色。遥想翰墨挥,波涛泻胸臆。维缅远林外,坐看晨风翼。万物归一致,知公无不适。人之与天地,同是为形役。

【注释】①的皪(lì):光亮、鲜明貌。

次正夫宿留侯庙韵

龙飞景云从,林茂众鸟息。真人翔灞上,多士生王国。留侯豪杰士,乃独为所得。韩亡竟不去,汉兴愈厉策。不见马上功,奚多幕中画。眇①焉视婴布,若数百与亿。鸿鹄已高飞,翩然敛归翼。堂堂高皇业,屹立如磐石。始卒如公者,是不惭庙食。载瞻水边祠,老桧寒更碧。

【注释】①眇(miǎo):远,高。

次正夫途中怀亲韵

动静非两途,久劳逸更好。开门看白云,婉婉出山峤。身闲亦已乐,言念亲及耄①。岂无青精饭,每食终不饱。镜中发如漆,一夜成素葆。言归采其兰,堂北种萱草。日以五鼎食,不如彩衣老。我今无此乐,感泣形已槁。日夜思故乡,敧眠梦郊堡。

【注释】①耄(mào):年老,八九十岁的年纪。如:老~;~耋之年。

次正夫途中蔬食韵

昔未与公游,同志不同居。我宠居凤掖,公名专石渠。醴醴赐上尊,膏膻①给天厨。彭城作逐客,事事秦越殊。尚惭素餐诗,苦畏城旦书。岂能万钱食,谬驾双

轮车。时时置杯盘,登眺随所如。公行适在野,乃至歌无鱼。人生一世间,百年实斯须。无所不可安,何独贵纡朱。饮河惟满腹,奚欠亦奚余。作诗促公归,去直承明庐。

【注释】①膏羶(shān):羊膏。古代调味八珍之一。《礼记·内则》:"冬宜鲜羽,膳膏羶。"郑玄注:"羊膏羶。"

正夫卧疾,予往访之,正夫置酒,因作是诗

来问清漳病,烦置东武酒。敬窥石窌①君,爱始士衡母。大论窥道奥,禅关恣深叩。是非弃糠秕,直与造化友。人游于一世,万事俱非偶。养疾先息念,息念他何有。此言乃良药,不在砭石后。长日从公游,径醉须五斗。

【注释】①窌(jiào):收藏东西的地洞。

再用前韵①

从公饮辄醉,醉德非醉酒。噬肯易子教,义应容拜母。歌声清以长,发若金石叩。予非多闻者,或似直谅友。身世飘流并,神形条达偶。万事实一梦,奚忘亦奚有。是非可姑置,试俟千载后。但愿酒不空,何庸印如斗。

【注释】①前韵:先后作旧体诗二首以上,用韵皆同,第一首对以后各首来说,其所用之韵称"前韵",常在题中指明。

和君时十章章四句

猗①彼君子,笃志乎道。道之云远,于焉慆慆。猗彼君子,克诚其身。匪禄是荣,日以养亲。孰违孰从,曰吾从义。孰去孰与,曰吾由礼。温清②匪偕,云如之何。得彼失兹,得失孰多,吾斯未信,吾颜之厚。重轻惟法,于尔何有。尔旋尔车,不知其期。我陟其岗,只益我思。凡人逐物,其力则倍。苟知其养,是用无悔。无悔无尤,是则养亲。尔慎旃哉,以慰母心。为山一篑,惧乎或止。道之云远,曷云其已。我田我田,以迟尔归。何速于行,姑乐我私。

【注释】①猗(yǐ):叹词,常用于句首,表示赞叹,相当于"啊"。②清(qìng):清凉,寒冷。

寄君时四章章四句

我脂我车,陟彼高冈。母也吾怀,匪居或忘。我帆我舟,泛彼大江。母也吾忧,匪食或皇。我池有鱼,亦可以羹。何必鲔①及,鲂②叔③兮其。归哉我田,有莜苟可。以食何必,稻与粱叔,兮其归哉。

【注释】①鲔(wěi):古书上指鲟鱼。②鲂(fáng):与鳊鱼相似,银灰色,腹部隆起,生活在淡水中。经济鱼类之一,俗称三角鳊、乌鳊、平胸鳊。③叔:拾。汝南名收芋为叔。

寄君时六章章四句

我思古人,克诚其心。如陟①于高,如临于深。我处于中,而舍其偏。我弃其零,而取其全。勿谓道远,我至之难。我勇以前,人孰我先。勿谓过小,我姑为之。千里之差,始于毫厘。勇兮勇兮,子我所器。子诚不已,我今所畏。子能吾取,吾谁之匿。子铭于盘,以视朝夕。

【注释】①陟(zhì):登高,如"陟山"。

寄君时四章章四句

春之日,予侍亲游,采菊苗以归,念吾弟之未见也,因寄是诗焉。

我灌我园,有采之心。于以撷之,既有且多。我游我庭,有菊之苗。于以芼①之,既旨且时。我思昔人,亦采其薇。我乐所安,奚愠其微。仲兮仲兮,曷日汝偕。以事以游,以慰予怀。

【注释】①芼(mào):扫取,拔。

元祐元年十二月庚子雪夏首莁湖结冰,鹡鸰群集于上者,至不可数,感而作是诗也。

宛彼鹡鸰,其乐孔群。彼类维何,而有若于仁兮。宛彼鹡鸰①,爰集于冰。彼至维何,而有冽其清兮。宛彼鹡鸰,既飞且鸣。彼行维何,而有笃其诚兮。

【注释】①鹡鸰(jí líng):体型纤细,尾长,习惯上下抖动。

寄宁和仲二章章四句

凤山之泉,孔洁且长。止而不流,是不如污潢①。凤山之木,可栋大厦。舍而

残之,是将与荆棘而并化。

【注释】①污潢:聚积不流之水。

送张子固①诗(并序)

大理寺丞②致仕德与张公,偕先考执友。予十六七时,从其子正父(张汲)、季友(张须)学,明叔(张潜)③礼遇予厚。明叔子子固娶予作贺客,毕席复入宴,予时善饮。寺丞公取大白觞,余厌容几一升,戏曰:"能复饮,子魁天下。"曰:"能连三引,皆空。"予后悉窃公,笑曰:"长者言果信,后子固有子根。"予见其为童儿,巍巍然有立。又见其为太学诸生,遂中第元丰甲子,备使京西,与子固遇襄道。及故旧连日不能去,曲指当时,或化为鬼,或老为叟,或穷且病饥饿,不能出门户,盖无有赫然显荣者,而予更罹忧患。鬓发班白,相与饮酒,饮绝少亦醉,醉亦不乐,无复少年时气味,因嗟叹久之。予曰:凡人少老死,犹之寒暑昼夜,自无足怪。惟君子卓然自立,不系得丧,不愚贵贱。虽老而聪明,识虑如少壮。人虽死而声闻,不亡如予之昏溺,不肖乃怵于所养,窃食苟禄,终恐不能免与草木并腐朽,虽然敢不勉子固少予五岁,尝荐开封,根仕即不复言进取,其志落落然自奋立者,是不难亦勉之而已。子固曰:"予敢不承。"又曰:"吾邑公所游,吾父后徙居吴园,稍有台榭池沼之好,欲乞公诗。"予曰:"德兴山水之胜,予游最旧,今十余年矣。其登临之乐,往往时见于梦,其发于篇章多矣。"今所赋何辞。正父讳汲,终大名府判官。季友名须,终殿中丞、淮南西路提举、常平广惠农田水利等事。明叔讳潜。子固名磐根,今为临江军司理参军。

吾少饮酒不知数,有如长虹吞百川。老来畏酒饮辄醉,百事一无如少年。瘦脚踉跄走病鹤,吟肠悲壮啼寒蝉。夫君尚勇不宜怯,急上青云须着鞭。

【注释】①张子固:张潜次子,任县主簿。词人,作词有《绮罗香·渔浦有感》。彭汝砺挚友。②寺丞:官署中的佐吏。③明叔:张潜(1025—1105),字明叔,今江西省德兴市银城镇吴园人,北宋著名湿法炼铜家,写成湿法炼铜专著《浸铜要略》。

吴园杂咏十九首

(韵律:出韵:1.梦押一送;2.共押二宋;3.用押二宋。格律:古体诗)

吴 园

布夷韩彭①诛,国夺名亦陨。芮王独以正,百世荣如近。至今园中草,欲践犹

不忍。

【注释】①韩彭:汉代名将淮阴侯韩信与建成侯彭越的并称。

燕 阁

高阁高入云,俛①焉视冈阜。老来更无事,宾至但饮酒。阴功在其乡,更足燕尔②后。

【注释】①俛(fǔ):同"俯",向下,低头。②燕尔:形容新婚时的欢乐。

书 堂

藐视一籝金,独藏五车书。高堂见古今,其乐亦只且。以此燕子孙,吾谁数陶朱①。

【注释】①陶朱:范蠡(前536—前448),自号陶朱公。春秋末政治家、军事家、经济学家和道家学者。曾扶助越王勾践复国。后代生意人供奉其塑像,称之为财神,尊称其为"商圣"。

集 虚 堂

室虚即生白,惟道在集虚。诗书扫尘迹,仁义外蘧庐①。形忘心亦忘,万物同一如。

【注释】①蘧(qú)庐:古代驿传中供人休息的房子。犹今言旅馆。

觉 轩

本觉不见觉,大梦非是梦。觉梦梦非觉,其归理则共。兔鱼亦既得,筌蹄①自无用。

【注释】①筌蹄(quán tí):局限窠臼。"筌"为捕鱼的竹器,"蹄"是拦兔的器具。

山 亭

飞檐截山出,碧瓦贴云齐。水静见鱼乐,竹深闻鸟啼。春风花落处,误认武陵①溪。

【注释】①武陵:一般认为在今天的湖南常德市桃源县。县名即源于《桃花源记》。

观 德 亭

男儿厥生时,弧矢①射四方。兹礼古所重,叹嗟今已亡。典章②可披寻,君试行一乡。

【注释】①弧矢:弓和箭。②典章:典制,法令制度。

思 贤 亭

大风无邪声,积雪不改色。根方为龙去,实拟待凤食①。一日有不见,恍如岁三易。

【注释】①凤食:三国时吴国学者陆玑《毛诗草木鸟兽虫鱼疏·凤皇于飞》:"〔凤皇〕非梧桐不栖,非竹实不食。"后用"凤食"美称竹实。

紫 筠 亭

青竹老出蓝,紫竹嫩施粉。乐彼奇节并,岁寒不雕陨①。言如拾芥者,设意毋乃近。

【注释】①雕陨:凋殒。

右 澡 雪 亭

尘土能污人,譬如衣匪浣。窥临得清旷,其去已大半。不必濯沧浪,神明自还观。

四 并 台

时将景共好,物与心相投。旷览①尽万物,分明一浮沤。此台无不并,乐只台上游。

【注释】①旷览:放眼四望,高瞻远瞩。

四 曲 池

大池方如矩,小池曲如钩。方奚避污辱,曲不趋公侯。时傍白莲叶,独行青翰舟①。

【注释】①青翰舟:木舟名。刻饰鸟形,涂以青色。

眉 寿 堂

枝干上参天,长松不枯槁。朱顶①雪衣裳,仙鹤颜色好。主人一千岁,似此(一本作还似)松鹤老。

【注释】①朱顶:朱顶雀,属雀行目、雀科。在北方繁殖,秋冬逐渐南迁。

忘 忧 亭

徙竹种前林,栽松满幽岛。主人无所忧,不用植萱草①。吐纳奚所事,忘忧自难老。

【注释】①萱草:多年生宿根草本植物。别名"金针""黄花菜""忘忧草""宜男草"。

秋 月 楼

秋月如秋水,莹澈①万里流。我欲挹其清,登彼百尺楼。随时有佳趣,不但是中秋。

【注释】①莹澈:莹洁透明。

观 稼 亭

多稼为丰年,观言亦云乐。秋云满原隰①,漫不知厚薄。帝力彼焉知,陶然饱耕获。

【注释】①隰(xí):低湿的地方;新开垦的田。

戒 得 庵

众人贪徇财,种利不种德。谁如之人心,白首能戒得。以此风里间,贪竞当自息。

【注释】①徇财:不惜身以求财。徇,通"殉"。

秋 香 亭

岂不有春华,不如秋后香。红紫不禁风,黄花耐雪霜。几时登其亭,采采泛彼觞①。

【注释】①觞:古代的一种盛酒器具,椭圆形,可浮于水,像一双羽翼,又称为"羽觞"。

薰风阁

众山走蜿蜒,高阁立崔嵬。流水横其前,时有薰风来。聊可解吾愠,敢言阜①民财。

【注释】①阜(fù):盛、多、大。

晨起祠先农道中

更阑烛花低,呼童起视夜。问夜如何其,露落月未谢。皇帝共神明,朝燕或为罢。多仪礼有敬,少怠刑无赦。今兹先农飨,上意在耕稼。驾言投明起,不敢私安暇。马蹄踏冰雪,雾露湿鞍马。寒林月中影,十里开图画。灯火望坛场,冠裳出次舍。锵洋响金石,馨香纷彝斚①。百年礼乐中,万事无杂霸。昏冥久尘土,今日闻韶夏②。心知至诚通,自可膏泽下。清风吹菽麦,绿阴密桑柘。人家实仓廪,得以时婚嫁。四夷共安富,兵偃祭类祃③。山川百神宁,天子乐无假。敢后秋冬报,还见击鼓御。顾予真缺然,何以补漏罅。尚堪逐农樵,击壤歌圣化。

【注释】①斚(jiǎ):古代盛酒的器具。②韶夏:舜乐和禹乐。亦泛指优雅的古乐。③类祃:祭名,类祭与祃祭。

自吉泛舟入赣

我行欲从车,好风苦相招。谓言困行役,厌此道路遥。骎骎四骆马,终日在岩峣。簿书更追随,精耗发欲焦。乃复泛柏舟,锦幔兰为桡。是时春始和,暖风秀兰苕。彼柳已青青,彼桃已夭夭。王事敢不修,我行歌且谣。彼不知之者,谓我士也骄。不知非所知,我兹以逍遥。

奚 奴①

秃鬓胡雏(原作奚奴,据嘉庆本改)色如玉,颊拳突起深其目。鼻头穹隆脚心曲,被裘骑马追鸿鹄。出入林莽乘山谷,凌空绝险如平陆。臂鹰绁②犬纷驰逐,雕弓羽箭黄金镞。争血雉兔羞麋鹿,诡遇得禽非我欲。莫怪小儿敏捷强,老宿胡人(原作塞外,据嘉庆本改)此为俗。

【注释】①奚奴:又称"昆仑奴",奚,魏晋时西南少数民族名。②绁(xiè):系牲口的缰绳。作者在燕山见到一位狰狞丑陋、武艺高强的契丹少年,显现北方少数民族的粗犷

勇武。那时河北汉族、奚人、契丹人杂居，农耕文化与草原山地文化交融。

六月自西城归

驾言将西征，呼仆问行李。是时寡妻病，吾计或可止。是身如浮云，永诀或此始。羁栖二十年，粱肉饱有几。爱君能知分，嗜苦同甘旨。家贫未能去，顾惜尚壮齿。沧浪照颜面，不与旧相似。山川惜阴雨，我稼病未起。乃兹趋长途，登降遍剞劂②。吾行无所苟，虽远亲则喜。巅崖寄巢穴，绝险不可迩。君曰无妄私，促装勉行矣。一马才登途，渠魁头挂市。单车行四方，岁月几万里。誓欲相厥成，完百无一毁。含愁复于行，嗜禄只自鄙。蓬鬓生雪霜，龟胸点泥滓。高堂蔽重帘，捉扇衣屡褫。简书况有限，暮晚未担弛。山名初外朝，岌嶪超众岿。（自均州入金州，山名自外朝始，其略可记曰：外朝、大姨、干平、大小鸡鸣、马息、八叠、土门、悔来、方城、罗巅、长遥、端起、霍山、蚌岑、龙泉、燕子、勾平、磊石、女娲、狗脊、马鞍、留停、越巅、凤皇。而女娲最为高且远，其他不可胜数。）晴天出万象，扰扰谁经记。滥觞一拳多，结构五丸累。蛟龙跨鸿蒙，殿阁耸碨䃀③。或植如剑戟，或覆如釜锜。或视而错愕，或行而迤逦。或大而无当，或立而不倚。干平七峰老，秀拔匪众比。耆旧今所贵，瞻言但擎跽④。马息联八叠，培塿看冈圮。篮舆劳攀牵，卒饿弗克仔。肺声几成雷，背汗欲濡轨。吾疲尚能徙，走骤托杖履。岂不有林木，日书方如毁。晓行怯雾露，夜涉愁蛇虺⑤。屋頽苆穷阁，鱼馁饭干米。田功微粱稻，圃学蕃麻枲。截筒尸割漆，剥楮人抄纸。千枫立青冥，万竹秀披靡。时时得流泉，濯溉移日晷⑥。清音有可乐，往往中宫徵。孰谓彼房陵，千家住清泚。宝公浮杯来，宴坐有旧址。东西更多山，小大或亿秭。避就为俛眉，循绿或颠趾。扶桑出晓日，洞彻及表里。天之于空虚，一大器而已。留停仰姆墟，欲至更逶迤。令人愧满面，虞舜昔居此。奔驰浪南北，俛俛⑦惭禄仕。纷纷昨夜梦，慈母倚门跂。神仙隐九室，绰约如处子。安眠费春秋，官爵弃敝屣。甘雨随众绿，凶年作蕃祉。未经夏禹凿，想待愚公徙。女娲高第一，仅去天尺咫。黎明登其巅，星宿可俯视。丘陵杂茧栗，草木浮糠秕。补天闻故老，岂或有此理。物或有不完，补之非天耻。酒觞荐明诚，感叹至横涕。烟岚相薰蒸，暗暗常及已。杂民久薰陶，顽吏傲鞭棰。商洛不十舍，怒焉想黄绮。愿骑双鸿鹄，更挟四骖骃⑧。言乘

溪上舟,出宿城边址。峰峦欲飞去,峭拔陵天委。神奇杂鬼怪,巧绝非劂剞⑨。龙盘秦世松,玉滴尧时髓。波澜杂云雾,莽苍在隐几。平生贪幽胜,短桨行复舣。一滩复一碛,却望无首尾。(自汉阴至襄,滩名可记者九百九十五。)崭崭边傍石,出没竞谲诡。细垂一丝缕,大作十虎兕。冲撞非雷霆,震荡岸欲圮。鼋鼍⑩不能游,蛟螭得所恃。悬流落千仞,急疾过发矢。浮生真如叶,转足见生死。篙工相号呼,熟视但如砥。谓予且从陆,厥计亦非是。吾生自有分,纤悉不在己。缅思濠上鱼,载顾山梁雉。未能脱缰锁,可恨讥炉锤。孔卧弗暖席,禹行尚乘樏。所惭一无补,虚冒恩私被。夜凉泛明月,不寐对潇洒。凤林莽何处,草木秀嶷嶷。槎头缩项鳊,不减河鲂美。习池今可游,尊酒慰劳只。鸿雁杳未来,将诗寄双鲤。

【注释】①旱魃(bá):神话传说中引起旱灾的怪物。②崣嵓(lǐ yǐ):连绵不断貌。③碨礧(wèi lèi):高低不平貌。④擎跽(qíng jì):拱手跪拜。⑤蛇虺(huī):泛指蛇类。亦比喻凶残狠毒的人。⑥晷(guǐ):日影。⑦俛俛(mǐn miǎn):亦作"黾勉",努力,勤奋。⑧骒骓(lù ěr):古代骏马名,也作"骒耳"。⑨劂剞:犹剞劂,用以雕刻的曲刀叫剞、曲凿叫劂。⑩鼋鼍(yuán tuó):大鳖和猪婆龙。

寄君时

岂不有性灵,稍可学操缦①。公私足忧责,耗蠹几大半。驰驱寝食废,真自残躯干。叔兮识至理,真伪不可乱。读书老不辍,夜坐频达旦。特立无倚着,刚严实予惮。岁时有多少,每复愁分散。顾瞻鹡鸰飞,俛仰②发浩叹。安得桑麻田,谷粟粗可饭。晨昏侍萱堂,彩服何粲粲。箴切③庶寡尤④,诗书恣娱玩。相从不相离,如彼鸿与雁。

【注释】①操缦:调弄琴瑟的弦丝。②俛仰:低头和仰头。俛,同"俯"。③箴切:规劝告诫;警戒斥责。④寡尤:少犯过错。

观　画

少时驰驱走四方,马足遍踏无边疆。北逾崦嵫薄扶桑,远涉羊肠上太行。历参涉昂扪亢房,荡舟溟渤浮河潢。五湖彭蠡窥沅湘,蛟龙出没鳞鬣苍。大浪震叠钟鼓撞,怒虿结构珠瑶光。游鱼鲦鳡鳢鲔鲂①,鸂鶒沉浮旅驾鸧。大鹏一飞凌鹓鹴,中林荃蕙杂兰菖。妖红曼绿艳靓妆,回溪曲覆秀簉窞。老松怪柏号风霜,桂丹枫赤橘柚黄。阆风仙人醉琼浆,前笳虹蜺骑凤皇。云台曲壁络奇璜,缥缈天乐非

宫商。我欲从之匪暇遑，昨朝图画纷开张。睥睨旧游心惚慌，南岭赤日西玄霜。愁云不开雨雪雰，变化倏忽无经常。隆楼杰阁郁相望，远峰截嶭插雕梁。商人骑马儿牧羊，牛车鱼艇浮纤芒。苍鹅无声浴沧浪，熟视却顾疑腾骧。骅骝奚为弃路傍，骨骼虽老终轩昂。重阳篱菊开煌煌，怪见桃杏争芬芳。梅花一枝忽自折，半篱仿佛闻幽香。文陛网户绿绮窗，中有美人岂媖媓。流珠蛱蝶金鸳鸯，一盼少年犹断肠。蓬莱宫中日月长，世界凡阅几炎凉。悠悠彼乐未遽央，棋局未知谁子强。庞眉老僧坐道场，手捉拂子据绳床。似达至理言虑亡，惟我知彼真荒唐。乃知画工匪其良，倒置高下靳②阴阳。鬼神丑怪不能藏，咫尺千里无准量。屈折海岱留缣缃，物象涕泣愁斧戕。贵家欲得心奔忙，背锦轴玉红绛囊。君亦爱之未能忘，苟不溺心奚所妨。我今与公陟高冈，坐视四海超八荒。图史罗列耀文章，前有唐虞上羲皇。左右孔孟从庄扬，朝莫见之心肃庄。议论兴废评否臧③，卑陋不肯数汉唐。广莫之野无何乡，我与子乐奚其将。

【注释】①鲦鲿鳣鲔鲂：鲦(tiáo)，白条鱼；鲿(cháng)，黄颊鱼；鳣(zhān)，大鲤鱼；鲔(wěi)，鲟鱼；鲂(fáng)，鲂鱼，与鳊鱼相似。②靳：通"玩"，研习。③否臧：成败；善恶；优劣。否，恶；臧，善。

答蜀公谢寄酒

彼酒孰为之，湛然若天成。为之非草草，纤悉中度程。其香匹幽兰，色不减琼英。采采白菊花，亦酌潭水清。潭水取之源，择菊废枝茎。我将飨明神，乃独以其精。千里驰寄公，非将解公酲。祝公百年寿，多益不为盈。想公初饮时，莹彻颜微赪。幽吟倚岩石，缓步睨层城。爱闻在阴鹤，载叹出谷莺。我闻至人心，万物莫足撄。存亡漫忧喜，泛然若无情。此理公得之，奚借醪醴①并。

【注释】①醪醴(láo lǐ)：甘浊的酒，亦泛指酒类。

方城与君时相别，遇雨，寄是诗

五更赤晴平旦雨，愁云不开风劲怒。霰雹夜落大如芋，日月不出愁乌兔。兄曰嗟予季行役，道阻且修日云暮。泥深一尺水交注，仆肩不任马蹄驻。一车十牛不能御，晨征忽忽立乘遽。恐汝悲啼不还顾，昔知为快今知误。恨不赭阳①一月住，人生百年唯所遇。曲折万变皆归数，乾坤与人同寄寓。扰扰眼前皆细故，慎勿动心悲景露。九阪王阳犹叱驭，平明天晴卷云雾。骅骝安稳行道路，一日千里如

跬步^②。

【注释】①赭阳:今河南南阳市方城。②跬(kuǐ)步:半步。

我　　行

我行日不休,行亦读吾书。朝为忘机鸥,夜作不瞑鱼。日月双跳丸,乾坤一蘧庐。而吾于其间,扰扰亦自如。

离　　家

离家一千里,十日不得书。不怨天上鸿,只恨水中鱼。我行谷伯国^①,明日武侯庐。慈亲发雪白,安否比何如。

【注释】①谷伯国:古属豫州,公元前11世纪,周时封嬴姓(名绥)为谷伯,建都城于谷山,名谷伯国,又称谷国。1983年10月,隶属湖北襄樊市。

游　岘　首^①

去年冬少雪,二月春始晴。南游岘首山,东下石头城。揉蓝染江水,烂锦贴园英。幽亭一杯酒,不用千载名。

【注释】①岘(xiàn)首:山名,即湖北襄阳县南的岘山。

叔 子 祠 堂

不折亭下柏,不采山头石。羊公昔兹游,千载人爱惜。焚香荐卮酒^①,一拜三叹息。却泛岘水波,汪洋感余泽。

【注释】①卮酒:同"卮(zhī)酒",犹言杯酒。

恒　　河

恒河世界浮沤上,漭漭众生久流浪。老蚕作茧自纠缠,枯木生虫不相放。止止灵泉风震荡,昭昭惠日云遮障。却语诸人莫惆怅,烦恼菩提^①同一相。

【注释】①菩提:觉悟、智慧,指人忽如睡醒,顿悟真理,达到超凡脱俗境界。

舟　　行

莫打桨,打桨惊鸿雁,鸿雁不慕鱼虾贱。暮宿江湖昼云汉,我不见之其心乱。莫鸣桹①,鸣桹鸿雁飞。鸿雁不是鸡鹜儿,我不见之心孔悲。

【注释】①桹(láng):拴在船舷上敲打船舷作响以赶鱼入网的长木棍。

送　君　时

思亲一日如三岁,去家十舍如万里。投明叔也欲别我,枕上闻鸡泪如洗。丈夫盖棺事则已,君虽白发犹壮齿。奚惭折腰五斗米,三釜及亲胡不喜。桑弧蓬矢①射四方,男子生来志如此。

【注释】①桑弧蓬矢:成语,以桑木作弓,蓬草为矢,射天地四方,象征男儿应有志于四方。

高 阳 池①

驾言之石城,爱至高阳池。是时春始和,池水生渺弥。徒能踌躇顾,不及酩酊归。令人忆山翁,倒着白接䍦。

【注释】①高阳池:据《湖广通志·山川志·襄阳府》载:"白马山,(襄阳)县东十里,下有白马泉,晋习凿齿居焉,因名习家池,后山简日饮其上,更名高阳池。"

谷 隐 寺①

楼台寄山巅,屹屹与云齐。登临览昭旷,感慨发悲凄。西顾隆中庐,北睨汉阴畦。愿言脱樊笼,超然此幽栖。

【注释】①谷隐寺:位于湖北襄阳县岘山主峰谷隐山,晋代所建。

白 马 寺①

老龙挟神机,变化无拘挛。大作四海水,敛为一泓泉。白露泛素液,黄金折嘉莲。乐哉襄阳人,岁岁无凶年。

【注释】①白马寺:位于河南省洛阳市老城。创于东汉,中国第一古刹。

春风破穷阴①

春风破穷阴,草木争秀发。纷敷作锦绣,晃耀映霜雪。我行纵披赏,欲戴羞白发。相看一杯酒,聊以酬佳节。

【注释】①穷阴:古代以春夏为阳,秋冬为阴,冬季又是一年中最后一个季节,故称。

寄十二十四弟

有弟有弟各一隅,万里不见徒嗟吁。江湖春色又归矣,庭槛花枝还有无。欲寄我声无鲤鱼,欲写我恨无酒壶。开编一见鹡鸰①诗,潸然泪落如真珠。

【注释】①鹡鸰:俗称张飞鸟。

秋 风

晚来雨霁秋风颠,惊我枕上清昼眠。四林荒凉好景气,万里晻霭皆云烟。乳鸠深藏叫苦竹,苍鹘欻起摩青天。花枝柳叶便凋陨,山上松筠径俨然。

武冈①路中

朝行黄茅冈,暮宿黄茅驿。一冈复一冈,冈冈如络绎。一驿复一驿,思亲头易白。何时自此还,行李歉晨夕。

【注释】①武冈:今湖南省邵阳市。

《鄱阳集》卷三

城东行事,去李简夫①甚迩,可以卜见,而俱有往返之禁,因戏为歌,驰寄(简夫名佖,时监东水门)

故人咫尺水东头,我欲见之心悠悠。有足欲往不自由,形骸静对莺花留。我思肥陵昔之游,云雾密锁城上楼。把酒待月生海陬②,月到行午醉未休。濡须南池水中洲,脱帽散发寻渔舟。夕阳扶栏持钓钩,白苹风起寒飕飗。别来纷纷几春秋,彼此待尽栖林丘。滴泪落水东争流,肺肝虽大不容忧。残息乃复如悬疣,得官相望真如囚。李夫子,借使复得把酒与子饮,其乐还如昔时不。我今鬓发已丝志已偷,力不能前钝如牛。泡浪亦悟吾生浮,尚壮欲以华簪投。日月逐逐同传邮,何用自与身为矛。我歌草草子须酬,欲读子歌销我愁。

【注释】①李简夫:李宗易(?—1075),字简夫,宛丘(今河南淮阳)人。真宗天禧三年(1019年)进士。仁宗庆历元年(1041年)任御史台推直官、秘书丞,庆历八年(1048年)为尚书屯田员外郎,知光化军事。官至太常少卿。详于吏治。②海陬(zōu):海隅,海角。亦泛指沿海地带。

舟过当涂

悠悠章江柂①,复自姑孰②北。此身与此水,日夜俱无息。关关林中鸟,软语如相识。杨柳枝叶长,青青只如昔。唯予鬓间发,种种添新白。开尊泛溪水,宛转随山色。四方本予志,夷险非我恻。挂帆出长江,万里追鹏翼。

【注释】①柂(duò):同"舵"。②姑孰:隶属于安徽省马鞍山市当涂县。

阻风饮酒

系舟不能前,酌酒聊自慰。异乡少亲友,市远无兼味。惟兹佳山水,浑浑含正气。彷徨无宾主,恣取不为费。王事不为缓,简书实吾畏。夜晴如何其,呼吏看星纬①。

【注释】①星纬:天文星象,亦指以星象占定人事吉凶祸福的方术。

癸未季秋,偕子仲都官文渊、节推子坚先辈同游东湖,分题得东字

高山据西南,湖水自南东。中有避汉人,如彼云中鸿。一日克①诸②己,百世闻其风。乐哉今日游,况有贤者同。

【注释】①克:克制,克除。②诸:兼词,等于"之于"。

和广汉见和东字

驾言欲何之,于彼湖水东。茫洋众游鱼,凌厉一归鸿。嚼蕊①挹飞泉,解带临清风。寄声诗中伯,暇日倘来同。

【注释】①嚼蕊:指吹奏、歌唱,引申指反复推敲声律、辞藻。

出处势不齐,譬若西与东。在阴有鸣鹤,渐陆见飞鸿。禹稷①颜回道,下惠伯夷风。故彼孺子者,亦庶与古同。

【注释】①禹稷(jì):指夏禹与后稷。

与宁节推游聘君亭,邂逅广汉同游,分题得聘字

汉衰至桓灵,王室既不竞。豪杰死党锢,奸孽偷权柄。娟娟彼孺子,德誉南州盛。耕稼以自食,羞诣安车聘。彼非硁硁者,而欲为奇行。未能比禹稷,夫岂惭蘧宁①。我登斯亭上,悠悠发幽兴。高山知仰止,池水不可泳。鱼戏芙蓉花,凫杂参差荇。嗟叹之不足,俯仰成讽咏。

【注释】①蘧宁:蘧伯玉和宁武子的并称。

送宁秀才过溪口占

邂逅吾所乐,爱复惜分携。系帆且少留,聊慰吾所思。嗟我行老矣,志意非昔时。鬓毛黑如漆,种种今如丝。譬如七年牛,力乏气亦衰。嗫嚅食青刍①,欲往脚自迟。爱子齿未壮,骨骼超等夷。轩昂宇宙间,万里惟所之。举足我即到,宁复论华夷。行矣尚勉旃,卒慰吾所期。

【注释】①青刍:新鲜的草料。

沐浴有感

去垢如去邪,不欲留毫分。发不止一沐,身不止三薰。如何迷本原,浴德不自勤。区区养樲棘①,俯仰愧前闻。

【注释】①樲棘(èr jí):酸枣。

答张天觉①学士

庞蕴襄阳老精怪,辛勤欲挟山超海。破除枉被马师瞒,扶起赖存灵照在。最上一机终不传,喃喃谩自费罗千。晚年遭值张居士,冷火寒灰更炽然。

【注释】①张天觉:张商英(1044—1122),北宋蜀州(四川崇庆)新津人。字天觉,号无尽居士。英宗治平二年(1065年)进士。大观年间,任尚书右仆射。

内乡先春

古寺前无廊,空林中有亭。淅水为襟带,萧山作画屏。仰高听流水,志体得所宁。不能念羁旅①,天地俱浮萍。举首望飞泉(一云仰高看流水),日暮未肯(未肯一作未忍)归。夜凉多好风,明月有清辉。一举随所之,不如鸿鹄飞。思亲泪如雨,有露亦在衣。

【注释】①羁旅:长久寄居他乡。

九 雨

十日七日雨,十步九步水。师徒宿蓁莽①,宴坐吾亦耻。其谁护封穴,未忍鸟鼠死。天意若有谓,无人可言此。

【注释】①蓁(zhēn)莽:杂乱丛生的草木。

寄定州许资政①

中行耀师宠,北顾宽上忧。惠泽苏民瘵②,威名闻鬼陬。盐梅合调羹,帷幄聊运筹。中山想可见,更登城上楼。清患在未形,患形其计难。父老不言兵,朝廷今久安。贵侯弄丝竹,骑士矜绮纨。念念须预防,壮士心为寒。非公能知微,何敢矢

此言。

【注释】①资政：宋代置资政殿大学士，以授罢职宰相，偶授其他大臣，通称资政。②瘵(zhài)：多指痨病，如"痨瘵"。

月夜示子文

喜见明月到池东，我时独与孤转同。山光水色饮不尽，更烦佳木来清风。浩歌①一声志万里，飞飞欲到蟾蜍宫。君家玉琴试借我，为君写尽丝弦中。

【注释】①浩歌：大声歌唱。"尽""更烦""浩歌"等词歌咏昌江。

招赵温甫饮

典①衫买酒送春归，与春惜别无欢怡。穷村荒凉物色薄，肥鸡绿笋皆出雌。却思清谈醉我腹，愿君促驾无迟迟。

【注释】①典：典当。

和蒋深甫雪亭韵

巉岩巨石藏蛟龙，石破龙归旧迹空。风生江面激惊浪，雨歇天涯横断虹。高吟独据一老木，远望喜见双飞鸿。纵步忽逢溪上叟①，忘言疑是渭滨翁。

【注释】①叟：年老的男人。

赋朱令水渠

宣城貌古心亦老，自夸渠成非草草①。始挈孤忠犯众仇，此身弃绝甘夷岛。异言塞尽流始通，大功成就民斯保。天子虚心问民利，利如此渠亦须宝。

【注释】①草草：草率；马虎。

谅暗①闻笛

夜闻孤笛城头上，少年侧听成惆怅。明月纷纷送忧咽，清风点点来凄怆。鼎湖梦短飞不到，苍梧望断目几耗。此身犬马贱徒劳，君德岳山崇未报。

【注释】①谅暗:亦作"谅阴",居丧时所住的房子。

积　德

积德由丝毫,扬名满天地。古人成之难,今人败之易。不知责己重,而独于人备。天下此说用,无亦残风谊①。观物窃有得,作诗聊自志。

【注释】①风谊:风操;节操。

有　感

吾身本山林,艰难知备尝。天寒负书橐①,万里冒雪霜。山川风借力,道路泥为浆。瘦马鞭不前,悲歌自慨慷。今也偶得禄,虽劳庸何伤。念尔草野夫,百辈勤送将。不惟风雪勤,无乃田畴妨。素餐烦尔徒,心颜两愧惶。作诗书诸绅,庶几久无忘。

【注释】①橐(tuó):口袋。

夜登竹亭

碧玉多朝风,潇洒不及夜。沧溟①月飞出,碎影如刻画。爱君有素节,霜雪不凋谢。无言静相对,似欲闻情话。城上已三更,欲归犹未罢。

【注释】①沧溟:大海。

轻　舟

轻舟入深川,钝驹陟高山。胡为弃安乐,轻去趋险艰。一身事业荒,双亲鬓发斑。思之不远虑,览照胡为颜。

邻　鸡

邻鸡号清晨,客子起长道。二仪久风雨,百里生泥潦。高山险难登,钝马行欲倒。仆劳请休息,西北日尚杲①。

【注释】①杲(gǎo):明亮。

寒　食

山川路崎岖,于此遇寒食。冒雨虽甚苦,驱车不遑①息。敌愁酒无功,悦目花少色。谁当逆旅②思,独任清吟力。

【注释】①遑(huáng):闲暇。②逆旅:客舍;旅店。

游　子

游子何所之,上下山水中。泛滥不系舟,飘摇孤飞鸿。杨朱①泣路歧,阮籍悲途穷。我志非此流,高吟属春风。

【注释】①杨朱:战国时期魏国人,杨朱学派创始人,反对儒墨,主张贵生,重己。

陟山登涧

此身何时休,终日镇衮衮。才登涧之滨,又陟山之阪①。仆驽怯负重,马困忧途远。道路亦常态,勉旃强餐饭。

【注释】①阪(bǎn):斜坡。

偶　题

雏然凤之雏,杰然龙之驹。九天无乱云,万里多坦途。霜蹄①凤翮②一朝举,疲驽燕雀安能俱。

【注释】①霜蹄:马蹄。②翮(hé):鸟的翅膀。

赠君俞茶盂

人心一何巧,得泥自山隅。运泥置盘中,百转成双盂。粹质淹雪霜,清辉夺璠玙①。精明绝隐匿,洁白无瑕污。殷勤持赠君,意似生束刍。

【注释】①璠玙:美玉名。泛指珠宝。

赋刘令公署双头芍药

花容人所怜,花意我独知。雨露三月春,齐荣一纤枝。并立无妒心,相逢况芳

时。长同白日照,不为颠风离。世情正暌乖①,因赋芍药诗。

【注释】①暌(kuí)乖:指分离。诗中借芍药表达不争不妒的情怀。

自　诚

居方贵由礼,待物当竭诚。诚亡鄙虑见,礼去骄心萌。曾参日三省①,扬子②嗟四轻③。勉旃践此诚,蛮貊犹可行。

【注释】①三省:多次反省。曾参(前505—前435),春秋末年思想家,孔子弟子之一,儒家学派。②扬子:扬雄(前53—18),字子云,西汉学者、哲学家、文学家、语言学家。③四轻:指人的言论、行动、态度、爱好不端庄稳重。

寄春卿①

相约童稚间,遂成岁寒图。奈何离别多,各自东西隅。我心明月轮,子志青松株。明月千里光,岂为吴越殊。青松四时心,岂为风霜枯。相思不相见,作诗报区区。

【注释】①春卿:吴育(1004—1058),字春卿,建州浦城(今福建)人。宋代参知政事。

自　谢

瘠田历水旱,畎亩多荒芜。良农为耡耰①,不岁成膏腴。瘦木僵风雪,枝干皆蟠迂。良工试刻斲,不日成盘盂。在人虽不肖,蒙教当自殊。重念贱子庸,仅同流俗愚。学不达本原,行行无廉隅。九思失孔戒,三省忘曾模。背道而妄行,轻言以招辜。一身旅焚巢,众目暌张弧。奔驰今逝矣,玷圭可磨乎。昼寝过甚微,圣门斥弗诛。于今底荒唐,较彼尤昏逾。尚赖君子仁,为包小人蒙。未即远方屏,止于鸣鼓攻。过愆②苟不涤,忧虑环无穷。归来讼丑迹,欲自鞭微躬。父母遣汝来,期尔才德丰。亲友壮尔行,思尔事业充。不沿仁义流,反扇偷惰风。固宜众人归,讵可多雷同。犹愿追已往,从此图令终。庶几谢颜子,自誓规缪公③。敢期白日光,重照幽谷中。驱除困蒙吝,震荡迷复凶。作诗代负荆,鄙诚实悾悾。

【注释】①耡耰(yōu):泛指农具。耡,同"锄"。②愆(qiān):罪过;过失。③缪公:秦穆公,春秋时五霸之一。缪,同"穆"。

衢 州 道 中

登山复降山,仆膝良已酸。出溪复入溪,仆衣未尝干。嗟余九羁旅,囊橐①亦已殚。无食充尔饥,无衣覆尔寒。买酒聊一醉,行行莫长叹。

【注释】①囊橐(náng tuó):袋子,亦指行李财物。

冬 日 道 中

夜卧衾①裯单,不敢嗟体寒。晨餐蔬食微,不敢叹腹饥。重念饥寒民,亦有甚我身。我心若嗟吁,彼俗当何如。

【注释】①衾(qīn):被子。

寄 宁 子 文

相逢一笑东风前,相别一醉昌江①边。我来西山春正妍,未见君子心欲燃。紫泥诏命鼎来矣,黄卷②文章宜勉旃。题柱相如知有志,着鞭无使祖生先。

【注释】①昌江:指景德镇昌江河。②黄卷:书籍。古时为防书蠹,多用黄檗染纸,因纸色黄,故称为"黄卷"。

送蒋司勋①赴河北漕使

于皇时宋,治定百年。朝廷肃雍,以有多贤。蒋侯孔硕,克明其德。其立巍巍,其严翼翼。英考是擢,以司邦直。彼富贵不仁人,则惮之。侯曰:"吾治之彼。"孤有幼人,则侮之。侯曰:"吾绥之。"窜逐流落江湖东南。侯曰:"行哉!义岂吾惭!"皇帝思之,擢②使于闽、于淮、于江,治绩升闻。皇帝曰:"咨朕宠尔,勤俾相尔。"攸宜莫如河朔,往都漕事,以谋以度,侯拜稽首,受命不敢居。言秣其马,言脂其车。其马骈骈虽疾而仪;其车轩轩既博且闲。蒋侯归止,觐③于天子。天子是喜曰:"朕有贤卿士明明。"蒋侯政事文章以明,以将当至庙堂,奚止河一方。汝砺作诗,式赠其行,俾人咏歌,以永厥声。

【注释】①司勋:官名,吏部司勋司长官,掌功勋酬奖、审复赏格,从六品。②擢(zhuó):选拔、提升官职。③觐(jìn):朝见君主或朝拜圣地。

送上官察院归闽中

南山幽幽,非可陵之丘。渊渊其渊,非潢污之泉。我徒以趋君,假我以车,我泳而游,君载我以舟。君行未至,我心非乐。君去不迟,如之何?勿思是用,作歌以告。吾怀某偷惰不强,日陷罪恶,元忠哀怜,惷^①愚未忍,诛绝赐诗,为戒佩服,弗忘韵险且长,赓和未逮,聊作短句,以代负荆。

小人无远虑,苟志怀与安。富贵本浮云,百计图一完。辰乎来之迟,玩弄如等闲。其不为禽狄,不能分寸间。故人哀怜之,投以药石言。伏读夜达旦,颜汗肌骨寒。顾惟壮盛时,气大力亦敦。泰山陟其巅,不见宇宙宽。荡舟绝溟渤^②,独自观其澜。老大不自强,喑嘿甘素餐。更欲盗恩荣,归取妻子欢。自非仁人心,孰肯救此患。过恶苟容改,勿惮提耳烦。将大书诸绅,佩服永弗谖^③。

【注释】①惷(chōng):愚蠢。②溟渤:指溟海和渤海。③谖(xuān):忘记。

蒋颖叔以广陵诗见赠,次其韵

久病乘秋足寒热,欲巢高木藏营窟。衰迟不是富贵人,便合买田投印绂。荆溪大士简我诗,坐觉暗室阴云披。垢尽清明入两目,忧忘喜乐生中脾。缄藤^①扃镭^②欲自私,不知半夜扬清辉。儿童怪骇私问我,谓予蕴玉藏珠颗。辎车近说足遐观,烟霞日夜生毫端。楼台缥缈云中寺,众马不前君独至。却跻双林跋提水,更登百丈大雄山。游淮已擅中秋夜,落帽须分九日天。茱萸准拟楼头会,终朝把酒千峰对。杖藜徙倚望八荒,孤鸿飞出青云外。

【注释】①缄藤:绳索。②扃镭:箱柜上加锁的关纽。指捆绑箱柜的绳索和关锁箱柜的插关纽。比喻固守政策。

拟田园乐

一

买田何须近郭^①,作屋却要依山。青松共我终始,白鸟随人往还。

【注释】①郭:外城,泛指城市。

二

春酒家家初熟,春花处处光辉。看花更携酒去,酒醉却插花归。

三

步月溪头置酒,野草不妨①醉眠。百岁独多暇日,万家共乐丰年。

【注释】①不妨:没有什么妨碍。

四

山色依云暗淡,溪声漱玉①玲珑。孤笛醉吹明月,扁舟卧钓秋风。

【注释】①漱玉:谓泉流漱石,声若击玉。语出晋陆机《招隐诗》:"山溜何泠泠,飞泉漱鸣玉。"

五

霜寒禾黍①初熟,日落牛羊自归。乐事须还田舍,浮名不入柴扉。

【注释】①禾黍:泛指黍稷稻麦等粮食作物。

六

稚子①骑牛横笛,老翁置酒高歌。算来人生有几,莫问世事如何。

【注释】①稚子:幼儿;小孩。

送许屯田①

君尝治浮梁,德爱均父母。黎明令一出,百里无敢侮。黠吏窜狐鼠,惠爱沾农亩。浮梁巧烧瓷,颜色比琼玖②。因官射利疾,众喜君独不。父老争叹息,此事古未有。(浮梁父老言,自来作知县,不买瓷器者一人,君是也。作饶州不买者一人,今程少卿嗣宗是也。)君尝速我饮,漓薄只村酒。君举长满觞,我畏不濡口。京师相晚值,相笑俱老丑。我欲提君名,四方为奔走。君立掉头去,自谢吾无取。移舟去都门,待水三月久。不一诣权贵,挂席随南斗。庐陵据艰险,狱讼成渊薮。君以一目视,无恶亦无苟。三年最课上,坐冠江西部。我来君及瓜,欲荐嗟掣肘。有才使如君,未见终不售。即听宣室诏,莫爱潮阳守。

【注释】①许屯田:《浮梁县志》载,许屯田名彭年,浮梁县令,著名文人、鄱阳县籍状元、著名的廉吏。浮梁古县衙从唐代至民国任县令的有373人,最清廉的是北宋许彭年。他在浮梁为官,走时没带走一斤茶叶、一件瓷器。浮梁父老言:"自来做知县,不买瓷器者一人,即许彭年也。"②浮梁巧烧瓷,颜色比琼玖:高度评价景德镇瓷器,成为古代景德镇(浮梁)瓷器的宣传语。

马粹老谒黄龙祖心①,云得趣向处除烦恼矣,因以偈谒之

门门赵州门,路路曹溪路②。此间无向背,云何说向趣。佛游五浊世,不说无烦恼。此心即是佛,云何说除扫。

【注释】①祖心(1025—1100):黄龙慧南的三大弟子之一,俗姓邬,号晦堂,广东始兴人,19岁依龙山寺惠全法师出家。②曹溪路:佛陀路,就是六祖慧能大师所创的顿悟法门。

大暑道中

高堂卧清风,顾我岂不欲。王事不可缓,驱车冒炎酷。赤日暴形骸,毛发几焦秃。义命①有固然,勤劳不为辱。

【注释】①义命:正道,天命。泛指本分。

小舟过陂口

轻舟落陂漘①,脱去如一叶。篙工习欹险,振呼矜巧捷。急水生凉风,盛暑熨汗浃。涉远虽力壮,临危固心怯。不如山居安,魂梦亦妥帖。

【注释】①漘(chún):指水边。

大暑息林下

溪流转东西,日色不可障。水风鼓炎热,如坐蒸炊上。幽林隤①山谷,弛楫没清旷。行矣难少留,白云在吾望。

【注释】①隤(tuí):坍塌、崩颓、坠下。

老母德安县君生辰颂时,湖南奉使途中作

有节维冬,有载维春。维时斯成,维诞斯辰。妇妾祗祗①,儿女诜诜②。是笑是言,是祝是防。其德维何,维厚之坤。其福维何,维北之山。嗟尔小子,不克骏奔。靡不肃雍,维我母贤。无有申之,有永其年。

【注释】①祗祗:恭敬貌。②诜诜(shēn shēn):同"莘莘",很多的样子。

自勉呈尊叔

欲成九层台,不敢宁厥居。昨朝雨暴至,圯①败只须臾。百年养不足,一日毁有余。非叔有至言,吾终小人徒。

【注释】①圯(yí):桥。

和君时城上乐字韵

吾衰寡所欣,惟子足与乐。爱君凌云气,更老更充扩。危城纵登眺,万里见澄廓。中林韵秋风,往往中宫角。琼液白玉浆,十分许君酌。是非等毫发,未足烦商榷①。贪狗终不还,彼哉世人错。

【注释】①榷(què):商量。

长芦阻风

纵目江南路,系船淮上村。长芦云作阵,高柳石为根。浪逐江风急,潮连海水浑。雪霜千骑散,钲①鼓万兵屯。蒲藻鱼游处,泥沙鸟篆痕。参差邻画舫,咫尺想空门。(泊舟处与诸君相邻不相见数日矣。长芦寺咫尺,以水潦不克往。)贝叶有秘语,韦编无近言。漫瞻双去翼,空饰两朱轓。好在弥天释,何如炙輠髡②。浊清罗酒斝,南北看风幡。敬信无非事,精微讵可论。孤忠天未弃,尚合辱垂恩。

【注释】①钲(zhēng):亦名"丁宁",古代打击乐器。②輠髡:輠(guǒ),古代车上盛润滑油的器具;髡(kūn),古代剃去男子头发的一种刑罚。

路人有弃其子者,因作是诗,予时奉使湖外

彼呱呱者,其孰弃之。彼嬛嬛①者,其孰收之。彼禽何知,能字其雏。飞前则顾,饥啄则呼。孰谓斯人,禽之不如。彼雏之微,皆得所依。婉娩②其音,婆娑其衣。孰谓斯人,乃独无归。我号斯言,以告采诗。

【注释】①嬛嬛:形容轻柔、美丽、貌美。②婉娩:委婉柔顺。

和君时弟韵

流火退缩金盛强,郊原日夜生寒凉。梨垂栗皱橙柚香,田家笑语炊黄粱。山

水秀彻摇秋光,重岩细菊斑斑黄。万象呈露无遁藏,时和岁丰辰亦良。脂车与子游上方,吐论纵横气轩昂。书帙罗列图画张,睥睨孔孟窥虞唐①。偃息道奥缘禅床,苒苒定看移星霜。

【注释】①虞唐:唐尧与虞舜的并称。亦指尧与舜的时代,古人以为太平盛世。

不 寐

吾行不能休,中夜或不寐。悠悠此时心,往返遍万类。鳏鱼①固不瞑,梦蝶亦无事。纷纷尔何为,百虑终一致。

【注释】①鳏鱼:鲩鲲,又名鳡鱼,因鳏鱼的眼从不闭上,所以比喻愁思不眠的人。

和叔宜弟

悠悠白云飞,戚戚感我情。白云行四方,顾我岂惮行。投袂起番水,荷担指宜城。所怀再逾秋,计以顷刻成。远装有书帙,贫囊无金籯①。马羸半徒步,仆瘦复兼程。天寒雪频飞,山阻路少平。林端虎豹迹,驿后豺狼声。我行有所怀,虽壮如孩婴。入门旅愁破,侍席春风生。丁宁道怀感,恻怛一坐倾。我今授汝记,汝当以孝名。孝能事其亲,荣亦及乃兄。乃兄久衰矣,山川倦遐征。归与治尔田,我归耦②而耕。

【注释】①籯(yíng):竹笼。②耦(ǒu):两个人在一起耕地。

泪痕如雨欲垂垂,知汝心诚系彩衣。江外若逢鸿雁过,时将音问寄庭帏①。

【注释】①庭帏:指父母居住处。

答张知常①

曰归去上凤凰台,已见云中鸣雁来。携酒几时窥北海,采兰三月去南陔。山间鼠窃不为盗,屋上鹳巢无安灾。但喜朝廷容正直,更须郡守择贤才。(今年夏,南阳多盗,继有水灾,来诗及之故也。)

【注释】①张知常:又名张根。《宋史》载:"张根,字知常,饶州德兴人。少入太学,甫冠,第进士。调临江司理参军、遂昌令。乡人之贤者彭汝砺序其事,自以为不及。"

两鬓萧条今更衰,茱萸只似去年时。甘从彭泽渊明醉,未肯牛山丘据悲。泛菊想公多乐事,及穿如我有归期。须穿略彴行松径,尚见芙蓉出槿篱①。

【注释】①槿篱:木槿篱笆。

游 西 山

我少及长从公游,我今老矣公白头。渊明彭泽不归去,太史周南方滞留。爱山兴与精神聚,形骸自笑縻①珪组②。欲骑马去陟彼砠,空羡鸿飞在于渚。西山第一列洞天,别有日月无岁年。洪崖已成丹灶药,瑶池每赋白云篇。嘒嘒蝉噪竹枝露,斑斑豹宿巅崖雾。伯兮伯兮归勿遽,人间旱岁须霖雨。秋雨辛勤开菊花,春风取次生兰芽。我虽调公不敢易,龙驹会去超胡沙③。

【注释】①縻(mí):束缚;笼络使不生异心。②珪组:玉圭与印绶,引申指爵位、官职。③胡沙:西方和北方的沙漠或风沙。

爱山楼①歌

山隆然兮为屏,楼飘渺兮浮空。朝阳起兮辉辉,白云宿兮溶溶。乔木兮阴阴,泉飞兮珑珑。花草兮春雨,鹤唳兮秋风。企望焉兮徜徉,横四海兮无穷。气漂浮兮欲仙,嗟势利兮樊笼。归去来兮何为,从公游兮山之中。

【注释】①爱山楼:彭汝砺外舅宁公(名锡,字佑甫)所建,建于景德镇市浮梁县寿安镇诸仙洞。

和彦衡直讲

一

日隐天北角,月飞海东头。清晖到堂除,转觉夜气幽。睥睨①天地间,无物奚为忧。

【注释】①睥睨(pì nì):指斜着眼看,表示厌恶或高傲。

二

是身如芭蕉,况复身外名。至人①本无心,肯为宠辱惊。

【注释】①至人:古时具有很高的道德修养,超脱世俗,顺应自然而长寿的人。

三

风随明月来,终夜共清白。先生静无语,独看庭前柏。冠带褫①客衣,诗书倦尘迹。好风此时来,应与君相识。

【注释】①褫(chǐ):脱去,解下。

四

照月槐影碎,吹风柏声繁。悠悠①此时心,可乐不可言。

【注释】①悠悠:形容从容不迫。

使虏有怀

长年日戏老莱衣①,不忍此身终日违。今日马头燕北去,不堪频望白云飞。白云汝飞去何许,悠悠会到江南路。朔风吹泪洒大河,直与波澜竞东注。

【注释】①老莱衣:老莱子(约前599—约前479),春秋晚期思想家,道教人物。湖北荆门人,著名的孝子。72岁时,常穿彩衣作婴儿状取悦双亲。后以"老莱衣"比喻对老人的孝顺。作者希望能像老莱子,对祖国热爱,对使命忠诚。

芦 花

风起芦花散雪,纷纷故着枯槎①。晓日曚昽照处,十分认作梅花。

【注释】①枯槎:老树的枝杈。

沙 柳

沙陀①只见尘土,柳色如逢故人。忆着千条万叶,金明驰道青春。

【注释】①沙陀:沙陀族,又名处月、朱邪、朱耶,原是唐朝时西突厥的一部,游牧于今新疆准噶尔盆地东南一带,因其地有大沙丘,故而得名。现消失。

韩氏周宣王时为侯,尝入觐而归,显父饯之,尹吉甫作诵。今司空康国公既老,元祐丁卯朝京师,戊辰春还,许天子赐燕某,赋是诗

在昔韩侯,受命有周。绍嗣禹功,以续祖考。韩侯入觐,玄衮介圭,有淑其旅。韩侯归止,显父是饯。笾豆有践,奏鼓衎衎。韩侯燕喜,既多受祉。施于子孙,为宋柄臣。有子且贤,长则上公。亦似前人,有赫厥庸。公老许田,载见式时。朝有大疑,公为蓍龟。公去不留,天子是思。薄言维之,旟旐[①]有辉。都人咸喜,祝之千岁。国有元老,邦家是赖。康公之德,寅亮孔硕。利泽在民,功在社稷。孰能诗之,以继韩奕[②]。诞发其声,施于罔极。

【注释】①旟旐(yú zhào):泛指旌旗。②韩奕:指《大雅·韩奕》,是中国古代第一部诗歌总集《诗经》中的一首诗。

舟 中 偶 言

水聚即为沤[①],沤散还为水。只这聚散中,便是真如理。

【注释】①沤(òu):长时间浸泡。

和 瑛 师

去来的的然[①],莫道无来去。烟萝宝峰境,风月清源路。雨涨没沧洲,云归出孤屿。风便水亦便,非讼亦非诉。(是时师自丰城归洪州,而水便。予按庐陵,而风亦便。故其词如此。)

【注释】①的(dí)然:明白显然。

题 本 觉 庵

本觉[①]非今觉,今觉如本觉。悟得本觉时,非觉非非觉。

【注释】①本觉:佛教语,即众生本有的觉性,人人具足,个个都有。众生心体,自性清净,原有性德,非修成而然,故称"本觉"。

《鄱阳集》卷四

皇帝郊祀,礼毕,诣景灵恭谢,次履中①学士韵

黎明驾出告熙成,朝野人呼万岁声。日上天门春意近,雪残宫瓦晓寒生。六龙宠护随天仗,三爵恩容醉御觥。德似丘山②纤未报,白头知愧不知荣。

【注释】①履中:李复(1052—?),字履中,长安人。被称为潏水先生,负奇气,喜言兵,于书无不读。宋神宗元丰二年(1079年)进士。②丘山:山丘。比喻重、大或多。

皇帝郊丘从驾,次履中学士

今岁郊丘上始躬,宿斋①初出未央宫。百年礼乐星辰烂,万国衣冠锦绣中。精意与天相应接,人心如水自流通。圣时好作休成记,今日谁为太史公。

【注释】①宿斋:古代指举行祭祀等礼仪前的斋戒。

次韵履中学士宴集英殿

衮衣玉色殿中央,簪佩参差万翼张。和气每窥天一笑,睟容时见日重光。九成乐奏蓬山近,百和香焚黼座①傍。鱼跃鸟飞应自喜,君仁三倍胜岐昌。

【注释】①黼(fǔ)座:帝座。天子座后设黼扆,故名。

次履中学士,正月十一日迎驾大庆殿

瑞雾苍茫杳霭间,迟明催立大庭班。禁林草木青春近,秘阁文书白日闲。华盖荧煌①天帝座,蓬莱缥缈道家山。金舆玉乘归何晚,乐奏钧天梦未还。

【注释】①荧煌:闪耀辉煌。

考试阁下次子由韵

省曹只有西曹要,官府无如宪府严。国论于今须汲直,人才自昔畏由兼。斧斤准拟栋梁得,尘土吁嗟圭璧①淹。万事调和归适可,诸公闻望在梅盐。

【注释】①圭璧:古代王侯朝聘祭祀时所用的玉制礼器。

赠去华学士

射策熙宁第二人,十年青绶困京尘。声名未误如椽笔,宠辱何疑是梦身。壮志自能探虎穴,危言更看逆龙鳞。美才何但膺门①客,观国今时正利宾。

【注释】①膺门:借指名高望重者的门下。

岩夫①庭佐欲归,出长安,以诗邀游后圃

马蹄容易去吾东,行李纷纷计已匆。还使寸肠随夜月,不知一泪落春风。双飞露草看原鹬,独宿云溪念塞鸿。更约藏舟今日饮,百壶清笑慰飘蓬。

【注释】①岩夫:萧注(1013—1073),字岩夫,临江新喻(今江西新余)人。仁宗庆历六年(1046年)进士。皇祐四年(1052年),擢礼宾副使,知邕州。神宗熙宁初,知宁州。熙宁四年(1071年),知桂州。

奉答诸兄弟诗韵

饥渴相期侍板舆,途中千万数脂车。浮生本自云无定,白发新来雪不如。原上脊令①知望汝,洲前鹦鹉看题书。愁肠日有平安信,只问江头双鲤鱼。

【注释】①脊令:鹡鸰,水鸟名。喻兄弟友爱,急难相顾。

得至郢州寄知郡朝议

襄阳曾赋赠行诗,邂逅扁舟得所期。胜迹好寻梅福宅,真游稍记习家池。郢中白雪①今谁和,汉上仙槎恰是时。冰酒直须多准备,寄声先报主人知。(送行诗辛章云兵厨且喜为冰酒,当为公乘八月槎。)

【注释】①郢中白雪:指高雅的乐曲或诗文。

寄和仲(牛首作)

日月其除如掷梭,老来衰疾转添多。苦心不只荼毒似,短发无如霜雪何。毕

竟行藏浑有定,寻常聚散亦非它。欲知日暮相思意,牛首山①前湖水波。

【注释】①牛首山:又名天阙山,位于今南京江宁区。因山形似牛角故名。

奉怀深父学士友兄

泛泛公舟何所之,江湖不似月相随。关西夫子①吾所畏,河上丈人②今所思。蓬发白如相别日,菊花黄似去年时。看花欲饮竟无味,不是贫家缺酒卮。

【注释】①关西夫子:杨震(?—124),东汉弘农华阴人,字伯起。少好学,博览群经,当时称为"关西孔子"。历任荆州刺史、涿郡太守、司徒、太尉等职。②河上丈人:河上公,齐地琅琊一带方士,黄老哲学的集大成者,方仙道的开山祖师。为老子作注《河上公章句》,但其姓名生地无可考。

看山更饱更无厌,野色虽寒亦不嫌。风作浪头高突兀,云埋雨脚细廉纤。一双远岸钓鱼艇,三尺近村沽酒帘。海上浮舟忆彭蠡①,门前栽柳旧陶潜。

【注释】①彭蠡(lǐ):彭蠡湖,一说为鄱阳湖古称。

奉和施禽鱼食,复赓一章

南方有国号清凉,人好禽鱼性亦良。在藻日分香积饭,衔花时绕净明床。濠梁①孰谓安知乐,大泽吾能不乱行。但得养鱼如养己,相濡仍不似相忘。

【注释】①濠梁:河上的桥梁。庄子和惠子在濠水的桥上辩论鱼乐的故事。后以濠梁比喻隐士悠然自得的出世思想。

江上寄广汉屯田丈

白首扁舟西复东,沧江时对百花丛。山光缥缈云霄外,水气溟蒙烟霭中。似酒鹅儿随暮雨,于飞燕子语春风。一杯欲饮终无绪,想望邻家鹤发翁①。

【注释】①鹤发翁:白发老者。

和 瑛 师

江湖日夜着东流,水上乾坤一点浮。隔浦云山随客步,近村花竹慰人愁。同

舟自有林宗在,结社还须惠远游。酒兴正酣归更懒,坐看凉月上沧洲①。

【注释】①沧洲:滨水的地方。古时常用以称隐士的居处。

兵部敏叔①颁示佳句谨依原韵

遍弥川泽压冈峦,万室清明更可观。麦上早春谁漏泄,梅边穷腊自凋残。阴阳顺适天时好,高下均平地泽宽。岁岁丰登今以始,都人切勿怨祁寒。

【注释】①敏叔:张景修,字敏叔,自号浮梁居士,常州人。宋治平四年(1067年)进士。元丰七年(1084年)任浮梁县令,官至礼部侍郎。

次去华学士韵

九衢①尘土暴秋阳,宫殿深沉早自凉。庭柏染霜千丈碧,篱花着雨一番黄。天边河汉波澜阔,海上蓬莱日月光。文物岂惟淹汉魏,太平久矣四三皇。

【注释】①九衢:纵横交叉的大道;繁华的街市。

寄君时①弟

日夜风前听好音,书来一读一伤心。泪摇眼尾催花发,愁结眉头见雪侵。秋迳②自栽彭泽菊,夜堂时奏武城琴。事多不废看书否,白首知君惜寸阴。

【注释】①君时:彭汝砺的弟弟彭汝霖,字君时。宋神宗熙宁九年(1076年)丙辰科进士,曾任秘书丞、殿中侍御史、谏议大夫、扬州知州。②秋迳:指秋日荒凉的小路。迳,同"径"。

送祖道朝奉

二月同舟出宋都,转头即是十年余。可怜老大犹为客,莫怪寻常不作书。蜡屐阮孚①人不会,鲈鱼张翰子何如②。寄声莫污清风地,留与先生作隐居。

【注释】①阮孚:字遥集,西晋陈留尉氏。爱好木屐,常擦洗涂蜡。后用"蜡屐、阮屐"指对常物爱之过甚;劝人莫要爱惜微物束缚成事的手脚。"蜡屐阮孚人不会"典出《世说新语·雅量》。②"鲈鱼张翰子何如"典出《世说新语·识鉴》。

送吴县丞

四十青衫似老翁,作官不似作诗工。身追鸿鹄云霄外,手缚鲸鲵波浪中。俊敏今非无李白,沉深古自有扬雄。和声直可奏宗庙,叹息无人知爨桐①。

【注释】①爨桐(cuàn tóng):谓焚烧桐木为炊。后以"爨桐"指遭毁弃的良材。

送叶亨仲

太学声名二十年,词场少以一当千。王良仅可使执策,祖逖岂容争着鞭。文字莫愁蒙酱瓿①,功名欲看勒燕然。故人相见如相问,为说萧条雪满颠②。

【注释】①瓿(bù):古代盛酒器和盛水器,亦用于盛酱。②"故人相见如相问,为说萧条雪满颠"模仿王昌龄《芙蓉楼送辛渐》"洛阳亲友如相问,一片冰心在玉壶"。

四月七日出城西,见河中资政侍郎,遇中叔联骑入池南门,行东北隅以归,各赋一首

一过西城首一回,经年欲往限尘埃。蔷薇露湿春犹在,杨柳烟深晓未开。雨后波光浮渤澥①,云中山色隐蓬莱。与君驰马竞东北,也道曾来池上来。

【注释】①渤澥(xiè):古代称东海的一部分,即渤海。

和美叔①学士

早日清明气郁葱,翠舆朝出建章宫。光回鹭羽云霄外,翠滴荷衣雨露中。苦爱平心似崔郾,预愁启事愧山公。酬诗自笑才悭涩②,不似清微长养风。

【注释】①美叔:晁端彦(1035—1095),字美叔,仁宗嘉祐四年(1059年)进士,一说嘉祐二年(1057年)进士。1071年任开封府推官。后任淮南东路刑狱、贺辽国正旦使、江淮荆浙等路发运使。②悭涩(qiān sè):吝啬。

和彦常①侍郎

濯濯威灵赫赫光,天颜咫尺在岩廊。图功未肯兄三古,较艺何嫌弟寸长。鼓舞雷风驰汉诏,昭回云汉见尧章。酒樽更有论文乐,一笑令人万事忘。

【注释】①彦常:孔武仲(1041—1097),字常父(甫),又字彦常。临江新喻(今江西新余)人。仁宗嘉祐八年(1063年)进士。历官集贤校理、著作郎、国子司业、起居舍人、中书舍人、礼部侍郎。与兄文仲、弟平仲并称"三孔"。

再和彦常侍郎

天上九重开禁闼①,云间千步见修廊。仙源水近漂花急,化国人闲爱日长。较艺过旬窥锦绣,赋诗终日听韶章。时沾好赐终何报,自许余忠老未忘。

【注释】①禁闼(tà):指宫廷门户。

送池须文长官

龙渊虎穴少穷探,老大生涯一剑镡①。曲沼鸳鸯多白发,雕笼鹦鹉久青衫。能知令尹三无愠,正似嵇康七不堪。见说明朝好天色,鹏程从此稳图南。

【注释】①剑镡(tán):剑首,又称剑鼻。

刘生适中,初业儒,稍能文词气,勇而不暴,甚得乡士人心。连蹇不得志,以医游四方。元祐七年来京师,予与乔给事,公权丰,侍郎相之荐于朝,入翰林为医官,孙待制。传师帅渭,辟以从予。哀生之志,未得而喜。其得贤主人以归也。作是诗以送之

短衣瘦马去从军,辛苦知君只为贫。丝绶戏拈五两去,桂华志取一枝春。持书关内大丞相,寄语渭滨贤主人。种种别时双鬓发,萧条今日总如银。

送蒋和父赴代州教授

十年场屋饱声名,落笔从容一坐倾。余泽未能沾万物,绪言聊复启诸生。青衫①簿领②当时态,白首诗书足义荣。得失已知君不恤,春风谈笑入边城。

【注释】①青衫:古代指书生。②簿领:谓官府记事的簿册或文书。

丰　湖①

漫漫平湖十里赊,南州今作画图夸。波澜雨过鱼儿出,草木春归荔子花。山

近冷光摇几席,地平余润入桑麻。使君恩德还如水,长满罗浮②十万家。

【注释】①丰湖:湖名,在广东惠州城西。②罗浮:位于南海大亚湾,毗邻惠州西湖。

仙阁玲珑高出云,画桥缥缈净无尘。满分江海千年润,平占蓬瀛十里春。照浦玭珠①应自复,随舟鸥鸟会相亲。使君爱物能如此,闾巷当时合借徇②。

【注释】①玭(pín)珠:珍珠。②借徇:同"借寇",典出《后汉书·寇恂传》。称颂地方官吏有政绩,受人爱戴挽留。

和深父①学士

故人气分比松筠,凌雨霜风转更新。暇日莫辞三斗醉,浮云便是百年身。今来古往只如此,弟唱兄酬莫厌频。雪霁拥炉须酩酊②,月明分手更逡巡。

【注释】①深父:王回,字深父,福建长乐人,北宋学者。②酩酊:指醉得迷迷糊糊。

和侯利建①运使朝请

当年置酒岘山亭,公作新诗我载赓。疾病尚怜忧似醉,文章还看美如英。伤哉无复老莱戏,久矣不闻韶乐声。饥鹄欲飞嗟已老,谬烦江汉借修程。

【注释】①侯利建:眉州人,宋仁宗庆历年间登进士第。

和通判朝奉宋丈

尘事如毛日日生,故园久拟问归程。飞鹏怒薄扶摇上,病骥饥寻巀嶭①行。绿野尽头迷汉水,白云深处是樊城。私怀借问何其似,只看摇摇车上旌。

【注释】①巀嶭(jié niè):高耸。亦指高峻的山。

未忍田间老此生,衰迟已觉怯修程。频频彼似鸒斯①党,踽踽吾非秋杜行。云影昼迷芝岭路,水声夜到凤林城。仆夫不见人忧思,未晓匆匆已抗旌。

【注释】①鸒斯(yù sī):鸟名,乌鸦的一种。

和通判①承议

决胜从容樽俎间,一军争死不知还。拔旗径蹈乌桓垒,杖策横封函谷关。画

像麒麟天上阁,铭功鸡鹿雪中山。我荣不与诸公比,归见慈亲一解颜。

【注释】①通判:官职。始于宋朝时期,辅助知府政务,分掌粮盐都捕,正六品。

再呈通判承议

山边置酒水边行,鱼鸟于人各有情。终世果能着几屐,此时聊可濯吾缨。启期①拍手夸三乐,渔父张颐笑独清②。四海一舟归未得,低回长恐负生平。

【注释】①启期:荣启期(前571—前474),字昌伯,春秋时隐士。②"启期拍手夸三乐,渔父张颐笑独清"分别化用荣启期之乐和屈原之慨叹。

南头如送北头迎,只有溪山不世情。少日激昂投耒耜,老年辛苦畏簪缨①。长松根脚龙蛇蛰,老鹤精神玉雪清。会得无生浑自足,还容欹曲问长生。

【注释】①簪缨:古代官吏的冠饰,比喻显贵。

呈通判朝奉宋丈

昨日南阳今浙川,驰驱不敢恨华颠。久披褐布是居士,时着斑衣犹少年。系屧①记寻幽径竹,泛舟忆近碧池莲。笑君与我浑相似,目病鳏鳏夜不眠。

【注释】①屧(xiè):泛指鞋。

经时山川浪跋履①,半夜衣裳时倒颠。尘土最能催白首,风波只会送流年。寂寥彭泽门栽柳,潇洒东林社结莲。语及故乡归未得,看云步月欲忘眠。

【注释】①跋履:指旅途辛劳奔波。

持正率和中丞诸公喜雨

昊天旋日照宸忧,灵雨崇朝遍舜州。云起山川初一点,水倾河汉欲交流。欢愉散入舆人诵,润泽浑供万物求。遥想玉山禾粒熟,来仪还见凤凰秋①。

【注释】①"来仪还见凤凰秋"语出《书·益稷》:"《箫韶》九成,凤皇来仪。"

盛德无烦百姓忧,分明灵贶厚齐州。精神散接诸天远,润泽横随四海流。玉色晬温知有喜,渊衷①澄寂本无求。史官屡得丰年事,还记熙宁第十秋。

【注释】①渊衷:渊深的胸怀。多用来称颂皇帝。

奉寄深之学士子开侍郎

万国承平道更尊,君王取士夙临轩。雕虫立废贾马^①赋,发策跂闻晁董^②言。兰艾同荣春霭霭,鱼龙欲化海浑浑。风流想见东华路,夹道传呼看状元。

【注释】①贾马:贾谊、司马相如的并称。二人均以辞赋著名。②晁董:汉代晁错和董仲舒的并称。

时在集英幕中呈诸公学士

衰病从来饭亦慵,不堪锁宿似南宫。夜凉月满重帘外,春雨花开一梦中。轩陛直言尊董氏^①,朝廷故事问胡公^②。文章久怪无新语,议论初欣有古风。

【注释】①董氏:董淑妃(?—1062),宋仁宗赵祯后期的妃嫔,嘉祐初年,宋仁宗无子,压力过大,试图自刎,被董氏夺刀,后得到宋仁宗器重。元符三年(1101年),追赠贵妃。②胡公:胡则(963—1039),北宋永康人,宋朝婺州第一个进士,三朝名臣,一生为官清廉,百姓敬其为"胡公大帝"。

和范学士韵

一

大府池台能近郭,邻家花木巧当颜。丛篁^①着雨初成径,巨石浮烟恰是山。御气即能驰碧落,战文谁敢敌黄间。乐天自得三无愠,易地何殊五不还。

【注释】①丛篁:丛生的竹子。

二

先生亡子众推贤,号慕今犹似恸颜。西竺^①尝言空是色,南华亦笑泽藏山。由来世事无穷处,毕竟人生在几间。看着江流长泛泛,可言逝水不知还。

【注释】①西竺:指天竺。

三

日华苒苒在波澜,水色依依照面颜。汉上仙槎^①浮八月,海中金阙隐三山。芙

蓉开席成阴处,杨柳维舟倒影间。景物向人情不浅,频将风月送公还。

【注释】①槎(chá):用竹木编成的筏。

四

清香一炷意超然,万事无缘更动颜。野鸟衔花来丈室,烟萝①招月出遥山。居方不碍游方内,住世还如出世间。却笑晚年贪着事,野边湖外夜忘还。

【注释】①烟萝:草树茂密,烟聚萝缠。借指幽居或修真之处。

五

南阳五月饱偷安,报政无闻只汗颜。平日髡钳①盈狴犴,丰年盗贼出丘山。簿书细碎晨昏事,弦诵寂寥庠序间。但见颍川多凤集,仍知合浦有珠还。

【注释】①髡钳(kūn qián):亦作"髡钳",古代刑罚。谓剃去头发,用铁圈束颈。

六

岂有微功答谬恩①,尚思荣禄慰慈颜。心诚似水知宗海,事责如蚊欲负山。资性仅同中以下,行能未及二之间。木桃每屈言为赠,只恐琼瑶未足还②。

【注释】①谬恩:无才德而误受恩遇。②"木桃每屈言为赠,只恐琼瑶未足还"典出《诗经·卫风·木瓜》句:"投我以木桃,报之以琼瑶。"

七

南阳虽好远江干,襄沔归来失病颜。雨霁远浮清汉水,云归深见上方山。伤心蜀主君臣际,回首庞公①父子间。薄暮楼头待明月,笛声时见钓舟还。

【注释】①庞公:东汉庞德公。襄阳人,曾拒绝刘表的礼请,隐居鹿门山而终。后成为隐士的典故。庞德公之子庞山民,庞统的堂兄,娶诸葛亮二姐为妻,任曹魏黄门、吏部郎。

八

起照青铜已鬓斑,早衰不似旧容颜。尘埃苒苒行其野,霜雪纷纷陟彼山。稍忆辍耕栖垄上,不堪待罪久行间。阳台自笑云无定,华表应疑鹤未还。

九

风雨先催十月寒,顾瞻言迈只悲颜。二天旧泽流淮水,五色新文照楚山。我病欲归边使重,君行合在侍臣间。颍川莫厌次公去,宣室方思贾谊①还。

【注释】①贾谊(前200—前168):河南洛阳人,西汉初年政论家、文学家。

和刘舍人

翦彩微茫比丝发,雕金焜晃映蝉貂。鹓鸾①破晓趋丹禁,雨露迎春下九霄。花映上尊非索寞,雪侵余鬓自萧条。读书终日不知味,恰似在齐闻舜韶②。

【注释】①鹓鸾(yuān luán):鹓、鸾,都是像凤凰一样的瑞鸟。②"读书终日不知味,恰似在齐闻舜韶"化用《论语·述而》:"子在齐闻《韶》,三月不知肉味。"形容读书好学。

和执中寄师厚①同年

千载风云庆一逢,枯荣相望百年中。雪霜松桧材先老,泥土骅骝路未通。颜子奚惭一箪食,阮生不是哭途穷。春游取次吟花药,枉负灯窗翰墨功。

【注释】①师厚:谢景初(1020—1084),字师厚,宋富阳县人。庆历六年(1046年)登进士第,授大理评事。旋任余姚知县。兴办学校,培养人才。与当时王安石、韩玉如、谢景平齐名于吴越,被誉为"四贤"。

日暮相忘城上亭,云深只见数峰青。傅岩可独为霖雨,荀里还归聚德星。汉水遡风增浩荡,兰花着雨长芳馨。啸吟久不过诸葛,丰度今谁似九龄①。

【注释】①九龄:张九龄(678—740),韶州曲江(今广东韶关)人,唐中宗初年进士。著名政治家、文学家、诗人、名相。

招执中看酴醿

恰是酴醿①初盛时,清香终日在尘衣。参差正对金沙拆,散漫更为蝴蝶飞。日暖绿云长暗淡,春深白雪更霏微。急来相就花前醉,看尽此花春欲归。

【注释】①酴醿(tú mí):花名,又名酴釄、佛见笑、重瓣空心泡。

寄正夫判官

数竿严濑①钓鱼纶,一幅渊明漉酒巾。天上旧传公子贵,汉阴今见丈人真。登山临水能胥宇,问舍求田待卜邻。欲作独清无已甚,时将数字寄埃尘。

【注释】①严濑:严陵濑。严陵,即严光,字子陵,东汉会稽余姚人。后人称他所居游之地为严陵山、严陵濑、严陵钓台等。

送宗文先辈

夫子声名二十年,尘埃叹息欲华颠①。相如旧有凌云赋,靖节今无种秫田②。南国寂寥归见雁,北风悲壮屡闻蝉。思量世事真如幻,合置穷愁顿酒边。

【注释】①华颠:白头。指年老。②秫田:种植黏粟之田。

和子仲都官徐孺亭

已矣斯人不可从,风流今见一亭中。云藏洲渚秋长碧,日在波澜晚更红。旱岁会为岩际雨,贪夫亦畏海濒风。于今未见如公比,叹息陈蕃①榻亦空。

【注释】①陈蕃(？—168):字仲举。河南平舆人。东汉名臣,与窦武、刘淑合称"三君"。

和颖叔①寄佛印

有客寄诗南雍州,清新全占岘山秋。官名便据非常宠,文学元居第一流。云近蛟龙朝丈室,夜寒星月宿重楼。知公有勇断鳌足,到彼不须骑虎头。

【注释】①颖叔:蒋之奇(1031—1104),北宋常州宜兴(今属江苏)人,北宋政治家、书法家。

忆留铁瓮城经夏,却泛金山寺看秋。钟梵①去随沧海远,楼台低涌大江流。波澜隐约开龙国,烟雾分明见蜃楼。他日上方容听法,不应疑我皱眉头。

【注释】①钟梵:寺院的钟声和诵经声。

又寄佛印①

神仙苒苒在蓬壶,更得诗来慰索居。天上楼台开佛国,日边香火读天书。篮舆独往公今尔,蜡屐他时我亦如。彼是此非无足问,悠悠同是一空虚。

【注释】①佛印(1031—1098):俗姓林,浮梁人。佛印是宋神宗赐的法号。五岁即诵诗三千首,于浮梁宝积寺受戒出家。先后在九江庐山、镇江金山、永修云居山等地参禅。彭汝砺、苏轼、黄庭坚等与之交厚。彭汝砺任谏官之职刚正不阿,三次被贬,未得重用,后崇尚禅学,仰慕佛印远离尘嚣,悠然洒脱。

途中久雨

我征徂①西今复东,分明身世如飘蓬。岁华便是百年半,日气恰当三伏中。山谷无情频送雨,园林何事急招风。浮生所遇皆知分,未用纷纷论色空。

【注释】①徂(cú):往。

滩 上

片帆逆水过溪山,吾贱能谙①世路难。小雨作云迷涧谷,急风吹雪上波澜。草根已定春来意,梅蕊犹含腊后寒。渐老岂能支道路,扁舟欲去老渔竿。

【注释】①谙(ān):熟悉,精通。

送 正 孺

离筵冰冻樽中酒,行路雪沾身上衣。游子思乡梦先到,老人惜别涕交挥。昔年终军弃繻①去,今日买臣怀绶归。昼绣奚为公不乐,只应愁见白云飞。

【注释】①繻(xū):细密的丝织品。

答执中见和

枉费山公席上珍,看书转忆笑言亲。旧时香积厨中饭,新得金莲社里人。传语簿书聊借日,寄声风雨莫催春。须容饱饫先生馔①,可便闲防异姓宾。

【注释】①馔(zhuàn):饮食,吃喝。

和伯钧节推

昔年相见蜀山隈①,落落知君匪众材。白发今时俱老大,青山何日盍归来。烟尘草草驰军檄,风雨匆匆把酒杯。万事欲言终不尽,诗成凄怆有余哀。

【注释】①隈:山水等弯曲的地方。

东流①寄天保弟

湖山高下绿参差,目断东流此一时。日久不闻鸿雁信,春来初见棠棣诗。草根二月蒌蒿熟,沙外数家杨柳垂。恰是去年相送处,酒樽还忆数追随。

【注释】①东流:今浮梁城东地名,昌江支流东河流经于此。

寄君时弟

正直多疑势易孤,官情时态近何如。应知秋后无穷事,未得冬来第一书。忆汝愁闻洞庭雁,作诗欲寄武昌鱼。江湖此别何其久,日月居诸①又岁除。

【注释】①居诸:《诗经·邶风·日月》:"日居月诸,照临下土。"居、诸本是语助词,后借指光阴。

使 辽

北行未始过陈桥,仗节今朝使大辽。寒日拥云初漠漠,急风招雪晚萧萧。江湖梦寐时之楚,象魏①精诚日望尧。孤驿夜深谁可语,青灯黄卷慰无聊。

【注释】①象魏:古代天子、诸侯宫门外的一对高建筑。去往辽国的驿馆荒凉广漠,彻夜难眠,思念家人,渴望早日回国。

古北口杨太尉庙

将军百战死嵚岑,祠庙岩岩古到今。万里边人犹破胆,百年壮士独伤心。遗灵半夜雨如霓,余恨长时日为阴。驿舍怆怀心欲碎,不须更听鼓鼙①音。

【注释】①鼓鼙(gǔ pí):亦作"鼓鞞",古代军中常用的乐器。指大鼓和小鼓。去往辽国的驿馆荒无人烟,缺少朋友和娱乐,彻夜难眠。

过古北口始闻鸡

雪余天色更清明,野店忽闻鸡一声。地里山川从禹画,人情风俗近燕京。渔阳父老尚垂涕,燕颔①将军谁请缨。容覆不分南与北,方知圣德与天平。

【注释】①燕颔:形容相貌威武。雪后天晴,路边鸡叫,远望山川连绵,和燕京相近。

塞外冬至

今年至日是今朝,日影方长路更遥。霜雪辛勤白榆塞,鹓鸿怅望紫宸①朝。阴冥丘壑云长暗,阳触渊泉冻欲销。欲问春来消息近,几多垂柳在溪桥。

【注释】①紫宸(chén):皇宫的殿名,是唐、宋时皇帝接见百官或外国使臣的内朝正殿。诗歌表达了身处异国的彭汝砺对家国的思念,渴望早日回国。

闻驾幸太学

四海承平正右文,君王昨日幸成均。三千缝掖①星辰拱,十二旗常②日月新。万里去持山国节,六龙阻望属车尘。上心直欲窥尧禹,咫尺谁能席上珍③。

【注释】①缝掖:亦作"缝腋",大袖单衣,古儒者所服。亦指儒者。②旗常:旗与常,旗画交龙,常画日月,是王侯的旗帜。借指王侯。③"上心直欲窥尧禹,咫尺谁能席上珍"化用《礼记·儒行》:"儒有席上之珍以待聘。"

寄君时宿直

天寒不归汝安否,日暮有怀如此何。丈室全如在林壑,重云漫不见星河。高风侧听雏雏雁,濡露长悲蓼蓼莪①。不是不知诗废事,相思不寐自成歌。

【注释】①莪(é):多年生草本植物,生水边,叶像针,开黄绿小花,可食。

雁 池

池水人言是雁池①,池边兀坐久忘归。蓬瀛仙子红莲出,湖海幽人白鹭飞。杨柳垂阴留客佩,沧浪泼翠点人衣。故园一别头今白,目断江边旧钓矶。

【注释】①雁池:借指帝王所居园林中的池沼。

万安道中

上下鸡笼牛口滩,滩头濯濯雨声寒。气蒸晓日云无间,波漾春风雪未干。落絮并花浮远水,飞鸥随鹭落惊湍。扁舟稳泛沧浪远,珍重严陵①一钓竿。

【注释】①严陵:严光,字子陵。东汉会稽余姚人。少曾与汉光武帝刘秀同游学。刘秀即帝位后,严光变姓名隐遁。

和佛印

供佛堂中香积饭,度人门外白牛车。参禅长老或雪涕,说法虚空时雨花。灵鹫御风朝海渎,飞翚①撒水抗烟霞。老师住处即安乐,只恐卧龙生叹嗟。

【注释】①翚(huī):指有五彩羽毛的雉。

执中学士以蔬菜见贶①,戏寄小诗

贷粟②监河③公自贫,蔬菹④投我觉情亲。不须乞饭去香积,谁会献芹如野人。维笋及蒲全似古,式歌且舞恰当春。投闲即拟同公醉,莫道无鱼可及宾。

【注释】①贶(kuàng):赠,赐。②贷粟:借粮食。③监河:管理河道的官员。④菹(zū):腌菜。

与文渊游聘君亭,分题和文渊亭字韵

东湖九日水如冰,画舫①还寻孺子亭。雨后断云归冉冉,天寒孤雁去冥冥。兰茗散漫池塘远,松竹参差岛屿青。贪惜上恩归未得,自怜双鬓欲垂星。

【注释】①画舫:装饰华丽的小船。

内乡

山谷生云作风雨,楼台映日贴烟霞。危峰熊耳①倍千丈,废堞虎遥②今数家。野外小桥丹作水,潭边仙菊雪开花。隆寒大热三经涉,世事催人早鬓华③。

【注释】①熊耳:熊耳山,位于河南省宜阳县。②虎遥:唐武德中所筑,俗言为武遥。③鬓华:花白的鬓发。

送子开①侍郎出守徐州

彭城事事似南都,顷岁曾分刺史符。吏治甚惭前有召,民谣更媿②昔无襦。最思凤沼凤皇集,还见雁池鸿雁孤。万事我今无一乐,扁舟归梦满江湖。

【注释】①子开:曾肇(1047—1107),字子开,号曲阜先生。宋建昌南丰人。北宋政治家、诗人。历任吏、户、刑、礼四部侍郎。②媿:古同"愧"。惭愧。

致政侍郎知郡学士赓和诗凡数篇,谨用元韵,寄呈知郡学士

玉色诸儿馥若兰,彩衣想见日承颜。尘缨①远濯沧浪水,燕几深居畏垒山。俗眼漫讥身察察,人情方喜知间间。夕阳归兴随飞鸟,真意无人语此还。

【注释】①尘缨:比喻尘俗之事。

和蜀公家居

平湖三月水犹寒,霜鉴冰壶照玉颜。柳暗何如江上路,云深不碍海中山。春风凫雁①窥青琐,晚日波涛在白间。景物会招山简醉,时时倒着接䍦还。

【注释】①凫雁:野鸭与大雁。

西 湖

篇章芜漫不中看,误得先生一解颜。明月何为投暗室,阳春不意在穷山。平时借以齿牙论,今日见之眉睫间。自笑鸤鸠为计拙,谁知鸿雁及时还。

答蜀公奉酬

一

叠石栽花作小园,庭柯顾盼足怡颜。尽捐势利随流水,多占声名似泰山。细雨凫雏浮水际,微风燕子语梁间。竹冠筇①杖篮舆好,认得公从湖上还。

【注释】①筇(qióng):古书上一种竹子,可以做手杖。

二

逍遥今是地行仙，无事全胜药驻颜。早岁风流都翰苑，他时文字出名山。修竿养竹千余亩，小屋诛茅①八九间。颍水可怜归未得，不如云鹤会飞还。

【注释】①诛茅：芟除茅草，引申为结庐安居。

三

丛条润泽无瞠胆，芳杜将迎失厚颜。陶令葛巾曾漉酒，谢公蜡屐①惯寻山。观鱼恰似濠梁上，结宇浑如冈曲间。楚醴②满觞③知意惬，胡香细炷觉神还。

【注释】①蜡屐：以蜡涂木屐。后指悠闲、无所作为的生活。②楚醴：楚地的甜酒。③觞（shāng）：古代酒器。"观鱼恰似濠梁上"典出《庄子·秋水》："庄子与惠子游于濠梁之上。庄子曰：'鲦鱼出游从容，是鱼之乐也。'""结宇浑如冈曲间"语出《文选·杂诗》"结宇穷冈曲，耦耕幽薮阴"。

途 中 奉 寄

水涉山行歧路长，思亲一夜鬓毛霜。纷纷枝上慈乌宿，肃肃云中鸿雁行。活计一行随梦幻，生涯好去老耕桑。知君合续南陔①赋，万里因风数寄将。

【注释】①南陔：《南陔》，出自《诗经》篇目第四卷，先秦华夏族诗歌。只有题目无内容。

武冈①路中

复岭重冈烟霭深，晚年多病觉难任。他乡一日如三岁，远路家书抵万金。流水可怜君未息，白云谁似尔无心。天寒日暮双飞鸟，寂寂归栖只旧林。

【注释】①武冈：今湖南省邵阳市。

《鄱阳集》卷五

答张大夫友兄

尘土无人慰病怀,篇章一见觉心开。风高昨夜冥鸿①去,水涩何时画鷁来。天上旧传公子贵,江东还见步兵才。老成合有言为赠,倚马相望故凤台。

【注释】①冥鸿:高飞的鸿雁,喻避世隐居之士。

送周朝议①赴郢

岩石沧洲一水涯,画船几夜宿芦花。芭蕉山谷灵峰寺,龟鹤②池塘梅福家。今日岂应无白雪,当时亦未见皇华。兵厨且善为冰酒,当为公浮八月槎。

【注释】①朝议:官名。宋用以代太常卿、少卿及左、右司郎中。②龟鹤:龟和鹤,古人以为长寿之物,因用以比喻长寿。

驱马悠悠何所之,岘山南去习家池①。莲花可爱肌如雪,鸥鸟何为鬓亦丝。一叶林头秋到处,片云溪上雨来时。公方紫绶金章贵,可要山公白接䍦。

【注释】①习家池:又名高阳池,位于湖北襄阳城南凤凰山南麓,是东汉初年襄阳侯习郁的私家园林。

城　　上

孤城纵目尽南东,山转溪回翠且重。云际静浮滨海水,林端清送上方钟。今时汉北无雏凤①,当日襄阳有卧龙②。万事废兴无足问,登临吾乐正从容。

【注释】①雏凤:指三国蜀主刘备的军师庞统。②卧龙:指三国蜀主刘备的军师诸葛亮。

代人答周朝议生辰赠章

我辰邂逅得朱明,一离阴邪一点生。蓬矢尚存随薄宦,龙驹已老怯修程。鬓毛久似安仁白,神气初惭卫玠①清。南郭丈人慈爱并,远分珠玉助光荣。

【注释】①卫玠(286—312)：字叔宝，晋朝玄学家，官至太子洗马。古代四大美男之一。

谷城①溪亭

谷国有亭溪水边，税车安寝不无绿。芰荷苒苒双飞鸟，芦苇深深一钓船。故国寄声无去雁，他乡催泪有啼蝉。江山亦为行人动，六月寒风正凛然。

【注释】①谷城：今湖北省襄阳。

答孙荆州颁

凤林清淑郁扶舆，五马当年数驻车。故老作歌今未已，大贤为政法何如。二碑岘首窥余烈，一纸荆州得近书。缩项①槎头知未羡，龙州闻说更多鱼。

【注释】①项：本义是头的后部，泛指颈部。

病中寄君时

可怜平生不堪处，未有一朝无病时。患难寻常心欲折，尘埃四十发如丝。倦游司马多闻友，现病维摩①大导师。筋力尚堪游乐在，不应空废百花期。

【注释】①维摩：佛陀之在家弟子，虽在俗尘，然精通大乘佛教教义，其修为高远，虽出家弟子犹有不能及者。

寄孙元忠

离群已是四年秋，昔是少年今白头。旧日雁池应好在，多情睢水会东流。更贫尚有箪瓢在，已见谁能度数求。三径①渊明②多种菊，五湖范蠡③有归舟。

【注释】①三径：指陶渊明隐居后所住的田园。②渊明：陶潜(365—427)，又名渊明，浔阳柴桑(今江西九江)人。东晋诗人、辞赋家、散文家。③范蠡：春秋后期越国名臣，楚国宛(今河南南阳)人。

戏呈叶提举①

自笑肩舆钝似椎，不如马足快如锥②。驱驰只似江西日，懒病全非年少时。熟

睡疑空净石室,沈思若下董生帷。道途不独输公敏,凡事相方总较迟。

【注释】 ①提举:官名。宋枢密院编修敕令所有提举,宰相兼;同提举,执政兼。此外,有提举常平仓、提举茶盐、提举水利等官。②骓(zhuī):古书上指鹁鸪鸟。

和马太守五首

寒 林

平林十里看深秋,疏影横斜翠欲流。日晚小舟维别浦①,天寒飞鸟浴沧洲。傍山畦径村村远,近水轩槛事事幽。欲赋只惭非太白,酒卮独觊一朝酬。

【注释】 ①别浦:河流入江海之处称浦或别浦。

翠 玉

平湖如鉴见寒林,谁作高亭据静深。到海水源终有本,从龙云影自无心。茭荷①一片随幽赏,䴔䴖双飞近醉吟。顾我倦游归欲早,寒门独觊数窥临。

【注释】 ①茭荷(jī hé):指菱叶与荷叶。

水 云

万竹娟娟一径开,禅师当日为谁栽。本支间出为龙去,秀实长留待凤来。挥袂好风能应接,杖藜栖鸟误惊猜。公游岂得如嵇阮①,禁省方归治剧材。

【注释】 ①嵇阮:三国时魏文学家嵇康和阮籍的合称。

五老峰①

不到匡庐②今几年,幽亭纵目意茫然。苍颜想象重湖外,翠色参差落照前。润泽为霖功及物,坚高作柱势参天。使君笔墨真能赋,不必须凭绘画传。

【注释】 ①五老峰:位于九江市庐山东南,海拔1436米。②匡庐:指庐山,相传殷周之际有匡俗兄弟七人结庐于此。

澄 心 亭

逸老①初开池上亭,使君钟鼓乐新成。宝林自有湖山助,定水何曾风浪生。雨过淡云迷岛屿,日长幽鸟下檐楹。扁舟远泛沧浪碧,可避时人笑独清。

【注释】 ①逸老:指遁世隐居的老人,犹养老。

和念一弟

冈陵盘泊土湖深,蛟蜃伏藏山鸟吟。大雪埋云冬寂寞,乔松挟竹昼阴森。百年身逐无涯智,万斛①愁中方寸心。昨日汝诗催泪落,暴添溪水两三寻。

【注释】①斛(hú):中国旧量器名,亦是容量单位,一斛本为十斗,后来改为五斗。

临江道中人家多植竹

远远平山浅浅溪,人家栽竹当藩篱。雪霜尽腊青如昨,风月乘春绿更滋。淡薄冷光浮莽苍,招摇清影落涟漪。故园所富今几顷,会有归来筑隐时。

和毛正仲①

风雨登危奚壮哉,见书三赋彼崔嵬。细缘狗脊仆肩病,曲转羊肠车辙摧。晨鹊卜知书信到,夜星占见使华来,爱君最识思亲意,取次枯肠夜九回。

【注释】①毛正仲:毛渐(约1035—1103),字正仲,衢州江山人。北宋治平四年(1067年)进士。历任江东、两浙转运副使,吏部右司郎中,陕西转运使,边镇元帅等职。著《诗集》10卷及《地理五龙秘法》。

寄提举朝议丈

安稳青云喜得舆,寂寥穷巷忆回车。灌畦揩揩①知同病,游刃恢恢想自如。暇日会驰千里驾,好风时寄一行书。爱公有似能鸣雁,顾我还同煦②湿鱼。

【注释】①揩揩(kù):用力的样子。②煦(xǔ):哈气。

送致政大夫①伯常,自洛抵襄,归郢中旧居,续赋诗拜送

全家归住白云中,旧地新成半亩宫。簇簇要添垂柏翠,纷纷已出小花红。自知北海恩怀厚,况是东邻路径通。到得落成应不负,携壶先约醉春风。

【注释】①致政大夫:旧时对退职官吏的敬称。

杂咏一首

小林幽径自春华,不似城头望处佳。山色倚云千万里,蓬门穿水两三家。声闻翠筱①纷纷叶,香落寒梅细细花。更上幽亭望南北,欲随幽鸟到天涯。

【注释】①翠筱:绿色细竹。

病告诗上侍读

诗句亲题慰下僚,清心洗尽渴心焦。云移星月来幽隐,风转英茎下寂寥。肝胆尘生知几日,齿牙病久起今朝。篇章尽出樵苏①鄙,不识鳌宫②路径遥。

【注释】①樵苏:采薪与砍草的人。②鳌宫:指禁中宫殿。因宫殿陛石镌刻巨鳌,故名。

寄史司理①

日就妻孥②问药囊,镜中自笑鬓毛苍。诗编欲乞闲方记,茶面亲题病未尝。(尝就史借诗并寄茶,未试也。)饮量无涯倾北海,风情不薄念东阳。(史时亦在病告。)终篇未尽相望意,洗耳风前迟报章。

【注释】①司理:官名,司理参军简称。以军人为判官,掌狱讼。②妻孥(nú):妻子和儿女。

睦仲乞诗用其韵谢之

郁郁胸怀百未伸,道途容易学参辰。桂科①今日须吾子,鼎食②当时况所亲。景物依依吟晓色,讴谣细细问途人。春风写寄南淮地,潇洒文章自细陈。

【注释】①桂科:唐人称科举及第为折桂或登科。②鼎食:列鼎而食,吃饭时排列很多鼎。形容富贵人家豪华奢侈的生活。

和济叔①兄书斋言志

一

子夏今为河上居,诸生从此望夷涂。圣贤事业长难合,仁义生涯未至迂。盛

德固能苏弊俗,明时安忍作潜夫②。鞭驽欲副新诗念,争奈曾参性质愚。

【注释】①济叔:吕溱,江苏扬州人,字济叔。生卒年不详。宋仁宗宝元元年(1038年)戊寅科状元。②潜夫:指隐士。

二

常因多病泣途穷,性命于今亦少通。贵贱固宜常厥德①,死生岂足动吾中。游心自有诗书学,扶病须凭药石功。否剥②亦留归泰复,天时安得久屯蒙③。

【注释】①厥德:修养道德、品行。②否剥:指时运乖舛。否,易经六十四卦之一,为天地不交。剥,易经六十四卦之一,为阴盛阳衰。③屯蒙:《周易》中《屯卦》和《蒙卦》的并称,主要象征万物初生稚弱貌。

三

旅人汲汲赴前程,奔走川涂不暂停。踪迹无如今困蹇①,才谋不似旧精灵。雍容可羡云中雁,浩荡来随水面萍。富贵功名皆外物,艰难险阻亦须经。

【注释】①困蹇(jiǎn):困顿,不顺利。

四

未得临流一醉观,江山应是怨无端。苦吟夜月横诗笔,烂醉秋风把钓竿。溪濑①最宜霜后听,峰峦曾向雨中看。输君瞬息穷千里,苒苒羁怀几万般。

【注释】①溪濑(xī lài):溪水。

寓学芝山

鲸鹏①未得遂南飞,翻学鹪鹩②寄一枝。翠石碧泉无尽处,冷蛩③鸣雁不胜悲。驱除穷困知何计,收拾功名竟几时。穹昊不言难遽问,性情无奈只吟诗。

【注释】①鲸鹏:鲸鱼和鹏鸟,泛指特大的动物。②鹪鹩(jiāo liáo):一种食小虫之极小的鸟,又名"巧妇鸟"。③蛩(qióng):蝗虫。

初秋晓起

云影冥蒙①雨细飘,风传秋意又经宵。苍溪岸侧千峰翠,高树枝头一叶凋。病久亦伤光景速,起来尤爱暑威销。徐徐步向亭中立,逸兴飘浮酒气骄。

【注释】①冥蒙:模糊、幽深的样子。

舟 中 作

晓日新晴三月天,征途令我一凄然。谋身独愧声名浅,得地安辞道里千。匹马荒山嗟困矣,扁舟浊水喜安然。桐庐虽远今伊迩①,魂梦先归绛帐前。

【注释】①伊迩:近,将近,不远。

寄 张 子 直

常愿从君授古书,血诚沥尽更无余。漂流岂意来深野,系滞无由从后车。踪迹浸违南郡帐①,梦魂长绕武侯庐。仁人有意收庸贱,时寄声音一起予。

【注释】①南郡帐:指南郡之战,208年至209年结束,是孙刘联盟为夺取南郡与曹军展开的战役,是继赤壁之战后的又一次胜利。

性质迂回趣向卑,此身敢望圣门归。趋时已愧雕虫陋,学古还忧画虎非。材近蓬蒿难自立,目无松柏竟谁依。重嗟踪迹匏瓜①系,翻羡苍蝇附尾飞。

【注释】①匏(páo)瓜:葫芦的别名。

子直见和前韵因复之

平时只畏才无敌,今日方知器有余。一第已多新宦况,潜思犹入旧田庐。凤皇①固合栖阿阁,骐骥谁令驾鼓车。千里青云今至矣,愿倾深画尽传予。

【注释】①凤皇:凤凰。

淹延未得共山居,愁积胸肠万斛余。致远自伤无巨翮①,临危谁肯借安车。油幢金印男儿事,碧水青山隐者庐。穷达计谋今已决,故人天际亦思予。

【注释】①翮(hé):鸟的翅膀。

戏 呈 子 直

步入松筠水石间,回眸方觉世途难。蒙茸①草色萦行径,凌乱花阴覆钓湾。暇

日还能邀我醉,清时未肯纵君闲。烹鲜酌酒且行乐,北圃春容今又残。

【注释】①蒙茸:蓬松;杂乱的样子。

寄献教授友兄

焦心犹觊就功名,痛惜长为疢疾婴。欲起病躯思扁鹊,未知穷命问君平。(闻陈处士者善言祸福,因访之。)道途辽邈何由及,田壤萧条不复耕。好学岂能几亚圣,受经从此愧丘明①。

【注释】①丘明:春秋末期鲁国人,史学家。

千乘先生有草堂之吟,而人或讥之,因次其韵

世俗无轻好遁讥,先生岂是爱山扉。圣人固重潜龙诫,君子安为即鹿非。白水会来朝草径,红尘不敢傍麻衣。金舆应有商岩梦,即听东南一诏①飞。

【注释】①诏:帝王所发的文书命令。

次 道 济 韵

吾材未及明时用,来傍师门静养蒙。多病因知妨力学,潜思犹是觊①成功。松心并老凝寒后,玉色相看烈火中。天意欲令更患难,诗辞何必议穷通。

【注释】①觊(jì):希望得到。

病 居 媭 女

荡漾扁舟冒晓征,此身何日得安停。穷途敢恨身无托,多病惟思药有灵。气谊腹心双古剑,江湖踪迹一浮萍。尘埃易使羁容黑,仁义难邀俗眼青。乡思浪凭歌笑解,微辞不是楚骚经①。

【注释】①骚经:东汉著名文学家王逸所作《楚辞章句》称离骚为离骚经,后称离骚为"骚经"。

寄子直友兄秘书

碧水青山一万寻,不量无力强登临。辛勤亦觊功名就,痛惜长为疾患侵。憔

悴已成今日态,英豪不复旧时心。归期未遂家千里,空对秋风泪满襟。

元夕与莘老俱宿斋因寄莘老

零雨其蒙春始和,明星有烂夜如何。笙簧故与风声远,灯火疑添月色多。渐老自能忘世味,欲明更起看天河。定留太一青藜①照,愿寄荆人白雪歌②。

【注释】①青藜:指夜读照明的灯烛。②"定留太一青藜照,愿寄荆人白雪歌"化用王安石诗《上元戏呈贡父》:"不知太乙游何处,定把青藜独照公。"

知常三十一,致其政迁通直郎,遇郊恩以亲之封封其祖父母,以妻之封封其父母,其外舅知府龙图,安中以诗美之,提刑大夫信叔和之,俾某属和

立节秉心诚(嘉庆本作谁)与俱,至诚少日慕颜徒。荣名及祖亲仍与,盛事超今古亦无。番国山川元润泽,吴园鱼鸟亦欢虞①。冰翁星使诗酬唱,在昔尝闻德不孤。

【注释】①欢虞:欢乐。

承臬山毅夫提点学士,有游会庾楼,因用元韵

拥旃①昔过赵州关,剖竹今邻四祖山。问法几生成密记,焚香曷月礼慈颜。知天稍似三无愠,易地何如五不还。邂逅晦堂聊寄意,而今事事只如闲。

【注释】①旃(zhān):赤色的曲柄旗。

按涝

瘦马扁舟迹已勤,三乡行尽独伤神。湖边围涨鱼龙富,野外田干燕雀贫。岂有异能裨此理,试留余泽遗斯民。东南步武①丰凶别,却笑天心似未均。

【注释】①步武:很短的距离。

寄钱穆父①

忠义文章见一门,风流窃喜得诸孙。古人事业非无意,天下几微定有言。寒

斗雪霜松老大,高飞霄汉凤腾轩。治功今日俱无补,尘土相看畏素飧。

【注释】①钱穆父:钱勰(1034—1097),字穆父,杭州临安人。吴越武肃王六世孙。积官至朝议大夫,勋上柱国,爵会稽郡开国侯。曾任江苏省如皋县令。工书,正书师欧阳询,草书造王献之阃域。

忆程公权①

游从邂逅值王孙,万事无穷寄一真。倾盖异时心似旧,望尘今日味如新。清风遂别江山晓,润泽空余草木春。欲寄赠言终少取,独为瞻慕共斯民。

【注释】①程公权:北宋康定二年(1041年)进士,屯田员外郎。

尝约谊父同游龙泉,奔走失期,故作是诗,奉和元韵

野寺幽幽隐翠岚,山川形势尽东南。吟随野竹吾怀惬,醉啜溪泉此意堪。乐事难并真可惜,登高能赋亦曾谙。游从欲尽林间胜,雨气浑浑满古潭。

古　木

雨湿路岐泥滑滑,风吹江海水茫茫。壮心弦直值吾道,孤宦蓬飞各异乡。诗句好吟江上碧,酒卮已负菊边香。丰年谁及农家乐①,老稚欢讴自涤场。

【注释】①农家乐:古诗文最早使用"农家乐"一语,出自《古木》中的诗句:"丰年谁及农家乐,老稚欢讴自涤场。"丰年农家男女老少谈笑讴歌,打扫晒场。

得庭佐严夫二弟二书

十年翰墨共萤窗①,万里忧勤鬓欲桩。薄宦尘埃寄南国,归心日夜度重江。春风喜咏棠阴秀,夜月愁看雁影双。病眼相望劳不彻,书来聊得此心降。

【注释】①萤窗:晋人车胤以囊盛萤,用萤火照书夜读。后以"萤窗"形容勤学苦读。

贺兄长有子

鸤鹊①曾将喜信来,奇祥昨夜出珠胎。一枝始得龙孙贵,万里看成骥子材。道

路笑临诗首首,庭帏欢上酒杯杯。风吹消息归江国,老稚应须眼为开。

【注释】①鸲(zhī)鹊:指喜鹊。

欲雨马上寄兄长

去马惊尘犯客襟,喜看云影聚轻阴。雁飞浅草风声疾,蚁斗枯梨雨意深。亭外见山输独啸,林边上马强清吟。一声误认齐蝉晚,叫起肥陵①夜夜心。(予敝居有见山亭。)

【注释】①肥陵:今安徽省淮南寿县北山。

暑 雨

暑热炎炎起道途,霆雷一阵出山隅。雨吹细点沾须鬓,风卷轻寒上发肤。但使田畴终润泽,敢言车马久泥涂。天时信有丰年意,笑语轻便共野夫①。

【注释】①野夫:农夫。

过紫金山①

薄晚迟留问旧山,尘埃敢意紫金丹。云生石眼千年润,风出云稍五月寒。下蔡涂泥沾马足,长淮风浪触渔竿。八公更有威灵在,簿领应须笑贱官。

【注释】①紫金山:汉代称钟山,在南京市东郊。因山坡出露紫色页岩,阳光照射闪耀金光,东晋时改称紫金山。

拟赏花钓鱼诗

一

晴云扶日上昭阳,翠辇鸣鞭下建章。化国楼台天半际,瀛洲殿阁水中央。鱼游自并龟龙国,花气浑如蘑卜①香。拟学华封人作颂,千秋万岁奉君王。

【注释】①蘑卜(zhān bǔ):佛经中记载的一种花。

二

琉璃宫殿云深处,锦绣池塘雨过时。鱼跃定名千岁鲤,花开多是万年枝。恩

流河汉波澜阔,春在蓬瀛日月迟。三十余年无此会,今朝会见柏梁诗①。

【注释】①柏梁诗:一种句句用韵的特殊七言诗体,最早出现于汉朝,是联句诗的一种。

三

孔雀横斜宝扇回,雕龙浮动翠舆来。鱼知迎日争先跃,花会留春独后开。法部①方将九成乐,侍臣迭送(一作进)万年杯。太平恰似唐虞②际,臣主从容赋起哉。

【注释】①法部:唐时皇宫梨园训练和演奏法曲的部门。后借指教坊或法曲。②唐虞:唐尧与虞舜的并称。亦指尧与舜时代的太平盛世。

四

翠跸①雕舆下未央,禁林春色秀天芳。帝居便是蓬莱胜,花气浑如薝卜香。五色灵池鱼拨刺,九苞阿阁凤回翔。神仙世界光阴别,比着人间一倍长。

【注释】①跸(bì):帝王出行时开路清道,禁止他人通行。

五

日暖鱼游百子池,雨余花折万年枝。微风静觉丝缗远,暖日徐看淑景移。九奏高张洞庭乐,七言遍赋柏梁诗。吁俞①不忘几微戒,恰似唐尧虞舜时。

【注释】①吁俞:用以赞美君臣间论政之和洽。

六

甘雨祈祈兆岁丰,君王暇豫①与人同。晴阳鱼跃烟涛外,暖日花开锦绣中。更有灵龟千岁绿,仍多陈粟万仓红。便知岂乐歌颂首,不比飞扬赋大风。

【注释】①暇豫:亦作"暇誉",悠闲逸乐,闲暇。

七

百子池塘春复还,五云楼阁晓犹寒。蛟龙影上黄金辇,锦绣香浮白玉盘。宿蕊万包开雨露,修鳞①五色跃波澜。太平既醉恩无报,白首侵寻畏素餐。

【注释】①修鳞:指蛇,也指大鱼。

八

槛外幽花暖欲然,池边弱柳困初眠。风晴莺戏长杨日,水净鱼游太液天。玉斝酒深浮湛露,宝炉香聚引长烟。云章光绝无能继,但颂南山亿万年。

九

霁色苍茫杳蔼中,玉舆朝出大明宫。修鳞戏跃神池日,宿蕊争开禁籞①风。韶乐大恩流动植,灵台余泽入鱼虫。龙光所被何其厚,欲报惭无尺寸功。

【注释】①籞(yù):帝王的禁苑。

十

九重殿阁五云中,闲暇君臣燕乐同。芳卉便成金色界,游鳞如在水晶宫。承云乐见太平象,湛露诗成王者风。从幸甘泉能献赋,愧无人可似扬雄①。

【注释】①扬雄(前53—18):成都人,西汉学者、哲学家、文学家、语言学家。

题 醒 心 亭

红尘①万里困征鞍,喜向幽亭一倚栏。日夜水声趋涧曲,西南山色上云端。窗横古木秋阴老,槛逼苍崖雨气寒。搜尽肺肠吟不竟,欲君亲置画图看。

【注释】①红尘:纷纷攘攘的俗世。

谨次知县奉议①

早日苍茫杳霭中,绣衣彩斾照花骢。路从古汴聊分北,家在琅琊更近东。大野晓行千嶂月,长河朝济一帆风。赐环不独邦人愿,名字从来重两宫。

【注释】①奉议:奉议郎,是宋神宗元丰年间(1078—1085)改革官制后所设的文官。属于中级官员。

次 来 韵

山川不见石泉城,风日摇摇想旆旌。鸑鷟①老寻丹穴宿,骅骝②饥上赤霄行。隆冬霜雪伤萍泛,末路埃尘忆盖倾。父老只知荣衣绣,乡人未会贵登瀛。

【注释】①鸑鷟(yuè zhuó):凤凰,旧以为祥瑞之鸟,身为黑色或紫色,象征着坚贞

不屈的品质。②骅骝(huá liú):赤红色的骏马。

拙句送通判①学士正夫

山谷冥冥多雪霜,人情随处足悲凉。彩衣公独有老母,乔木我今思故乡。行酒赋诗不忍别,登高临远便相望。故乡虽好莫留滞,日月其除行路长。

【注释】①通判:"通判州事"或"知事通判"的省称。宋太祖创设,由皇帝直接委派,有直接向皇帝报告的权力,是兼行政与监察于一身的中央官吏。

长沙道中寄君时①

少时惜别惟男女,老大相思味尤苦。时节愁深聚作云,道途泪落纷如雨。

【注释】①君时:彭汝砺的弟弟彭汝霖,字君时。

梦魂章水去无时,书信蒲山来有数。几时与汝归去来,彩服①相看老农圃。

【注释】①彩服:指穿彩服的官员。

和文渊游余干山寺

爱山终日在山巅,山径迟留几屦穿。涧水曲流随步屧①,炉香深处(一作深聚)作云烟。峨峨健马横岩石,(邑有白马石)漠漠苍龙宿旧渊。(寺有龙井)为语琵琶洲上路,几时容我系归船。

【注释】①屧(xiè):古代鞋的木底或木底鞋。

道中每至山寺,辄迟留久之

杖屦①徜徉信所之,偶逢佳致即忘归。舟惟不系东西去,云似无心在处飞。岁月漫能催我老,江山可复与人违。一廛②未足南陔志,静笑浮生事事非。

【注释】①杖屦:指徒步。杖,手杖,拄着拐杖。屦,麻鞋,穿着鞋子。也指对老者、尊者的敬称。②廛(chán):古代城市平民的房地。

80

武冈①驿

行路萧条伤客心,黄云不动只阴阴。天寒独鹤飞平泽,日暮慈鸦归故林。鳞翼不将一字至,雪霜莫怪二毛侵。拥炉更饮钟陵酒,抱膝漫为梁甫吟。(天阴不雨者二十日矣。)

【注释】①武冈:自西汉建县。宋徽宗崇宁五年(1106年)升武冈县为武冈军,现属湖南省邵阳市。

依韵和萧推官,见贻推官字。子方知桂州修撰,字子善,相及喜论兵,尝见于鄱阳

晚年相遇更堂堂,只似当时鄱水阳。物论固非低阀阅,家声元自满湖湘。风回獠俗归陶冶,囊括蛮州入井疆。使指质成非有用,赠言虚自辱圭璋①。

【注释】①圭璋(guī zhāng):贵重的玉器。比喻高尚的品德。

二、《黑鞑事略》选注

[南宋]彭大雅撰　石国禄校注

【彭大雅简介】

彭大雅,字子文,鄱阳利阳(今景德镇市昌江区丽阳镇)人,生卒年不详。嘉定七年(1214年)进士不第,官朝请郎、四川安抚制置副使、重庆知府。绍定五年(1232年),以书状官随使蒙古,著《黑鞑事略》。后为四川安抚制置副使,创筑重庆城,以御蒙古军。淳祐二年(1242年),贬配赣州,因忧愤至死。淳祐十二年(1252年),追录其创城之功,复官。朝廷追恤,封忠烈英卫侯。

黑鞑事略

1. 黑鞑之国

黑鞑之国⁽¹⁾,号大蒙古。沙漠之地有蒙古山,鞑语谓银曰"蒙古"。女真名其国曰"大金",故鞑名其国曰"大银"。

【自注】(1)黑鞑之国:北单于。

2. 其主

其主初僭皇帝号者,小名曰忒没真①,僭号曰"成吉思皇帝"。今者小名曰兀窟觯②,其藕僭号者八人③。

【注释】①忒没真:铁木真,成吉思汗的小名。②兀窟觯:窝阔台,元太宗英文皇帝,太祖第三子。③其藕僭号者八人:指太祖的四个弟弟(也苦、按只吉歹、铁木哥、别里台古)和四个子孙(大太子之子拔都、二太子察合台、三太子窝阔台、四太子托雷之子蒙哥),他们均在蒙古国内部称"汗",太祖称总汗。

3. 其子

其子曰阔端、曰阔除①、曰河西觯②、曰合剌直③。

【注释】①②③阔除、河西觯、合剌直:《元史·宗室世系表》分别为"阔出""合失""哈剌察儿"。

4. 其相

其相四人,曰按只觯⁽¹⁾、移剌楚材⁽²⁾、曰粘合重山⁽³⁾,共理汉事,曰镇海⁽⁴⁾,专理回回国事。

霆至草地时,按只觯已不为矣。粘合重山随屈术①伪太子南侵。次年,屈术死,按只觯②代之,粘合重山复为之助。移剌及镇海自号为"中书相公",总理国事,镇海不止理回回也,鞑人无相之称,即只称之曰"必彻彻"者,汉语令史也,使

之主行文书尔。

【自注】(1)按只觯:黑鞑人,有谋而能断。(2)移剌楚材:字晋卿,契丹人,或称中书侍郎。(3)粘合重山:女真人,或称将军。(4)镇海:回回人。

【注释】①屈术:《元史》作"曲出"。②按只觯:《元史》作"按只台""按赤带""按赤台"。

5. 其地

其地出居庸⁽¹⁾则渐高渐阔,出沙井⁽²⁾则西望平旷,荒芜际天,间有远山,初若崇峻,近前则坡阜而已,大率皆沙石。

霆所见沙石亦无甚大者,只是碎沙、小石而已。

【自注】(1)居庸:燕之西北百余里。(2)沙井:天山县八十里。

6. 其气候

其气候寒冽,无四时八节⁽¹⁾。四月、八月常雪,风色微变。近而居庸关北,如官山、金莲川^①等处,虽六月亦雪。

霆自草地回程,宿野狐岭⁽²⁾下,正是七月初五日,早起极冷,手足俱冻。

【自注】(1)无四时八节:如惊蛰无雷。(2)野狐岭:在张北县南五十里。

【注释】①金莲川:在今石头城子以北,元朝建有避暑行宫。

7. 其产

其产野草。四月始青,六月始茂,至八月又枯,草之外咸无焉。

8. 其畜

其畜,牛、犬、马、羊、橐驼^①,胡羊则毛氉而扇尾,汉羊则曰"骨律",橐驼有双峰者、有孤峰者、无有峰者。

霆见草地之牛纯是黄牛,其大与江南水牛等。最能走,既不耕犁,只是拽车,多不穿鼻。

【注释】①橐驼:骆驼。

9. 其居

其居穹庐⁽¹⁾，无城壁栋宇，迁就水草无常。鞑王日徙帐以从校猎，凡伪官属从行。日起营。牛、马、橐驼以挽其车。车上室可坐、可卧，谓之帐舆。舆之四角，或植以杖，或交以板，用表敬天，谓之饮食车。派而五之，如蚁阵萦纡，延袤十五里，左右横距及其直之半。得水则止，谓之定营。主帐南向独居前列，妾妇次之，伪扈卫及伪官属又次之。凡鞑主猎帐所在，皆曰"窝里陀"①，其金帐⁽²⁾，凡伪嫔妃与聚落群起，独曰"大窝里陀"者。其地卷阿负坡阜以杀风势，犹汉移跸之所，亦无定止，或一月，或一年迁耳。

霆至草地时立金帐。想是以本朝皇帝亲遣使臣来，故立之以示壮观。前纲邹奉使②至不曾立，后纲程大使、更后纲周奉使至皆不立。其制即是草地大毡帐，上下用毡为衣，中间用柳编为窗眼透明，用千余条索拽住门阃与柱，皆以金里，故名。可容数百人。鞑主所坐胡床，如禅寺讲座，亦饰以金。后妃等第而坐，如构栏然。穹庐有二样。燕京之制，用柳木为骨，止如南方罝罳可以卷舒，面前开门，上如伞骨，顶开一窍，谓之天窗，皆以毡为衣，马上可载。草地之制，用柳木织成硬圈，径用毡挽定，不可卷舒，车上载行，水草尽则移，初无定日。

【自注】(1)穹庐：毡帐。(2)金帐：柱以金制，故名。

【注释】①窝里陀：通译"斡耳朵"，即蒙古人的营帐或宫殿。元朝立君主，另外设立一座金碧辉煌的大帐房。君主驾崩，帐房就收起来。新主登位，又重新设立。②邹奉使：邹伸之，南宋大臣，理宗绍定六年(1233年)使元，后撰《使北日录》一卷。

10. 其食

其食，肉而不粒①。猎而得者，曰兔、曰鹿、曰野彘、曰黄鼠、曰顽羊⁽¹⁾、曰黄羊⁽²⁾、曰野马⁽³⁾、曰河源之鱼⁽⁴⁾。牧而庖者，以羊为常，牛次之，非大燕会不刑马。火燎者十九，鼎烹者十二三，嚼而先食，然后食人。

霆住草地一月余，不曾见鞑人杀牛以食。

【自注】(1)顽羊：其脊骨可为杓。(2)黄羊：其背黄，尾大如扇。(3)野马：如驴之状。(4)河源之鱼：地冷可致。

【注释】①肉而不粒：多吃肉，很少吃饭。

11. 其饮

其饮,马乳与牛羊酪,凡初酌,甲必自饮,然后饮乙。乙将饮,则先与甲、丙、丁呷,谓之口到。甲不饮,则转以饮丙。丙饮讫,酌而饮乙,乙又未饮,而饮丁,丁如丙礼。乙才饮讫,酌而酬甲,甲又序酌以饮丙丁,谓之换盏。本以防毒,后习以为常。

12. 其味

其味,盐一而已。

出居庸关,过野狐岭千里,入草地曰界里泺^①,其水沃而夜成盐,客以米来易,岁至数千石。更深入,见鞑人所食之盐,曰斗盐,其色白于雪,其状大于牙,其底平如斗,故名"斗盐",盖盐之精英者。愈北其地多碱,其草宜马。

【注释】①界里泺:界里泊,又名盖里泊,盐池名,在抚顺。

13. 其㸑

其㸑,草炭⁽¹⁾。

【自注】(1)草炭:牛马粪。

14. 其灯

其灯,草炭以为心,羊脂以为油。

15. 其射猎

其俗射猎,凡其主打围,必大会众,挑土以为坑,插木以为表,维以毳索,系以毡羽,犹汉兔罝之智,绵亘一二百里间。风飚羽飞,则兽皆惊骇,而不敢奔逸,然后蹙围攫击焉。

霆见行下鞑户,取毛索及毡,亦颇以为苦。沿路所乘铺马,大半剪去其鬃扣之,则曰以之为索,纳之窝里陀,为打猎用。围场自九月起,至二月止。凡打猎时,常食所猎之物,则少杀羊。

16. 其冠

其冠,被发①而椎髻,冬帽而夏笠,妇人顶故姑②。

霆见故姑之制,用画木为骨,包以红绢金帛,顶之上用四五尺长柳枝或银打成枝,包以青毡。其向上人则用我朝翠花或五采帛饰之,令其飞动。以下人则用野鸡毛。妇女美色,用狼粪涂面。

【注释】①被发:应作"剃发"。②故姑:蒙古妇人有装饰物的帽子。

17. 其服

其服,右衽①而方领,旧以毡毳革,新以纻丝金线,色以红紫绀绿,纹以日月龙凤,无贵贱等差。

霆尝考之,正如古深衣之制,本只是下领,一如我朝道服领,所以谓之方领。若四方上领,则亦是汉人为之。鞑主及中书向上等人不曾着。腰间密密打作细折,不计其数。若深衣,止十二幅,鞑人折多耳。又用红紫帛捻成线,横在腰上,谓之腰线,盖欲马上腰围紧束突出,采艳好看。

【注释】①右衽:衣袍的开口和纽扣在右边。

18. 其言语

其言语,有音而无字,多从假借而声称,译而通之,谓之通事。

19. 其称谓

其称谓,有小名而无姓字,心有所疑则改之。

霆见其自上至下则称小名,即不曾有姓,亦无官称。如管文书则曰"必彻彻",管民则曰"达鲁花赤",环卫则曰"火鲁赤",若宰相,即是楚材辈,自称为"中书相公"。若王楫,则自称为"银青光禄大夫""御史大夫""宣抚使""入国使"尔。初非鞑主除授也。

20. 其礼

其礼,交抱以揖,左跪以为拜。

— 87 —

霆见其交抱,即是厮搂。

21. 其位置

其位置以中为尊,右次之,左为下。

22. 其正朔

其正朔,昔用十二支辰之象(1),今用六甲轮流(2),皆汉人、契丹、女真教之。若鞑之本俗,初不理会得,但是草青则为一年,新月初生则为一月。人问其庚甲若干,则倒指而数几青草。

霆在燕京宣德州,见有历书,亦印成册。问之,乃是移剌楚材自算、自印造、自颁行,鞑主亦不知之也。楚材能天文,能诗,能琴,能参禅,颇多能。其髭髯极黑,垂至膝,常官作角子①,人物极魁梧。

【自注】(1)十二支辰之象:如子曰鼠儿年之类。(2)六甲轮流:如曰甲子年正月初一或三十日。

【注释】①角子:亦名角儿,原指发髻,此处指将鬓须系成结,如同髻角的样子。

23. 其择日行事

其择日行事,则视月盈亏以为进止(1),见新月必拜。

【自注】(1)则视月盈亏以为进止:朏之前、下弦之后,皆其所忌。

24. 其书

其事书之以木板,惊蛇屈蚓,如天书符篆,如曲谱五凡工尺,回回字①殆兄弟也。

霆尝考之,鞑人本无字书,然今之所用,则有三种。行于鞑人本国者,则只用小木,长三四寸,刻之四角,且如差十马,则刻十刻,大率只刻其数也。其俗淳而心专,故言语不差。其法说谎者死,故莫敢诈伪。虽无字书,自可立国。此小木即古木契也。行于回回者,则用回回字,镇海主之。回回则有二十一个字母,其余只就偏傍上凑成。行于汉人、契丹、女真诸亡国者,只用汉字,移剌楚材主之;却又于后面年月之前镇海亲写回回字②,云付与某人,此盖专防楚材,故必以回回字为验,无

此则不成文书。殆欲使之经山镇海,亦可互相检柅也。燕京市学,多教回回字及鞑人译语。才会译语,便做通事,便随鞑人行打,恣作威福,讨得撒花,讨得物事喫。契丹、女真元自有字,皆不用。

【注释】①回回字:此处"回回字"指波斯文。②回回字:此处"回回字"指畏兀儿(维吾尔)文。

25. 其印

其印曰"宣命之宝",文字迭篆而方径三寸有奇,镇海掌之,无封押以为之防。事无巨细,须伪酋自决。楚材、重山、镇海同握鞑柄;凡四方之事,或未有鞑主之命,而生杀予夺之权已移于弄印者之手。

霆尝考之,只是见之文书者,则楚材、镇海得以行其私意,盖鞑主不识字也。若行军用师等大事,只鞑主自断,又却与其骨肉谋之,汉儿及他人不与也。每呼鞑人为自家骨头①,虽至细交讼事,亦用撒花,直造鞑主之前,然终无不决而去。

【注释】①自家骨头:亲骨肉,自家人。

26. 其占筮

其占筮,则灼羊之枚子骨,验其文理之逆顺,而辨其吉凶。天弃天予,一决于此,信之甚笃,谓之"烧琵琶"。事无纤粟必占,占必再四不已。

霆随一行使命至草地,鞑主数次烧琵琶,以卜使命去留,想是烧琵琶中当归,故得遣归。烧琵琶即钻龟也。

27. 其常谈

其常谈,必曰"托着长生天底气力、皇帝底福荫"。彼所为之事,则曰"天教凭地"。人所已为之事,则曰"天识着",无一事不归之天。自鞑主至其民无不然。

28. 其赋敛

其赋敛谓之差发,数马而乳,宰羊而食,皆视民户畜牧之多寡而征之,犹汉法之上供也。置蘸之法,则听诸酋头项自定差使之久近。汉民除工匠外,不以男、女。岁课城市丁丝二十五两,牛羊丝五十两。乡农身丝百两,米则不以耕稼广狭,

岁户四石;漕运银纲合诸道岁二万铤。旁蹊曲径而科敷者,不可胜言。

霆所过沙漠,其地自鞑主、伪后、太子、公主、亲族而下,各有疆界。其民户皆出牛马、车仗、人夫、羊肉、马奶为差发,盖鞑人分草地,各出差发,贵贱无有一人得免者。又有一项各出差发,为各地分蘸中之需,上下亦一体,此乃草地差发也。至若汉地差发,每户每丁以银折丝绵之外,每使臣经从调选军马、粮食、器械及一切公上之用,又逐时计其合用之数,科率民户。诸亡国之人甚以为苦,怨愤彻天,然终无如之何也。鞑主不时自草地差官,出汉地定差发。在燕京见差胡丞相来黩货更可畏,下至教学行及乞儿行,亦出银作差发。燕京教学行有诗云:"教学行中要纳银,生徒寥落太清贫。金马玉堂卢景善,明月清风范子仁。李舍才容讲德子,张斋恰受舞雩人①。相将共告胡丞相,免了之时捺杀因。"此可见其赋敛之法。

【注释】①讲德子、舞雩人:均指高人隐士。

29. 其贸易

其贸易,以羊马、金银、缣帛。

30. 其贾贩

其贾贩,则自鞑主以至伪太子、伪公主等,皆付回回以银,或货之民而行其息。一铤之本,展转十年后,其息一千二十四铤。或市百货而贸迁,或托夜偷而责偿①于民。

霆见鞑人只是撒花,无一人理会得贾贩。自鞑主以下,只以银与回回,令其自去贾贩以纳息。回回自转贷与人,或自多方贾贩,或诈称被劫而责偿于州县民户。大率鞑人止欲纻丝、铁鼎、色木,动使不过衣食之需。汉儿及回回等人贩入草地,鞑人以羊马博易之。回回又以物置无人之地,却远远车望,才有人触着,即来昏赖。回回之狡心最可畏,且多技巧,多会诸国言语,真是了得。

【注释】①责偿:索取赔偿。

31. 其官称

其官称,或赞国王,或权皇帝,或郡王,或宣差。诸国亡俘,或曰中书丞相,或将军、或侍郎、或宣抚运使,随所自欲而盗其名,初无宣麻制诰①之事。

霆尝考之,鞑人初未尝有除授及诸俸,鞑主亦不晓官称之义为何也。鞑人止有虎头金牌、平金牌、平银牌，或有劳，自出金银，请于鞑主，许其自打牌，上镌回回字，亦不出于"长生天底气力"等语尔。外有亡金之大夫，混于杂役，随于屠沽，去为黄冠，皆尚称旧官。王宣抚家有推车数人，呼"运使"、呼"侍郎"。长春官多有亡金朝士，既免跋焦②，免贱役，又得衣食，最令人惨伤也。

【注释】①宣麻制诰：唐宋时任命将相，大多用白麻纸书写诏令在朝中宣布，故称宣麻。②跋焦：又名婆焦，蒙古发式。

32. 其民户体统

其民户体统，十人谓之排子头①，自十而百，百而千，千而万，各有长。

【注释】①排子头：又名牌子头、牌头，十人之长。

33. 其国禁

其国禁，草生而䕲地者，遗火而爇草者，诛其家。拾遗者、履阈①者、棰马之面目者、相与淫奔者，诛其身。食而噎者、口鼻之衄者，罪其心之不吉。轴毳帘而外者，责其系鞑主之颈②。骑而相向者，其左而过，则谓之相顺；食人以肉，而接以左手，则谓之相逆。酌奶酪而倾器者，谓之断后。遭雷与火者，尽弃其资畜而逃，必期年而后返。

霆见鞑人每闻雷霆，必掩耳屈身至地，若蝉避状。

【注释】①履阈：践履门限，即踩踏门槛。②轴毳帘而外者，责其系鞑主之颈：向帐外卷起毡帘的人，由鞑主系其颈诛死。

34. 其赏罚

其赏罚，则俗以任事为当然，而不敢以为功。其相与告戒，每曰其主遣我火里去或水里去，则与之去。言及饥寒艰苦者，谓之"觩"(1)。故其国平时无赏，惟用兵战胜，则赏以马，或金银牌①，或纻丝段。陷城则纵其掳掠子女、玉帛，掳掠之前后，视其功之等差，前者插箭于门，则后者不敢入，有过则杀之，谓之"按打奚"，不杀则充八都鲁军(2)。或三次、四次，然后免其罪之至轻者，没其资之半。

霆见其一法最好，说谎者死。

【自注】(1) 觩：觩者，不好之谓。(2) 不杀则充八都鲁军：犹汉之死士。

【注释】①金银牌：又称金银符，元代时立军功多赏赐金银符牌。

35. 其犯寇

其犯寇者杀之,没其妻子、畜产,以入受寇之家。或甲之奴盗乙之物或盗乙之奴物,皆没甲与奴之妻子、畜产而杀其奴及甲,谓之断案主。其见物则欲,谓之"撒花"①。予之,则曰"捺杀因",鞑语好也。不予,则曰"冒乌",鞑语不好也。撒花者,汉语觅也。

【注释】①撒花:又称撒和,用酒食招待官员和受尊重的人,向远行的人提供马的草料。

36. 其骑射、其步射

其骑射,则孩时绳束以板,络之马上,随母出入;三岁索维之鞍,俾手有所执,从众驰骋;四五岁挟小弓、短矢;及其长也,四时业田猎。凡其奔骤也,跂立而不坐,故力在跗者八九,而在髀者一二。疾如飙至,劲如山压,左旋右折如飞翼。故能左顾而射右,不持抹秋①而已。

其步射,则八字立脚,步阔而腰蹲,故能力而穿札。

霆见鞑靼者婆在野地生子,才毕,用羊毛揩抹,便用羊毛包裹,束在小车内,长四尺,阔一尺。者婆径挟之马上而行。

【注释】①抹秋:向后射箭。《武备志》:"马箭之法有三,曰分踪,向前射也;曰对蹬,向旁射也;曰抹秋,向后射也。此武士之长技也。"

37. 其马

其马野牧,无刍粟。六月餍草始肥。牡者四齿则扇①,故阔壮而有力,柔顺而无性,能风寒而久岁月。不扇则反是,且易嘶骇,不可设伏。蹄鋄薄而怯石者,叶以铁或以板,谓之脚涩。凡驰骤勿饱,凡鞍解,必索之而仰其首,待其气调息平,四蹄冰冷,然后纵其水草。牧者谓之"兀剌赤"。回回居其三,汉人居其七。

霆尝考鞑人养马之法。自春初罢兵后,凡出战好马,并恣其水草,不令骑动。直至西风将生,则取而空之,执于帐房左右,啖以些少水草。经月后膘落而日,骑之数百里,自然无汗,故可以耐远而出战。寻常正行路时,并不许其吃水草,盖辛苦中吃水草,不成膘而生病,此养马之良法。南人反是,所以多病也。其牡马,留十分壮好者作移剌马种外,余者都扇了。所以无不强壮。移剌者,公马也。不曾扇,专管骒马群,不入扇马队。扇马、骒马,各自为群队也。马多是四五百匹为

群队,只两兀剌赤管。手执鸡心铁挝以当鞭棰,马望之而畏。每遇早晚,兀剌赤各领其所管之马,环立于主人帐房前,少顷各散去。每饮马时,其井窟止可饮四五马,各以资次②先后,于于自来③,饮足而去,次日复至。若有越次者,兀剌赤远挥铁挝,俯首驻足,无或敢乱,最为整齐。其骒马群,每移剌马一匹,管骒马五六十匹,骒马出群,移剌马必咬踢之使归,或他群移剌马逾越而来,此群移剌马必咬踢之使去。挚而有别,尤为可观。

【注释】①扇:通"骟",阉割。②资次:次序,次第。③于于自来:络绎而来。

38. 其鞍辔

其鞍辔轻简,以便驰骋,重不盈七八斤,鞍之雁翅,前坚而后平,故折旋而髀不伤。镫圆,故足中立而不偏。底阔,故靴易入。缀镫之革,故手柔而不滑;灌以羊脂,故受雨而不断烂;阔不逾一寸,长不逮四总①,故立马转身极顺。

【注释】①四总:四握,四拳之长度。

39. 其军

其军,即民之年十五以上者,有骑士而无步卒,人二三骑,或六七骑,五十骑谓之一纠。武酋、健奴自鸠为伍,专在主将之左右,谓之八都鲁军①,曩攻河西、女真诸国,驱其入而攻其城。

霆往来草地,未尝见有一人步行者。其出军头目,人骑一马,又有五六匹或三四匹马自随,常以准备缓急,无者亦须一二匹。

【注释】①八都鲁军:相当于近卫军、敢死队。

40. 其军器

其军器有柳叶甲①、有罗圈甲(1)、有顽羊角弓(2)、有响箭(3)。有驼骨箭、有批针箭,剡木以为栝,落鹏以为翎。有环刀,效回回样,轻便而犀利,靶小而偏,故运掉也易。有长、短枪,刃板如凿,故着物不滑,可穿重札。有防牌,以革编藤,否则以柳,阔三十寸,而长则倍于阔之半。有团牌②,特前锋臂之,下马而射,专为破敌之用。有铁团牌,以代兜鍪,取其入阵转旋之便。有拐子木牌,为攻城避炮之具。每大酋头项各有一旗,只一面而已(4),常卷常偃,凡遇督战,才舒即卷。攻城则有

炮,炮有棚,棚有纲索,以为挽索者之蔽。向打凤翔,专力打城之一角,尝立四百座。其余器具,不一而足。论其长技,弓矢为第一,环刀次之。

霆尝考之,鞑人始初草昧③,百工之事,无一而有。其国除孳畜外,更何所产?其人椎朴,安有所能?止用白木④为鞍桥,鞯⑤以羊皮,橙亦剡木为之,箭镞则以骨,无从得铁。后来灭回回,始有物产,始有工匠,始有器械。盖回回百工技艺极精,攻城之具尤精。后灭金虏,百工之事,于是大备。

【自注】(1)罗圈甲:革六重。(2)顽羊角弓:角面连靶,通长三尺。(3)响箭:鸣镝。(4)只一面而已:以次人不许置。

【注释】①柳叶甲、罗圈甲:甲胄名称。甲片形似柳叶的称为柳叶甲,圆形甲片的称为罗圈甲。②团牌:圆形盾牌。古时步兵持长牌,骑兵操圆牌。③草昧:野蛮、愚昧。④白木:白桦木。⑤鞯:蒙上皮革。

41. 其军粮

其军粮,羊与浡马(1)。马之初乳,日则听其驹之食,夜则聚之以浡,贮以革器、须洞数宿,味微酸始可饮,谓之马奶子。才犯他境,必务抄掠,孙武子曰"因粮于敌"是也。

霆尝见其日中浡马奶矣,亦尝问之。初无拘于日与夜,浡之之法,先令驹子啜教乳路来,却赶了驹子,人自用手浡,下皮桶中,却又倾入皮袋撞之,寻常人只数宿便饮。初到金帐,鞑主饮以马奶,色清而味甜,与寻常色白而浊、味酸而膻者大不同,名曰黑马奶。盖清则似黑,问之,则云此实撞之七八日,撞多则愈清,清则气不膻。只此一次得饮,他处更不曾见玉食之奉如此①。又两次金帐中送葡萄酒,盛以玻璃瓶,一瓶可得十余小盏,其色如南方柿汁,味甚甜,闻多饮亦醉,但无缘得多耳。回回国贡来。

【自注】(1)浡马:手捻其乳曰浡。

【注释】①只此一次得饮,他处更不曾见玉食之奉如此:此为蒙古汗庭(朝廷)黑马乳专供制度。

42. 其行军

其行军常恐冲伏①。虽偏师亦必先发精骑,四散而出,登高眺远,深哨一二百里间,掩捕②居者、行者,以审左右前后之虚实,如某道可进、某城可攻、某地可战、

某处可营、某方有敌兵、某所有粮草,皆责辨于哨马回报。如大势军马③并力猬奋,则先烧琵琶④,抉择一人以统诸部。

霆见鞑人未尝屯重兵于城内,所过河南北郡县,城内并无一兵,只城外村落哨马,星散摆布,忽遇风尘之警,哨马响应,四向探刺,如得其实,急报头目及大势军马也。

【注释】①冲伏:冲突埋伏。②掩捕:乘其不备而抓捕。③大势军马:大批军马。④烧琵琶:烧灼甲骨占卜。

43. 其营

其营必择高阜,主将驻帐必向东南,前置逻骑,鞑语"托落赤"①,分番警地⁽¹⁾。帐之左右与帐后诸部军马,各归头项,以序而营。营又贵分,务令疏旷,以便刍秣。营留二马,夜不解鞍,以防不测;营主之名,即是夜号,一营有警,则旁营备马,以待追袭。余则整整不动也。惟哨马之营则异于是,主者中据,环兵曰表,传木刻以代夜逻⁽²⁾。秣马营里,使无奔逸,未暮而营具火,谓之火铺②。及夜则迁于人所不见之地,以防夜劫,而火铺则仍在于初营之所,达晓不动也。

霆见其多用狗铺③。其下营④,直是日早,要审观左右营势。

【自注】(1)分番警地:惟前面无军营。(2)传木刻以代夜逻:汉军传箭法。

【注释】①托落赤:蒙古语,意为巡逻者。②火铺:军中瞭望警备设施。③狗铺:犬铺,用于军营警戒。④下营:安营。

44. 其阵

其阵利野战,不见利不进。动静之间,知敌强弱;百骑环绕,可里万众;千骑分张,可盈百里。摧坚陷阵,全藉前锋袄革①当先,例十之三。凡遇敌阵,则三三五五四五,断不簇聚,为敌所包。大率步宜整而骑宜分,敌分亦分,敌合亦合。故其骑突也,或远或近,或多或少,或聚或散,或出或没,来如天坠,去如雷逝,谓之"鸦兵②撒星阵"。其合而分,视马垂之所向;其分而合,听姑诡③之声以自为号。自迩而远,俄顷千里。其夜聚,则望燎烟而知其所战宜。极寒无雪,则磨石而祷天④。

霆见鞑人行军,只是一个不睹,是蛮逼而已。彼亦是人,如何不怕死?但自用师南侵日,少曾吃亏,所以胆愈壮而愈无敌也。鞑人粮食固只是羊马随行,不用运饷,然一军中宁有多少鞑人,其余尽是亡国之人。鞑人随行羊马,自食尚不足,诸

亡国之人亦须要粮米吃。以是知不可但夸鞑人之强,而不思在我自强之道也。

【注释】①衽革:身披战甲。②鸦兵:神出鬼没之兵。③姑诡:大鼓。④则磨石而祷天:以牛黄石、马宝石祈祷上天。

45. 其破敌

其破敌,则登高眺远,先相地势,察敌情伪,专务乘乱。故交锋之始,每以骑队轻突敌阵,冲才动,则不论众寡,长驱直入。敌虽十万,亦不能支。不动则前队横过,次队再冲。再不能入,则后队如之。方其冲敌之时,乃迁延时刻,为布兵左右与后之计。兵既四合,则最后至者一声姑诡,四方八面响应齐力,一时俱撞。此计之外,或臂团牌,下马步射。一步中镝,则两旁必溃,溃则必乱,从乱疾入敌。或见便以骑蹙步①,则步后驻队,驰敌迎击。敌或坚壁,百计不中,则必驱牛畜,或鞭生马,以生搅敌阵,鲜有不败。敌或森戟外列拒马②,绝其奔突,则环骑疏哨,时发一矢,使敌劳动。相持稍久,敌必绝食,或乏薪水,不容不动,则进兵相逼。或敌阵已动,故不遽击,待其疲困,然后冲入。或其兵寡,则先以土撒,后以木拖,使尘冲天,敌疑兵众,每每自溃;不溃则冲,其破可必。或驱降俘,听其战败,乘敌力竭,击以精锐。或才交刃,佯北而走,诡弃辎重,故掷黄白③,敌或谓是城败,逐北不止,冲其伏骑,往往全没。或因真败而巧计取胜,只在乎彼从此横之间,有古法之所未言者。其胜则尾敌袭杀,不容逋逸。其败则四散迸,追之不及。

【注释】①以骑蹙步:以骑兵逼迫步兵。②拒马:阻挡骑兵的障碍物。③掷黄白:扔下金银财物。

46. 其军马将帅

其军马将帅,旧谓之十七头项。忒没真[1]。伪大太子拙职[2],伪二太子茶合觯[3],伪三太子兀窟觯[4],伪四太子驼峦[5]。忒没哥窝真[6]。按只觯[7]、拨都马[8]、白厮马[9]、暮花里国王[10]、纥忒郡王[11]、萧夫人[12]、阿海[13]、秃花[14]、明安[15]、刘伯林[16]。兵数多寡,不得而知。但一夫而数妻,或一妻而数子,昔稀今稠,则有增而无减。今之头项,又不知其几,老酋宿将,死者过半。曩与京房交兵,关河之间,如速不觯、忒没觯、塔察尔[17]。按察尔却尚无恙,然战争不休,则续能兵者,又似不乏。

霆见其俗,一夫有数十妻,或百余妻,一妻之畜产至富。成吉思立法,只要其

种类子孙蕃衍,不许有妒忌者。今鞑主兀窟䚟,丙午生,胡而黑,鞑人少髯,故胡多必贵也。霆在金帐前,忽见鞑主同一二人出帐外射弓,只鞑主自射四五箭,有二百步之远。射毕即入金帐。

【自注】(1)忒没真:成吉思,死后其军马兀窟䚟之母今领之。(2)伪大太子拙赤:已杀死了。(3)伪二太子茶合䚟:见出戍回回国。(4)伪三太子兀窟䚟:今鞑主。(5)伪四太子驼恋:自河南归病死。以上四人皆忒没真子。(6)忒没哥窝真:或呼为窝陈,又呼为枭圣大王,乃忒没真弟。(7)按只䚟:忒没真之侄,兀窟䚟之弟。(8)拨都马:忒没真之婿。(9)白厮马:一名白厮卜,即白鞑伪太子忒没真之婿,伪公主阿剌罕之前夫。(10)暮花里国王:黑鞑人,乃博窝之父,察刺温之祖也。(11)纥忒郡王:黑鞑人。(12)萧夫人:契丹人,专管投拜户炮车。(13)阿海:契丹人,元在德兴府。(14)秃花:阿海之弟,元在宣德府。(15)明安:契丹人,今燕京大哥行省憨塔卜,其子也。(16)刘伯林:汉人中第一万户。(17)塔察尔:今名倴盏。

47. 其头项分戍

其头项分戍,则窝真之兵在辽东,茶合䚟之兵在回回,拨都驸马之兵在河西,各有后顾之忧。黑鞑万户八人,人不满万,但伯叔、兄弟、子侄、亲戚之兵不隶万户之数。汉地万户四人,如严实之在郓州(1),则有山东之兵。史天翼(2)之在真定,则有河东、河北之兵。张柔之在满城,则有燕南之兵。刘黑马之在天城(3),则有燕蓟山后之兵。他虽有领众者,俱不若此四人兵数之多,事力①之强也。如辽东、河西、回回诸国之兵,又在汉万户之外。

霆在草地,见其头目、民户,车载辎重及老少畜产,尽室而行,数日不绝。亦多有十三四岁者,问之,则云:"此鞑人调往征回回国,三年在道,今之年十三四岁,到彼则十七八岁,皆已胜兵。回回诸种尽已臣服,独此一种回回②,正在西川后门相对。其国之城三百里,出产甚富,地暖,产五谷、果木,瓜之大合抱,至今不肯臣服,茶合䚟征之数年矣,故此更增兵也。"

【自注】(1)郓州:今东平府是也。(2)史天翼:记史三。(3)天城:西京属县。

【注释】①事力:武力、实力、势力。②独此一种回回:此处回回指钦察。

48. 其残虐诸国

其残虐诸国,已破而无事者,东南曰白鞑①、金房(1)。西北曰奈蛮(2),曰乌鸧②,曰速里,曰撒里鞑,曰抗里(3)。正北曰达塔(4),曰蔑里乞。正南曰西夏。已

争而未竟者,东曰高丽;曰辽东万奴[5],厥相王贤佐,年余九十,有知来之明。东北曰妮叔,曰那海益律干[6],曰斛速益律干[7]。西南曰木波[8]。西北曰克鼻梢[9]。初顺鞑,后叛去,阻水相抗。忒没真生前常曰:"非十年工夫,不可了手,若待了手,则残金种类又繁盛矣。不如留茶合觯镇守,且把残金绝后,然后理会。"癸巳年,茶合觯尝为太子所劫。曰胫笃[10]。正北曰呷辣吸给[11]。或削其国,或俘其众,如高丽、万奴、狗国、水鞑靼、木波皆可置而不问,惟克鼻梢一国稍武,余烬不扑,则有燎原之忧,此鞑人所必争者。

霆见王楫云:"某向随成吉思攻西夏,西夏国俗,自其主以下皆敬事国师。凡有女子,必先以荐国师,而后敢适人。成吉思既灭其国,先鸾国师。国师者,比丘僧也。其后随成吉思攻金国凤翔府,城破而成吉思死。嗣主兀窟觯含哀,云:'金国牢守潼关、黄河,卒未可破。我思量凤翔通西川,西川投南,必有路可通黄河。'后来,遂自西川迤逦入金、房,出浮光,径造黄河之里,竟灭金国。"盖鞑人专求马蹄实路,又使命临发草地。楚材说与大使:"你们只恃着大江,我朝马蹄所至,天上天上去,海里海里去。"

【自注】(1)金房:女真。(2)奈蛮:或曰乃满。(3)抗里:回回国名。(4)达塔:兀鲁速之种。(5)辽东万奴:女真大真国。(6)那海益律干:狗国也。男子面目拳丑而乳有毛,走可及奔马,女子姝丽,鞑攻之而不能胜。(7)斛速益律干:水鞑靼也。(8)木波:西蕃部领,不立君。(9)克鼻梢:回回国,即回纥之种。(10)胫笃:黑回回,其地不雨,卖水以为国。(11)呷辣吸给:黑契丹,一名契丹、一名大丹,即大石林牙国。

【注释】①白鞑:白鞑靼,汪古都。②乌鸽:畏兀儿(今维吾尔)。

49. 其从军而死

其从军而死也,驼其尸以归,否则罄其资橐而瘗之。

霆见其死于军中者,若奴婢能自驼其主尸首以归,则止给以畜产。他人致之,则全有其妻奴畜产。

50. 其墓

其墓无冢,以马践蹂,使如平地。若忒没真之墓,则插矢以为垣,逻骑以为衡。

霆见忒没真墓在泸沟河之侧,山水环绕,相传云,忒没真生于斯,故死葬于斯,未知果否。

三、《芳洲集》选注

[南宋]黎廷瑞撰　董国助校注

【黎廷瑞简介】

黎廷瑞(1250—1308),字祥仲,号芳洲。鄱阳(今景德镇市昌江区丽阳镇)人。南宋度宗咸淳七年(1271年)赐同进士出身,时年二十二。授肇庆府司法参军,需次未上。南宋亡后,幽居山中十年,以文墨自娱,种梅艺兰,雅意丘壑,所友皆四方胜士。与吴存、徐瑞等友善,常相过从,诗歌唱和。元世祖至元二十三年(1286年),摄本郡教事,凡五载。退后不出,更号侔庵。弹琴著书,高歌咏啸,洞视今古,意气浩然。其诗自成一家,气韵沉雄,趣味深永。武宗至大元年(1308年)卒。有《芳洲集》三卷,被收入清代史简编《鄱阳五家集》中。黎廷瑞诗,以影印文渊阁《四库全书·鄱阳五家集》本为底本,校以《豫章丛书》本。今校注其卷一以供读者参阅。

《芳洲集》卷一

○ 四言体

送梁必大归杭省亲

楚水①,送梁子也。梁子为楚文学掾,将归觐其亲,诸友念别,故作是诗以送之。

悠悠楚水,霭霭吴云。孰作之合,胡然②而分。岂无良朋,我独子忻。于穆③令德,有粲其文。

吴云霭霭,楚水悠悠。眷念④庭闱⑤,道阻且修。为贫而仕,匪食孰求。曷不偕来,以解尔忧。

瞻彼日月,有望⑥有弦。慨彼中年,别友实难。有芹于池,有芝于山。式遄⑦其归,勿远其还。

【注释】①楚水:泛指古楚地的江河湖泽。②胡然:为何。表示疑问或反诘。③于穆:颜师古注:"于,叹辞也;穆,美也。言天子有美德而政化清也。"④眷念:亦作"眷恋"。怀念;想念。⑤庭闱(wéi):内舍,多指父母居住处。⑥望:望日,阴历每月十五,天文学上指月亮圆的那一天。⑦遄(chuán):快,疾速。

○ 五言绝句

李泌二首(录其一)

一副黄台话①,离离咏种瓜。都来②三十字,救得两官家③。(肃宗杀建宁王,有谮广平王者。李泌举《黄台瓜辞》云云:今陛下已一摘矣,慎勿再摘。广平王,代宗也。德宗欲废太子立舒王,李泌再三举此以谏,顺宗获全。)

【注释】①黄台话:《黄台瓜辞》,杂曲谣辞名,共三十字。辞云:"种瓜黄台下,瓜熟子离离。一摘使瓜好,再摘令瓜稀,三摘犹尚可,四摘抱蔓归。"唐章怀太子李贤作。②都来:算来。③两官家:旧时对皇帝的称呼。两官家指唐代宗和唐顺宗两个皇帝。

食新有感

尽道丰年好,停餐意惘然。离离洛都①黍,莽莽建州②田。

【注释】①洛都:洛阳。因是著名的古都,故称。②建州:福建古州名,也是"福建"名称中"建"字由来的建州,唐朝的福建第一州;建州行政中心驻地——今建瓯市,是今天福建省面积最大、闽北人口最多的县市。

题赵氏晓山

首一

旦气①炯清明,曙色淡空净。悠然见青山,尽见天地性。

首二

烟云乱画阴,雨雹交晚风。道人②定眼观,只与清晓同。

【注释】①旦气:清晨的空气。②道人:有道之人,旧时对道士的尊称,也称佛教徒为道人。

张　　良

博浪①挥椎②处,惓惓③报国仇。如何销印④事,独不为韩谋。

【注释】①博浪:地名,即博浪沙,张良帮韩国伏击秦国处。②挥椎(chuí):伏击之意。椎,敲打用的一种工具。③惓惓:同"拳拳"。④销印:销毁印章,引申为灭国之意。

○ 七言绝句

凤凰台①二首

泪落零阳②酒一杯,赤藤遗墨③亦堪哀。苍梧云去箫声冷,莫是当年也误来。

三山二水年年在,向日浮云处处多。醉拍栏杆④呼李白,东风吹雨下新河。

【注释】①凤凰台:金陵凤凰台,在南京市南凤台山。②零阳:古县名。西汉置,以在零水之北得名。治所在今湖南慈利东。隋开皇中改名零陵,开皇十八年(598年)又改慈利。③赤藤遗墨:指李白留下的诗。④栏杆:亦作"栏干",以竹、木等做成的遮拦物。

半山寺谒谢太傅像

狐精解唱桂枝香,一曲①中洲禾黍②黄。办得苍生谢安石,东山丝竹又何妨③。

(冯深居《题北山阁》云:却是后生王介甫,不曾携妓浼东山。)

【注释】①一曲:水流弯曲处。②禾黍:禾与黍。泛指黍稷稻麦等粮食作物。③何妨:无碍;不妨。

舟　行

深深人语转苍崖,牵路①如梯滑似苔。睡起拥篷看奇石,一方②新绿③入船来。

【注释】①牵路:纤夫拉船时走的小路。②一方:多指远处。③新绿:初春草木显现的嫩绿色。

寄龙山谭使君五首(今录四首)

万里云涛海峤①秋,倩人②扶上黑云兜。一帘新雨西楼晚,卧听乌衣③说旧愁。

流离迁徙古今同,淡淡青山往事空。四壁虫声秋思苦,梦中犹自奏豳风。(使君尝梦与故参政留远鲁公按乐章,曰:此《豳风》也。)

雾阁云窗罨画④开,半栽松竹半栽梅。不须更种桃花树,怕引渔郎⑤入洞来。

题遍寒岩古佛庐,唐人诗句晋人书。(吾乡法云寺,使君多题诗。)山灵亦恨无清福,消得君侯此卜居。(使君始欲卜居吾乡。)

【注释】①海峤:海边山岭。②倩人:谓请托别人。倩,请,动词。③乌衣:指燕子。④罨画:色彩鲜明的绘画。多用以形容自然景物或建筑物等的艳丽多姿。⑤渔郎:打鱼的年轻男子。

夜　坐

梧桐月转影翩翩,竹屋①抄书夜未眠。林下不知秋远近,西风②一叶堕灯前。

【注释】①竹屋:用竹子做材料建造的房屋。亦泛指简陋的小屋。②西风:西面吹来的风。多指秋风。

湖上夜坐二首

露坐空庭①竹四围,夜深更不掩柴扉②。茫茫云海月未上,苍耳③满园萤乱飞。

平湖漠漠来孤艇,远树冥冥见一灯。翁媪④隔篱呼稚子,罟头犹有未收罾⑤。

【注释】①空庭：幽寂的庭院。②柴扉：柴门。亦指贫寒的家园。③苍耳：一年生草本植物。可提取工业用的脂肪油，亦可入药。④翁媪：老翁与老妇的并称。亦指年老的父母。⑤罾(zēng)：渔网。

午坐偶成

日高篁竹①门长掩，春晚芜菁②花乱开。寂寞更无人问字③，一双蝴蝶雨中来。

【注释】①篁竹：竹名。②芜菁：植物名，又名蔓菁。块根肉质，花黄色。块根可做蔬菜，俗称大头菜。③问字：后来称从人受学或向人请教为"问字"。

扬州遇雪，呈祝静得二首

玉佩珊珊①怯暮寒，青霄②夜半蹴飞鸾③。真妃④似念寻芳晚，别剪琼花⑤与客看。

【注释】①珊珊：玉佩声。②青霄：青天；高空。③飞鸾：飞翔的鸾鸟。④真妃：杨贵妃。因杨曾为女道士，号太真，故称。⑤琼花：一种珍贵的花。叶柔而莹泽，花色微黄而有香。

六合①沉冥四壁空，梦魂只绕楚云②东。明当③挂席黄天荡④，卧看茫茫柳絮风。

【注释】①六合：天下；人世间。②楚云：楚天之云。③明当：犹明日，明天。④黄天荡：古名"朝天湖"，又名"皇天荡"。

落　花

红雪①霏霏②入燕泥，朝来犹是③可怜枝。春风葵麦玄都观④，可是刘郎⑤见事⑥迟。

【注释】①红雪：喻枝头红花。②霏霏：泛指浓密盛多。③犹是：还是。④玄都观：北周、隋、唐道观名。原名"通道观"，隋开皇二年(582年)改名为"玄都观"。⑤刘郎：指刘禹锡。⑥见事：识别事势。

饮百花洲①四首

北岭寻花云绕屐,东湖载酒水平船②。旧游零落令余几,回首③春风十二年。
湖山几度少年游,散发吹箫坐小舟。秋鬓④苍苍春树碧,更堪重过百花洲。
桃花绕屋竹参天,曾向湖西住五年。回首但余葵麦在,古今何必更桑田。
归鸦澹澹夕阳闲,窈窕⑤楼台紫翠间。说向城中应不信,隔湖最好看芝山。

【注释】①百花洲:在鄱阳东湖。②东湖载酒水平船:泛于东湖的船上装满了酒,使得船特别沉,水面和船平了。③回首:回想,回忆。④秋鬓:苍白的鬓发。⑤窈窕(yǎo tiǎo):幽深阴暗的样子。

东湖①诗十首(仅存三首)

游丝窈窕织春晖②,杨柳人家半掩扉。一片暖云③筛雨过,杏花疏处见莺归。
梅径苔花长裛衣,仙翁跨鹤不曾归。五陵④年少无聊赖,几阵风铃放鸽飞。
万顷湖波水渺茫,两堤新绿柳丝长。晚来疏雨浮鸥⑤外,何处渔郎泛小舫。

【注释】①东湖:指鄱阳东湖。②春晖:春日的阳光。③暖云:指春天的云气。④五陵:指京都富豪子弟。⑤浮鸥:鸥鸟。常比喻飘忽不定。

田 家

陌上青裙①跣送茶,篱根②白发卧看家。山禽③不语檐阴④转,一树轻风落柿花。

【注释】①青裙:青布裙子。古代平民妇女的服装。②篱根:竹篱近地处。③山禽:山中之鸟。④檐阴:屋檐下阳光不到处。

山 行 二 绝

杖藜①窈窕更崎岖②,黄叶漫山路欲无。小屋低烟长短竹,曲塘斜日③两三凫。
野老相过④一笑迎,黄鸡白酒愧深情。山空日落早归去,昨夜隔篱闻虎声。

【注释】①杖藜:拄着手杖行走。藜,野生植物,茎坚韧,可为杖。②崎岖:形容地势或道路高低不平。③斜日:傍晚时西斜的太阳。④野老相过:村野老人互相往来。

客　舍

门前苍耳与人齐,屋后青蛙作鬼啼。风雨潇潇①天正黑,披衣②不寐听鸣鸡③。

【注释】①潇潇:风雨急骤的样子。②披衣:将衣服披在身上而臂不入袖。③鸣鸡:啼鸣的雄鸡;雄鸡啼鸣。

大雪过花子峰下,有怀仲退、南翁、兼简志上人(录其二)

诗人得意吐还休,长要胸中此境留。千载风流今始解,剡溪①夜半有行舟。(仲退常有诗云:"寒驴昨日雪蒙蒙,破帽呼舟古渡风。吟得诗诚还未吐,要留此景着胸中。"余深爱之。)

阁下溪流阁上山,溪山正好此时看。绝怜②孤负临风约,输与③山僧独倚阑④。

【注释】①剡溪:水名,曹娥江的上游,在浙江嵊县(今嵊州市)南。②绝怜:极其喜爱。③输与:比不上。④倚阑:凭靠在栏杆上。

九日二首①(录其二)

山下惊天动地雷,山头听得似婴孩。几回看尽人间世,只好登高莫下来。

【注释】①九日二首,只存其二,其一失存。

予旧游白鹿洞①,坐看书台。风泉四面,松声万壑。去三十年,犹在吾耳

风泉吹满看书台,洞口松声万壑哀。几度倚阑听不足,请君琴里写归来②。

【注释】①白鹿洞:洞名,在江西省星子县(今庐山市)北庐山五老峰下。唐贞元中李渤与兄涉隐居读书于此,畜一白鹿,因名。②归来:指晋陶渊明的《归去来兮辞》。

雨后过东山

羸骖①破帽约轻寒②,破费春风半日闲。一事无成③年四十,又随花柳过东山。

【注释】①羸骖:瘦弱的马。②轻寒:微寒。③一事无成:事业上毫无成就。

山行二首(录其二)

篮舆①一路野梅风②,午酒蒙蒙困未松。侧首松梢听晴咔③,数峰残雪④夕阳中。

【注释】①篮舆:古代供人乘坐的交通工具,形制不一,一般以人力抬着行走,类似后世的轿子。②野梅风:野地梅花的气味。③晴咔:晴天天亮时的鸟鸣声。④残雪:尚未化尽的雪。

病目二首(录其一)

两眼谁怜着古今,中年赢得泪沾巾①。冥鸿②灭没看③天晓,搔首熏风对玉琴④。

【注释】①沾巾:沾湿手巾。形容落泪之多。②冥鸿:比喻高才之士或有远大理想的人。③看:原缺,据四库本补。④玉琴:玉饰的琴。亦为琴的美称。

王子猷①

东晋诸公富贵痴,风流千载使人悲。子猷欲作袁安卧②,还有闲情适剡溪。

【注释】①王子猷:名徽之,东晋琅琊(今山东临沂)人。大书法家王羲之的第五子。②袁安卧:汉时袁安未达时,洛阳大雪,人多出乞食,安独僵卧不起,洛阳令按行至安门,见而贤之,举为孝廉。

过马当祈风

独倚危樯①数过鸿,家山②渺渺楚云东。吟情不到滕王阁③,只乞归帆一日风。

【注释】①危樯:高的桅杆。②家山:故乡。③滕王阁:唐高祖子元婴为洪州刺史时所建,故址在南昌。

楚翁别五年,丙午四月来山中,风雨数日,因话旧作再赋三绝。仆与楚翁至是三听雨矣,不知自此又几听耶

舍前舍后竹冥冥,山雨潇潇彻夜①听。还是当年谈旧梦,两翁相对一灯青②。

五载期君君不来,悠悠世路③忽相猜④。从今无事长相见,纵使⑤百年能几回。三千年待桃花结,五百岁还铜狄⑥摩。我辈相期非旦暮,五年离别未为多。

【注释】①彻夜:通宵,整夜。②灯青:灯焰显出低暗的青蓝色。③世路:人世间的道路。指人们一生处世行事的历程。④相猜:互相猜测;彼此猜疑。⑤纵使:即使。⑥铜狄:铜人。

新城宴集夜归

猎猎①天风吹酒醒,茅茨②篱落③尚灯明。梅花屋背无人见,残角④疏钟⑤雪一城。

【注释】①猎猎:象声词。②茅茨:茅草盖的屋顶,亦指茅屋。③篱落:篱笆。④残角:远处隐约的角声。⑤疏钟:稀疏的钟声。

清溪许希贤自号"拙逸",为赋四绝

结绳已是散洪濛①,书契②纷纷日更工。无极已前谁得似,一帘草色自春风。
瓜果蛛丝五彩针,年年儿女费精神。世间巧尽天无巧,更要如何巧与人。
能言鹦鹉锁金笼,夜夜家山桂子风。羡杀双鸠有闲福,相呼相唤柳阴中。
莫笑区区老汉阴,桔槔③省力却劳心。瓮头别有天机在,春雨半畦新绿深。

【注释】①洪濛:指太空,宇宙。②书契:文字。③桔槔:亦作"桔皋",井上汲水的工具。

○ 五言近体

丁丑元夕

嫋嫋条风①至,悠悠桂影②升。黄昏村市鼓,红日社林③灯。节序更悲乐,乾坤几废兴。龙城旧游处,说着泪沾膺④。

【注释】①条风:东北风。一名融风,主立春四十五日。②桂影:指月影,月光。③社林:社,土地神庙。古时,村有社树,为祀神处,故曰社林。④沾膺:泪水浸湿胸前。

戊寅人日

满饮东风酒,悠悠自醉眠。英雄悲往运,儿女乐新年。杨柳娇无赖,梅花老更妍。半窗晴日晚,欹枕①听春鸢②。

【注释】①欹枕(yǐ zhěn):斜靠着枕头。②鸢:古书上说是鸱(chī)一类的鸟;也有人说是一种凶猛的鸟,外形与鹰略同。也有"风筝"的意思。

赠地理方生

桑田还变海,深谷或为陵。物化①全难料,山经②果可凭。小溪春绿绕,新树午阴③层。且了登临④事,风烟拥瘦藤。

【注释】①物化:事物的变化。②山经:泛指记录山脉的舆地之书。③午阴:中午的阴凉处。常指树荫下。④登临:登山临水。也指游览。

入 夏

入夏才几日,新晴已不禁。阑珊花晚景,掩映树初阴。西照山河影,南风天地心。物情①殊可笑,团扇②已骎骎③。

【注释】①物情:世情。②团扇:圆形有柄的扇子。古代宫内多用之,又称宫扇。③骎骎(qīn qīn):急促;匆忙。

听 琴

虚籁①起还休,轻丝断复抽。鬼啼湘竹②雨,木落洞庭③秋。因子作渐操,令人悲楚④囚。苍梧不可叫,杳杳暮云愁。

【注释】①虚籁:指风。②湘竹:湘妃竹,也借指竹席。③洞庭:广大的庭宇,指天地。④悲楚:哀伤凄楚。

江 行

卷纤崖形削①,开帆浦意孤。长天低去鸟,落日蘸平湖。渺渺千年梦,悠悠万化途。倚篷成唔叹②,渔唱在菰蒲③。

【注释】①削(xiāo):本义是指用刀将物体切割去外围,也指削弱,削减,还指像刀削过似的,一般形容陡峭或消瘦。②晤叹(wù tàn):叹息。③菰蒲(gū pú):菰和蒲。借指湖泽。

新　　亭

不复新亭泪①,其如感慨何。北风吹草木,西照②满山河。王谢③闻孙④少,萧陈⑤短梦多。庭芳摇落⑥尽,江上有渔歌。

【注释】①新亭泪:多用"新亭泪""新亭泣""新亭对泣"指怀念故国或忧国伤时的悲愤心情。②西照:犹夕照。③王谢:六朝望族王氏、谢氏的并称。④闻孙:指有声誉的子孙。⑤萧陈:指南北朝。⑥庭芳摇落:庭院的花凋残、零落。

听　　琴

凄凉乌衣啼,怨抑雉①朝飞。有室宁非愿,无枝可得依。天涯心独苦,岁晚泪频挥。莫作将归操②,风尘久念归。

【注释】①雉:俗称"野鸡"。②将归操:《将归操》是孔子所作的琴曲。

社日①饮乌衣②园

夜夜桃花雨,年年燕子春。同倾社日酒,还忆故园③人。孤塔苍烟④迥,空堂⑤翠草新。醉归还自笑,吾亦素衣⑥尘。

【注释】①社日:古时祭祀土神的日子,一般在立春、立秋后第五个戊日。间或有四时致祭者。②乌衣:指燕子。③故园:古旧的园苑。④苍烟:苍茫的云雾。⑤空堂:空旷寂寞的厅堂。⑥素衣:白色的衣服。

故　　宫

麦饭①苦经营,桑田许变更。饥鸦啼古井,独鹳下荒城②。落日关河迥,东风草木荣。苍苍十二桧,颜色尚承平③。

【注释】①麦饭:磨碎的麦煮成的饭。也指祭祀用的饭食。②荒城:荒凉的古城。也指荒坟。③承平:原指治平相承、太平之意。这里是"相称"的意思。

甲子①雨,次日清明

政须晴甲子,早作②雨清明。万树朝烟湿,一溪春雨平。农谣③若果④验,岁事⑤已堪惊。天意非人料,西畴⑥且力耕⑦。

【注释】①甲子:甲,天干的首位;子,地支的首位。古代以天干和地支递次相配用以纪日或纪年。②早作:早起。③农谣:农歌。④若果:如果。⑤岁事:每年祭祀的事。⑥西畴:西面的田畴。泛指田地。⑦力耕:努力耕作。

挽 王 水 监

庾岭①梅千树,贪闲不肯看。凫归玉棺②下,鹤去碧桃③寒。海岳遗文在,乾坤短梦残。蓬莱④都水监⑤,应复署仙官。

【注释】①庾岭:山名,即大庾岭。②玉棺:传说中玉制的棺。③碧桃:桃树的一种。花重瓣,不结实,供观赏和药用。一名千叶桃。④蓬莱:蓬莱山。古代传说中的神山名,亦常泛指仙境。⑤都水监:古代掌管水利的官。亦指掌管水利的官署。

闻 蛙

旅处污池底,气张新雨余。交交还阁阁,疾疾更徐徐。别制鼓吹曲①,自吟蝌蚪书②。道人喧寂等,欹枕到华胥③。

【注释】①鼓吹曲:乐府歌曲名。古乐中有鼓吹乐,用鼓、钲、箫、笳等乐器合奏,历代鼓吹乐多有歌词配合。②蝌蚪书:古文字体的一种。笔画多头大尾小,形如蝌蚪,故称。③华胥:人名,传说是伏羲氏的母亲。

湖 上 观 萤

依依起草际,煜煜①点荷心。应是地生火,得非天雨金。神奇出臭腐,光怪②发幽阴③。莫说太阳近,明蟾④已不禁。

【注释】①煜煜(yù yù):明亮、炽盛意。②光怪:神奇怪异的现象,引申为离奇古怪。③幽阴:阴静、幽深。指阴间,用以指阴魂。④明蟾:古代神话称月中有蟾蜍,后因以"明蟾"为月亮的代称。

六月郡庠尊经阁前种竹,三得雨,书喜示同舍

移种来数日,三沾沛雨恩。雷公念同族,龙伯①爱诸孙。鞭活金髯走,梢寒翠鬣②翻。拂云③吾所望,好为护霜④根。

【注释】①龙伯:指龙伯国的巨人。喻指渔者。②翠鬣:鸟头上的绿毛。青绿色松针。③拂云:触到云。极言其高。④护霜:酝酿结霜。吴中以八月露下而雨谓之愀露,九月霜降而云谓之护霜。

题李子厚万梅

树树都吟遍,须还千亿①身。未应分寸②地,能着许多春。丈室③来诸佛,悬珠④内众真。闭门参此妙,一笑月痕⑤新。

【注释】①千亿:极言其多。②分寸:一分一寸。比喻微小。③丈室:佛教语,言房间狭小。④悬珠:比喻美目。⑤月痕:月影;月光。

视　　获

漠漠稻粱①稀,纷纷鸟雀飞。吾田空②竭力③,汝族更求肥。舌在话何用,躬耕④计又非。怅然还独笑⑤,落日掩郊扉⑥。

【注释】①稻粱:稻和粱,谷物的总称。②空:白白地,徒劳之意。③竭力:用尽全力。④躬耕:亲身从事农业生产。⑤独笑:独自喜笑;自乐。⑥郊扉:郊外住宅的门户。

江 行 阻 风

远涉①仍多病,那堪②正蕴隆③。黄沙吹白浪,赤日照青枫。天地支颐④内,江山散发中。一凉端足快,莫恨打头风⑤。

【注释】①远涉:长途跋涉。②那堪:怎堪;怎能禁受。③蕴隆:暑气郁结而隆盛。④支颐:以手托颊。⑤打头风:逆风。

送族兄太初再游庐山

家山岂不好,更欲访庐君①。应意麋鹿②友,其如鸿雁群。江湖秋渺渺,道路

雨纷纷。岁晚成归否,高山有白云。(高山,族兄太初所居。)

【注释】①庐君:相传古有名匡俗者结庐隐于庐山,屡逃征聘,时人敬事之,称为庐君。②麋鹿:长相非常特殊,犄角像鹿,面部像马,蹄子像牛,尾巴像驴,看上去却似鹿非鹿,似马非马,似牛非牛,似驴非驴,故名"四不像"。相传,《封神榜》中姜太公的坐骑即为麋鹿。

雨中旅怀

骤雨半日许,新泥一尺余。鹧鸪①忧我马,杜宇②爱吾庐。问宿忻逢竹,停餐迟买蔬。明朝踏归路,晴霁③定何如。

【注释】①鹧鸪:鸟名。②杜宇:杜鹃鸟。据《成都记》载:杜宇又曰杜主,自天而降,称望帝,好稼穑,治郫城。后望帝死,其魂化为鸟,名曰杜鹃。③晴霁:晴朗。霁,雨止。

过 镇 巢

过尽黄芜①岸,开桥小雨时。城居悬似燕,山势缩如龟。岁旱圩田②薄,天寒土屋宜。呼童沽白酒,巢口赛新祠。

【注释】①黄芜:枯草。②圩田:低洼地区四周筑堤防水的田地。堤上有涵闸,平时闭闸御水,旱时开闸放水入田,因而旱涝无虑。系由汉以前的围淤湖为田发展而来,至唐代已相当发达。关于圩田的最早记载,是北宋沈括的《万春圩图记》。

答 客 问

锡号①翛闲客,山中管白云。自称前进士②,人唤故参军③。花影供吟课④,茶香策睡勋⑤。客来谈外事,去去不烦君。

【注释】①锡号:赐予封号。②前进士:唐代称及第而尚未授官的进士。③参军:官名,谓参谋军事,简称"参军"。④吟课:吟咏诵读。⑤勋:功劳大。

晋元帝①庙

不知牛继马,却道马为龙。得士②能成帝,生儿不克宗。荒祠烟树晚,残碣③雨苔封。往事凭谁问,春城起暮钟。

【注释】①晋元帝：司马睿，东晋王朝的建立者。②得士：泛指获得贤士。③残碣：残碑。

病　归

渺渺江淮梦，还持一笑归。远游谙世路①，危病得天机。慢火煎凉药，清泉浣暑衣②。闭门谢来客，不是客来稀。

【注释】①世路：人世间的道路。指人们一生处世行事的历程。②暑衣：夏衣。

被　葛

被葛起视夜，梧心正露零。浮生①多梦境，幽客②独中庭。星斗③三更动，天河④万里横。寻秋无觅处，四壁但虫声。

【注释】①浮生：人生在世，虚浮不定，因称人生为"浮生"。②幽客：指隐士。③星斗：泛指天上的星星。④天河：银河。

登鄱江楼

江城一登眺①，寒色有无间。帆拂沙头②树，僧归云外山。楼高西照③急，叶尽北风④闲。世事何时足，悠悠飞鸟还。

【注释】①登眺：登高远望。②沙头：沙滩边；沙洲边。③西照：夕照。④北风：北方吹来的风。亦指寒冷的冬风。

岁　晏

岁晏①甘离索②，山扉③午不开。冻蜂粘病菊，饥雀啄疏梅。美睡④抛书册，清斋⑤远酒杯。殷勤谢尘客⑥，无事莫频来。

【注释】①岁晏：一年将尽的时候。②离索：离群索居。③山扉：山野人家的柴门。④美睡：酣睡；睡得香甜。⑤清斋：这里指清静之室。⑥尘客：凡俗之人。

送史水东访余干张千林（史，庚午与予笃）

永夜①一灯青②，相逢话苦心。悠悠拾翠③梦，袅袅采芝④吟。小雨黄花健，西

风荷叶深。何须笑摇落⑤,春意⑥在千林。

【注释】①永夜:长夜。②灯青:灯焰显出低暗的青蓝色。③拾翠:拾取翠鸟羽毛以为首饰。后多指妇女游春。④采芝:指遁隐。⑤摇落:凋残,零落。⑥春意:春天的气象。

送 友 游 淮

君行不少住,明日是清明。驿路垂杨①暗,淮河②新水③平。天晴纡野兴,地迥④畅离情。故友如相问,深山戴笠⑤耕。

【注释】①垂杨:垂柳。古诗文中杨柳常通用。②淮河:中国长江和黄河之间的大河。发源于桐柏山,原注入黄海,后因黄河改道,淤高下游河床后,它才流入洪泽湖,经高邮湖入长江。③新水:春水。④迥(jiǒng):古同"迥",遥远、僻远。⑤戴笠:戴斗笠。形容清贫。

乐平樊主簿捧檄①北行来别,赋此奉饯

拊②字心空悴,清寒节太高。无人相料理,惟我独贤劳③。万里随归雁,孤帆渺暮涛。归期应不远,新月点梅梢④。

【注释】①捧檄:东汉人毛义有孝名。张奉去拜访他,刚好府檄至,要毛义去任守令,毛义拿到檄,表现出高兴的样子,张奉因此看不起他。后来毛义母死,毛义终于不再出去做官,张奉才知道他不过是为亲屈,感叹自己知他不深。见《后汉书·刘平等传序》。后以"捧檄"为为母出仕的典故。②拊:同"抚慰"的"抚"。③贤劳:劳苦,劳累。④梅梢:梅树梢头。

上 滩

岁月川流驶,风霜行路难。忽闻喧怒瀑,始觉上层滩。月落鸡声晓,沙空雁梦寒。云林摇落①尽,敢卜一枝②安。

【注释】①摇落:凋残,零落。②一枝:一根枝杈。后用以比喻栖身之地。

船 尾 夜 坐

船尾夜深深,无人伴苦吟。万山黄叶①梦,一路早梅心。度纤惊村犬,移篙动

水禽。谁家捣衣②急,残月③数砧声④。

【注释】①黄叶:佛教语,以杨树黄叶为金,比喻天上乐果,能止人间众恶。②捣衣:洗衣时用木杵在砧上捶击衣服,使之干净。③残月:将落的月亮。④砧声:捣衣声。

新城呈王明父明日立春

晚岁寒无力,新晴①雨未消。江声连去雁,灯影②见来潮。野阔乡心远,风高③客梦④遥。梅边有新意,明日是春朝。

【注释】①新晴:天刚放晴;刚放晴的天气。②灯影:物体在灯光下的投影。③风高:风大。④客梦:异乡游子的梦。

赠画龙章道人

几载湖中住,归来笔有神。青天①双剑气②,破壁③一梭尘。举世惟看画,何人更识真④。千岩冰复雪,雷雨动青春。

【注释】①青天:指天。其色蓝,故称。②剑气:指剑的光芒。常以喻人的才华和才气。③破壁:破损颓坏的墙壁。④识真:识认自然之道;认识本原。

夜泊城下大风雨友人约明日游芝山

沉沉春夜黑,寒客①泊孤舟②。天漏雨平下,风回水倒流。干戈③吾道④在,宇宙此生浮。明日还晴雨,芝山要一游。

【注释】①寒客:受冻者,贫寒之人。②孤舟:独船。③干戈:干和戈是古代常用武器,因以"干戈"用作兵器的通称。也指战争。④吾道:我的学说或主张。

宿界首寺施府墓园也次孟使君壁间韵三首(录其一)

沙路抵长夏,入山如早秋。闲房容客卧,老屋欠人修。日落蝉多事,云深鹤自由。风尘①二十载,复此得清游。

【注释】①风尘:尘世,纷扰的现实生活境界。

晚泊舒城下

卸帆①淮南岸,城楼②欲鼓天。远山云似雪,近水屋如船。树意红未了③,波光绿可怜。乾坤无限事,一笑白鸥前。

【注释】①卸帆:降帆。谓停船。②城楼:城门上的瞭望楼。③未了:没有完毕;没有结束。

○ 七言近体

淮南闻雁呈何复初同年

孤棹①翩翩北渡淮,相逢一笑意悠哉。关河万里忽秋晚,风雨五更闻雁来。好梦惊回频展转②,壮心平尽复崔嵬③。吾生通塞宁须计,但视乾坤泰运开。

【注释】①孤棹:独桨。借指孤舟。②展转:同"辗转",翻来覆去的样子。《诗经·陈风·泽陂》:"寤寐无为,辗转伏枕。"③崔嵬:高大;高耸。

金 陵 岁 晚

不拟残年住秣陵①,摩挲②蜡屐③笑平生。茫茫去雁云千里,渺渺疏钟雨一城。天地无情催岁月,古今何物是功名。梅边且喜春风近,痛饮挑灯④坐到明。

【注释】①秣陵:一座有两千多年历史的江苏名镇,秦始皇统一六国后置秣陵县,秦汉以后一直是江南政治、经济和文化中心。直至三国时孙权才把中心移向金陵,因此有"先有秣陵,后有金陵"之说。②摩挲:揉搓,抚摸。③蜡屐:指悠闲、无所作为的生活。此处指涂蜡的木屐。④挑灯:拨动灯火,点灯。亦指在灯下。

思　归

目断飞云思黯然①,独携樽酒②杏花前。清明寒食能多雨,白下长干又一年。万里风沙怜雁去,满村桑柘③忆蚕眠④。家书⑤写就无归使,欲问江头上水船⑥。

【注释】①黯然:比喻衰落,没有生气。②樽酒:杯酒。③桑柘:指农桑之事。④蚕眠:蚕在生长过程中要蜕数次皮,每次蜕皮前有一段时间不动不食,如睡眠的状态,故称。⑤家书:家人来往的书信。⑥上水船:逆流而上的船。

巢湖阻风,夜起观天

流行坎止①信悠然,又泊湖东两日船。客里风光忙似毂,梦中归路直如弦②。西风渺渺方摇夜,北斗离离正挂天。寄语龙鱼③莫相戏,向来此地亦桑田④。

【注释】①流行坎止:顺流而行,遇险而止。比喻行止进退视境况而定。②直如弦:像弓弦一样直。比喻为人正直。③龙鱼:龙和鱼。借指身份地位的高低。④桑田:栽植桑树的田地。如今是沧海,而以前是桑田,借指时势的巨变。

寄朱野翁兼简月观陈同年应子

相逢淮楚各凄凉,笑杀三生杜牧狂。万树莺花春对酒,一灯风雨夜连床。停云渺渺思何极①,大块茫茫梦正长。若见元龙②相借问,为言归去学耕桑③。

【注释】①何极:用反问的语气表示没有穷尽、终极。②元龙:道教语,犹元阳。道教对"得道"的别称。③耕桑:种田与养蚕。亦泛指从事农业。

里 中 社

藓石莓墙屋数楹,年年来赛社公①灵。儿童趁节欢如沸,父老伤春②涕欲零。海燕边鸿何日了,夏松殷柏为谁青。村醪③如蜜犹堪醉,莫遣东风两眼醒。

【注释】①社公:旧谓土地神。②伤春:因害怕春天离去而引起忧伤、苦闷。③村醪:村酒。醪,本指酒酿,引申为浊酒。

金陵别程万里教授

西风一笑凤凰城,梦里相逢各自惊。白日共传苏轼死,故人宁料范睢生。平居慕悦空闾巷①,急难周旋如弟兄。别去各为千载计,隋珠弹雀②不须轻。

【注释】①闾巷:里巷;乡里。②隋珠弹雀:此处化用典故。《庄子集释》:"以隋侯之珠,弹千仞之雀。"隋珠,即隋侯的明月珠,古代传说中的夜明珠。用夜明珠去弹鸟雀。后遂以"隋珠弹雀"比喻得不偿失。诗人在这里将道德操守比作"隋珠",将"声誉"比作无足轻重的"麻雀",意在说明为了虚名而丢掉道德操守是得不偿失的事情。

芜湖吉祥寺

寺创晋永和间,李升避难此山,后得国改永寿,宋景祐中赐今名。寺中毁,有僧余者来,法鼓自鸣,道场复兴。又邑人解牛,三夕不能奏刀,牛见梦曰当送我吉祥,遂送寺供麦砲。山谷作碑纪事,晁无咎篆额。今寺荒凉特甚,好事者时时打碑不绝。

刹院年来正勃兴①,此山更不及承平。全无估客②开囊施,犹有残灯③逐钵行。晋殿唐宫牛一梦,黄书晁篆鼓常鸣。摩挲古柳成三叹④,岁岁东风绿自荣。

【注释】①勃兴:蓬勃兴起。②估客:行商。③残灯:将熄的灯。④三叹:多次感叹,形容慨叹之深。

丞相马①挽章

平生甚似洪文惠②,(公自谓平生禄位出处,似洪文惠。)暮景惜不如盘洲。纤儿何人竟误晋,(公有词云:东晋纤儿撞坏,桑令人间受祸。)大夫此日空非周。长夜漫漫不复旦,芳草凄凄其奈秋。(公自号玩芳病叟。)遗书堕泪③付千载,往从后轩云间④游。

【注释】①丞相马:马廷鸾,宋饶州乐平人,字翔仲,号碧梧。理宗淳祐七年(1247年)进士。晚年自号玩芳病叟,著《碧梧玩芳集》。②洪文惠:洪适,号盘洲。③堕泪:指堕泪碑。借喻死者德高望重,百姓望其碑而落泪。④云间:指远离尘世的地方。

阻水寄友

绵绵风雨暗西窗,闷拥残编①对夜釭。稚子②何知泥污土,良朋共叹陆成江。负山③鳌重应将压,战野龙骄未易④降。此去城东无百步,明当相就⑤一渔艭⑥。

【注释】①残编:残缺不全的书。②稚子:幼子;小孩。③负山:背山。喻力不胜任。④未易:不易;难于。⑤相就:会面。⑥渔艭(shuāng):古书上说的一种小船。

夜坐风雨忽至

山中夜半风雨来,板扉①竹户②如人开。孤灯淡淡吹欲死,饥乌哑哑啼更哀。青阳甫达③诸火满,素志④无伸华发催。于戏闻道⑤亦未晚,策骥千里毋徘徊。

【注释】①板扉:板门。②竹户:竹编的门。③青阳甫达:青阳,指春天。甫,刚刚;

达,到。意思是春天刚到。④素志:平素的志愿。⑤闻道:领会某种道理。

癸巳七月送姚廉访移司金陵二首(录其一)

十载孤怀①郁不开,二年谈麈②得重陪。亦知久聚难为别,纵复相逢有此回。野老共遮骢马③路,仙翁合管凤凰台。慈湖④相见如相问,已约钟山探早梅。

【注释】①孤怀:孤高的情怀。②谈麈(tán zhǔ):古人清谈时所执的麈尾。③骢马:指御史所乘之马或借指御史。④慈湖:杨简建慈湖书院在乐平。

院口写望

短艇①摇摇对晚屏,推篷念远不胜情。风前落木心犹壮,雨后归云气未平。湖汊②条条新筑塞,圩头③处处薄收成。道逢耆老头如雪,细听尊前④说旧城。

【注释】①短艇:小船。②湖汊:分支的小河;河水叉出的地方。③圩(wéi)头:防水护田的堤岸。④尊前:在酒樽之前。指酒筵上。

九日浮梁有约登高者以病不赴

老树荒城①噪暮鸦,凄凉节气满天涯。绝怜②多病相疏酒,又是重阳③不在家。浮世④光阴易红叶,秋篱晚节复黄花⑤。闭关⑥宁负登高兴,莫遣西风戏孟嘉⑦。

【注释】①荒城:荒凉的古城。②绝怜:极其喜爱。③重阳:节日名。古以九为阳数之极,九月九日故称"重九"或"重阳"。④浮世:人间,人世。旧时认为人世间是浮沉聚散不定的,故称。⑤黄花:指菊花。⑥闭关:闭门谢客,断绝往来。谓不为尘事所扰。⑦孟嘉:字万年。江夏郡鄳县人。东晋时期名士、官员,三国时期东吴司空孟宗曾孙,著名田园诗人陶渊明的外祖父。戏孟嘉,出自孟嘉落帽的典故。

归来二首

幸未缁尘染素衣①,归来既避北山移②。田园有味闲方觉,道路多岐晚始知。栗里③新衔五柳传,花蹊旧业四松诗。少游款段④犹嫌累,到处风尘藤一枝。

【注释】①幸未缁尘染素衣:这里运用典故。陆机诗云:"京洛多风尘,素衣化为缁。"意思是"京洛有许多灰沙,白衣服都被染成黑的了"。素衣,白色的衣服。②北山移:

指《北山移文》。③栗里:地名,在今江西省九江市西南,晋陶渊明的故乡。④款段:行动迟缓。

渺渺皋兰①远路渐,灵龟②何必为余占。还家早似千年鹤,乖世元无六月蝉。元叟为官犹号漫,陶翁未仕已名潜。吴人终未谙羊酪③,刚道莼羹④似蜜甜。

【注释】①皋兰:泽边的兰草。②灵龟:泛指用以占卜的大龟。③羊酪:用羊乳制成的一种食品。常借指乡土特产的美味。④莼羹:用莼菜烹制的羹。

庚寅元夕,月当蚀,雨作不见,明日奚相士索诗,书此

月中八万四千宫,不管妖蟆①啖老瞳。白兔药成无用处,墨龙云上有奇功。且忻玉宇琼楼②在,莫恨银花火树③空。自古庚寅多此事,烦君抬眼相苍穹④。

【注释】①妖蟆:蟾蜍。②琼楼:神话中仙人居住的宫殿。③火树:比喻灿烂的焰火或灯火。④苍穹:苍天。

江上夜观野烧

坎离①血战夜茫茫,万里阴飚更助狂。兔窟那知炷郿坞②,蚁封不料火咸阳③。三更月起云霞曙,九野冰凝雷电光。莽莽黄茅④宁暇惜,莫教薰著早梅香。

【注释】①坎离:坎、离为《周易》的两卦,《易·说卦》:"坎为水……离为火。"这里表示战斗激烈,势同水火。②炷郿坞:烧郿坞。东汉初平三年(192年),董卓筑坞于郿,高厚七丈,与长安城相埒,号曰万岁坞,世称"郿坞"。坞中广聚珍宝,积谷为三十年储。自云:"事成,雄踞天下;不成,守此足以终老。"后卓败,坞毁(故址在今陕西省眉县东北)。③火咸阳:指火烧咸阳阿房宫。④黄茅:茅草名。

题胡氏南园精舍

平泉竹石堕荒芜,(李德裕居平泉。)金谷池台莽废墟。今古茫茫竟谁屋,乾坤呐呐有吾庐。溪山围座醉留客①,灯火隔林闻读书。此乐输君先一着,故园吾已赋归与②。

【注释】①留客:留下的客人。②归与:此处用典。《论语·公冶长》:"子在陈,曰:'归与!归与!吾党之小子狂简,斐然成章,不知所以裁之。'"表示告归,辞官归里的文书。

花时留郡，归已初夏事六首

一

黄尘两鬓欲苍华①，岁岁东风不在家。不学郭驼归种树，却随刘跛去看花。浮名②未值葡萄酒③，晚味思参橄榄④茶。缥缈风烟新绿起，村南村北已桑麻⑤。

【注释】①苍华：形容头发灰白。②浮名：虚名。③葡萄酒：用新鲜葡萄或葡萄干经过发酵而制成的酒。④橄榄：果树名，亦以称其果实。⑤桑麻：桑树和麻，这里用作动词，表示植桑饲蚕取茧和植麻取其纤维。二者同为古代农业解决衣着的最重要的经济活动。

二

正是花时坐弗邀，出门新绿满江皋①。池塘滟滟鸣姑恶②，草树阴阴度伯劳③。宿酒转添胸磊块④，游丝欲乱鬓萧骚。西畴昨夜春膏满，免得人间费桔槔。

【注释】①江皋：江岸，江边地。②姑恶：鸟名，叫声似"姑恶"，故名。也叫"苦恶鸟""白胸秧鸟"。③伯劳：鸟名，额部和头部的两旁黑色，颈部蓝灰色，背部棕红色，有黑色波状横纹。吃昆虫和小鸟。善鸣。④磊块：众石累积貌。亦喻胸中不平之气。

三

从来麋鹿合山林，无奈迂疏①习已深。食用②且空犹种秫，典书③未赎更修琴。少豪论事唯扪舌④，晚静观空颇得心⑤。莫笑山翁无事业，种花莳竹自成阴。

【注释】①迂疏：犹言迂远疏阔。②食用：吃的和用的。③典书：典籍。④扪舌：按住舌头。表示不说话或不发声。⑤得心：遂心。

四

心镜翛然①澹似僧，悠悠观化②寄枯藤。云来云去闲舒卷③，花落花开小废兴。吹笛强呼从百里，种瓜清隐学东陵④。野人知有观书癖，远饷松肪⑤续夜灯。

【注释】①翛然（xiāo rán）：无拘无束貌；超脱貌。②观化：观察变化；观察造化。③舒卷：舒展和卷缩。④东陵：汉邵平的别称。⑤松肪（fáng）：松脂。

五

山中幽兴尽无穷，不管萧萧四壁空①。渐觉愚巾便暑戴，（元次山暑则受愚巾。）偶逢贤酒亦时中。映阶草色带朝雨，隔屋笋香吹晚风。搔首南窗②有奇事，绿杨初破石榴红③。

【注释】①四壁空:形容家境贫寒,一无所有。②南窗:向南的窗子。因窗多朝南,故亦泛指窗子。③石榴红:像石榴花一般的朱红色。

六

多年不访凤山春,清赏归时肯见分。伏虎①移来湖上石,瑞龙飞下海南云。眼根②磊落袪尘翳,鼻观清虚发妙闻。坐对翛然谁与语,绿阴蝴蝶自成群。(凤山,朱公尚书堂名,理皇宸翰。朱尉近惠奇石二株,海龙香十九,余时正病目。)

【注释】①伏虎:蹲伏着的老虎。②眼根:佛教语,六根之一。指眼睛因接触客观事物而产生的视觉和认识。

送李性夫赴召,时李以端午采药后行

蜃沉海底气升霏,消得皇皇四牡驰。此去玉堂①成故事②,未应金马③待多时。愿储救世三年艾④,更采销兵万岁芝。(万岁蟾蜍名肉芝阴。)特报明时端不负,古今良相即良医。

【注释】①玉堂:北宋太宗淳化年间,赐翰林"玉堂之署"四字,后遂用"玉堂"代称翰林院。②故事:旧事,旧业。③金马:指金马门。学士待诏之处。④三年艾:指良药。

春意郊行二首(录其一)

卯酒①醒来欲午天,意行平陆自悠然。近山欲雨有远意,老树得春还少年。蝶化不知何宇宙,蜗争②难到好林泉。令人长羡崆峒叟③,万壑松风打昼眠④。

【注释】①卯酒:早晨喝的酒。②蜗争:比喻因细事而引起争斗。③崆峒叟:崆峒子。④昼眠:白昼睡眠;午睡。

淮南夜泊

低篷矮艇载诗翁①,又泊淮南②港汊东。月黑荒村行独虎,云深远渚拍低鸿。诗书落落心如梗,天地悠悠鬓欲蓬。展转孤衾③无限恨,客中④此夜与谁同。

【注释】①诗翁:指负有诗名而年事较高者。后亦为对诗人的尊称。②淮南:指淮河以南、长江以北的地区。今特指安徽省的中部。③孤衾:一床被子,常喻独宿。④客中:旅居他乡或外国。

和张君春晓园

知道芳菲①只恁②休,也应秉烛③及春游。来牛去马乾坤老,旧燕新鸿岁月流。千里空劳芳草梦,一樽聊慰落花愁。桃源④只在扁舟⑤外,说着仙郎却缪悠⑥。

【注释】①芳菲:花草盛美。②只恁:就这样;只是这样。③秉烛:持烛以照明。④桃源:桃花源。⑤扁舟:小船。⑥缪(miù)悠:虚妄不实。

归 来

曾奏明光①忝末科②,青山回首已霜荷。偷生甚愧秋胡妇③,拊事总成春梦婆④。早慕功名成事少,晚谈空妙⑤得心多。斜阳一曲⑥归牛背,笑杀南山白石歌。

【注释】①明光:日光。亦指白日,太阳。②末科:科举考试及第的最下等。③秋胡妇:秋胡之妻。诗文中常用作节义烈女的典型。④春梦婆:相传苏轼贬官昌化,遇一老妇,谓苏轼曰:"内翰昔日富贵,一场春梦!"里人因呼此妇为"春梦婆",后用为感叹变幻无定的富贵荣华的典实。⑤空妙:佛教语,谓空寂精微。⑥一曲:一缕。

过采石怀太白①

骑驴花县②不兼容,却驾长鲸戏远空。采石钓船③还夜月,青山破墓几秋风。平生赏识惟狂客④,他日功名付令公⑤。千载英雄长不死,长庚⑥光彻紫霄⑦中。

【注释】①过采石怀太白:经过采石矶怀念李太白。②花县:晋潘岳为河阳令,满县遍种桃花,人称"河阳一县花"。后遂以"花县"为县治的美称。③采石钓船:采石即采石矶,钓船即渔船。④狂客:放荡不羁的人。⑤令公:对中书令的尊称。⑥长庚:古代指傍晚出现在西方天空的金星。亦名太白星、明星。⑦紫霄:高空。

送人之淮南

淮南稍觉故人①稀,几度挐舟②愿辄违。王粲去乡应有恨,邴原避地岂无依。稻迷绛国鸿初下,酒满江城③蟹正肥。想见临风重回首,芝山④日日白云飞。

【注释】①故人:旧交;老友。②挐舟:撑船。③江城:临江之城市、城郭。④芝山:鄱阳芝山。

次韵答王子贤所寄五首(今录三首)

一

钓竿①闲却下渔矶②,采采香芹③不自肥。举步毫厘千里错,回头四十二年非。已将明镜悲华发④,更遣缁尘染素衣。饥食肉糜⑤应是好,倚门⑥日日望儿归。

【注释】①钓竿:钓鱼竿。②渔矶:可供垂钓的水边岩石。③采采香芹:采采,言采了又采。香芹,芹菜的美称。④华发:花白头发。⑤肉糜:肉粥。⑥倚门:谓父母望子归来之心殷切。

二

牛奋箕张①谤易生,更堪枉矢与搀枪②。五穷③缱绻④奴休送,三至仓皇⑤母亦惊。逸少⑥自惭⑦君有誓,李期⑧谁谓尔孤鸣。东风吹尽芝山雪,略放梅花一树明。

【注释】①牛奋箕张:牵牛星耸动其角,箕星大张其口。此处用典,表示被谗言所害的凶象。②搀枪:亦作"搀抢"。彗星名,即天搀、天抢。③五穷:谓智穷、学穷、文穷、命穷和交穷,是使人困厄不达的五个穷鬼。后常以"五穷"喻厄运。④缱绻(qiǎn quǎn):纠缠萦绕,固结不解,引申为不离散。⑤三至仓皇:谣言多次传播,也会让人仓皇急迫。⑥逸少:美少年。⑦自惭:自己感到惭愧。⑧李期:十六国时期成汉皇帝。字世运,成汉武帝李雄第四子。

三

夜读新诗重惘然①,绝怜尘土②过年年。月供那有千壶俸③,日费元无一块钱。庞老何心更城府④,陶公⑤素志只园田。桃源不在乾坤外,欲问渔郎觅钓船。

【注释】①惘然:疑惑不解,不知所措。②尘土:尘世;尘事。③千壶俸:千壶酒的俸禄。④城府:庞公城府,典故。语出《后汉书》卷八十三《庞公传》:"庞公者,南郡襄阳人,居岘山之南,未尝入城府。"后"城府"喻人心机多而难测。⑤陶公:陶渊明,喜爱田园,撰有《桃花源记》。

九月六日,发舟齐山下,呈祝静得、蔡君瑞

齐山①山下泊扁舟,尚想三生杜牧游。南雁唤回千载梦,西风扫碎一江秋。黄花落落如相遇,嘉节②匆匆也合酬。准拟③峨眉亭上去,买鱼沽酒④浣羁愁⑤。

【注释】①齐山:山名,唐时属池州(在今安徽贵池南)。后人诗文中言及"齐山",多

用此典。②嘉节：同"佳节"，美好的节日。③准拟：准备，打算。④沽酒：买酒。⑤羁愁：旅人的愁思。

金陵陈月观同年三首

一

已是收枰敛手①时，更堪拈起着残棋②。露盘不解相如渴③，桃实④难充曼倩饥⑤。吾末如何真已矣，是知不可复为之。令人长愧商山⑥叟，四海清夷⑦只茹芝⑧。

【注释】①敛手：收手。表示不敢妄为。②残棋：将尽的棋局。③相如渴：汉司马相如患有消渴疾。后即用"相如渴"作患消渴病的典故。④桃实：指西王母的仙桃。⑤曼倩饥：指人生活清贫。⑥商山：山名，在今陕西商县东。亦名商岭、商阪、地肺山、楚山。地形险阻，景色幽胜。秦末汉初商山四皓曾在此隐居，他们分别是东园公唐秉、夏黄公崔广、甪里先生周术和绮里季吴实，皆秦博士，后因逃避焚书坑儒来到商山。⑦清夷：亦作"清彝"。清平；太平。⑧茹芝：吃灵芝。出自商山四皓的典故。四老登上商山，只见千山苍苍，四野茫茫，泉石清幽，草木含情，比起嘤嘤嗡嗡的京都咸阳，真是人间净土。这儿听不到刀枪鼙鼓的惊鸣，看不见残暴无道的杀戮，见不到争宠斗势的恶棍，觉不到尔虞我诈的寒碜，也没有卖官卖爵的小人，遂决心岩居穴处，紫芝疗饥，在商山隐居下来。

二

深衣①社里强婆娑，误了东皋②雨一蓑。麟也可为宣父③泣，凤兮须信接舆④歌。怀金⑤暂乐忧方大，投璧能全碎已多。此去修行⑥留得力，世间知己是天魔⑦。（寓庵集载此首，题为漫兴。）

【注释】①深衣：古代上衣、下裳相连缀的一种服装。因"被体深邃"而得名，为古代诸侯、大夫、士家居常穿的衣服，也是庶人的常礼服。②东皋：水边向阳高地。也泛指田园、原野。③宣父：旧时对孔子的尊称。④接舆：春秋楚隐士，佯狂不仕。亦以代指隐士。⑤怀金：怀揣金印，怀带金宝。⑥修行：出家学佛或学道。⑦天魔：佛教语，天子魔之略称，为欲界第六天主，常为修道设置障碍。

三

莫道桐花①楝实②清，比量腐鼠③不堪争。鬼应勿复揶揄④汝，人亦真难驾驭卿。犬子何心求狗监⑤，獦郎⑥到处有鱼羹⑦。白云满地江湖阔，着我逍遥自在行。

【注释】①桐花:桐树的花。②楝实:楝树的果实。也叫金铃子。中医入药。味苦寒,有理气止痛、杀虫疗癣的功效。③腐鼠:腐烂的死鼠。后遂用为贱物之称。④揶揄:嘲笑;戏弄。⑤狗监:汉代内官名,主管皇帝的猎犬。⑥獾郎:宋王安石的小名。⑦鱼羹:鱼做的糊状食物。

九日雨游荐福寺①二首(录其一)

小瀹孤亭②兴未阑,共为长岁坐蒲团③。半林空翠湿晴露,满院秋香④吹晚寒。吊古⑤并扪碑字读,好奇⑥更借藏经看。归舟⑦莫笑清狂⑧绝,得句⑨从来胜得官。

【注释】①荐福寺:位于鄱阳县城东湖东岸、今鄱阳一中校园内。荐福寺在荐福山,荐福山滨督军湖以东,在一千多年里,荐福寺一直是鄱阳的名刹。这里有唐初欧阳询所书的《荐福碑》,有颜真卿为覆盖碑文所建的"鲁公亭";有唐代诗人戴叔伦住过的书堂,有范仲淹构筑的"莫莫堂"。②小瀹(yuè)孤亭:在鲁公亭饮酒。瀹,煮。③蒲团:用蒲草编成的圆形垫子。多为僧人坐禅和跪拜时所用。④秋香:秋日开放的花。多指菊花、桂花。⑤吊古:凭吊往古之事。⑥好奇:对自己不熟悉不了解的事物觉得新奇而感兴趣。⑦归舟:返航的船。⑧清狂:痴癫;放逸不羁。⑨得句:诗人觅得佳句。

还家二日,闻征西军马来,人家俱避地。寒食独酌,有怀诸君

闭户①云山转尽长,只消如许送清光②。一百六日③柳边绿,五十三年头已霜。赖有孤斟④聊勃郁,惜无共语慰凄凉。前时溪上行春⑤处,想见家家避地⑥忙。

【注释】①闭户:指人不预外事,刻苦读书。②清光:清亮的光辉。多指月光、灯光之类。③一百六日:寒食日的别称。④孤斟:独自饮酒。⑤行春:原指游春,这里指官吏春日出巡。⑥避地:迁地以避灾祸。

送朱瑞卿安庆人

长忆①扬州笑口开,扁舟何意②子能来。居然一别又三载,如此相逢能几回。春色渐归千古树,雨晴犹有隔年梅。归帆③不泊无邻水,少驻东风领一杯。

【注释】①长忆:经常想到;时常想念。②何意:为什么,何故。③归帆:指回返的船只。

梁必大归自燕山,有诗问讯,以诗答之

折柳①空惊岁月徂②,寄梅③欲忆雪霜余。君看天上烟花绕,我伴山中木石俱。婚媾④骎骎⑤难辨老,友朋往往不如初。极思一见论心事,城府⑥年来⑦迹渐疏。

【注释】①折柳:折取柳枝。语出《三辅黄图·桥》:"霸桥在长安东,跨水作桥。汉人送客至此桥折柳赠别。"后多用为赠别或送别之词。②徂:过去,逝。③寄梅:指对亲朋的思念和问候。④婚媾:有婚姻关系的亲戚。⑤骎骎:急促匆忙。⑥城府:官府。⑦年来:近年以来或一年以来。

余秋村创书院

五凤楼①修谩赋空,不堪四壁老秋风。黄金白璧②相逢顷,文杏香茅③一笑中。子美堂资须录事,(子美花溪之堂,裴冕力资而成之。)尧夫宅契出温公④。诸公更使风流尽,千载遥知⑤意气同⑥。

【注释】①五凤楼:古楼名。唐在洛阳建五凤楼,玄宗曾在其下聚饮,命三百里内县令、刺史带声乐参加。梁太祖朱温即位,重建五凤楼,去地百丈,高入半空,上有五凤翘翼。②白璧:平圆形而中有孔的白玉。③文杏香茅:文杏,诗词中常用以指代文杏做的木梁;香茅,多年生草本植物。④尧夫宅契出温公:范仲淹之子范纯仁,字尧夫,温公司马光曾赠《和尧夫见寄》诗:"仁政如慈父,蒲人得所依。教条前后接,风亦古今稀。试郡缠书最,还朝必奋飞。西台旧班列,犹望绣衣归。"本句出于此典。⑤遥知:在远处知晓情况。⑥意气同:志向与气概相同。

四、《松巢漫稿》选注

[元]徐瑞撰　石国禄校注

【徐瑞简介】

　　徐瑞(1255—1325),字山玉,号松巢,鄱阳鹊湖(今景德镇市昌江区鲇鱼山镇新柳村委会老屋下村)人。南宋度宗咸淳间应进士举,不第。元延祐四年(1317年)以经明行修,推为本邑书院山长。未几归隐于家,巢居松下,自号松巢。元泰定二年(1325年)卒,享年七十一岁。所著《松巢漫稿》三卷,存于《鄱阳五家集》中。今选注其卷一以飨读者。

卷一

○ 五言绝句

义合寺二首

其一

峭壁空翠湿,幽林烟霏清。峰巅忽长啸①,疑是孙登②声。

其二

枯根绊老石,槁叶填古径。四山悄无人,铿然一声磬。

【注释】①长啸:撮口发出悠长清越的声音,古人常以此述志。②孙登:魏晋时期隐士,尤善长啸。

寻 幽

寻幽乌石谷,曳杖①白云冈。野烧②半空赤,西风万叶黄。

【注释】①曳杖:后拖拐杖行走,形容悠闲自得。②野烧:烧荒。

己丑正月二日入山中题岩石二首

其一

一掬①岩下水,不满数寸深。当其伏坎②时,已有东注③心。

【注释】①掬:捧。②伏坎:从高坎溅落。③东注:东流注入大海。

其二

我访桃源①人,桃源在何处。世上无桃源,何必移家②去。

【注释】①桃源:桃花源。典出陶渊明《桃花源记》。②移家:举家迁徙。

余自入山，距出山五十五日，竹屋青灯，山阴杖屦，忘其痴不了事矣。随所赋录之得二十首（庚寅）

入 山

石浪啮我足，山雨湿我衣。冥行①果为谁，笑抚桄榔②枝。

【注释】①冥行：夜间行路。②桄榔：一种棕榈科乔木，此指棕榈树。

解 包

投装即虚馆①，檐溜②犹浪浪。主人眼为青③，炽薪燎④衣裳。

【注释】①虚馆：寂静的馆舍。南朝宋谢灵运《斋中读书》诗："虚馆绝诤讼，空庭来鸟雀。"②檐溜：从屋檐上流下的雨水。③眼为青：青眼，以示礼待。④燎：烘烤。

看 云

濛濛穿石罅①，片片宿②檐端。如示变灭相，时出复时还。

【注释】①石罅：本义为石头裂缝，此指狭谷中的小道。②宿：停留，漂浮。

对 雪

晃晃纸窗明，簌簌时闻落。出户欲寻诗，瘦驴双耳卓①。

【注释】①卓：耸起。

听 雨

疏声连永夜，寒意薄①吟身。惆怅三生梦，彭城②古木春。

【注释】①薄：迫近，靠近。②彭城：今江苏徐州，彭祖出生地，故号彭城。此处言郭璞峰乃长寿之地。

听 泉

出山静而清，遇石何不平。谁能携素琴，为我写①此声。

【注释】①写：以琴韵模拟泉流声。

听 箫

呜呜传素恨，渺渺起新愁。台空凤已去①，楚山千顷秋②。

【注释】①台空凤已去:典出李白《登金陵凤凰台》:"凤凰台上凤凰游,凤去台空江自流。"②楚山千顷秋:典出李白《白云歌送刘十六归山》:"楚山秦山皆白云。"

听 笛

有客携笛来,一声山石裂。老子据胡床①,东峰方吐月。

【注释】①老子据胡床:老夫坐在胡床上咏谑玩乐。老子,老夫。胡床,又称交床,一种可折叠的坐具。典出元好问《满江红·嵩山中作》:"暂放教、老子据胡床,邀明月。"

论 诗

大雅①久寂寥,落落为谁语。我欲友古人,参到无言处。

【注释】①大雅:指《诗经》的"大雅"。

煮 茶

枯樵生活火①,清瀑荐②灵芽。且赏此味永,从渠客未嘉③。

【注释】①活火:跳动的火焰。②荐:煮,泡。③从渠客未嘉:来客他们却不知称赞。渠,他,他们。

兰

绿叶映芳蕤①,贞姿在空谷。纷纷世人同,寂寂君子独。

【注释】①芳蕤(ruí):盛开而下垂的花。

老 梅

枯根寄断崖,槎牙老风雪。疏花如高人,敛衽①不敢折。

【注释】①敛衽:整理衣襟,表示恭敬。

苦 菜

采苦南山下,载咏采苦诗。舍旃复舍旃①,此味人得知。

【注释】①舍旃:典出《诗经》之《采苓》:"舍旃舍旃,苟亦无然。"舍,舍弃。旃,文言助词,相当于"之"。

芹

离离生涧底,薇蕨敢雁行。人皆美其羹,我独采其芳。

刘 郎 菜

天台采药客①,此地菜留名。流水年年恨,春风岁岁生。

【注释】①天台采药客:典出《太平广记》。传说东汉末年,剡县人刘晨、阮肇入天台山采药,遇二仙女,结为夫妇,共居半年,及至回乡,子孙已历七世。

黄 精

东风抽灵芽,厚土长黄玉。我欲勤服食,从此长辟谷①。

【注释】①辟谷:不食五谷杂粮,通过吸收自然精华之气而养生。

鹰 爪 菜

何人品小草,乃以鹰爪名。吾舌安用甘,且得吾眼明。(山中人云能明目。)

蒲 花

绿毯糁轻黄,随风堕霏屑。富贵未足道,看取十二节。

石 洼

飞泉所舂撞,悬崖偶成窾①。信似太山溜,吾欲铭其坎。

【注释】①窾:空隙、洞穴。

出 山

坐觉日月长,还疑宇宙隘。长啸出山来,如在太虚外。

用仲退①韵奉寄三首

其一

怀人耿青灯,兀兀②香事已。梦绕明月湾③,水清见石底。

其二

与君外形骸,更自离言说。此聚虽难常,此意终不别。

其三

约略古堰西,坡陀山外路。相从十二年,迎送几来去。

【注释】①仲退：吴存，元代诗人，作者诗友。②兀兀：昏沉的样子。③明月湾：吴存家在鄱阳凤岗西山溪畔，故号月湾老人。

大德二年戊戌正月梅始花

老树冰霜晚，孤花天地心。翛然①怀远韵，相对意弥深。

【注释】①翛然：形容无拘无束、自由自在的样子。

己亥重九夜归，篝灯独酌①，因思乙未岁是日，陪余敬可携赵定庵、马宁卿、王叔文、灵隐二三道伴，登芝山，驻接仙亭，蔬盘果食，清谈竟日。今诸道萍散②，而敬可九原不可作，对酒凄然，殆无以为怀也

重阳当痛饮，对酒更生悲。惆怅芝山梦，死生俱别离。

【注释】①篝灯独酌：在孤灯下篝火旁独自饮酒。②萍散：像水中浮萍一样散去。

书芳洲题《长江万里图》诗后

万里朝宗势，其源可滥觞①。从来不在险，画里论兴亡。

【注释】①滥觞：指江河发源处水很小，仅可浮起酒杯。

庚子九月十四日陪芳洲观山中泉石次韵

问酒竹篱深，寻诗土花碧。石上更盘桓①，长啸情何极。

【注释】①盘桓：长时间停留，依依不舍。

书 壁 辛 丑

佳水交稚绿，小阁掩春深。唯有山西叟，相看识此心。

夜坐与刘信翁清谈

清坐不知疲，相对忘宾主。他年记此夜，青灯听疏雨。

十一月十五山行见梅一枝(丁未)

老树千年意,枯槎①一点春。相逢惊别久,伫立重凝神。

【注释】①枯槎:干枯的树桩,此指光秃无叶的梅树。

周德言游小庐山,观余壁间诗,次韵示教走笔奉谢(壬子,皇庆元年)

美人尘外姿,胸次淡孤清。空堂语三日,隐隐金石声。

兰茗寻旧题,愧我昔好径。妙语为湔被①,清越泗滨磬②。

【注释】①湔被:洗涤。②泗滨磬:又称泗滨浮磬,用山东泗滨浮石制成,作为皇家专供乐器和法器。

舟行即景(丁巳)

江流千丈碧,崖树一枝红。临眺延缘①久,扁舟我欲东。

【注释】①延缘:缓慢移行。《庄子·渔父》:"乃刺船而去,延缘苇间。"

宿 常 山

小楼临水际,一塔出林端。为报山僧喜,无劳问数滩。

(有僧同舟,每舟上一滩,必计之。自桐江至常山,历滩百余。)

灯影照白发,清酤浣旅颜①。半生堪一笑,四度宿常山。

【注释】①清酤浣旅颜:借清冽的美酒消除旅途疲劳。酤,一夜酿成的酒。浣,洗。

秋怀二首(己未)

细雨沾庭湿,惊风入袖寒。黄花有佳色,独自倚阑看。

门巷鸣干叶,阶除吟候虫。幽怀不可奈,丝雨更濛濛。

夜 坐

丈室四壁静,孤灯永夜明。蒲团清坐稳,檐铁两三声。

○六言绝句

夏日六首（己亥）

其一

屋上小山丛桂，门前绿水芙蕖。问事唯唯否否①，逢人眭眭盱盱②。

【注释】①唯唯否否：唯唯，回答时表示同意的应声。否否，别人说否，自己也跟着说否，表示顺从。②眭眭盱盱：眭盱，浑朴的样子。

其二

客散幽庭鸟集，日长高树蝉嘶。有士怀戴安道①，无人铸钟子期②。

【注释】①戴安道：戴逵，字安道，东晋著名美术家。王徽之曾雪夜访之，至其门外而未入。②钟子期：楚国樵夫，为琴师伯牙的知音。

其三

世眼看朱成碧，人情覆雨翻云。宁甘①头责子羽②，莫教腹负将军③。

【注释】①宁甘：宁愿。②子羽：孔子的学生。因为长得很难看，孔子对他的态度十分冷淡。子羽只好退学，回去发奋钻研，成了一个很著名的学者，很多青年慕名到他门下求学，他的名声在诸侯间传开了。孔子感慨地说："从子羽身上使我明白，不能以外貌来衡量一个人。"③腹负将军：讥讽人没有谋略。

其四

偶自栖迟①偃仰，谁无历落欹崎②。两刖足见美玉③，九折臂为良医。

【注释】①栖迟：游玩休憩。②欹崎：险峻，此指人生坎坷。③两刖足见美玉：典出卞和楚山献玉。

其五

我生尚友千载，不愿争名一时。闭门写范滂①传，饱饭和渊明诗。

【注释】①范滂：东汉时期党人名士，与刘表、陈翔、孔昱、范康、檀敷、张俭、岑晊并称为"江夏八俊"。年轻时正直清高有气节，被举荐为孝廉、光禄四行（敦厚、质朴、逊让、节俭）。

其六

宇宙千年遗事,江山几段闲情。一笑无人领略,杖藜竹外徐行。

六言四首(庚子)

脚下行万里路,胸中贮千卷书。到底只供一笑,屋乌何似除胥①。
畜耳何如畜眼,观人孰与观颐。远道纷纷飞鞚②,深山有客争棋。
悟得字中有笔,却参画外无诗。今人见谓痴绝,异世神交特奇。
隐几反观唯我,出门与语者谁。饮酒止酒俱达,借书还书一痴。

【注释】①屋乌何似除胥:语出《尚书》:"爱人者兼其屋上之乌,不爱人者及其胥余。"意思是喜爱那个人,就连他屋上的乌鸦都觉得可爱;厌恶那个人,就连他村里的墙壁都令人生厌。"除胥"当作"胥余"。②飞鞚:策马飞驰,此指争名逐利。

故夏与南翁往来里社,共听松风,盘旋久之,欲作数语,不果。近日偶至其下,怅然兴怀,追赋六言一首(辛丑)

夜语连床未了,村醪时复一钟。不怕石头路滑,要听古社松风。

送医士方存方归弋阳

俗子纷纷束阁,此客亹亹①逼人。未论探丸起死,壶中刀匕通神。
桔梗时而为帝,昌阳②或笑引年③。无用乃知有用,妙处当是不传。
但识身中大药,不须肘后奇方。我欲与君谈此,暑途行计何忙。

【注释】①亹亹:勤勉不倦的样子。语出《诗经·崧高》:"亹亹申伯,王缵之事。"②昌阳:菖蒲别名。昌,通"菖"。③引年:养生术语,延长年寿。语出《礼记·王制》:"凡三五养老,皆引年。"

○七言绝句

偶 题

曾驻金华傲紫烟,偶来此地了尘缘。春风白石冈头路,虚老松花过一年。

舟 行 书 感

断崖斗绝小舟行,烟树崔嵬草一汀。宛是钓台台下路,杨梅、卢橘正青青。(余甲戌三月登钓台,杨梅、卢橘青青两山间。)

东溪舟中呈石斋(癸未)

两山盘屈水中分,紫翠深深日欲曛。孤枕短篷①吟梦晓,一莺啼破半溪云。

【注释】①短篷:小船。

东 湖 枕 上

云边假息竹方床,天地诗翁一枕凉。杳杳磬声清入梦,上方老衲起烧香。

丙戌除夜,泊舟东湖,用白石归苕溪韵书怀

客梦朦胧酒力销,梨云漠漠路迢迢。醒来便欲寻春去,杨柳江南十五桥。
空山岁晚足堪娱,残雪千峰水半湖。明发临风想诸弟,共扶白发进屠苏。
出山归隐计无成,舟泊菰①丛胶②断冰。记取东湖风雪夜,青荧一点隔林灯。
津亭空树集饥鸦,望断孤云是我家。暮角吹寒风渐落,自呼斗酒对梅花。
一卷阴符③偶自随,奴星④解事亦忘归。参横斗转吟魂瘦,愁绝寒梢两绿衣。
城郭人家饯岁寒,裁红剪翠馔春盘。湖滨老圃无时态,绕屋畦蔬向晓看。
隔岸重门笑语微,摇摇烛影飐⑤帘衣。翠环玉指箜篌梦,尚识轻舟天际归。
劳生可笑类原蚕,世路羊肠更熟谙。自古诗人例如此,咸阳客舍老青衫。
归抚苍松笑一场,誓无滋味博西凉。春风烂漫春云热,酿取松花一瓮香。

封侯几见梦魂销,千万徒劳重压腰。只待区中缘了尽,携家采药住中条⑥。

【注释】①菰:古人称茭白为"菰"。唐代以前,菰为"六谷"(稌、黍、稷、粱、麦、菰)之一。②胶:黏合。③阴符:《太公阴符》,古兵书名。④奴星:人名。语出韩愈《送穷文》:"元和六年正月乙丑晦,主人使奴星结柳作车,缚草为船,载糗舆粮,牛系轭下,引帆上樯。"⑤飑:风吹摇曳的样子。⑥中条:中条山,在山西永济县(今永济市),相传舜王在此生活起居,读书耕耘,为"天公降旨立君之地",此借指郭璞峰。

丁亥正月二日,自东湖泛舟归鹊湖①

贳②酒张帆古渡头,半篙新水送归舟。梅花惜我漂零久,一片飞香入柁楼③。

【注释】①鹊湖:村名,在景德镇市西南郭璞峰下,又名老屋下,为当地徐姓发祥地。②贳:赊欠,此处指买酒。③柁楼:船上操舵之室,亦指后舱室,因高起如楼,故称。杜甫《陪郑广文游何将军山林》诗之二:"翻疑柁楼底,晚饭越中行。"柁,作"舵""柂"。

正月晦日,泛舟诣东湖,兴尽而返,戏作

古渡开帆破暮烟,平明回棹①浪鸣舷。可怜烟雨东湖兴,绝似山阴雪夜船②。

【注释】①棹:船桨。②山阴雪夜船:典出王徽之雪夜访戴。

小斋前老梅至二月半花犹未落,余香最可爱

瘦树枯枝藓晕青,嫩寒清晓雨冥冥。道人①不管花开落,独爱残香绕砚屏。

【注释】①道人:指作者。

读苏黄①集

胡儿争问大苏集,仙官②解作太史书。当时同朝人欲杀,所能者天信不虚。

【注释】①苏黄:苏东坡和黄庭坚。②仙官:道士,借指作者自己。

书怀五首

伊优①肮脏子自择,篷篨②戚施③我不能。试看洛阳红紫国,何如王屋④一

枯藤。

朱云岂是丞相吏⑤,子房偶作帝者师。去就谁能明此道,西风落木鬓成丝。

文章意造乃天趣,学奇学涩为谁妍。皮毛落尽真实在,千载谁续鹍鸡弦⑥。

曹刘沈谢⑦易摸索,杨王卢骆⑧哂未休。眼底轮囷⑨能有几,蛛丝尘网百尺楼。

枯桐三尺寄古意,悬崖夜半鸣风泉。广陵散曲⑩世不传,五柳先生⑪更无弦。

【注释】①伊优:逢迎谄媚,说话无定见。赵壹《疾邪诗》:"伊优北堂上,肮脏倚门边。"李贤注:"伊优,屈曲佞媚之貌。"②籧篨:有丑疾不能俯身的人。语出《诗经·邶风·新台》:"燕婉之求,籧篨不鲜。"毛传:"籧篨,不能俯者。"③戚施:驼背。语出《诗经·邶风·新台》:"燕婉之求,得此戚施。"毛传:"戚施,不能仰者。"④王屋:王屋山,为中条山分支山脉,位于山西阳城县、垣曲县与河南济源市之间,为《列子》载《愚公移山》的故事处。山势巍峨,林木繁茂。多道观宫庙。⑤朱云岂是丞相吏:朱云,西汉人,为人狂直。典出《汉书》卷六十七:薛宣为丞相,云往见之。宣备宾主礼,因留云宿,从容谓云曰:"在田野亡事,且留我东阁。"朱曰:"小生乃欲相吏耶?"宣不敢复言。⑥鹍鸡弦:《乐府杂记》云:以鹍鸡筋作琵琶弦,用铁器拨弹。⑦曹刘沈谢:指建安七子中的曹植、刘桢和晋宋时期的沈约、谢灵运。⑧杨王卢骆:指王勃、杨炯、卢照邻、骆宾王,他们被称为"初唐四杰"。⑨轮囷:高大的样子,借指大树。王禹偁《送光禄王寺丞通判徐方》:"戏马台荒春寂寞,斩蛇乡古树轮囷。"⑩广陵散曲:《广陵散》,古琴曲,魏晋琴家嵇康善弹此曲。刑前索琴弹奏此曲,并慨然长叹:"《广陵散》于今绝矣!"⑪五柳先生:陶渊明号五柳先生,曾作《五柳先生传》。

秋晚对牵牛花怀友

蘸碧①轻绡②一捻垂,蜿蜒细蔓满枯篱。晓来风露深深巷,记得相看觅句时。

【注释】①蘸碧:挨着池中的碧水。②轻绡:一种透明而有花纹的丝织品,此喻花瓣美丽。

听 雨

岁戊子,听雨山中,枕上赋小诗云:"竹屋浪浪急雨鸣,道人睡美梦魂清。恍然身在庐山下,夜半飞泉落涧声。"庚寅秋晚,结茅郭仙峰之下东偏,断壑飞泉,接竹①注之窗外,以便汲取。夜听泉声,凄然有感,赋诗云:"窗前断壑落飞泉,绝似高檐晓溜悬。忽忆故山听雨梦,绳床孤坐不成眠。"今年复归山,独卧小斋。夜半雨至,檐溜浪浪,梦中恍然。山间

茅屋之下,泉声不绝,不知吾身之在此也。觉而悲感不已,赋此自解。壬辰五月廿八夜也。

听泉听雨不须悲,声本无情我自痴。梦觉不同均是梦,寂然妙在不闻时。

【注释】①接竹:将竹子的关节打通再连接起来,用于接引山泉。

偶洁瓷鼎煮芽茶,可玉弟以云松吟稿至,且啜且哦,就成小绝,并以卷锦

活火枯樵煮露芽,瓢盂颠倒岸①乌纱。君诗味永加严苦,可恨山中客未嘉。

【注释】①岸:帽子高戴,前额外露。

甲午夏日读尔雅有感

梁间客燕①一采芑②,鞯上③饥鹰肉不肥。爱杀前溪双属玉④,羽毛如雪背人飞。

【注释】①梁间客燕:出自司空图《冯燕歌》:"梁间客燕正相欺,屋上鸣鸠空自斗。"②采芑:《诗经》诗篇名,述说周宣王卿士、大将方叔为威慑荆蛮而演军振旅的画面。③鞯上:马鞍上。语出《易经·系辞下》:"犕牛乘马。"④属玉:水鸟名。见宋代张孝祥《蝶恋花》:"漠漠飞来双属玉。一片秋光,染就潇湘绿。"

丙申二月既望,仲退再来山中,意行谈旧,送别怅望,寄两绝句,其一云:"别君乌石冈头路,一树梨花照晚烟。总是旧来携手处,东风回首十三年。"其二云:"入山不远六七里,老我应行千百回。昨日与君谈未了,今朝策蹇又重来。"读之黯然,次韵用谢

东风满眼皆陈迹,老树荒园更断烟。今昔相看只如此,但拚痛饮过年年。
梦中几度寻安道①,也似当年泛剡②回。可是山中缘未断,又从云外寄诗来。

【注释】①②安道、泛剡:见前面"雪夜访戴"典故。

程明夫送枸杞数本,侑以古诗两绝奉谢(丁酉)

故人念我忍饥坐,送我灵苗意甚勤。便作深根千岁计,云间要听吠狺狺。

坡翁尚感黄柑意①,杜老深知菜把恩②。此意世间寥落久,自哦诗句绕荒园。

【注释】①黄柑意:苏轼《冬景》:"荷花已无擎雨盖,菊残犹有傲霜枝。一年好景君须记,最是橙黄橘绿时。"苏轼借黄柑告诉朋友,一年中最好的季节是柑橘金黄的冬天。人即使到了晚年,也不要意志消沉,应当乐观豁达,积极向上。②菜把恩:语见杜甫《园官送菜》:"清晨送菜把,常荷地主恩。"

书　　壁

爱山日凭西楼角,听雨长来破寺中。可恨无人同此味,绕檐疏竹鸟呼风。(林艾轩云:听雨是人生如意事,听雨须山寺破屋中。)

寻梅十首(戊戌)

并附录吴月湾拾遗稿次韵山中寻梅十绝

去年冰雪开梅晚,立春半月始见花。只今至后未五日,南枝已破两三丫。

冰溪冻合路迢迢,雪片疏疏着地消。幽香袭人无觅处,信步行过独树桥。

山中峭壁孤绝处,瘦树独立殊风标。我行矫①首坐叹息,正是高人不可招。

石梁溪上鸳鸯树,昔年樵斧摧为薪。诗翁赋诗慰不遇,险语至今惊鬼神。(岁戊寅,余与芳洲翁意行见之。翁赋长句见集中,今廿一年矣。)

墙东一株苍藓身,故人手厮山中云。封植敢忘角弓赋,每到花开如见君。(吾家墙东矮梅,壬午仲退手植。)

首阳食薇②千古瘦,商山茹芝③绝世清。谁能嚼花卧空谷,一物不向胸中横。

项里苔梅④妙天下,蜀苑梅龙⑤天下无。放翁⑥诗酒白石⑦笛,二老风流不可摹⑧。

种性还如赋苦笋,趣味一似传冰壶。持此问梅翻绝倒,荔枝瑶柱有同无。

烟芜牧笛不胜哀,梦绕西湖几百回。应是诗人有余恨,断桥流水为谁开。

十亩荒园野水边,尽栽梅树不论钱。珍重木瓢⑨任真率,年年携此醉花前。

【注释】①矫:通"挢"。②首阳食薇:典出《史记·伯夷列传》:"武王已平殷乱,天下宗周,而伯夷、叔齐耻之,义不食周粟,隐于首阳山,采薇而食之。"③商山茹芝:秦末"商山四皓"(东园公唐秉、夏黄公崔广、绮里季吴实、用里先生周术)隐居商山,宁愿过清贫安乐生活,并作《紫芝歌》以明志向。④项里苔梅:典出南宋姜夔《京口留别张思顺》:"旧国

婆娑几树梅,将军逐鹿未归来。江东父老空相忆,枝上年年长绿苔。"此诗借苔梅婆娑的美妙姿态写出了项王故里的美好,反衬出他一去不回的悲哀。项里,项羽之故里。苔梅,树干长满苔藓的梅树。⑤蜀苑梅龙:偃卧如龙形的老梅树。见宋陆游《大醉梅花下走笔赋此》:"终当骑梅龙,海上看春色。"自注:"梅龙,盖蜀苑中故物也。"⑥放翁:陆游,号放翁。⑦白石:姜夔,号白石道人,饶州人,精通音律,能自度曲。⑧摹:学习,模仿。⑨木瓢:代指酒具。

附录

山 中 寻 梅

吴 存

种梅山中十七载,出山十年思此花。梅花见人应潦倒,令人憔悴笔生丫。
想见幽人吟绕树,冰枝滴沥旧痕消。几回梦赴山中约,古堰西边雪压桥。
山中之人有巢氏,山中之树枝犹标。自携一壶醉太古,雪月相从不待招。
昔人绝叹杀风景,以鹤为炙①松为薪。梅花何罪厄斤斧,烦君为语主枝神。
东南西北梦中身,几愧乌山石上云。顾谓梅花不如汝,托根常得伴巢君。
正将丘壑傲富贵,坐使群芳让浊清。江路野桥供俗眼,何如幽谷一枝横。
骚人不死元水解,化作冰魂瘦欲无。三叠离骚招不得,水滨疏影君为摹。
暮年拟种梅千树,花下清歌酒百壶。略计此生非过分,不知造物肯从无。
扁舟欲向西湖去,复作稽山载酒回。和靖已仙贺老死②,梅花见说不曾开。
巢中高士湾头客,日赋梅花无一钱。八百斛椒钗十二③,不堪持到此花前。

【注释】①以鹤为炙:原为"焚琴煮鹤",以琴为薪,煮鹤为炙,比喻糟蹋美好的事物。②和靖已仙贺老死:和靖,即林逋,北宋词人,以梅花为妻鹤为子,故有梅妻鹤子之名。贺,指贺知章,唐代诗人,常与张旭、李白饮酒赋诗,时称"醉中八仙"。③八百斛椒钗十二:语出宋黄庭坚《梦中和觞字韵》:"何处胡椒八百斛,谁家金钗十二行。"

九月廿五夜小雨成雪(己亥)

秋来多病怯新寒,香冷衣篝梦易残。夜半忽惊风雨恶,开门雪已满前山。

寄芳洲先生（庚子）

山中二十三年约，今日寻诗始得来。举瓢酌水为君寿，从此登临岁一回。
周郎折简①应难致，退叟高骞②招不来。石上留题有神护，不教雨渍长苍苔。
时人近日多轻士，造物从来亦忌名。只有青山无世态，与君一见若平生。
官衔雅似何水部③，文学老于元道州④。如此身名应贵重，世间清浊易同流。
生来道义胜纷华，晚抱遗经学种瓜。犹有爱山心不厌，时时幽梦到烟霞。

【注释】①折简：以竹简作书，此指裁纸写信。②高骞：隐退。③何水部：南朝梁诗人何逊，曾兼任尚书水部郎。④元道州：元结，唐代道家学者，曾任道州刺史。

雪中夜坐杂咏十首

数间老屋云松下，半亩方塘水竹村。先生观化耿独坐，不觉寒深雪塞门。
檐头风铁响铮铮，檐外浪浪槁叶鸣。别有宫商人未识，一炉活火听瓶笙。
读书声歇茶初熟，古鼎香销诗未成。起唤欧苏①索白战②，天高海阔不胜情。
古人何者是不朽，举世何人善打乖③。总是流连光景处，天分幽事属吾侪。
文章有皮有骨髓，欲参此语如参禅。我从诸老得印可，妙处可悟不可传。
古人骨烂心犹在，欲观古人观其心。我读古书忘寝食，去之千载一如今。
何人求死不得死，有士欲生而舍生。谁谓古今人品异，要于出处自权衡。
谷粟桑麻里俗淳，农谈竟夕④意弥真。半壶浊酒陶陶醉，便是羲皇以上人。
绝怜山北松间寺，门径漫漫雪作堆。衲僧定起夜将半，自拨寒炉分芋魁⑤。
看梅不睡非愁夜，对酒高谈别是春。水北山南清兴发，迟明踏雪度烟津⑥。

【注释】①欧苏：欧阳修和苏轼。②白战：指作"禁体诗"时禁用某些较常用的字。欧阳修为颍州太守，曾与客会饮，作咏雪诗，禁用玉、月、梨、梅、絮、鹤、鹅、银、舞、白诸字。明唐寅《拟瑞雪降群臣贺表》："白战骚坛，莫效惠连之赋。"③打乖：机变。司马光《酬邵尧夫见示安乐窝中打乖吟》："料非闲处打乖客，乃是清朝避世人。"④竟夕：整夜。⑤芋魁：泛称薯类植物的块茎。《后汉书》："时有谣歌曰：'败我陂者翟子威，饴我大豆，亨我芋魁。'"李贤注："芋魁，芋根也。"⑥烟津：烟波苍茫的渡口。

二月望暂寓山中感旧（辛丑）

出山两足浣①尘土，几夜梦听山中泉。行到向来结茆②处，瘦藤枯树仍风烟。

茆茨③高下倚苍石,略彴④参差跨碧流。白发前坡两翁媪,相逢漫说十春秋。
野花绿水红香动,石壁晴霞倒影奇。好句诗人曾拾得,重来绝笑剑痕痴。(仲退丙戌观山有云:微波荡晴墩,倒影动悬壁。)
石臼凝泉莹似冰,山椒云气起如蒸。小溪流出桃花片,我欲穷源客不能。

【注释】①浼:洗。②结茆:编茅为屋,建造简陋的屋舍。③茆茨:茅屋。④略彴:小木桥。

病疟新差①,仲退折梅一枝,冒雪跨驴访我松下,且赋诗一首,次韵以谢。阒月廿八日也

破雪折梅相料理,要将春信报新年。独跨瘦驴披鹤氅②,更于何处觅神仙。

【注释】①新差:病情刚刚退去。②鹤氅:又叫"神仙道士衣",类似斗篷、披风的御寒长外衣。氅,大衣,外套。

腊月廿九日,芳洲寄绿萼梅一枝,诗二首次韵为谢

故人雪里寄梅花,妙句清寒逼齿牙。睡起病随残腊去,坐看神水长金华①。
鹤背②从来不载钱,老梅风霜足忘年。春风若肯留相待,定趁湾头水上船。(仲退有泛舟往见之约。)

【注释】①金华:指有华采的金。②鹤背:鹤的脊背。传说为修道成仙者骑坐处。司空图《杂题》:"世间不为蛾眉误,海上方应鹤背吟。"

挽李思宣(壬寅,三首录其一)

芝山携酒诗犹在,芹泮①横经梦已空。箧②底更藏书数纸,不堪和泪对秋风。

【注释】①芹泮:"采芹于泮"。出自《诗经·鲁颂·泮水》:"思乐泮水,薄采其芹。"相传泮水之边有泮宫,为鲁国的学官。后来读书人若中了秀才,到孔庙祭拜时,要到大成门边的泮池采些芹菜插在帽子上,这才算得上是个真正的读书人。②箧:小箱子,此指书箱。

次韵谢拙见寄(癸卯,二首录其一)

鱼雁迢迢不一书,寻真岂为出无驴。去年偶误梅花约,心密何须泥迹疏。

与弋阳徐觉民主簿

昔年熟看灵山面,常怪宝气充其间。此行乃与公相识,不负平生识此山。

文章政事本一贯①,道在从教俗论哗。为问匆匆赴期会,何如骑马看烟霞。(觉民见任处州遂昌簿,因讼省委修造上清宫。)

向来自许千年鹤,老去真成六日蟾②。且喜宗盟今日合,归程不惜为公淹③。

【注释】①一贯:同一个道理。②六日蟾:比喻错过合适的时间的无用之物。宋戴复古《癸巳端午呈李伯高》:"救人采得三年艾,背世翻成六日蟾。"③淹:滞留,久留。

送仲弟兰玉视牍①柳州(时大德七年,三首录其二、其三)

柳侯种柳柳江边,岁岁春风岁岁妍。若访韩碑②寻柳庙,为持芍药荐寒泉。

折花呼酒醉南楼,草草三年一笑留。今日要游难似旧,玉钗占喜白云秋。

【注释】①视牍:从事文牍工作,此指考官。②韩碑:韩择木的碑文。韩择木,唐代书法家,韩愈叔父。其善八分体书法,字体秀劲,石刻碑文存世较多,主要有《告华岳文》《叶慧明碑》。

再用韵送谢拙逸

久悟看山胜看书,梦中犹爱倒骑驴。武夷夙有烟霞侣,目断晴云雁影疏。

辟俗寻常昼掩门,弄丸聊复了朝昏。折梅且寄春风信,终待相逢慰渴魂。

马天心远游而归,椎髻变而巾帻,袖衣变而逢掖,名字号俱变,书亦学颜,作三诗寄之(甲辰,三首录其一、其三)

纸上磊落太师字,行间突兀玄晏①名。斯人变幻不可测,卒然见之令人惊。

风流千载贺知章,晚岁黄冠归故乡。三岛烟霞镜湖月,此意与之谁短长。(马所居号三岛。)

【注释】①玄晏:晋皇甫谧沉静寡欲,有高尚之志,隐居不仕,自号玄晏先生。后以"玄晏"泛指高人雅士或山林隐逸。

送马君采赴忠定书院教谕(乙巳,三首录其一、其三)

吾乡湾头有明月,照映空山草木寒。颇怪近来光采变,乃知珠徙上余干。(马所居名珠湾。)

孤城上与白云齐,唐宋诸人旧有题。吊古不须深感慨,但教残剩付归奚①。

【注释】①奚:文言疑问词,哪里,什么。

赠别高则山王叔浩(四首录其三、其四)

采诗直须别具眼,论人尤贵平其心。莫重所闻轻所见,四方岩穴有知音。

孤洲兰蕊春风晚,老树丝苓夜雨寒。何日抱琴重过我,焚香煮茗听君弹。

题小斋壁(丁未)

卖药城南二十秋,得钱取醉酒家楼。近来不敢出山去,怕有人呼韩伯休①。

【注释】①韩伯休:韩康,字伯休,东汉高士,卖药三十多年从不还价,为世人得知。借指隐逸高士,亦泛指采药、卖药者。

题邓梅边买驴卷后

出市难逢陈处士①,叩门谁识傅先生。此行若遇孙郎宴,借笔不妨题子名。

【注释】①处士:有德才而隐居不仕的人。

次韵怡如解嘲

子敦尚受坡翁谑①,山谷何心戏炳之。抵掌相看成一笑,折肱始信是良医。

【注释】①子敦尚受坡翁谑:苏轼在《送顾子敦奉使河朔》中戏谑顾子敦:"便便十围腹,不但贮书史。容君数百人,一笑万事已。十年卧江海,了不见愠喜。磨刀向猪羊,酾酒会邻里。"

过歇岭(丁巳)

四山竹树与云齐,浙水东流江水西。独策短筇①过歇岭,乱峰叠叠翠禽啼。

【注释】①短筇:短杖。陆游《遣兴》:"柔橹摇残天镜月,短筇领尽石帆秋。"

晚行三桥

晚凉信步十三湾,疏柳高荷欲半残。时有小舟桥下过,无言独倚石阑干。

灵芝寺

为爱嘉名似故乡,芒鞋①日日此徜徉。非关贪礼瞿昙②相,自是三生有愿香。

【注释】①芒鞋:草鞋。②瞿昙:释迦牟尼的姓。佛的代称,借指和尚。

八月十八日观潮

海门乍见一线白,江下涛头十丈黄。数点红旗争出没,千艘飞橹下沧浪。

登钓台

雪手升堂读古碑,先生应笑鬓成丝。满庭黄叶无人扫,唯有清风似旧时。

欲荐山中十九泉,荒榛塞路上无缘。凄凉不尽怀贤意,黄帽①催呼亟下船。

(泉在山顶,旧有扁,此行不及见。)

【注释】①黄帽:船夫。周邦彦《蓦山溪》:"周郎逸兴,黄帽侵云水。"

舟行不胜节物之感

客中无酒浣羁愁①,想见家山菊自秋。记取今年重九日,大郎滩②下泛孤舟。

【注释】①浣羁愁:洗去旅途中的忧愁。②大郎滩:在浙江省建德市东北六十里富春江上。杨万里《过乌石大小二浪滩,俗呼浪为郎因戏作竹枝歌二首》:"小郎滩下大郎滩,伯仲分司水府关。谁为行媒教作赘,大姑山与小姑山。"

次马初心韵

良朋难合易参差①,独处频频入梦思。岁晚得君相料理,老怀磊落更谁知。浊酒陶陶时一钟,柴门牢键畏②迎逢。夜来风雪敲窗纸,喜见前山玉作峰。

【注释】①参差:不在一处。②畏:不喜欢,避开。

戊午元日

爆竹声残晓色分,漫天雪片报新春。绝怜今日屠苏酒,不见丁年共饮人。屋角红梅雪里香,索人管领意深长。老松秀出千林表,甲裂皮皱色转苍。

次韵月湾东湖十咏

两堤柳色

废垒迢迢睥睨①连,两堤横截锁苍烟。柳丝系得春光住,画舫时时杂钓船。

【注释】①睥睨:女墙,城墙上锯齿形的短墙。杜甫《南极》:"睥睨登哀柝,蜃弧照夕曛。"

双塔铃音

浮屠双笔仰书天,檐铎①吟风破曙烟。似为众生说般若②,兴亡莫问劫灰年。

【注释】①檐铎:又名檐马、铁马、风铎,多悬挂于古建筑物檐角处,古人用它判断风向或辟邪。朱熹《秀野刘丈寄示南昌诸诗和此》:"山楹雨罢珠帘卷,檐铎风惊玉佩鸣。"②般若:梵语 Prajna 的音译,又译作"波若""钵若""般罗若"等。宗教术语,佛法两大分支(般若、禅法)中的一支。此指佛经。

孔庙松风

苍然五鬣①东海来,直干参天不可回。堂上不闻金石韵,空中时听殷晴雷。

【注释】①五鬣:松树的一种,一丛五叶如钗形,每五鬣为一叶,故称"五鬣松"。周景式《庐山记》:"石门岩,即松林也。南临石门涧,涧中仰视之,离离骈麈尾,号为麈尾松,西岭异然如马鬣,又叶五粒者,名五粒松。"

颜亭荷雨

急雨高荷汞①走盘,颜公一去岁如千。天公不为游人计,端为忠臣雪怒肝。

【注释】①汞:水银,此喻荷叶上的雨珠。

湖中孤寺

崔嵬银屋漭①相围,突兀禅房水半扉。便是金山古兰若②,坐看孤鸟断云飞。

【注释】①漭:水面广远空阔。②兰若:佛寺。

洲上百花

后台花发映前台,红紫成林绿作堆。三日一花犹尽在,愿言均作四时开。

荐福茶烟

老衲松根拾槁枝,石铛①煮茗日舒迟。青青亭上晴云散,正是禅僧出定时。

【注释】①石铛:陶制烹茶器具。

新桥酒斾

袅袅垂杨映小楼,吴姬①唤客酒新篘②。倚檐高揭青帘处,认取墙东最上头。

【注释】①吴姬:吴地的美女。鄱阳古为吴头楚尾,故将此处美女称为吴姬。王勃《相和歌辞·采莲归》:"莲浦夜相逢,吴姬越女何丰茸。"②新篘(chōu):新漉取的酒。苏轼《和子由闻子瞻将如终南太平宫溪堂读书》:"近日秋雨足,公余试新篘。"

江城暮角

梅花三叠暮云横,戍客怀乡梦自惊。纵是时平争战息,不堪吹出入云声。

芝峤晴云

深谷逶迤缥缈中,白衣遥映晓暾①红。时清不叹唐虞远,可有商山四老②翁。

【注释】①晓暾:朝阳。唐殷尧藩《金陵上李公垂侍郎》:"海国微茫散晓暾,郁葱佳气满乾坤。"②商山四老:见前"商山四皓"释条。

七月十七夜,梦中见亡孙概,觉而悽怆不已(时延祐五年也,予年六十五矣)

梦汝颀然立我傍,言辞慷慨巧趋跄。觉来落月明窗户,抚枕潸然泪满床。

149

对菊用先大父云岩先生仰高堂壁间韵

小圃秋花孰是强,唯余老菊殿①年光②。寒英不独华予晚,九死犹能不改香。

【注释】①殿:最后,压阵。②年光:时光,年华。

读靖节和靖诗,偶成寄仲退

逋仙①只住西湖上,靖节②终身栗里中。千古修名垂宇宙,何曾南北与西东。

【注释】①逋仙:指宋隐士林逋,后世称其为"逋仙"。元薛昂夫《殿前欢·冬》:"自逋仙去后无高士,冷落幽姿。"②靖节:陶渊明,私谥"靖节",世称靖节先生,为"古今隐逸诗人之宗"。

次韵江道可见寄五绝(录其三、其五)

戎压尘沙汗血劳,君如孤鹤立危梢。何时过我长松下,共候风炉涌雪涛。

世间万事匪人为,消长神机只自知。饮酒不求千日醉,读书空悔十年迟。

次韵寄题文溪许氏秋圃(庚申)

我看黄花意甚长,纷纷萧艾①不能荒。无论楚晋韩家事,万古秋风只自芳。

【注释】①萧艾:艾蒿,臭草,常喻品质不好的人。《楚辞·离骚》:"何昔日之芳草兮,今直为此萧艾也!"

饭　牛①

饭牛夙志老方酬,看似沩山②水牯牛。水草寻常自调伏,鼻端不用拽绳头。

【注释】①饭牛:养牛,此指不慕爵禄,过着劳动自适的生活。②沩山:大沩山,在湖南省长沙,山上有密印禅寺,为禅宗五派之首沩仰宗祖庭。

腰痛苦甚戏作二绝句(录其一)

十万腰缠不足珍,腰围顿减可怜人。折腰不为五斗米,彭泽元来解忍贫。

正月廿七,月湾来访,千叶红梅一枝为赠

喜闻环佩响然臻①,笑语芬芳绝世尘。林壑荒凉无所有,殷勤送似一枝春。

【注释】①臻:到,来到。《说文》:"臻,至也。"

七月十六夜对月有感

神游赤壁水光浮,想见元丰壬戌秋①。甲子四周月长好,更无人续宋风流。

【注释】①元丰壬戌秋:宋神宗元丰五年(1082年)七月十六日,苏轼游览赤壁之日。苏轼《前赤壁赋》:"壬戌之秋,七月既望。"

五、《刘彦昺集》选注

[明]刘炳撰　洪东亮校注

【刘炳简介】

　　刘炳（1331—1399）：字彦昺，以字行，号懒云翁，明代鄱阳义城（今昌江区鲇鱼山镇义城村）人。洪武初，刘彦昺向朱元璋献书言事，被授中书典签之职。历任大都督府掌记、东阿知县。后因病辞归。朝廷召他与宋濂等同修国史，刘彦昺因眼疾未愈而无法前往。刘彦昺工诗，名列《明史·文苑传》，是以刘崧为代表的明代江西诗派（又称江右诗派）的代表人物之一。所著诗文本名《春雨轩集》，也称《刘彦昺集》，为其门人刘子升所编，宋濂等为之作序，杨维桢点评。《刘彦昺集》编入《四库全书》，《春雨轩集》后编入史简《鄱阳五家集》。《四库全书》中《刘彦昺集》提要评价刘彦昺诗文：" 诗格伉爽挺拔，类其为人。" 宋濂称其诗" 脍炙人口而不厌 "。著名思想家王夫之以" 高华 "一词高度评价他的诗。刘彦昺" 最号精鉴法书 "，明人著录书画作品的文献中常有其序跋。宋濂《文宪集》中《题王羲之真迹后》特引刘彦昺赏评《野凫帖》事以证真迹之不伪。

提　要①

臣等谨案：

《刘彦昺集》九卷，明刘炳撰。炳字彦昺，以字行，鄱阳人。洪武初，献书言事，授中书典签。出为大都督府掌记，除东阿知县。阅两考，引疾归。《明史·文苑传》附载《王冕传》中。所著诗文本名《春雨轩集》，乃其门人刘子升所编，杨维桢尝为评定。其评亦附载集中，维桢及危素、宋濂、徐矩皆为作序，王祎、俞贞木、周象初皆为作跋。此本题曰《刘彦昺集》，不知何人所改也。炳当元季兵乱时，与弟煜结里闬②相保，寇至辄却走。依余阙于安庆，以其孤军不振，辞归。盖亦才识之士。故诗格伉爽挺拔，类其为人。惟末附杂文一卷，气象薾③弱，殊逊其诗。知所长不在此，特以余事及之矣。

案：炳事迹略具《明史·文苑传》中。而《江西通志》引《豫章人物志》，所纪炳历官本末与史多有不合。如《史》云"炳至正中从军于浙"。而《志》乃云"为参政于光使金陵"，不知所据。《史》云"炳以言事为典签"，而《志》乃云"先参赞沐总制守镇江，寻授广东卫知事"。考其《吊余阙墓》文，结衔称大都督府掌记在洪武十二年。而《哀曹国公》诗有"三年参记府"句，《沐西平挽诗》有"十年参幕府"句。（李）文忠④以洪武三年领大都督事，沐英以洪武四年同知大都督府。以年数计之，不应未授典签，先参赞沐英军事，前后亦相舛迕。盖稗官野史，传闻异词，往往如此。今一以《史》文为据，而并存其同异以备考核。又旧本中书元国号皆作"原"字。盖以明初刊板之时，犹未奉二名不偏讳之诏，故以"原"代"元"，而传写者仍之欤。事隔前朝，理无避忌。今悉改正，从本文焉。

乾隆四十六年九月恭校上

总纂官臣纪昀臣陆锡熊臣孙士毅

总校官臣陆费墀

【注释】①提要：据钦定四库全书集部六别集类五《刘彦昺集》录入。②闬(hàn)：里巷的门，泛指门。③薾(ěr)：疲困的样子。④李文忠(1339—1384)：明朝开国名将，字思本，江苏盱眙人。喜爱读书，作战骁勇，治军严明。洪武三年(1370年)封为曹国公。刘彦昺《百哀诗》中《哀曹国李公》自注云：讳善长，定远人。考李善长未封过曹国公，《百哀诗》当有误。

《刘彦昺集》原序一[①]

予每情抗物表,神凝化初。时复吟啸以豁其滞,旷然遐揽乎四始。骚人以还篇什名家者,辄咏绎其雅趣。至于当世才子佳句,脍炙人者,得而味玩,不辍乎口,苦亦甘[②]焉。诗虽无作,其得诗家之真趣者,几希湖海间。大夫士每有以刘彦昺诗见示余,多为之赏叹。但弗克与之晤语为憾。丁丑[③]冬乃惠然过我,欢如平昔相与唱酬,有谐金石。因取其畴酢所制而观之,有若辟武库而森乎五兵也;聆广乐而扬乎八音也;又若临巨浸而涛波冲激,鱼龙出没拚舞莫测也。讽之不能去手,匪其才识瑰迈,该涉博备,岂若是哉?可谓肩盛唐,而拟诸晋魏者矣。夫谁曰不然?其睥睨[④]词林,高出时辈,固宜有所珍尚,是用锓[⑤]木传之将来。

洪武著雍摄提格[⑥]之岁季春下浣[⑦]叙玄虚羽人[⑧]。

【注释】①原序一:本辑注所据底本王云五主持四库全书珍本二集《刘彦昺集》,原书不注"一",下同。②甘:原字"皿上干下",字典查无此字,今权以"甘"字代之。③丁丑:明洪武三十年,即1397年。④睥睨:眼睛斜着向旁边看,形容傲慢、高傲的样子,如"睥睨一切"。⑤锓:雕刻。⑥著雍摄提格:古代一种纪年方式。著雍摄提格即戊寅年,1398年。《资治通鉴》多用此纪年。⑦下浣:下旬。旧俗上浣、中浣、下浣为三浣。⑧叙玄虚羽人:俞贞木之后序有称周侍御者,《四库全书总库提要》有称徐矩者,待考。

原序二

鄱阳刘君彦昺工于诗,尝集其所作《春雨轩集》以示余,且请序之。予惟诗之道大矣。盈天地之间,烟云之卷舒,风霆之震荡,日月星辰之森列,山川之流峙,草木之荣华,鸟兽之飞走,鱼龙之变化,无非诗也。自苏李下至唐人,各以所见自为一家言。独杜甫氏涵浑浩博兼备众体,所谓杰然者矣。予年十六七刻苦学诗,茫乎若望洋而不见其涯涘也。兵戈之余,年迈而志益衰,有愧于彦昺多矣。予观彦昺五言类韦苏州[①],律诗本少陵[②]乐歌,骎骎[③]乎汉魏晋宋齐梁矣。何其声之似古人也?盖若天姿卓荦[④],神思俊逸。喜游名山大川,有烟霞泉石之趣,闲居静室,奇花异卉,清流美竹,焚香鼓琴,危坐终日,视人间富贵淡如也。故其诗清新而流丽。及驰骋戎马,决胜筹帷,奇谋雄辩,有古烈士风。故其诗悲壮而沉郁。诗以言志,岂徒然哉。君今以文学跻显,庸佐方伯以殿南服,偃武修文维其时矣。方将隆雅颂之音,鸣治平之盛,被弦歌而刻金石,当不止于今日所观也。仆虽无用于时,愿击壤而和之。

翰林学士临川危素⑤序。

【注释】①韦苏州：韦应物（737—792），唐代诗人。②少陵：杜甫（712—770），字子美，自号少陵野老，盛唐大诗人，号称"诗圣"。③骎骎：渐进之意。④卓荦（luò）：特出，明显。⑤危素（1303—1372）：字太朴，号云林，临川（今江西抚州）人。明代著名历史学家、文学家。明洪武二年（1369年），危素被任为翰林侍讲，与宋濂同修《元史》。著有《吴草庐年谱》《元海运志》《危学士集》等。

原序三

予昔与刘君彦昺游，见其赋诗多俊逸，心独奇之。及其奉命佐戎幕于闽，别去且十年。重会秦淮上，亟问近什如何。彦昺解橐①中得数十篇，予读已大惊。璞玉辉春，蚍珠浴月，温润清逸，何其似韦应物欤？胜军百万，鼓行沙漠，风酸霜苦，铁骑惊秋，雄浑悲壮，何其类岑嘉州②欤？英英乎芙蓉濯太液之波，楚楚乎兰苣沐湘元之雨，气韵秀丽，何其近谢康乐③欤？商敦周彝，朱演翠蚀，龙章鸟迹，欸识独存，典刑古雅，若乐府诸题，又何其骎骎乎汉魏之风也。盖彦昺天分既高人功又深，凡有模拟辄步骤似之。予今犹举其概而言之也。呜呼！予昔学诗长芗④公，谓必历谙诸体，究其制作声音之真，然后自成一家。彦昺之学正与予同，自愧跛鳖之行不足以追逸骥，尚何言哉？然又窃怪彦昺何以能致于斯也。颇闻其先人友梧⑤翁，乃月湾吴公⑥高弟，善为诗。与文靖虞公、文安揭公⑦、礼部吴公极相友善。遂由县文学荐入词林，未上而夭。其家庭相传必有卓绝于人者。不然，彦昺之诗何为脍炙人口而不厌哉？其能垂世传后当不疑。予耄矣，文采衰矣，不能有所发越矣。姑摭昔奇彦昺者。为之序，以自附知言之士云。

翰林学士金华宋濂⑧序。

【注释】①橐：口袋。②岑嘉州：岑参（715—770），唐代著名的边塞诗人。③谢康乐：谢灵运（385—433），南朝宋诗人。④长芗：长芗书院，在今景德镇。宋庆元二年（1197年）镇监李齐愈创建。元元贞二年（1296年）山长凌子秀、直学朱继曾请于江东宣慰使稽厚新之。厚有记。明洪武初举朱伯高为山长、张京伯为直学。明洪武四年（1371年）朱受荐为府学教授，书院遂废。延祐间（1314—1320）浦江吴莱被荐为山长，宋濂从其学，并尊称其为长芗公。⑤友梧：刘炳的父亲。⑥月湾吴公：吴存（1257—1339），字仲退，号月湾，宋末学者饶鲁私淑弟子。延祐元年（1314年）举于乡，历任宁国府教授、鄱阳县主簿。著有《月湾诗稿》《乐庵文集》《巴歙杂咏》等，《鄱阳五家集》收录《乐庵稿》。⑦文安揭公：揭傒斯（1274—1344），字曼硕，号贞文，龙兴富州（今江西丰城）人，元代著名文学家、

书法家、史学家。与虞集、杨载、范梈共称"元诗四大家"。⑧宋濂（1310—1381）：初名寿，字景濂，号潜溪，祖籍金华潜溪（今浙江义乌），后迁居金华浦江（今浙江浦江）。元末明初著名政治家、文学家、史学家、思想家，与高启、刘基并称为"明初诗文三大家"。有作品《宋学士全集》七十五卷，代表作品有《送东阳马生序》《朱元璋奉天讨元北伐檄文》等。

原序四

赋诗难，而知诗为尤难。盖能知者，固不在于必赋而能赋者，固在于必知也。永嘉李季和①氏尝与予论古今人诗，亦曰："千里马常有而伯乐不常有。"信矣哉！予读刘彦昺氏《春雨轩集》，惊喜数日忘倦。观其长篇短章体制各殊，非流连光景者所可拟也。若乐府诸题俨乎汉魏遗响，殷殷乎金石之声，悲壮雄浑，古意犹存。安得起吾季和而见之，宁不为之击节而起舞乎？乌乎！大雅希声，寥寥久矣，黄钟毁弃，瓦釜雷鸣，斯所以谓知诗为尤难也。千里之姿可不表而出之为之。歌曰：緊房星兮孕精，濯渥洼兮降灵，膺凤翼兮矫矫，脊虎文兮英英，驾鼓车兮康衢，笫②浮云兮上征，遡天风兮万里，期振鬣兮长鸣。歌阕。彦昺拜而谢曰："伯乐一顾价增十倍，吾今知骏骨之不虚售也。"彦昺鄱阳人，先大夫友梧君，与吾同事场屋，辱交于王眉叟③真人之丹房，而觞饮焉。时泰定丙寅④之秋也。彦昺于予有通家之契焉。信乎其家学之有渊源也，故为题其篇首。予爱其诗兼诸体制各殊，特为评点，庶不负其用心之苦，使知诗者览焉。

泰定丁卯⑤进士第承务郎建德路总管府推官会稽杨维桢⑥序。

【注释】①李季和：李孝光（1285—1350），元代诗人，字季和，被推为元代诗歌代表。永嘉，位于今浙江省东南部，瓯江下游北岸，温州市境内。②笫：通"蹑"。踏，追踪。③王眉叟：王眉叟（寿延），号溪月，杭州人，出家为道士。受知晋邸，后以弘文辅道粹行真人管领君郡之开元宫。④泰定丙寅：1326年。⑤泰定丁卯：1327年。⑥杨维桢（1296—1370）：字廉夫，会稽（浙江诸暨）人，元末明初著名诗人、文学家、书画家和戏曲家。与陆居仁、钱惟善合称为"元末三高士"。有《东维子文集》《铁崖先生古乐府》行世。

原序五

作诗难，观人之诗尤难。人莫不曰：诗本情性。呀，知诗之本乎情性，当知其赋诗者，或有所感，有所为，有得题而赋，有偶然而作。虽有不同，然其组织煅炼之工，格律句法之妙，要归于情性之正，盖不可易而观也。鄱阳刘昺翁，其生平之问

学,抱负游宦履历,忧喜哀乐,一发之于诗。其为句必煅炼,故工致而雅丽;其体格必模放,故富赡而有法;叙事有次第,论事必确实,写怀必和畅,可谓得作诗之情性也。古体之冲淡、长篇之舂容、八句之森严、绝句之简洁。一字煅炼之不苟;一句治择之必精。全篇首尾气脉之联属,华靡不流于艳冶;恬淡不失于枯涩。此作诗之良苦、观诗之艰难也。及观危宋二翰林之序、杨提学之评、周侍御之称许、徐叔度之后序,足以知其诗矣。窃记仆始冠时,侍杨提学、周侍御以严事之。叔度则友之也。今亡矣。昺翁与仆俱亦白发矣。而翁竟以诗得名湖海,浪迹江汉,重蒙赏鉴,而刻传之,可谓荣矣。然则,读其诗者可不知其用心之独苦耶。凡诗有纪境之实、状景之殊,叙事与写情意之妙。其善于模写,能变化融会优柔不迫,得情性之正。非功夫之到、造诣之深者不能也。此则作诗之难,而观诗尤难也。翁且俾仆着一言,自愧衰病之余,其何以措辞。姑书此,附姓名于篇末云。

俞贞木[①]撰。

【注释】①俞贞木(1332—1401):初名桢,字有立,吴县(今苏州)人。通经史,工古文辞。元末杜门隐居,洪武初以荐起知韶之乐昌。

卷一

○赋（选二）

修 竹 赋

緊绿竹兮修修，罗生兮庭之幽。体非草兮非木，质克刚兮克柔。非分干兮泣园之澳，必濯根兮渭川之流。爰贞心兮自守，故坚节兮独遒。凌霜雪兮素操不改，假云烟兮繁阴愈稠。岂竞芳兮桃李，欲干势兮斗牛。清韵兮夏玉，寒光兮翠浮。动西风兮三径夜雨，淡明月兮空庭暮秋。其清也，巢由①兮未拟。其直也，史鱼②兮莫俦。其虚也，颜回③兮屡空于陋巷之下。其癯也，夷齐④兮不食于首阳之陬。亦托迹于蒋诩⑤，曾结知兮王猷⑥。唐六逸⑦兮是隐，晋七贤⑧兮是游。或述典谟兮，传简于翰墨；或托宗庙兮，列笾⑨于庶羞。或同勋兮桑弧，或协律兮鸣球。宜比德兮君子，终化龙兮莫可留也。极遐思兮仙子，终骖鸾⑩兮莫可求也。乱曰：君山暮兮湘云飞，洞庭波兮春离离，吹参差兮增我悲。洞庭波兮湘水深，竹上之泪兮秋阴阴，歌沧浪兮伤我心。

太史评曰：语意清丽可读。

【注释】①巢由：巢父和许由的并称。相传皆为尧时隐士，尧让位于二人，皆不受。因用以指隐居不仕者。②史鱼：春秋时卫国（都于濮阳西南）大夫。也称史鳅，字子鱼，名佗，卫灵公时任祝史，负责卫国对社稷神的祭祀。吴延陵季子过卫时，赞史鱼为卫国君子、柱石之臣。孔子称赞他："直哉史鱼！邦有道如矢，邦无道如矢。"③颜回：字子渊，春秋时期鲁国人。④夷齐：伯夷、叔齐，孤竹君之二子也。父欲立叔齐，及父卒，叔齐让伯夷。伯夷逃之，国人立其中子。武王已平殷乱，天下宗周，而伯夷、叔齐耻之，义不食周粟，隐于首阳山，采薇而食之。及饿且死，作歌。后多借此喻指有气节，不接受敌人施舍。⑤蒋诩：汉杜陵（今陕西省西安）人，以廉直名，王莽执政，告病返乡，终身不出。他庭院中有三条小路，只与羊仲、求仲二位隐士来往。后来人们把"三径"作为隐士住所的代称。⑥王猷：字世伦，南朝宋琅琊临沂人。太保王弘之侄，光禄大夫、东亭侯王柳之子，位侍中、光禄大夫。有子王瞻。⑦唐六逸：指竹溪六逸，为李白、孔巢父、韩准、裴政、张叔明、陶沔六人。⑧晋七贤：指魏晋竹林七贤，为嵇康、阮籍、山涛、向秀、刘伶、王戎及阮咸七人。⑨笾：古代用竹编成的食器，形状如豆，祭祀燕享时用来盛果实、干肉。指祭祀用品。⑩骖鸾（cān luán）：谓仙人驾驭鸾鸟云游。

荆门①赋②

君山秋兮苍苍，洞庭寒兮欲霜。雪流碧兮潦尽，水殒黄兮菊芳。白雁衔芦七泽冻，玄猿号风三峡长。客有佩明月之琳琅，系凤凰而翱翔。缨茜飘兮绛采，剑莲吐兮雪芒。思揽辔于昭丘，爰弭节于荆阳。顾汉水之为池，眷方城之为隍。据轸翼之躔次，古熊绎之封疆。沇沱既导，朝宗于王。厥土惟泥，黍稷穰穰。驼马被野，牛羊弥冈。缥组灿烂，金玉铿锵。菁茅箘簵，杶栝豫章。鸿雁凫鸥，鹄鹤鹜鸰。砂丹石翠，椒红橘黄。玄獐大龟，赤鲤青鲂。羽毛齿革，物产之良。实富国强兵之所利，宜吞并割据之相攘也。

嗟乎！维昔汉纲解纽，炎灵中微，旄尾夜蚀，天狼昼垂。赤刀鸣于武库，白鱼雨于京畿。洪流板荡，党议横驰，奸臣窃命，太阿倒持。曹瞒挟翠华以迁许，董卓积黄金而筑郿。六鳌扬尘于紫渤，九龙失水于瑶池。志士怀揽辔澄清之慨，勤王动枕戈兴复之思，通人俯仰于形胜，未尝不痛恨于桓灵之陵夷也。东望夏口，蔚乎武昌。鸤鹊之观抗神宫于双阙，黄鹤之楼凌雉堞于中央。鹦鹉芳洲带草色，汉阳野树迷烟光。赤壁凄其，乌林淅沥。忆楼橹之如林，想旌旗之蔽日。敷动地之征鼙，列连云之战戟。妖氛引于宛洛，杀气缠于郡邑。火星昼腾，烟炮夜击，樯连烽燧，岸走沙砾。龙虎决于雌雄，成败等于呼吸。谋兴辅王于万金，何土崩瓦解于瞬息。孙策周瑜之成美，曹操张辽之失计，事竟败于骄矜，身幸免于仓卒。致当时之扼腕，重来者之叹息。故垒萧条，断壕周遭，江屯崩云，湍乎怒涛。杨柳颦春于别溆，芦花惨雪于残潮。寄登眺于草木，付歌啸于渔樵。梦明月于白鹤，弄春风于紫箫。往矣酾酒临江之概，伤其横槊赋诗之豪。所谓东风不与周郎便，铜雀春深锁二乔乎？南望则岳阳之区，云梦之墟，包络潭沔，煦浮太虚。衡岳嶙峋，朱陵氤氲。娥皇遗庙，粉钿消香于春色；苍梧故隧，漆灯澄彩于秋尘。玉鸾剥于宝鉴，金雁浮于海银。长沙之津，潇湘之垠，鸣夜雨于斑竹，卷西风于白蘋。困迁谪之贾谊，怅行吟之灵均。忠贞之谏弗任，泣涕之书徒陈。天衢骋于驽骀，草泽闷于麒麟。楚人致怀沙之恨，汉文空宣室之勤。所谓可怜夜半虚前席，不问苍生问鬼神者乎？西望则白帝插汉，鸟道际云，滟滪霜拂，峨眉黛均。龙湫虎牙尾闾吼，白盐赤甲虞渊昏。天府沃壤，于以定霸而制国；铸山煮海，于以济世而安民。启中山之帝胄，申大义而奋身，结关张之英姿，同鱼水于君臣。起躬耕之高卧，枉三顾之殷勤。义旗渡于泸水，耕者杂于渭滨。运木牛与流马，布八阵于鼎分。誓鞠躬于尽瘁，痛呕血之酸辛。堕大星于前第，伤汉祚之遭迍。所谓出师未捷身先死，长使英雄泪满

襟者乎？北望则襄阳萦回，岘首崔嵬，汝颍漫衍，唐邓宏开。沙湮檀溪之浦，棘覆龙山之台。孟嘉芳躅，帽落斜阳于杞菊；庞公高隐，径迷断蔼之蒿莱。高阳之酒徒零落，习池之歌舞谁来。更无金鞍换小妾，宁复铜鞮歌落梅。红剥鸊鹈勺，翠消鹦鹉杯。泪亦不能为之堕，心亦不能为之哀。所谓晋朝羊公一片石，龟龙剥落生莓苔者乎？

呼嘻兮，风景不殊，山合如昔。慨战马之何在，消风云于倏忽。何三国之英杰，逞干戈于智力。措苍生于鱼肉，不能安一日于衽席；争腐鼠于机鸢，致羊落而脐噬。徒区区于井蛙，莫能混南北而为一。岂天运之有常，抑非人力之所能致者乎？伟哉我皇，龙奔虎骧，雄剑一呼，囊括八荒。大明中丽，日月普光，四夷八蛮，析津扶桑，莫敢不屈膝，莫敢不来降。干羽舞而率百兽，箫韶奏而来凤凰。制国定都，分茅建邦。衍金枝于玉叶，颁宝牒于天潢。纪纲永世，本固支强，玉玺金券，鸾舆煌煌。昭圭璋于衮冕，画粉藻于衣裳。地控上游，履尽荆襄，以定社稷，以开明堂。宫殿丽于九土，旌节卫于五方。壮军容于万里，觐玉帛于梯航。图书之府，奎壁之章。卧金甲于绿沉，包虎皮于弢囊。仁以为纪，义以为纲，带砺之盟，永茂永昌。小臣献赋，祈万岁而跻于虞唐也。

【注释】①荆门：位于今湖北省中部，北通京豫，南达湖广，东瞰吴越，西带川秦，素有荆楚门户之称，自商周（约公元前16世纪）以来，历代都在此设州置县，屯兵积粮，为兵家必争之地。②赋：此赋王云五《四库全书》珍本不载，今据胡思敬《豫章丛书》集部十一史简编《鄱阳五家集》之《春雨轩集》卷三编入。

○ 操①（选四）

箕 山② 操

尧让天下于巢父③。巢父曰：君之牧天下，犹予之牧犊，吾无用天下为。庄子有樊仲父④，牵牛饮水，见巢父洗耳，驱牛而还。耻令牛饮其下流也。

清流浃浃，箕山之阳。樛木森森，箕山之阴。嗟嗟巢父。岂洗其耳，实洁其心。

评曰：结语是。

【注释】①操：古代用于表现某人德行操守的一类文章。②箕山：为山东鄄城四山之一，由于历史上黄河多次决口，逐渐淤没于地下。《濮州志·山川考》载："箕山在州治东五十里，相传许由所居。"《史记》《汉书》中均有许由隐于箕山的记述。③巢父：传说中

的高士，因筑巢而居，人称巢父。尧以天下让之，不受，隐居聊城，以放牧了此一生。聊城古有巢陵，为巢父葬处。④樊仲父：樊仲子，亦作樊穆仲。本名仲山甫，因封于樊，故亦称樊仲山父，乃周宣王时名臣。

崩城操

杞梁①妻，杞殖妻妹朝日之所作也。殖战死。妻哭而城崩，遂投淄水②死。其妹悲之。

朝从城上哭，长城与云齐。暮从城下哭，长城化为泥。呜呼！城已崩兮犹可筑，夫君死兮身可赎。妾宁化鱼淄水底，立庙祀君君血食。

【注释】①杞梁：《左传》鲁襄公二十三年（前550年），齐国时为齐庄公在位。齐国攻打莒国（今日照莒县一带），杞梁战死，尸体被运回家乡。时齐庄公想在郊外吊唁杞梁，被杞梁妻拒绝。西汉史学家刘向在其《烈女传》中记载了杞梁妻，"就其夫之尸于城下而哭之"，哭声甚悲，天地为之动容，"城为之崩"。后杞梁妻"赴淄水而死"。东汉蔡邕《琴操》亦有类似记述。②淄水：源于泰沂山脉及鲁山山脉，流经山东淄博、潍坊等地，全长122.55公里，被称为"齐地的母亲河"。

石妇操

即望夫石也。悲其夫之不还也。

朝朝山头望，日日愿夫归。夫君不归，将畴依。妾身已一难再失。宁向山头化为石，山崩石应堕江水，千年万年清到底。

评曰：言妇节也。

履霜操

尹吉甫①子伯奇②，无罪为后母所谮见逐。集荷为衣，采楟花以为食，作歌投河而死。

嗟逸言之构兮，父岂无知。父将不闻兮，母心则离。朝履霜兮，夕采楟食。抚二弟兮，惟顺弗违。嗟嗟苍天兮，父母孔安。儿兮儿兮死奚以悲。

评曰：可谓仁言。

【注释】①尹吉甫（生卒年不详）：兮伯吉父。兮氏，名甲，字伯吉父（一作甫），尹是

官名。周房陵(今湖北省十堰市房县青峰镇)人。周宣王的大臣,官至内史,据说是《诗经》的主要采集者,军事家、诗人、哲学家,被尊称为中华诗祖。尹吉甫晚年被流放至房陵(今房县),死后葬于今房县青峰山,房县有大量尹吉甫文化遗存。他辅助过三代帝王,后周幽王听信谗言,杀了他。不久周幽王知道错杀,便给他做了一个金头进行厚葬。为了防止盗墓,周幽王还在房县东部给他修建了真真假假十二座墓葬。②伯奇:尹吉甫长子。母死,后母欲立其子伯封为太子,乃谮伯奇,吉甫怒,放伯奇于野。伯奇"编水荷而衣之,采苹花而食之",清朝履霜,自伤无罪而见放逐,乃作琴曲《履霜操》以述怀。吉甫感悟,遂求伯奇,射杀后妻。

卷二

五言古诗（选十一）

拟　　古

今人多结势，古人多结心。结势可趋利，结心能断金。金坚义亦固，利厚害弥深。往者不咎昔，来者当鉴今。

春夕直左掖①怀周侍御

晚雨池上晴，逶迤②淡将夕。金茎华月生，绮树流云湿。窗虚漏声永，幔卷炉烟袭。忆我同袍人，何由共瑶席。

【注释】①左掖(yè)：本义指宫城正门左边的小门。唐时亦门下省的代称。明成祖时，京卫之步骑军分为中军、左掖、右掖、左哨、右哨五部，亦谓之五军。此用本义。下同。②逶迤：曲折连绵。

简孔博士

宿雨晓还歇，开窗销郁沉。烟光蔼芳树，池上鸣幽禽。逶迤瞻郡斋，窈窕①期盍簪②。孤怀屡百积，群疑思一箴③。何时联夜榻，春漏委波声。

评曰：放韦也。

【注释】①窈窕：（宫廷、山水）深邃幽美。②盍(hé)簪：士人聚会，亦指朋友。③箴(zhēn)：古代一种文体，以告诫规劝为主。

左掖门朝退呈吴待制诸公

谬忝金闺籍，联班趋晚朝。逶迤西上门，窈窕长安桥。残雪带远树，夕阳在山腰。不有同袍者，畴能慰寂寥。

张礼部卧疾

残雪晚还霁,窗虚斜日回。故人久卧疾,空阶生绿苔。儿童谙药裹,吏牍①委尘埃。浮荣每为幻,长啸望层台。

【注释】①牍:古代写字用的木片,后来指公文、书信。

别京邑①之②东阿③

前年别乡间,今年出京邑。悠悠去江汉,杳杳事行役。所惧心志违,况此风波急。乌啼枫树烟,雁下芦洲夕。回首望长安,苍茫寸心失。

【注释】①京邑:京城。②之:去。③东阿:今东阿县,地处鲁西平原,东依泰山,南临黄河,隶属聊城市。

忆 园 庐

种园在东臬①,草荒瓜蔓②长。日落秋树凉,搴③衣独还往。时逢野老憩,自足田园赏。沿溪暝还归,古寺烟钟响。

【注释】①臬(niè):本义为古代测日影的标杆。东臬指东边。②蔓(màn):藤蔓,草本蔓生植物的枝茎。③搴(qiān):拔取,取。

示宜学绩学甲戌①三月题

阿爷五十四,怜汝才始生。恩育夙夜谨,眉目秋水清。行如生鹿跳,语若流莺鸣。常时咨娇顽,计日期长成。尔祖豪杰姿,声闻州郡钦。一顾等成败,片言能重轻。田园亘阡陌,兵火成榛荆。千顷遗寸波,百田才一塍②。官租因讼致,薄业宁躬耕。不辞生理苦,所惧徭役并。嗟予早失怙③,慈亲训遗经。遭时风尘黑,扶日云霄青。簪笔④侍禁闼,通籍居承明。衰年遂冉冉,薄宦徒营营。辞官归故园,茸屋依先茔。看花眼如雾,种竹发已星。贫无金在囊,家有书满簏。念汝未强壮,立身恐伶仃。痛逼骨肉怀,感慈肝胆惊。男儿在忠孝,业学崇勋名。题诗冀汝识,慰我桑榆⑤情。

【注释】①甲戌:洪武二十七年,即公元1394年。②塍(chéng):田间的土埂子,小

堤。③失怙(shī hù):指死了父亲。④簪(zān)笔:古人朝见,插笔于冠,以备记事。簪,插,戴。⑤桑榆:喻指晚年。

听雨堂为安成周氏赋

中年迫宦游,貌若胡与越。悠悠烟树遥,杳杳关河绝。况兹风雨夕,坐惜鸿雁隔。篪埙①宁共理,孤灯耿还灭。怀宝重经济,括囊贵明哲。何时对休眠,慰此肠内热。

【注释】①篪埙(chí xūn):篪与埙,皆乐器。

郡斋宴集诗呈徐用中广文诸先生

郡斋文墨暇,履端①集朋曹。春意蔼萱草,腊痕封柳条。窗暄书蠹散,帘深炉麝飘。嘉园剪新韭,芳壶湛清醪②。青甘浮橄榄,紫馥吹蒲萄。舒此羁旅况,岂夸樽俎③豪。礼简贵情厚,心亲自神交。所念萍水逢,回首江汉遥。何殊瀛洲步,未让淮南招。俯仰慰夙慕,绸缪幸今朝。题诗谢永好,芜词惭草茅。

【注释】①履端:年历的推算始于正月朔日,谓之"履端"。②醪:醇酒。③樽俎(zūn zǔ):青铜器,古代盛酒肉的器皿。樽以盛酒,俎以盛肉。后来常用作宴席的代称。

闻鲁志敏①讣音

故国犹传箭,中原未解戎。遥闻故人死,双泪落秋风。

【注释】①鲁志敏:名修,元末明初乐平人,工于诗,有《卧雪轩集》,授校官。

○五言律诗(选三)

题吕花园草堂朱雀桥①

何处销残暑,城南茅屋幽。晚烟将野色,春树带江流。爱竹从儿种,耽杯与妇谋。生涯成老圃,不是故时侯。

【注释】①朱雀桥:朱雀桁。为东晋时建在内秦淮河上的一座浮桥,时为交通要道。

其遗址在清代已难寻觅。

郊居杂兴柬陈遂良①

桃李漫成蹊,茅堂习隐栖。泉声溪堆急,山色野墙低。相颔原非燕,围腰底用犀。不嫌生理拙,抱瓮灌吾畦。

风雨行人少,柴门午上扃②。土花沿砌碧,山果坠枝青。病眼耽书癖,衰颜托酒星。经邦方上武,寂寞抱遗经。

【注释】①陈遂良:长乐县(今长乐市)人,由举人官至兖州训导。②扃(jiōng):上门,关门。

寄子升①必昭昆季②

乌石山头路,秋风已送凉。野桥苔浸碧,云堆稻春黄。扇影摇衣桁③,书声出草堂。惠连无俗事,垂钓濯④沧浪⑤。

【注释】①子升:刘子升。刘彦昺族人。事见后文《乌石山人传》。②昆季:兄弟。长为昆,幼为季。③桁(háng):衣架。④濯(zhuó):洗。⑤沧浪:《楚辞》:"沧浪之水清兮,可以濯我缨;沧浪之水浊兮,可以濯我足!"意为缅怀古人的交友之道,表示对一些假朋友,就像浊水只能洗脚一样,再也不屑一顾。此指隐居生活。

○六言诗(选二)

归舟怀善鄯广海未回

梅子黄垂雨霁,榴花红簇风轻。天际归舟何处,日暮柴门自扃。歌忆杯痕蚁绿①,鬓怜镜影鸾青。心折少年尘梦,绛囊夜照流萤。

【注释】①蚁绿:有浮沫的酒。新酿的酒还未滤清时,酒面浮起酒渣,色微绿(即绿酒),细如蚁(即酒的泡沫),称为"绿蚁"或"蚁绿"。后世用以代指新出的酒。

拜墓发京柬张子鸣表弟

蓼莪①之诗可读,风木之感无边。天涯不堪为客,墓傍犹未有田。

思亲不堪泣涕,匪时未有勋名。断机之训犹在,牵裾②之恨几成。

【注释】①蓼莪:《诗经·小雅》:"蓼蓼者莪,匪莪伊蒿;哀哀父母,生我劬劳。蓼蓼者莪,匪莪伊蔚;哀哀父母,生我劳瘁。"后常用来表达悼念父母恩德之情。②牵裾:牵拉着衣襟。南朝梁元帝《看摘蔷薇》:"横枝斜绾袖,嫩叶下牵裾。"

卷三

○乐府拟题(选十一)

出 塞

九重颁凤诏,单于入井陉。三边征候骑,五道出奇兵。战云连阵黑,烽烟照汉青。蛇文弓挂月,龙气剑流星。酬恩不顾命,金印斗来擎。

评曰:又似初唐体格。

入 塞

旄头昨夜敛,征兵入汉关。将军定勋业,壮士悲刀环。旗裂雕云画,衣穿龙锦团。碛月老乡泪,风沙销箭般。闺中曼歌舞,今日到长安。

刘 生

健儿如马驹,堕地便有千里足。平生忠与孝,拳拳惟佩服。烈女不自媒,美女原韫椟①。岂无匡济心,四海作霖雨。命左与时违,长啸还乡里。

评曰:不无自信。

【注释】①韫椟:藏在柜子里;珍藏,收藏。

寒 夜 怨

月来愁亦来,心怜月去愁。应改楼高月转迟,停筝坐倚熏笼待。月落却成眠,谁知枕冷愁仍在。

评曰:古调。

飞 龙 篇

扶桑戢彩,崦嵫①匿辉。六辔既逸,长戈莫挥。盛年不重,墟当以欷。苏秦②

未遇妻织机,百里去家炊㶴㡲③。栖栖燕与雀,安知鸿鹄悲。

评曰:念岁月之迁,功业无成耳。

【注释】①崦嵫(yān zī):山名,在甘肃天水县(今天水市)西境,即今天的齐寿山。古时常用来指日没的地方。②苏秦:字季子,战国时期的洛阳(周王室直属)人,是与张仪齐名的纵横家。③㶴㡲(yán yí):又作"剡㡲",古代木门的门栅。

乌 栖 曲

乌夜啼梧桐树,愁梦回肠应苦。兰膏张照树光,啼乌去夜未央。梧桐叶底清露坠,一声一滴相思泪。

评曰:语新。

河中之水歌寄刘子雍程伯羽同赋

河之水向东北,洛阳女儿好颜色。八岁画娥眉,九岁自裁衣。十岁学识字,十一抛梭攀锦机。十二刺绣纹,十三能赌棋①。十四弹箜篌②,十五才上头。鬟偏斜戴金团凤,臂弱不胜珠络鞴。罗帏睡起伤春瘦,画阁妆成对日羞。十六妖娆解歌舞,容色比花花不语。含愁生怕下阶行,三寸春娇云一缕。行媒将聘嫁周郎,桂柱兰台锦作房。比翼镜奁妆玳瑁③,合欢裙带绣鸳鸯。茱萸露湿珊瑚枕,苏合香熏翡翠床。生憎飞絮催春去,不分啼乌怨夜长。枝成连理生何幸,钗合同心死不忘。眼前节物年年度,只恐芳华不相顾。南陌芙蓉午夜霜,东园桃李三春雨。君当为妾秉烛游,东海为缸糟作丘。妾当为君金缕讴,春风莫遣人间愁。

评曰:香奁之流。

【注释】①赌棋:古代一种游戏。②箜篌:古老的弹弦乐器,最初称"坎侯"或"空侯",在古代除宫廷雅乐使用外,在民间也广泛流传。③玳瑁:背甲制作的饰品。

乌生①同刘子宪②赋

慈乌知返哺,羔羊乃跪乳。嗟嗟!世人何其愚,不爱父与母。飞为禽走为兽,犹知生所自。衣人衣食人食,不若禽兽为。孟宗泣竹冬笋生,王祥求鲤坚冰穿。黄香扇枕席,陆绩怀橘还。郭巨埋子,天乃赐之金与宝。子路负米,遥遥百里不敢难。拳拳奉颜色,惟恐母不欢。陶母能剪发,孟母犹三迁。拳拳教子心,惟恐子不贤。嗟!予何敢望古人,顿蹄心肝摧,生不获尽养,死不获尽哀。海可竭山可夷,

终天之痛不可回。誓当庐墓复衔土,庶几予心千古万万古。

评曰:纯孝,可念。

【注释】①乌生:汉乐府有《乌生八九子》诗。借自然界鸟禽、昆虫的遭际,抒写了社会中受迫害、受蹂躏者的凄惨命运。②刘子宪:明代诗人,不仕。居所名"长啸轩"。

来日苦短黄子邕①同赋

来日苦短,去日苦长。人生如朝露,不如啸歌置酒临高堂。春风不到九泉下。盛年一去难再芳,老行及之徒悲伤。

来日苦短,去日苦催。人生如朝露,不如啸歌置酒临高台。旧时歌舞今已矣。章华百尺连青苔,老行及之徒悲哀。

【注释】①黄子邕:明初诗人,有《黄子邕诗集》,曾与宋濂同为《元史》总裁官的王祎为其作序,称"斥漫衍以为简,屏华缛以为质,黜奇诡以为平,祛浮靡以为实"。

惜别词端孝思①同赋

玳瑁筵前海榴树,歌舞翻成离别处。花间藏却珊瑚鞭,手挽郎衫怕郎去。纤腰娥眉眼如醉,惜别含羞枕郎臂。鸳鸯枕上哭垂垂,一声一滴珍珠泪。

评曰:艳怨。

【注释】①端孝思:与其兄端孝文为子贡后裔,明初刑部尚书端复初之子。端孝文和端孝思兄弟二人曾先后出使朝鲜。

东 武①吟

壮年投笔去,手提三尺垂。戎衣才至骭,短剑光陆离。国士每自许,独赖相公知。解衣衣我寒,推食充我饥。心怀犬马报,未有捐埃施。十年在幕府②,徒将文墨持。前星一夜落,天地黯无辉。功勋都若梦,部曲各分违。春草门前绿,空遗枥马嘶。月痕弓上挂,云影旆犹垂。霸气风云散,姓名谁复题。落日将军树,凄凉过客悲。长哀波浩荡,不尽泪如丝。

评曰:有托而言,义亦可尚。

【注释】①东武:西汉初年置县,始称东武,隋代改称诸城,宋、金、元属密州。明、清称诸城。②幕府:本指将帅在外的营帐,后亦泛指军政大吏的府署。

卷四

○乐府（选五）

双桐生空井

井上双梧桐，秋风易摇落。绿叶堕鸣铛，清阴卷重幄。纹甃①生旅葵，银瓶响空索。疏枝覆乌台②，交柯临凤阁。美人矜容仪，照影伤今昨。铅华逐波逝，欢赏随年薄。行客攀辘轳③，哀声隔帘箔。

【注释】①甃(zhòu)：砖砌的井壁。②乌台：指御史台，汉代时御史台外柏树上有很多乌鸦，所以人称御史台为乌台，也戏指御史们都是乌鸦嘴。③辘轳(lù lu)：利用轮轴原理制成的井上汲水的起重装置。

紫骝①马寄朱士

正紫骝马，雕鞍鞴②来汗如赭。恨郎骑马过章台③，醉月眠花寻不来。郎若归时将马卖，无马寻春郎莫怪。

【注释】①紫骝：古骏马名。②鞴(bèi)：把鞍辔等套在马身上。③章台：古台名，即章华台。春秋时楚国离宫。另有战国时秦国王宫地名和西汉长安城街名。此指宫城。

苏小小①歌同端孝思赋

棠梨花开春日迟，绿窗银屏鹦鹉啼。玉骢②惯识寻芳路，手绾同心约郎去。

【注释】①苏小小：史书中没有记载的青楼才女，传说中的名妓。杭州西湖有苏小小墓。②玉骢：玉花骢，泛指骏马。

行　路　难

奉君五彩凤凰之绮幄，七宝鸳鸯之锦床，博山氤氲之水屑，金盘沆瀣①之琼浆。春风无情不相待，朱颜绿鬓年年改。姑苏台上鼓如雷，四时歌舞百花开。当年意气今安在，鬼火如灯秋似海。

【注释】①沆瀣(hàng xiè):夜间的水气,露水。

虞 美 人 词

万人剑气真罴虎,宝玦鸿门①悲亚父。阴陵失道岂天亡,志轻仁义为降虏。凄凉垓下②楚歌哀,玉碎花飞报危主。至今荒冢说虞姬③,一去繁华名不死。君不见,玉环④香断九泉扃,万古沧波流不清。

【注释】①鸿门:位于陕西省临潼区城东约5公里鸿门堡村。秦二世三年(前207年),项羽在钜鹿(河北平乡)歼灭了秦的主力军,率军入关后,在此宴请刘邦,史称鸿门宴。②垓下:古地名,位于今安徽省灵璧县东南,是刘邦围困项羽的地方,项羽在这里被围失败。③虞姬:楚汉之争时期"西楚霸王"项羽的爱姬,有"虞美人"之称。项羽垓下兵败,虞姬自刎。④玉环:杨玉环。天宝四年(745年),27岁的杨玉环被册为贵妃。天宝十五年(756年)六月十四日,随李隆基流亡蜀中,途经马嵬驿,禁军哗变,38岁的杨贵妃被缢死,香消玉散。

卷五

○七言古风（选十三）

承承堂①为洪善初②题

天狗蚀月岁靖康③，血战于野龙玄黄。神鳌夜泣九渊沸，翠华日薄寒无光。主忧臣辱誓万死，直以只手支扶桑。燕山六月雪花大，节旄零落肌肤伤。关河萧条月色苦，秋风扬沙吹雁行。子卿归来典属国，茂林树老愁云荒。至今勋业昭简册，大书特书遗典章。承承堂前春昼永，牙笏金鱼堆满床。芝兰玉树竞娟秀，陶令松菊凝秋荒。盈缸酿酒介眉寿，槐阴覆阶萱草长。忠宣④盛泽实具美，宜尔子孙宜尔昌。

【注释】①承承堂：洪氏宗祠。②洪善初：忠公（洪皓）裔孙，乐平人。③靖康：靖康之耻是指中国历史上的一次著名事件，发生于北宋皇帝宋钦宗靖康年间（1126—1127），因而得名。④忠宣：洪皓，饶州乐平人，宋徽宗政和五年（1115年）进士。高宗建炎三年（1129年），以徽猷阁待制假礼部尚书使金被留，绍兴十三年（1143年）始归。迁徽猷阁直学士，提举万寿观，兼权直学士院。寻因忤秦桧，出知饶州。绍兴十七年（1147年），责授濠州团练副使，英州安置。绍兴二十五年（1155年），主管台州崇道观，卒谥忠宣。有《鄱阳集》《松漠纪闻》行世。

题方壶①画为斯贞侄赋

巨然②画与书法同，纵笔所至生秋风。墨飞元气泻沉瀣，青摩斗极连崆峒③。远岫平林断还续，苔根斜进山泉绿。钓倚丹枫野老几，门垂碧柳幽人屋。壶公骑鲸白云乡，垄树绿泫烟草黄。风流文采今寂寞，对画泪痕沾我裳。

【注释】①方壶：方从义（约1302—1393），元代"放逸"派画家，字无隅，号方壶，江西贵溪人。②巨然：中国五代南唐、北宋画家，僧人。擅山水，师法董源，专画江南山水。以长披麻皴画山石，笔墨秀润，为董源画风之嫡传，并称"董巨"，对元明清以至近代的山水画发展有极大影响。有《万壑松风图》《秋山问道图》《山居图》等传世。③崆峒：山洞；洞窟。

汉之季。哀故御史余公阙①守舒城②死节而作

汉之季,洪流何汤汤,赤子为龙,蛇蔓于汉,于淮割我城邑,图不祥。天子曰:嘻!予何以奉宗庙。朝群臣登明堂,曰:予近臣御史阙,咨尔抚师古舒国,阃③以外尔制之,赐尔三百卫士斧与节,毋黩民毋究刑,苟附而安,文武并用,礼之经臣。阙昧死顿首泣,主忧臣辱敢不力。御史骑马来,万姓泪落喜且悲。予我涂炭民汉官,威仪今见之。东市牵牛羊,西市罗酒浆。纷纷列道左,御史下马相扶将。谕以天子圣且爱,明见万里外宵旰,不遑食兵,尔饥尔苦颠沛。御史虽愚颇知忠与慈,惟尔患难相扶持。鼓尔鼓,旗尔旗。疾则疾,徐则徐。壮者战守,老者居俾尔。农桑毋夺时,桑青青,麦茫茫。牛羊走丘墟。御史城上行茅屋。人家闻读书,以心感人心。敌至辄败,不敢窥。城东啼虎豹,城西啸熊罴。蕲黄攻始退山越,什什伍伍来相围。裹疮战城南,吮血战城北。大船小船捍江列。嗟!城中如流鱼,御史奋臂城上呼。悲风扬,尘沙起,白日无光,士争死。廪无粟,士气衰。朝食城上草,暮煮城下箕。疠疫④相枕何流离。御史斩爱马,士卒不忍食。日久援不来,矢尽兵残益。危迫枭骑死野战,乌鸢衔肉流尸僵。孤城坐殄瘁土山,地道不可当御史。诚不德握手谢父老,尔民多杀伤御史。登城北面拜称臣,万死无以报陛下。阃室竟与城俱亡。楚山苍苍,楚水洋洋,御史之节功烈显彰,天之奎⑤璧,地之河岳,人之纲常,千载弗渝,日光普光。谁能置庙复立社,享尔祀尔百世及天下。

评曰:音节古甚,足为余公传诵之。古意可哀,琅然汉魏之音。

【注释】①余公阙:余阙(1303—1358),字廷心,一字天心,元末官吏,生于庐州(今安徽合肥)。元统元年(1333年)进士。1353年,守安庆,为都元帅,淮南行省右丞。1357年冬,陈友谅围安庆。1358年正月,城破,余阙自杀。元朝赠爵豳国公。注《易经》,著有《青阳集》。②舒城:今属安徽省六安市。③阃(kǔn):此指城郭的门槛。④疠疫:瘟疫。⑤奎:古一星宿。

题吕花园草堂代宋景濂①先生作

官马乌骓春踏霜,钟声催眠趋玉堂。黄金带重觉腰瘦,锦袍淋漓宫酒香。殿前草诏东风急,紫砚光凝墨花湿。承恩簪笔立多时,华发萧疏倦无力。闻道城南旧草堂,景胜林幽引兴长。碧连淮甸晴波暖,青割钟山晓树凉。种柳万条金覆井,栽桃千干粉连墙。蔷薇压架绡囊缀,芍药当轩锦幄张。个个麝香眠石径,双双翡翠浴蒲塘。红残蝶翅翻风静,绿暗莺吭唼日忙。游丝飞时寒食早,车马城南争拜

扫。夕阳影里卖花声,游人半醉眠芳草。垆②忆黄公③酒旆斜,灶遗陆羽④茶烟袅。何时休沐振鸣珂⑤,纱帽轻衫试越罗⑥。信笔诗成还倦写,忆尔当年郭橐驼⑦。

评曰:风致有度。

【注释】①宋景濂:宋濂。②垆:旧时酒店里安放酒瓮的土台子,亦指酒店。③黄公:泛指卖酒者。④陆羽(733—804):字鸿渐,唐朝复州竟陵(今湖北天门市)人。一生嗜茶,精于茶道,以著世界第一部茶叶专著——《茶经》闻名于世,被誉为"茶仙",尊为"茶圣",祀为"茶神"。⑤鸣珂:本指显贵者所乘的马以玉为饰,行则作响。此指居高位。⑥越罗:越地所产的丝织品,以轻柔精致著称。⑦郭橐驼:唐代柳宗元有《种树郭橐驼传》。

题夏博士晋王羲之①右军像

上东门外胡雏啸,万里尘飞洛阳道。潜龙东渡晋中兴,群马南浮国重造。石城巃嵷②昔所都,庶事草草嗟良图。衣冠简傲礼乐废,朝廷放旷君臣疎。大令平生最超卓,早年门第居台阁。内史新除典要枢,右军任重参帷幄。擅长翰墨出神奇,蔡卫钟张早得之。昼长燕寝森兵卫,日暖鹅群戏墨池。来禽青李囊盛寄,裹鲊黄庭醉后题。春风三月山阴曲,群彦流觞③映修竹。一时簪冕属高风,百年文藻怀芳躅④。流落斯文慨古今,后代辰聪复购寻。小字昭陵⑤传玉匣,数行定武抵千金。忽见画图双眼失,采采丰神惊玉立。羽扇萧疎晚日晴,乌纱仿佛秋尘袭。繁华如梦转头非,典午山河几落晖。唯有凤凰台上月,春风依旧紫箫吹。

评曰:晋人风致。

【注释】①王羲之:东晋书法家,字逸少,号澹斋,原籍山东琅琊(今山东临沂),后迁居会稽(绍兴),写下《兰亭集序》,晚年隐居会稽,有"书圣"之称。②巃嵷(lóng zōng):峻拔高耸。③流觞:古人每逢农历三月上巳日于弯曲的水渠旁集会,在上游放置酒杯,杯随水流,流到谁面前,谁就取杯把酒喝下,叫作流觞。④躅:足迹。⑤昭陵:唐太宗李世民的陵墓,是陕西关中"唐十八陵"中规模最大的一座,位于陕西省礼泉县城西北22.5公里的九嵕山上。史载唐太宗将《兰亭序》真迹随葬昭陵。

予昔与孟思鲁参戎事于三衢①监司宋公②幕府。及兵溃,得间道还乡,遂归休之。志故历叙之

嗟嗟汉燧昔沈耀,横流版荡糜中畿。鬼母啼烟赤电走,天狗堕地金石飞。勤

王洒涕沾胸臆,义旆悬云昭白日。剑击风云向夜悲,楫誓山河仰天泣。君当少年功节殊,短衣倒骑生马驹。蛮笺草檄墨惨淡,宝刀斫血腥模糊。奏凯对花歌窈窕,量沙卧雪宿氍毹。运筹制胜常轻敌,凭轼降城不顾躯。幕泛碧油陈雅乐,漏残银烛合兵符。孤军转战经千里,萧条榆塞尘沙起。秦树关河落日低,汉营鼓角西风里。婺女妖氛压断墙,严滩杀气连重垒。羽书援绝斗兵稀,古道无人畏蒺藜。霜衔白骨饥乌下,秋入金疮败马嘶。虞姬帐下将军死,公子门前壮士归。去国共怜王粲③赋,望乡同拟杜陵④诗。壮志无成还故里,城西茅屋苔痕紫。钩帘听雨更焚香,柱笏看云时隐几。自信胸澄渤海清,宁怜气与嵩华比。破浪谁擒北海鳌,穿林学射南山稚。笑傲行将下泽车,经纶懒取圯桥履。草荒三径掩衡门,旧事相逢不忍论。两鬓缁尘销岁月,一双腊屐信乾坤。湖上雨晴飞落木,与子登临散幽独。杖藜出郭踏江沙,一笑寻僧看修竹。

评曰:激烈悲壮,老马长鸣。

【注释】①三衢:浙江衢州府。《明史列传》载刘炳"至正中,从军于浙"。②宋公:元末至正间衢州守将宋伯颜不花。明史载元至正十九年(1359年),朱元璋大将常遇春克衢州,擒宋伯颜不花。③王粲(177—217):字仲宣,山阳郡高平(今山东微山)人。东汉末年著名文学家,"建安七子"之一,由于其文才出众,被称为"七子之冠"。④杜陵:指西汉后期宣帝刘询。

浔阳①行

江头女墙啼野乌,乱石如垒惊涛呼。浔阳九派控吴泽,匡阜千峰回楚墟。当时形胜夸疆土,连云宫苑旌旗树。庾亮②楼船赴国仇,黥王③版籍④归英主。盛年一去水流东,冠盖繁华处处空。两岸芦花浸明月,满汀烟树鸣秋风。古戍何人晚吹笛,客船莫向城边系。翠袖琵琶梦已寒,青衫易洒天涯泪。

评曰:效高适、王维者。

【注释】①浔阳:今九江。②庾亮(289—340):东晋政治家、文学家。③黥王:英布(?—前195),又称黥布,六县(今安徽六安)人,秦末汉前将领与政治人物,曾被项羽封为九江王,汉朝初年被封为淮南王,公元前196年起兵反汉,失败后被杀。④版籍:本指户口簿,此谓领地。

青藜轩为刘子雍赋

颇闻天禄青藜杖①,雍也自是今刘向。汉启炎精著五行,天符火德明文象。太

乙光分五夜深,卯金气应三台上。草堂人稀清漏长,紫薇花开金井凉。昭回云汉星辰烂,黼黻②文章雨露香。铿经九节苍虬干,叩门绝爱齐眉短。桃竹风清豹髓凝,葛陂春早龙膏暖。银烛无神暮雨凄,金莲落艳秋烟满。故人文彩笔如椽,制作千今轶汉贤。万里羽仪调玉烛,九重柱石际凌烟。

【注释】①藜杖:用藜的老茎做的手杖,质轻而坚实。②黼黻(fǔ fú):借指辞藻,华美的文辞。

寄徐宗周①兼柬杨焕文阮宗泰

李家池头去年别,大风扬沙天欲雪。赠我鲤鱼三十腮,杨柳穿来带寒血。今年八月芝山②楼,我欲少住君不留。蹇驴③落日冒秋暑,鬓丝汗溢黄尘流。近过阮公茅屋底,说君沉疴几不起。九月十日方离床,强健近来差可喜。相望片云危石山,来往每嫌消息艰。斯文凋谢少知己,恨不连墙相往还。却忆少年从义日,闻鸡不眠追祖逖④。杀敌风吹宝剑腥,打围雪压雕鞍湿。诸葛曾怀汉室忧,包婿亦有秦庭泣。投老相看海岳清,夙昔患难同离情。归来庐井有桑梓,拜扫丘墓除榛荆。传家书在晚还读,负郭田深春自耕。爱君窗前修竹大,听雨何时对床卧。却扶藜杖过杨兄,使酒怕渠时骂坐。气略颇与常人殊,天经地轨谈阴符。黄冈溪头懒垂钓,未央殿前思上书。功名定有国士报,肝胆好将民瘼苏。黄金之台一千尺,白日横飞虎生翼。吕望八十方致身,五十富贵朱买臣⑤。时来勋业自有待,岂得甘作鱼樵人。

【注释】①徐宗周:同杨焕文、阮宗泰均为鄱阳皇岗人。②芝山:位于鄱阳县城,现辟为公园。③蹇驴:比喻驽钝的人。④祖逖(266—321):东晋将领,范阳遒(今河北涞水)人。据《晋书·祖逖传》载,祖逖"与刘琨俱为司州主簿,情好绸缪,共被同寝"。中夜闻荒鸡鸣,蹴琨觉曰"此非恶声也",因起舞。"闻鸡起舞"这一成语即由此来。⑤朱买臣:字翁子,会稽吴人。家贫,卖薪自给,妻以为羞,求去。买臣道:"我年五十当富贵,现在已四十多了,待吾富贵,当报汝功。"妻不从,改嫁田夫。武帝时得庄助之荐,拜中大夫,复拜会稽太守。他回到吴,见故妻与夫,妇惭而自缢。

题诸葛武侯①庙

武侯古庙临江市,碑仆苔荒字残废。巴西巫峡遗泽长,父老至今来拜祭。木牛泥马将何施,君才十倍当曹丕。托孤付国寄大事,辅不可辅卿为之。股肱竭力

誓臣节,五月渡泸亲出师。君臣气义出肝胆,千古泪落令人悲。江流不尽潮声咽,鸣呼遗恨三分国。沙际空遗八阵图,苍梧云暝秋萧瑟。

评曰:节义如生。

【注释】①诸葛武侯:诸葛亮,字孔明,号卧龙,琅琊阳都(今山东临沂市沂南县)人,三国时期蜀汉丞相,杰出的政治家、军事家、发明家、文学家。死后追谥忠武侯。其代表作有《前出师表》《后出师表》《诫子书》等。诸葛亮在后世受到极大的尊崇,成为后世忠臣楷模,智慧化身。成都、宝鸡等地有武侯祠,杜甫作《蜀相》赞诸葛亮。此诗所题为成都武侯庙。

义 士 歌

鄱阳胡公,字振祖,当元之季,以义起兵克复郡治。纪功授饶州府判,后从官军转战至浮梁,与敌相拒,粮尽矢绝,义不辱愤,骂以身死之。乡贡①蔡渊仲先生为之立传,予作歌以表其节义焉。至正甲午②也。

昆仑昼裂黄河决,京畿地毛白于雪。鬼母啼秋天雨鱼,武库兵鸣剑飞血。黄屋播越烟尘张,四海感谢思勤王。鄱阳胡公躯七尺,义旗塞路寒无光。鸢肩火色万里壮,虎气电目千夫强。城头阵云压鼙鼓,酾酒椎牛题露布。破金沉船晓更征,囊沙壅水宵还渡。万乘千旗骠骑营,转战直薄浮梁城。孤军粮绝朝餐草,间道人稀夜煮冰。铁甲照霜弓影曲,宝刀磨月水痕腥。旄头芒射前星落,恃勇骁腾身不却。凄凉马革裹尸归,谁复声名写麟阁。郡侯纪绩笔如椽,父老相传泪泫然。三尺荒坟何处是,忠臣后代子孙贤。

评曰:义气悲壮,可念。

【注释】①乡贡:中国古代的科举制度中,常科的考生一般有两个来源,一个是生徒,另一个是乡贡。不由学馆而先经州县考试,及第后再送尚书省应试者叫乡贡。②至正甲午:1354年。

栖碧轩为陈指挥①赋

琐窗斜隔红尘道,芳草满帘晴不扫。阶前马踏落花泥,柳外莺啼春色好。罗袍犀带紫金鱼,壁上瑶琴床上书。云卷城头春雨过,一庭修竹读阴符。

【注释】①陈指挥:陈伯英。

宿浔阳①

浔阳城头秋雁啼,霜寒木落红霏霏。孤舟晚泊日当西,缆系石桥杨柳矶。庾楼基废迷烟树,犹记楼船争战处。草店萧条野客沽,女墙②依旧官军戍。逝水滔滔送落晖,繁华云变不胜题。当年司马③青衫泪,翠袖琵琶梦已非。

【注释】①浔阳:在今九江。②女墙:特指房屋外墙高出屋面的矮墙,在明清古建筑物中常见。③司马:此指唐代诗人白居易。白居易任江州司马时,作名篇《琵琶行》。

求陆伯瞻①作懒云庄图

老米②已矣房山③逝,江海丹青少奇秘。故人胸次出神奇,写法谁能识天趣。倒翻墨汁金蟾蜍,珊瑚翡翠相萦纡。远树浮青气黯淡,遥山叠翠烟模糊。洞庭八月波如镜,一片玻璃三万顷。白蘋香老雁啼霜,九点苍梧落秋影。烦君为写懒云庄,树根络石苔连墙。丹崖深处三间屋,坐弄紫箫书满床。

【注释】①陆伯瞻:兴化人,明初官至礼部主事,曾两度出使朝鲜。②老米:米芾,北宋书法家、画家、书画理论家。③房山:高克恭(1248—1310),号房山,大同(今属山西)人。由京师贡补工部令史,官至刑部尚书。画山水初学二米(米芾及长子米友仁),后学董源、李成笔法,专取写意气韵,亦擅长墨竹,与文湖州并驰,造诣精绝。

卷六

○七言律诗(选二十三)

七夕宿天堂寺

西风吹梦宿僧堂,谁遣黄金布地装。万叶宝灯秋弄影,九重珠塔夜浮光。天连象阙星辰湿,云护龙宫雨露凉。门外三车何必问,大千身色两俱忘。

游丹青阁

桥南杨柳乱成行,出郭寻僧到上方。城拱烟霞开锦绣,山围松竹奏笙簧。半帘晚翠环溪阁,一枕秋云护石床。安得远公同净业,白莲池上挹天香。

丁卯①立春简蔡宗文昆季

玉琯吹霞已应灰,字题春帖手斜裁。震司木德三阳泰,律协条风一气回。鸾辂忆陪趋御苑,燕钗曾赐出宫醅。文园多病归田早,鬓影东风看野梅。

【注释】①丁卯:洪武二十年,1387年。

呈西平侯①沐都督②西征

西域凭陵久不宾,诏书五道出将军。龙光烛剑销边祲,虎冘扬旌压阵云。周庙昔闻方叔颂,汉廷今见贰师勋。春风三月莺花禁,归骑笙歌奏凯闻。

【注释】①西平侯:沐英(1344—1392),明朝开国名将。字文英,朱元璋义子,濠州定远(今属安徽,另据乐平文史考其祖居乐平)人。洪武三年(1370年),沐英被授镇国将军,任大都督府佥事;次年升大都督府同知。洪武九年以副帅之职征讨吐蕃。四次北伐数败元军。洪武十四年至十五年攻取云南,镇滇10年间,大兴屯田,劝课农桑,礼贤兴学,传播中原文化,对西南安定做出杰出贡献。世称西平侯,封黔国公,追封黔宁王,谥昭靖。②都督:大都督府,创始于朱元璋所部成为相对独立政权的元至正二十一年(1361年),消亡于极端君主专制体制奠定的明洪武十三年(1380年),存在仅二十年。按至正二十四年

(1364)官制,大都督、左右都督、同知都督三种官职分别与行省平章、左右丞、参政平级。

和都督冯公①韵

凤城宫阙倚苍山,虎卫旌旗拂画阑。辇路霜清梅破腊,御沟波暖柳欺寒。青云每愧班超笔,华发应惭贡禹冠。未信壮怀浑寂寞,锦衣鞍马出长安。

【注释】①冯公:冯胜(？—1395),明朝开国名将,初名国胜,又名宗异,定远(今属安徽)人,喜读书,通兵法,元末结寨自保。洪武二十年(1387年),以冯胜为大将军,与傅友德、蓝玉等率兵二十万远征辽东,降伏纳哈出,肃清元朝在辽东的势力。因累积军功而受封宋国公,"诏列勋臣望重者八人,胜居第三",后以功高遭太祖猜忌,赐死。

旅中除夕简刘子宪①助教张左司

麝煤凝鸭锁窗虚,虎卫严城禁漏疏。乡梦牵情千里远,客愁随腊一年除。酒痕酿暖春连瓮,梅粉吹香晚近厨。自写桃符烧短烛,壮怀那厌食无鱼。

【注释】①刘子宪:元末明初人,明初诗人钱宰在为他的"长啸轩"作记时,喻之为孔明、孙登与阮籍。

元日早朝呈翰林①诸公

禁城晓箭漏犹频,仙掌微茫曙色分。虎卫鸣鞭瞻紫极,鸾舆迎驾拥红云。宫帘日转旌旗合,天仗风飘剑佩闻。班次螭头簪笔近,绯袍因惹御炉熏。

【注释】①翰林:翰林是皇帝的文学侍从官,翰林院从唐朝起开始设立,始为供职具有艺能人士的机构,但自唐玄宗后演变成了专门起草机密诏制的重要机构,院里任职的人称为翰林学士。明、清改从进士中选拔。

早春呈吴待制①

上林春早陌尘香,紫禁觚棱射日光。新绿御河摇柳黛,小红宫树试桃妆。山连晓气蟠龙虎,台枕东风忆凤凰。心折故园幽兴独,寻僧看竹过邻墙。

【注释】①待制:官名,唐置。辽金元明均于翰林院设待制,位在学士、直学士之下,但不及宋制隆重。

文楼早朝柬程邦民①诸公

紫禁觚棱曙色微,五更三点听朝鸡。门开凤阙鸣鞭肃,驾备鸾舆簇仗齐。玉座衮衣银烛烂,金罍汤饵翠帘低。小臣簪笔还朝晚,路绕芙蓉小苑西。

【注释】①程邦民:据《新安文献志》载,歙人,迁德兴程村,至正十一年(1351年)进士,授余姚州判官,摄绍录事。元季兵兴,以招谕功升行省管勾浙东,疏密举为都事,屡以秩碑尺经历。至正十九年(1359年)七月,天兵下衢州,执送金陵,授内省都事。岁余除南昌知府。兵革之际抚摩备至,既而坐事,被逮暴卒,年四十二。民抚尸而哭者踵接,祠于东湖书院。著有《雪崖集》。

与子升弟观捕鱼

柳条风脆已梳黄,潮落溪毛石露梁。帆脚压霜寒杀网,柁牙移月夜鸣榔。载车有猎曾占渭,鼓枻无歌岂濯湘。乂得锦鳞长尺半,邻翁新酒正吹香。

呈西平侯沐公

股肱竭力定皇都,开国功成与众殊。玉带朱缨持虎节,翠支金钺护龙车。秦关柱石风云会,汉室山河日月扶。惭愧腐儒无补报,得从门下曳长裾①。

【注释】①曳长裾:曳,拉;裾,衣服的大襟。比喻在权贵的门下做食客。

简陈彦友陈伯谐陈伯纯陈遂良

飞舄①长弓紫气高,驱驰王事寸心劳。乌桓月黑迷犀甲,雁塞云黄接虎韬。禁漏尚闻金琐闼,御香犹惹锦罗袍。刘郎老矣归来晚,花落山中旧种桃。

【注释】①舄(xì):重木底鞋(古时最尊贵的鞋,多为帝王大臣穿)。

寄徐彦亨有怀操公琬①先生

故家文藻独遗芳,乔木阴阴覆短墙。草压山营迷虎旅,楼遗辰翰秘龙章。芸翻蠹影书帷静,竹映鹅群墨沼香。访戴真成风致在,梦怀风雨旧连床。

天马秋高压楚墟,碧溪晴树晚萦纡。书声连屋闻弦诵,山色当窗列画图。治

县已闻蝗避去,解官曾有犊留无。百年耆旧多零落,白发相看愧故吾。

【注释】①操公琬:元末明初乐平人,曾与宋濂一起编纂《元史》,不久病归。

寄表弟朱永容永实昆弟

渭阳河畔画楼西,红粉阑干柳树齐。窗底折花骑竹马,街头笼草斗山鸡。银屏褥隐鸳鸯立,绮户香凝翡翠栖。回首繁华成旧梦,对床今雨不堪题。

拜文公①朱紫阳祠堂呈江惟中朱士正苏明远②

奎壁垂光间气钟,仪刑一代属成功。泗沂道重尊天下,濂洛源分出建中。僻壤鱼虫沾化墨,中原麟凤仰遗风。沧洲寂寞斯文弊,泪洒秋烟野殿空。

【注释】①文公:朱熹(1130—1200),字元晦,一字仲晦,号晦庵、晦翁等,别号紫阳。南宋著名的理学家,世称朱子,是孔子、孟子以来最杰出的弘扬儒学的代表人物。②苏明远:元末画家。

长安①怀古

西瀍②东洛建皇都,四海梯航称贡输。楚霸恃强窥宝鼎,越裳遵化锡栟车。铜驼卧棘③愁难遣,野鹿衔花伴嬖奴。玉辇金舆俱寂寞,离离禾黍感丘墟。

【注释】①长安:今西安,有十三朝古都之称。②瀍(chán):指瀍河,水名,在今河南省。③铜驼卧棘:形容衰败残破的景象。铜驼,铜制的骆驼,古代置于宫门外。

咸阳①怀古

势踞崤函②百二雄,阿房③楼阁镇当中。坑儒硎谷灰才黑,系颈咸阳火已红。蛇断血腥空大泽,龙成宝气纪新丰。秦功汉业今何处,落日沉西渭水东。

【注释】①咸阳:今陕西省省辖市,著名古都之一。②崤函(xiáo hán):古地名,指崤山与函谷关,在今天河南省,大致在灵宝市、陕县范围。"崤函"并称,主要因此处地势险要,函谷关"一夫当关,万夫莫开",是中国古代军事争夺的焦点之一。③阿房:指阿房宫,秦帝国修建的新朝宫。位于今陕西省西安市,始建于秦始皇三十五年(前212年)。

除夕柬丁继善

荆门树色雪初干,客舍年华腊又残。衰朽每蒙明主念,旅栖多赖故人安。箦痕凝翠香煤暖,窗影摇红蜡炬寒。自喜明年春信早,莺花泽国迩归鞍。

早朝承恩殿

钧天仙乐奏咸韶,三十六竿吹紫箫。阊阖晓开黄道转,蓬莱春近玉辰高。銮舆仗簇纤龙尾,宫扇班齐引凤毛。自庆腐儒头总白,御香犹惹旧罗袍。

题王粲[①]楼

汉燧沦辉鼎未分,英雄无地托芳邻。中原紫气争龙虎,大野玄阴闭凤麟。地控乌蛮通楚泽,城连白帝接荆门。登临不尽关河壮,醉倚阑干笔有神。

【注释】①王粲(177—217):字仲宣,山阳郡高平县(今属山东)人。东汉末年文学家,"建安七子"之一。王粲善文,其诗赋为建安七子之冠。王粲楼位于襄阳城。

鄀城发舟上荆门

霜清系船杨柳汀,酌酒鼓枻将南征。鲁叟乘桴欲浮海,学士扬袂曾登瀛。白发弹冠亦奇节,金门献书惟寸诚。玉府牙签[①]三万轴,摩挲老眼慰平生。

【注释】①牙签:指藏书。

官　果

每蒙明主念微臣,官果频颁品味新。敕遣翠翣分紫署,恩传玉食下丹辰。蜜脾甘沁蔷薇露,骆乳香浮茉莉春。头白文园多病在,愧无词赋气凌云。

赐　衣

十日江城雪拥门,宫衣颁赐念微臣。天机织处经纶密,雪锦裁成黼黻新。宠被光荣沾雨露,暖回衰朽感阳春。只惭蒲柳桑榆景,犬马丹心敢后尘。

卷七

○七言绝句（选四）

奉天门①进膳

江上风高未授衣，金沟杨柳得秋迟。不因宫宴糕糜粥，客里重阳总不知。

【注释】①奉天门：南京奉天门，始建于1366年，从午门入，过内五龙桥，便是奉天门，门内为奉天殿。奉天门遗址东西长58米，南北宽30米。

出龙湾①之东阿②

行李萧条出凤城，乡间渐远不胜情。客舟今夜寒桥泊，肠断江流作雨声。

【注释】①龙湾：指皇城。②东阿：今山东东阿县。

京城元夕

五年无路扫梧楸，梦里关山只泪流。谁送寒灯到先垅，异乡明月故乡愁。

京城题家书后示善鄩诸侄时玉珊①自西河归

莫遣春泥污短靴，莫将鹅鸭恼邻家。窗前好种芭蕉树，写字题诗寄阿爷。
虎牢雁门通马邑，酒泉黑水接流沙。怜尔西行一万里，且喜除夕得还家。
别时纤手牵衣送，想见丫鬟似漆光。莫向堂前恼阿母，海榴窗下绣鸳鸯。
短褐欺寒双鬓迷，当门新筑野墙低。何时傍竹结茅屋，与尔长吟乌夜啼。

【注释】①玉珊：刘炳之子。

卷八

○南词（选九）

虞美人·重游三山感旧

信陵门下簪缨客，寂寞头多白。重来无复旧交游，上马台边烟草不胜秋。

风流云散繁华去，犹指将军树。长歌何处吊荒丘？衰泪凄凉不尽与江流。

虞美人·汴梁怀古

春风芳草梁园路，玉辇今何处？香销珠翠旧妆楼，惟有胭脂井畔水东流。

伤心太液池头月，清影圆还缺。万年枝上野花开，肠断年年不见翠华来。

忆秦娥·送别

溪头柳，青青折赠行人手。行人手，最伤心处，西风重九。阳关一曲长亭酒。停鞭欲去。仍回首。仍回首，少年离别，老来依旧。

水龙吟·己巳①端午

海榴庭院初长，日梅羽弄阴弄霁。惊心节序，艾枝悬绿，菖蒲浮碧。衣赐香罗，忆陪宫宴，御炉烟细。愧相如多病，归来鬓，痕如缕。

往事风流莫记，黯江山旧游凝睇。湘波吊雪，楚峰妻黛，荆云愁垒，鱼腹沉冤，众人皆醉，一樽谁酹？独登临词客，兴亡多恨，洒青衫泪。

【注释】①己巳：明洪武二十二年，1389 年。

水龙吟·题御沟红叶

御沟暖透温泉，柳浑不觉西风早。红叶飞来，珠帘搭处，始知秋老。信步瑶阶，雁沙香褪，袜罗娇小。漫宫袖微揎，玉纤轻拾，胭脂湿，露华清晓。

宝砚香熏煤麝，拭霜毫，龙蛇萦绕。芳题锦字，翠鬈红怨，带真连草。天上人间，为凭流水，春心多少。谩殷勤，寄去，无情有恨，彩云青鸟。

卜算子·春晚

帘幕楝花寒，啼鴂①催春去。芳草天涯绿渐迷，烟树无重数。

老骥顿长缨，犹忆云霄路。流水孤村独掩门，白日东风暮。

【注释】①鴂(jué)：伯劳鸟。

满江红·寄水北山人徐宗周

水北幽居，抱柴门、一溪寒玉。山万叠、青林当户。白云连谷。乳燕落红春又晚，桑麻三径多松菊。喜新晴、布谷又催耕，秧分绿。

床头酒，何时熟；谋诸妇，明朝漉。谩黄鸡炊黍、共邀邻曲，旧梦风云销侠气。繁华看破知荣辱，泛扁舟、钓罢晚归来，书还读。

醉蓬莱

正清秋绛阙，华盖天高，金风销暑。海霁鲸波，喜瑞流虹渚。黄道星辰，紫微云气，拥蓬莱深处。万国衣冠，四夷玉帛，两阶干羽。

稚扇初开，嫔妃鱼贯，九奏箫韶，凤凰咸舞。内使传宣，记叮咛天语。喜溢龙颜，大地丰登，九衢甘雨。

凤凰台上忆吹箫·丁巳①中秋感旧

银汉无声，淡云笼月，汀烟落木萧萧。怅西风万里，江上停桡。玉砌雕阑何处？霓裳曲，凤管鸾箫。休重问，伤心往事，都付寒潮。

河桥，当年惜别。翠雁湿啼痕，敛衽魂销。感新愁磊魄，有酒难浇。行径红兰香歇，低鬈念、暮暮朝朝。银屏悄，定应晚妆、宫黛慵描。

【注释】①丁巳：明洪武十年，1377年。

卷九

○杂文（选九）

三才①合德说

尧舜②受禅,民之幸也。圣人之大公中庸之道也。经也。汤武③放伐,民之幸也。圣人之不幸,时中之道也。权也。守经行权,待时而动,顺天应人,奉天时也。故圣人与天地合德。

【注释】①三才:天才、人才、地才,《周易》最早提出了"天、地、人"三才之道的学说。②尧舜:尧和舜,上古贤明君主。③汤武:商汤与周武王的并称。《易·革》:"汤武革命,顺乎天而应乎人。"

圣人无私说

武王访于箕子,箕子乃陈《洪范》①。九畴夫武王,革命之君也。箕子亡国之臣也。可谓不共戴天矣。然则武王箕子之心何以哉？曰:武王之访以道也。箕子之陈亦以道也。皆圣人之大公,非一己之私也。

【注释】①《洪范》:《尚书》篇名。旧传为箕子向周武王陈述的"天地之大法"。

君子居易说

君子之穷也。耕莘钓渭若将终身焉。其达也。相汤武而行放伐焉。穷亦是人也。达亦是人也。潜龙飞龙随时隐见。故君子藏器于身,待时而动。子思曰:君子居易以俟命。

上下相成说

周武克商而夷齐采薇。光武中兴而子陵①垂钓。宋祖受禅而渊明遁迹。建隆②践阼而希夷③高卧。彼四君者,能成五子之节。此五子者,能成四君之义。孟子曰:故将大有为之君,必有所不召之臣。其斯之谓乎？

【注释】①子陵：严子陵，东汉著名高士（隐士），浙江会稽余姚人。严子陵少年时就很有才气，与刘秀（汉光武帝）是同学好友。刘秀后来登基做了皇帝，多次征召其为谏议大臣，严子陵婉拒之，隐居富春江，终老林泉。②建隆：宋太祖年号。③希夷（871—989年）：自号扶摇子，宋太宗赐号希夷先生，唐末、五代隐士。

勉 学 铭

维士也，学而不勉何以立身？勉而不笃，莫由致用。以藏以修，毋怠毋躁，恐筋精力之就衰，悼岁月之不早。前而非者已往，而莫追后而来者。或庶几乎其有造惟尔。某为丈夫者，果如此而生，如此而老耶。故铭兹座隅尔。其勉诸永终是保。

告 先 圣 文

维大明洪武岁次甲子①五月戊戌朔②，越五日壬寅，后学某等敢昭告于先圣③大成至圣文宣王之灵，曰：猗欤，圣道师表万代，泰山黄河之流峙，景星庆云之昭丽，嘉禾芝草之祯祥，麟凤龟龙之奇异，仰之瞻之。是则是式，高莫可企，深莫可际。嗟嗟！子衿总角，趋庭以训。以谟钦诵，遗经早失，所怙中罹甲兵，驽钝偷惰，内省如焚，驱驰岁故，年往志存。齿发日悴，穷庐悲呻，幸守丘墓，桑梓是邻。追忆旧习讲学，有宾捐兹，令节旨酒蘩苹，恭率诸生，明荐载陈，庶假灵威，启我后人。洋洋在上，虔申告文。

【注释】①甲子：明洪武十七年，1384年。②朔（shuò）：旧时以农历每月初一为朔，每月的末一天为晦。③先圣：孔子。元至大元年（1308年）秋七月诏加号先圣曰：大成至圣文宣王。

乌石山人传

乌石山人，刘姓，子升字也。世居鄱阳义城之东，父字积仁，乐隐不仕。以诗礼自尚，为故族也。山人性冲默寡欲，不妄言笑。好读书，修己以为乐。处宗族以义，交朋友以信。故人多爱之。有司尝以孝悌力田荐，婴疾不应。或劝之仕，答曰："岂不闻四皓之歌乎？与其富贵而诎人，宁贫贱而肆志耳。"马少游①曰：人生但取衣食。才足乘下泽车，乡里称善，人斯可矣。诚窃慕之宅边有山，山石皆黝色

若漆,可爱嘉木,疏茂石磴,平峭可登、可坐。暇日与知己者,或携酒宴游,击石临眺,浩歌以寓怀。东睇九华列屏,空翠如饰,可以招飞仙而凌八极也。西望则彭蠡如练,一碧万顷,沧波西流,浩浩无际。想夫楼舻如林,旌旗蔽空,风云霸气,于今安在哉?但见夕阳西倾白鸟孤没,江山如昨。风帆出入于烟波野树之外,吊古怀今,宁不有感耶?而为之歌曰:"维山之苍苍兮,黝石齿齿。登高遐眺兮,一碧无际。宇宙恍惚兮,滔滔逝波。人生寓形兮,百岁几何。一气聚散兮,阴阳之化。倏忽委弃兮,如阅传舍。仰视俯育兮,惟善之修。失身辱先兮,不孝之尤。先哲所惧兮,薄冰是戒。富贵利达兮,何事求外。先人旧庐兮,以蔽风雨。维桑与梓兮,必恭敬止。寒泉捐捐兮,风木之悲。萍藻致洁兮,愿言永思。全生全归兮,先圣之训。克保首领兮,盖棺事定。梦幻泡影兮,白驹之隙。达人忘虑兮,乐天俟命。白云可招兮,凉风西来。抚膺长啸兮,悠悠我怀。"歌已,闻者曰:此达士之词也。斯人也,心际物表,富贵其能羁乎?山人性嗜山水之趣,故自号"乌石山人"。赞者曰:余读《乌石山人传》,观其乐天自信,夫轩冕岂能动其心哉!抑列御寇之俦欤。

洪武乙丑②八月。

【注释】①马少游:汉将马援从弟。其志淡泊,知足求安,无意功名。曾曰:"士生一世,但取衣食裁足,乘下泽车,御款段马,为郡掾史,守坟墓,乡里称善人,斯可矣。致求盈余,但自苦尔。"②洪武乙丑:洪武十八年,1385年。

懒云①庄记

鄱无无居士,匾其庄曰:懒云。客有过而问曰:"居士以五尺之躯,强艾之年,孤鹤其清,长松其秀,出论如倾湖,处剧若转丸,政当孜孜惴惴,分阴是惜,运甓而居,考德问道,以待明时之需。子尝直黄扉簪螭头之笔,应列宿宰百里之政,未足为盛德事也。昔申公乘蒲轮之召吕望,膺后车之载,以居士之年犹为未也。"噫嘻!客非知我者。夫懒也者,怠惰金石,慵癖胶漆,栖迟偃仰,纵逸自便。或曲肱枕琴,或箕踞泉石,跣足乎林下,坦腹乎北窗。以傲以游,匪痴匪戆。不检不饰,弗矜弗夸。处己失恭,接物少庄。狼藉图史,阘茸②冠履。淋漓笔砚,颠倒裳衣。起居无时,外形骸而放浪者尔。夫云也者,非烟非雾,非霞非霭,阴阳之聚,山川之气,氤氲上礴,五色为庆,三色为乔,祥光为景,瑞彩为卿,起石出岫,抱日浮天,仪如凤鸾,如芝如盖,乘风从龙作为霖雨,泽大地而利苍生者也。予兹投老丘壑,病目无所为。自念少失所怙,无学问功业以少见于世。出不能挟太阿③之精,饮河洛之马,拥盾寒旗,鼓行万里,清边锋扫妖彗以匡社稷,康济生民。居不能溯洙泗④之

源,缉邹鲁之绪,读六经百子之书,立言垂训于后代。顾乃如此而生,如此而老耶。岁月迈矣,发种种矣。文采无所发越矣。时时抱膝长歌短吟,聊以抒胸中之磊落耳。客乃瞿然而起曰:"懒云,懒云。侣孤鹤而栖长松乎?霖九土而利万物乎?变化有象,卷舒随时,有其体必有其用矣。"居士合掌面壁,趺坐笑而不答。

【注释】①懒云:刘炳晚年自号懒云翁,作此篇以述志。②阘(tà)茸:此指微贱或愚鲁的人或物。③太阿:剑名,又作"泰阿",古代十大名剑之一。泰阿剑是欧冶子和干将两大剑师联手所铸,楚国镇国至宝,是把威道之剑。④洙泗:孔子讲学在洙、泗二水之间。世因以洙泗为孔子教泽之代称。

吊余忠愍公祭文

维大明洪武岁次己未正月八日,大都督掌记文林郎鄱阳刘某,恭承公务,道经浔阳,弭节舒浦,结珮潜峤,敬吊故元夏国忠愍余公之墓。夫过汾阳而仰令公,驻大梁而怀夷门。义之所着,心之所感也。虽音容泯绝,而英声令德,昭若日月。仰瞻墓道,苟慕义疆仁者,孰不兴起。特以瓣香絮酒,致祭于先生焉。呜呼!辞曰:疾风草劲,版荡臣忠。繄元之季,横流四冲。秦失其鹿,素灵夜哭。大厦之倾,支匪一木。维公鹰扬,拯其颓纲。义同田横①,忠轶睢阳②。阖室捐躯,与城俱亡。大星堕地,长弘之碧。昭若云汉,烈于金石。古舒之滨,断碑嶙峋。隧草黯翠,夜台垒云。仰兹令德,载瞻载式。揽悲兰皋,屑泪松砌。呜呼哀哉!

【注释】①田横:秦末群雄之一,原为齐国贵族,反秦自立,占据齐地为王。汉高祖刘邦定天下,田横不肯称臣于汉,率五百门客逃往海岛,刘邦派人招抚,田横被迫乘船赴洛,在途中距洛阳三十里地自杀。海岛五百部属闻田横死,亦全部自杀。②睢阳:位于今河南商丘市,因地处古睢水之北而得名。睢阳是中华民族的重要发祥地、著名古都。安史之乱时,叛将尹子奇率兵13万围攻睢阳,镇守宁陵的张巡率兵增援,城破殉难。

卷十

百哀诗并序[1]（选三十六）

百哀,哀耆旧也。予以漂泊之踪,去国二十有五载。及还桑梓,登芝山[2],过鲁公[3]亭,蔓烟残照,莽其为墟。因念平生宦游江汉,以翰墨之技,辱契[4]于缙绅贤士间。转眄俯仰,多为鬼录。晨星寥寥,风流云变,存者能几？追忆游从之乐,或登高把酒,或夜雨灯窗；操觚典籍之场,咏歌文艺之圃。获闻所未闻,见所未见。俨乎容仪会晤之时,渺乎交际暌离之处。恍若一梦,宁可复得耶！其或以节义立身,或以文学致宦,或以苦志椠铅[5]守道林阿,或以游艺和光方外。自尚其绪言余论,音徽未沫而声光流洽于时。事业未白与后,雅志遂湮,良可痛惜。白杨萧萧,宿土荒矣。夕露瀼矣。身名俱泯,与草木而同腐矣。何时命之不偶耶。虽驹隙不留,尺波电谢,而秋菊春兰,英华靡绝。深怀季子挂剑之感,不胜山阳邻笛之悲。昔魏曹文侯痛徐陈应刘[6],数年之间化为鬼物,临文抆泪良有以焉。张孟阳[7]赋《七哀》,哀汉陵也。杜工部[8]赋《八哀》,哀大臣也。予今不敢以文律追步前轨,而悼亡慨逝,古今一情。故著于卷,并疏其姓氏梗概。惟知己者览之必有同予怀者焉。不以齿爵为次,随笔题述,其有赠答赓酬因并录附之（诸公赠答篇章颇繁兹不具载）。

【注释】[1]百哀诗并序：钦定四库全书集部六别集类五《刘彦昺集》九卷,不载《百哀诗并序》。此据胡思敬（民国）己未仲夏刊《豫章丛书》钦定四库全书总目卷一百九十集部总集类五《鄱阳五家集十五卷》（江西巡抚采进本）之《春雨轩集》卷四录入。[2]芝山：山名,位于鄱阳县城。[3]鲁公：颜真卿（709—785）,字清臣,唐朝京兆万年人,著名书法家。据清《饶州府志》等史志记载,唐乾元二年（759年）,吏部尚书、原平原太守颜真卿被人诬劾,贬饶州刺史。他莅饶后,勤政爱民,将全州治理得"治化大行","饶人甚德之"。颜真卿离开饶州后,当地人不忘遗泽,立鲁公亭以示纪念。[4]辱契：谦辞,志趣相投。[5]椠铅：古人书写文字的工具。铅,铅粉笔；椠,木板片。语出《西京杂记》卷三："扬子云好事,常怀铅提椠,从诸计吏,访殊方绝域四方之语。"这里借指写作、校勘。[6]徐陈应刘：汉建安年间文学家徐干、陈琳、应玚、刘桢的并称,为"建安七子"成员。[7]张孟阳：张载,西晋文学家。[8]杜工部：唐代著名诗人杜甫。

哀曹国李公[1]（讳善长,定远人）

威仪重厚,武勇有文。屡总戎机,出将入相。筹谋帷幄,王室股肱[2]。真开国之元勋！

何天之不年也。封曹国公③。

萧何④与汉邦,李靖⑤佐唐室。惟公实英武,经济多密勿。紫微拱红云,黄道扶赤日。安邦称股肱,定国资柱石。三年忝⑥记府,龙钟侍文墨。开运真元勋,百世期庙食。

【注释】①李公:李善长(1314—1390),字百室,濠州定远(今安徽定远县)人。明朝开国功臣,比肩汉代丞相萧何。洪武初年任左丞相,后封宣国公,奉命监修《元史》,编写《太祖训录》《大明集礼》等书。洪武二十三年(1390年),以胡惟庸党追问,朱元璋将李善长连同其妻女弟侄七十余人一并处死,年七十六岁。南明弘光政权追谥襄愍。②股肱(gǔ gōng):大腿和胳膊。引申为辅佐君主的大臣。③曹国公:明太祖朱元璋于明洪武二年(1369年)封李文忠为曹国公。李善长先后被封为宣国公、韩国公,并未见封曹国公记载。④萧何(前257—前193):西汉初年政治家、宰相,西汉开国功臣之一。沛丰人,早年任秦沛县县吏,秦末辅佐刘邦起义,史称"萧相国"。⑤李靖(571—649):字药师,雍州三原(今陕西三原县东北)汉人。隋末唐初将领,是唐朝文武兼备的著名军事家,后封卫国公,世称李卫公。⑥忝:一作"参"。

西平沐公(讳英,定远人)

岳峻川澄,王室心膂①。总戎出将,安抚蛮夷。藩卫边陲,虎臣良将。曳裾幕府,不胜哀悼焉。封西平公。

桓桓西平公,虎臆如铁色。总戎领貔貅②,破敌抚蛮貊③。安边镇藩④省,匡济立勋策。十年参幕府,深愧簪缨客。醑酒瞻南云,凄其寸心折。

【注释】①心膂(lǚ):心与脊骨,比喻主要的辅佐人员。亦以喻亲信得力之人。②貔貅(pí xiū):中国古书记载和民间神话传说的一种凶猛的瑞兽。古时候人们常用貔貅来作为军队的称呼。③蛮貊(mán mò):亦作"蛮貉"。古代称南方和北方落后部族,泛指四方落后部族。④藩:封建时代称属国属地或分封的土地,借指边防重镇。

余廷心(讳阙,武威人)

妙龄高科,历仕中外。既委舒城之寄,屡恢战捷之功。保障江淮,孤军援绝。阖门死节,忠义冠时。哀哉!元赠夏国公。

心同比干赤,血化苌弘①碧。严于三冬霜,烈若九秋日。遥瞻满山云,磊嵬千仞壁。特笔书姓名,忠精贯金石。

【注释】①苌弘：又作苌宏，字叔、苌叔。周景王、周敬王的大臣刘文公所属大夫。刘氏与晋范氏世为婚姻，在晋卿内讧中，由于帮助了范氏，晋卿赵鞅为此声讨，苌弘被周人杀死。传说死后三年，其心化为红玉，其血化为碧玉，故有"苌弘化碧""碧血丹心"之说，以喻忠诚正义。事见《左传·哀公三年》。

刘伯温①（讳基，括苍人）

文登虎榜，学贯天人。承宝运以济时，遂成名于柱史。封诚意侯。

括苍何嶙峋，列秀青可数。产兹梁栋材，文艺溯东鲁。天文知谶纬②，承云遂腾翥③。不负槐花秋，勋名策天府。

【注释】①刘伯温：刘基（1311—1375），字伯温，处州青田县南田乡（今属浙江温州市文成县）人，故称刘青田，元末明初军事家、政治家、文学家，明朝开国元勋。②谶纬：谶书和纬书的合称，中国古代官方的儒家神学。③腾翥：喻升官晋爵。

宋景濂（讳濂，金华人）

丱①角颖悟，日诵万言。研究五经，该博三教。子史百氏，靡不贯通。阐大国之皇猷，专一代之制作。伟哉！官翰林学士。

婺女钟英灵，文焰射斗角。九野惊凤鳞，孤云荐雕鹗。丹衮②资黼黻③，玉策专制作。老笔继班马④，道统溯伊洛⑤。天下遗耆年，斯文泪双落。

【注释】①丱（guàn）角：头发束成两角形。旧时多为儿童或少年人的发式，代指儿童或少年。②衮：古代君王等的礼服。③黼黻（fǔ fú）：泛指礼服上所绣的华美花纹，绣有华美花纹的礼服。借指爵禄。④班马：汉代两位著名历史学家的简称，"班"指班固，"马"指司马迁。司马迁写了我国第一部纪传体通史《史记》，班固写有断代史《后汉书》。班马的创作对我国史学产生了深远的影响。⑤伊洛：指北宋程颢、程颐所创理学学派。程颢、程颐并称"二程"。二程为亲兄弟，均为洛阳（今属河南）人，长期在洛阳讲学，后来程颐又居临伊川，二人讲学于伊河、洛水之间，因称其所创学派为"伊洛之学"，也叫"洛学"。

危太仆①（讳素，临川人）

妙年翰墨，驰誉中朝。台辅晚登，具瞻国老。鼎移宗社，隐忍南归。后死之哀，白珪之玷。

早岁台阁英,文艺发天藻。经邦寄台辅,论道资国老。手支扶桑危,泪泣昆仑倒。翠华气惨凄,紫极色枯槁。冯道②晚归来,白发卧烟岛。

【注释】①危太仆:危素(1303—1372),字太朴,号云林,江西金溪人,元末明初历史学家、文学家。元朝至正元年(1341年),出任经筵检讨,负责主编宋、辽、金三部历史,并注释《尔雅》。著有《吴草庐年谱》《元海运志》《危学士集》等。②冯道(882—954):字可道,号长乐老,瀛州景城(今河北沧州西北)人,五代宰相。

胡叔直(讳合真,乐平人)

寄冠佩于上清,登仙名于金阙。煜然文藻,名著道山。提举上清宫①事。

清如岩下梅,瘦若松上鹤。时闻九皋唳,孤响振云壑。仙籍登玄都②,文藻通紫阁③。诗魂不可招,荒坟雨苔剥。

【注释】①上清宫:位于江西省鹰潭市龙虎山。该宫始建于东汉,道教的祭神之所,是中国古代在敬天祭祖的基础上形成的建筑群落之一。汉末第四代天师张盛承启道教,在此建"传箓坛"。北宋大中祥符年间(1008—1016),宋真宗敕改真仙观为上清观。明洪武二十四年(1391年),43代天师张宇初重修大上清宫,太祖朱元璋亲赐宝钞五千贯。明初上清宫兴建法箓局和提举署。法箓局,正一派的符箓在此制作、盖印,然后对外销售;提举署,历代天师"永掌天下道教事",这里是办事机构。②玄都:神话传说中神仙居住的地方,全名"玄都紫府",乃是太上老君所居之地。③紫阁:金碧辉煌的殿阁,多指帝居,亦指仙人或隐士所居。此外,唐代曾改中书省为紫微省,中书令为紫微令,因称宰相府第为紫阁。此处指仙人居所。

朱克升①(讳公迁,乐平人)

早膺乡举,坐拥皋比②。自兵乱以归田,爱著书而守道。有《四书通旨》行于世。元山长。

秋风折丹桂,蟾宫先着鞭。戏赋昔有颂,著书今尚传。青灯老年半,白发垂两肩。暮年荷长锸,杞国屡忧天。

【注释】①朱克升:朱公迁,字克升,乐平人。《江西通志》载其至正间为处州学正,何英《后序》则称以特恩授校官,得主金华郡庠。二说互异。考《乐平县志》载"公迁以至正辛巳领浙江乡试,教婺州,改处州"。②坐拥皋比:皋比(gāo pí),指虎皮座,铺设有虎皮的座位。古代将帅军帐、儒师讲堂、文人书斋中每用之。后因称任教为"坐拥皋比"。

许栗夫①(讳瑗,乐平人)

文魁乡荐,学贯易经。政骞翮于长风,何鲲鹏之委化。官知府。

鄱水出龙头,首荐魁虎榜。道深伊洛源,学沂洙泗讲。奎星②流紫辉,天球振清音。弟子何珊珊,儒林勋瞻仰。

【注释】①许栗夫:许瑗(?—1360),字栗夫,江西乐平名口村人,是著名史学家马端临(著有《文献通考》)的外甥。元末至正年间,曾两次参加乡试,都中榜首。担任南轩书院山长,后调到广德州(今安徽省)任儒学学正。明洪武间,任太平(今属安徽省)知府。许瑗逝后被明朝追赠为大中大夫、轻车都尉、高阳郡侯。②奎星:又称"魁星",奎星为二十八宿之一的西方白虎宫的七宿之首,是主宰天下文运的大吉星。

徐彦亨①(讳品,乐平人)

苦心简册,就试有司。既调花县之琴,何促玉楼之召?惜哉!官知县。

卯角事经史,萤窗同守阴。芸绿蠹间细,草青书带深。予乘紫塞②马,君调花县琴。玉楼何早召,荒塚宓③空林。

【注释】①徐彦亨:乐平下徐人,官武安知县。②紫塞:指长城,北方边塞。③宓:安静。

鲁志敏(讳修,乐平人)

雅志乎学,尤攻于诗。屡陈策于辕门,欲澄清而匡世。白首哀咏,徒廑①忧国焉。有《卧雪轩集》。授教官。

鲁山堆月场,苦竹荫清樾。茅屋哦春风,衡门卧寒雪。高义磨层空,妙句追往哲。平生忧国心,泣涕屡陈策。

【注释】①廑(jǐn):古同"廑"。殷切意。廑忧,殷切忧虑。

朱原立(讳基,鄱阳人)

笃学潜心,名登乡举。晚遇兵尘之荏苒,守志林壑以自高。

门对箕山云,乔木荫桃李。邻曲谁往还,铅椠尘满几。马蹄踏桃花,捧檄为亲喜。古市今萧条,人称紫阳里。

刘彦正①（讳爗，鄱阳人）

多艺好学，绘事留心。史籍精通，潜心师古。有《篆韵集钞》行于世。官建德令。

衡门②午尚掩，箨冠③尘懒除。探研究亥豕，讹舛分鲁鱼。苍颉昔何邈，阳冰今已无。蛟龙蟠锁纽，石鼓怅湮芜。

【注释】①刘彦正：刘爗（生卒年不详），字彦正，鄱阳义城（今属昌江区鲇鱼山镇）人，为刘彦昺之堂兄。留意篆学，历年之久，靡不贯通。宋濂为其《篆韵集钞》作序。②衡门：横木为门。指简陋的屋舍。也指隐士的居处。③箨（tuò）冠：竹皮冠，用竹笋皮制成的帽子。

徐伯推（讳恕，乐平人）

闭门穷经，屡举乡荐。获观光于上国，仅沾禄于下寮。官县丞①。

门多车马尘，林塘花木春。行期济九野，岂止荣一身。既承郡邑荐，早充观国宾。徒劳州县苦，谁念绨袍②贫。

【注释】①县丞：官名。始置于战国，为县令之佐官。秦汉相沿。典文书及仓狱，为县令、县长之辅佐，历代所置略同。丞之官秩，明清县丞为正八品官。一般由举人、恩贡、拔贡、副贡考取除授职衔。②绨袍（tí páo）：厚缯制成之袍。指眷念故旧。唐白居易《醉后狂言酬赠萧殷二协律》："宾客不见绨袍惠，黎庶未沾襦袴恩。"

刘彦昱①（讳煜，鄱阳人）

总角颖悟，经史该通。屡试有司，著声词赋。仗义死盗，士林惜焉。予同胞弟也。元官巡检。

总角称颖悟，一读书五行。石经手自写，分隶师中郎。赋题五玄琴，落笔众口扬。义旗破山越，负母亲裹粮。誓仇不共国，血泪逼中肠。

【注释】①刘彦昱：刘煜（生卒年不详），刘彦昺胞弟。

汤思敬（讳阙，浮梁人）

平生之志，岂事温饱。一官而逝，亦命也。官知县。

湖田飞白鹭，林树鸣黄鹂。草堂晴读书，终朝怀自怡。志岂在温饱，惜哉时命

违。折腰辞斗米,元亮①老东篱。

【注释】①元亮:晋代诗人陶潜,字元亮,曾任彭泽令,因不愿为五斗米折腰而归隐。后常用为隐居不仕的典故。

许克敬(讳阙,乐平人)

刻苦穷经,高论不让。匡时之志,扪虱①闻鸡。食禄下寮,何命不偶。官县丞。

少年读书狂,失意辄斗骂。忧时扪虱谈,志在靖天下。沾禄才下寮,案牍食不暇。伏枥怀长缨,骅骝气凋谢。

【注释】①扪虱:扪,指按。扪虱,指捺着虱子。形容毫无顾忌的样子。亦比喻贤士举止不拘小节。语出《晋书·王猛传》。

高季迪①(讳启,姑苏人)

志学不倦,苦耽于吟。芳誉流英,吴士之秀。

阊阖门前树,鸟啼华月圆。诗吟绮楼上,午鼓未成眠。翠袖添雕鸭,乌丝写粉笺。每怀经济念,鸾镜感芳年。

【注释】①高季迪:高启(1336—1374),字季迪,长洲(今江苏苏州市)人,元末明初著名诗人、文学家。高启才华高逸,学问渊博,能文,尤精于诗,与刘基、宋濂并称"明初诗文三大家"。明洪武初,以荐参修《元史》,授翰林院国史编修官。著有《高太史大全集》《凫藻集》等。

杞楚材(讳似杞,鄱阳人)

寄迹缁流①,不缚禅律。涉猎书史,诗思尤工。

杞老缁衣流,肤硕眼双碧。云翻鹰绊韝,霜蹄骥縻枥。学欲排词林,身不缚禅寂。凄其一龛灯,袈裟挂尘壁。

【注释】①缁流(zī liú):指僧徒。僧尼多穿黑衣,故称。

方方壶①(讳从义,上清人)

早游燕京,寄迹外史。文学绘事,延誉翰林。清致古心,流英湖海。号金门羽客真

人。提宫事。

蓬莱五云宫,金粉饰椒壁。醉时卧鏸瑜,酒醒洒墨汁。傲世双眼高,鬼谷自云湿。玉堂寄书来,落月梦相忆。

【注释】①方方壶:方从义(约1302—1393),字无隅,号方壶,又号不芒道人,金门羽客、鬼谷山人等。贵溪上清(今属江西省)人。擅长水墨云山,所作大笔水墨云山,苍润浑厚,富于变化,自成一格。工诗文,善古隶、章草。

王有成①(讳厘,鄱阳人)

早肄举业,莫利有司。诗宗初唐,不尚浮靡。充名玉署,未展所怀。官修撰②。

城南清虚堂,伟矣珊瑚器。窗深寒鸡早,囊古秋萤悴。簪笔侍玉墀,趋班掌金匮。沦落伤遗文,虹光斗牛避。

【注释】①王有成:王厘,字有成,明初江西鄱阳人。博学能文,洪武三年(1370年)以明经授鄱阳教谕。时学校初兴,厘以斯文为己任,勤于训迪。秩满荐擢翰林修撰,与修国史。顾问奏对称旨,力乞外补,出为南阳知府。有《诗粹》《群英杂言》。②修撰:官名。唐代史馆有修撰,掌修国史,宋有集英殿、右文殿等修撰。至元时,翰林院始设修撰。明清因袭之。

俞用中①(讳希鲁,京口人)

都邑交荐,声华著闻。屡主文衡,考试三省。门墙桃李,药茏参苓。接踵有焉。

棘闱萧仪鸾,槐影通九陌。战余万蚁酣,气夺千军魄。金莲月三更,彩笔日五色。南丰一瓣香,桃李遍南北。

【注释】①俞用中:俞希鲁,字用中,祖籍温州平阳(今浙江平阳)人,后迁镇江丹徒(今镇江),俞德邻子。俞希鲁出身世家,学识渊博,当时京口之碑文,多请他作,时与青阳翼、顾观、谢震,合称"京口四杰"。曾任景德镇长芗书院山长。有《至顺镇江志》传世。

黄淳斋①(讳季伦,鄱阳人)

妙龄笔札,史局腾英。捧檄南归,养素林下。托诗寄兴,礼佛清斋。将希志于远公,继宗风于莲社欤。元校官。

折节委荣宠,顿将生死齐。秋荷补坏衲,空林旅幽栖。悬灯礼绣佛,清斋烹露

葵。虎溪②流古月,自与远公③期。

【注释】①黄淳斋:字季伦,鄱阳人。与危素为唱和友。尝游京师,从翰林学士、著名文学家揭傒斯游,充三史书写,后奉命觐上,中书授以长洲县教谕。②虎溪:在庐山东林寺前,相传晋僧慧远居东林寺时,潜心研究佛法,立誓:"影不出户,迹不入俗,送客不过虎溪桥。"一日陶潜(陶渊明)、道士陆修静来访,与语甚契,相送时不觉过溪,虎辄号鸣,三人大笑而别。后人于此建三笑亭。清代,时任九江关关长、景德镇御窑督陶官的唐英题庐山东林寺三笑亭联云:桥跨虎溪,三教三源流,三人三笑语;莲开僧舍,一花一世界,一叶一如来。③远公:高僧慧远,世人称为远公。

蔡渊仲(讳深,乐平人)

春秋老砚,世守青毡。虽鹗荐①于秋闱,未鹏搏于霄汉。左宪纲于饶信,激忠义以匡时。归卧林泉,竟以疾卒。元山长,辟究椽。

平生清苦心,不负春秋笔。看花上林苑,走马长安日。裴公平淮西,韩愈佐军律。归来披短褐,高卧书一室。

【注释】①鹗荐:谓举荐贤才。

章复斋(讳复,鄱阳人)

早去乡间,游宦藩省。既抒经济,历郡剖符。投老归与,藻翰自乐。官州守。

兵尘辞里闾,游官历藩府。乘运扳云鳞,历郡剖符虎。扁舟载琴册,衣锦照桑梓。日以文翰娱,耆年傲林圃。

李燦然(讳阙,乐平人)

文振初科,早登龙榜。词林典册,屡主文衡。桃李门墙何蔚如也。元官待制。

书将五车读,少年观国光。龙池五色绿,官驿槐花黄。赐衣照春色,淡墨题秋香。林塘遗故宅,犹指郑公乡。

王子充(讳祎,乌伤①人)

习业黄公②之门,驰文游水之右。兼通吏事,修史禁林,缙绅之英也。官给事中。

呜呼太极翁,妙手称浙右。弟子何班班,经史皆指授。炳如鸾凤翔,蔚若杞梓秀。作者今已无,斯文嘅耆旧。

【注释】①乌伤:古地名,指现浙江金华义乌交界一带。②黄公:黄溍(1277—1357),字晋卿,一字文潜,婺州路义乌(今浙江义乌)人,元代著名的理学家、史学家、文学家、教育家、书画家。

杨廉夫(讳维桢,会稽人)

妙年锐气,献策丹墀。笔阵翔于士林,词源振于文海。游翰风月,才致流离焉。元官推官。

早持五色笔,文芒射奎星。龙墀晓射策,雁塔春题名。才华擅风骚,笔阵惊老成。宦游多使酒,银烛照嫔婷。

周伯温(讳伯琦,鄱阳人)

早历台省,文藻煜然。篆隶精深,流升中外。暮年流寓于南国,伤心莫致其忠爱焉。元官左丞。

簪缨著江右,早负台阁英。岭海持宪节,中朝播文声。篆法攻史籀,古劲追阳冰。归来老乡国,荒隧照秋萤。

操公琬(讳琬,乐平人)

平生一砚,通贯五经。时号书柜,问无不答。幸晚扳于丹桂,终拥席于冷官。所蕴无施,士林多慨。元官学录。

一灯清苦心,纵横五经库。龙门屡照额,晚献长杨赋。莫年拥皋比,未足鸣韶濩。旅榇门生扶,风悲白杨路。

刘润芳(讳润,鄱阳人)

性度高爽,好吟善医。樽俎诙谐,交游多致。

刘翁最修顾,洒洒多蕴藉。陶情乐三余,卖药不二价。诗童每吟哦,谈谑佐樽罍。风致今已无,苔荒断碑罅①。

【注释】①罅(xià):缝隙,裂缝。

许德夫(讳瑶,乐平人)

研史覃经,屡试不利。邑征郡荐,高蹈邱园。自甘抱道而居,不胜屐运之慨。悲夫。

窥书不窥园,志在图不朽。寒窗老青毡,云壑甘白首。刺帛屡交征,美玉岂轻售?好道嗟无成,伤兹泪如溜。

董宗文(讳彝,乐平人)

易经精贯,三捷秋闱。士林仰之,泰山北斗。怜合抱之杞梓,伤未尽其用焉。官博士。

连山及龟藏,该博贯诸传。鹗荐喜三捷,蚁酣经百战。策献黄金墀,酒侍琼林宴。杞梓成摧残,斯文泪如线。

叶楚庭①(讳兰,鄱阳人)

从宦于浙,颇善风骚。以酒托怀,诗律清致。厌世纷之缪轕②,宁捉月以自逝焉。号醉渔。

船头酒百壶,船尾书百册。闲骑桃花马,醉弄西湖月。狂吟卷秋涛,声撼扶桑折。沧海无还期,哀魂楚云结。

【注释】①叶楚庭:叶兰,元饶州路鄱阳人,字楚庭,号寓庵,又号醉渔。元末官太常礼仪院奉礼。入明,周伯琦应召入金陵,兰以诗讽之。后伯琦以其名荐,兰投水死。有《寓庵诗集》,收入史简编《鄱阳五家集》。②缪轕(jiāo gé):纵横交错,广大深远。

蒋贵和(讳惠,鄱阳人)

乘运致身,留心文学。官能廉干,于律精明。自任钩深,物少容恕。

早年志诗书,于律独精熟。守官著廉能,刻苦拯颓俗。归来半亩园,种次三径竹。对客无酒钱,尘釜少储粟。空遗旧交徒,长远筹醽醁①。

【注释】①醽醁:唐柳宗元撰《龙城录·魏徵善治酒》载:"魏左相能治酒,有名曰醽醁、翠涛。"此代指美酒。

吴用晦（讳阙，鄱阳人）

湾月如昨，故泽犹在。健翮风摧，文藻增慨。其祖月湾先生①也。郡训导②。

苍湾俯空寒，老月悬古色。残花漂断沼，野径绕荒宅。王珣称短簿，牙笏犹故泽。文藻遗江山，苍茫暮烟隔。

【注释】①月湾先生：吴存（1257—1339），字仲退，号月湾，鄱阳县凤岗吴家边人。宋末学者饶鲁私淑弟子。与黎廷瑞、徐瑞、叶兰、刘昺并称"鄱阳五先生"。历官饶州路学正、宁国路儒学教授，并聘主江西乡试。所著有《程朱易传》《本义折衷》《鄱阳续志》《月湾诗稿》《巴歈杂咏》。诗词收入《鄱阳五家集》。其孙吴用臧、吴用晦并有文名。②训导：古代文官官职名，在清朝之位阶约为从七品。训导职能通常为辅佐地方知府，为基层官员编制之一，主要功能为负责教育方面的事务。清朝灭亡后，该官职废除。

附

故府君刘公墓志铭

翰林待制①李灿撰

公姓刘，讳明，字衮明。居鄱阳义城②之东。家世簪缨③，为望族。公生而挺茂，好读书，以恭让温和处己，与人交际喜色溢于颜面。人无不敬从之。元季壬辰④，海宇尘沸，蕲兵枝延于鄱。烧香以为信，礼佛以结社，绛帻赭弁民欲趋之。公曰："此特绿林之徒耳，乌合剽掠宜谨避之。"遂激乡间以义勇保境，人获康靖焉。官军东来，公为向导克复郡邑。总兵官萨木丹巴勒⑤平章，屡以银碗宫段赏赐有差。运粮间道转战邻邑，志在澄乱以匡济于时焉。流遇戎马，亲犯矢石⑥，录功授浮梁州判官，从征信阳⑦。俄以疾疠及病笃，戒诸子曰："先人敝庐足，以避风雨；郭外之田，足以具饘粥。读书为善，清白传家，足以立身无辱于不义也。所恨者，残房未灭，不能尽忠于国耳。"竟以病终，时论惜其志焉。公以甲辰⑧年正月生，于至正甲午⑨三月殁。祖字季，父得新。娶陈氏，子字积人，女颜贞，媳朱氏，孙子升、必昭、桂华，葬于里之乌石山，亥山巳向，实至正甲午冬十月也。

为之铭曰：天狼昼茫，义旆奋张。衅鼓椎牛，楫击胆尝。视房如仇，孤忠未偿。胡罹于灾，天道匪常。义城之东，梧楸苍苍。马鬣泫露，魄演声扬。气为虹霓，上延奎光。过者仰止，瞻兹铭章。

【注释】①翰林待制：官名。金置，属翰林学士院。秩正五品，员额不限，分掌词命

文字,分判院事,衔内不带知制诰。元沿金制于翰林兼国史院、蒙古翰林院分别置待制,品秩与金同。②义城:地名,今昌江区鲇鱼山镇义城村。③簪缨(zān yīng):古代达官贵人的冠饰。后遂借以指高官显宦。④元季壬辰:1352年。⑤萨木丹巴勒:元官吏,官至行省右丞。杨维桢撰《江浙平章萨木丹巴勒公德政碑》。平章,古代官名。唐代以尚书、中书、门下三省长官为宰相,因官高权重,不常设置,选任其他官员加同中书门下平章事之名,简称"同平章事",同参国事。金元有平章政事,位次于丞相。元代之行中书省置平章政事,则为地方高级长官。简称平章。明初仍沿袭,不久废。⑥矢石:箭和垒石,古时守城的武器。⑦信阳:古称义阳、申州、光州、申城,今为河南省地级市,位于河南省最南部。元代,改信阳州置,治所在信阳县(今信阳市)。至元十四年(1277年),升为信阳府,十五年复为州,二十年徙治罗山县,明初复治信阳县。⑧甲辰:1303年。⑨至正甲午:元至正十四年,1354年。

刘府君墓碣①

夏谷忠愍公余阙撰

元至元戊寅②八月十六日,鄱阳刘君殁,既葬,而天下兵乱不克立碣墓左。今海宇晏夷,冢子昺,始刻铭以昭厥志。君讳斗凤,字友梧,母李梦凤。裔北斗间而生,故名。君疎髯伟度倜傥负奇气。尝攻举子业,屡试不利。监郡马公某举茂材,部使者王公都中贤之,复交荐授集庆句容③校官。既而慨然曰:"大丈夫坐庙堂,佐天子,出号令以保艾庶民,不然仗节出万里外,气慑夷狄耳,奈何栖栖服章逢乡井耶?"遂绝江,渡淮,溯河济,过齐鲁之郊,遨游燕赵间,周回秦汉故都,南还吴楚,登高酌酒,吊古豪杰遗迹,发为歌诗,皆磊落魁奇。当时虞文靖公集、揭文安公奚斯、礼部郎中吴公师道④,咸交君,爱其才。雄赡争言于中书,擢应奉翰林文字。未上,而卒。年三十二。以卒之年十月五日,葬鄱阳义城东潘超之原。遗诗若干卷,毁于兵。父讳环岫,字杰夫,两浙盐运提举⑤。大父安朝宋国子生。君家世簪缨,光奕史牒。宋赠检校太尉中书令左仆射封颍川王浩,八世祖也。君克继诗书,有志弗获,显庸惜哉。配朱氏,生昺、昱、燮三男,子昱、燮亦夭,昺复业,儒文声动缙绅间。

铭曰:猗凤鸟,昧灵兆,寿喝少,气则浩,跰而老,颜而夭,匪天道兮!

【注释】①墓碣:墓碑的别称。墓,坟墓。碣,石碑。方的叫碑,圆的叫碣。②元至元戊寅:元顺帝(后)至元四年,1338年。据此推测刘友梧约生于公元1306年。③句容:今江苏省镇江市代管的县级市,地处苏南,东连镇江,西接南京,是南京的东南门户。元代,句容属集庆路。明初,朱元璋定都集庆路,改集庆路为应天府,句容为属县。④虞文

靖公集、揭文安公奚斯、礼部郎中吴公师道：虞文靖公集，即虞集(1272—1348)，字伯生，号道园，世称邵庵先生。元代著名学者、诗人，谥号"文靖"；揭文安公奚斯，即揭奚斯(1274—1344)，元代文学家，字曼硕，丰城人，与虞集齐名。因卢挚荐，授翰林国史院编修，官至翰林侍讲学士，后又任艺文监丞，曾参加编修辽、宋、金三史，著有《文安集》十四卷；礼部郎中吴公师道，即吴师道(1283—1344)，字正传，元婺州兰溪（今浙江金华兰溪）人。至治元年(1321年)进士，授高邮县丞，再调宁国路录事。迁池州建德县尹。召为国子助教，寻升博士。以奉议大夫、礼部郎中致仕。⑤盐运提举：盐运即盐运使，古代官名，全名为"都转盐运使司盐运使"，简称"运司"。始于元代，明清沿之。设于产盐各省区，掌盐务。提举原意是"管理"，宋代以后设主管专门事务的职官，即以"提举"命名，如"提举市舶""盐课提举"等官号，其官署称"司"。

鄱阳刘节妇朱氏墓碣铭

翰林学士荣禄大夫宋濂撰

鄱阳尧山有节妇，曰朱夫人，讳则中。性颖茂，知留意诗书。年十五归同里。句容儒学教谕刘君斗凤，字友梧，归十八年，生三子昺、煜、燮及一女旭贞。而刘君亡，夫人之年甫三十二，又二十四年乃终，得寿五十六。夫人自刘君殁，悉屏脂泽弗御。曰：我未亡人也，焉用尔。为事姑李氏，甚至仆人媵女①，凡数百指。夫人晨起坐堂上，命之曰：尔为某事，汝为其事。晚各会其成，无敢爽期者。至于中馈纫缝之职，夫人日相亲，虽劳不辞间井。有来谒者，必饮食之，若贤士大夫则留峡旬弗之。厌行必又有所赆窭②。人或有斗升之粜司廪者，慵于启钥，难之，夫人骂曰：彼方悬腹，待炊尔。可若是怠耶，遇岁歉，及大雨雪必散粟，赈其乏。虽蔬材之细，亦多寡分给于众族姻之间。有构谗言而弗靖者，夫人每具食调解乃已。尤切于训子，尝语之曰："汝父积书数千卷，而不效他人置美田宅者。欲尔等知学也，尔等不学，我将焚其书。"故内外亲若尊者、同列者、卑幼者，皆贤夫人之行，无异言。岁壬辰③，夫人家毁于兵。昺提义旅，随大将上饶。燮已死于疠④，童御散尽，旭贞亦适浮梁张子鸣氏。未几，又为仇家所害。夫人间关出万死，独抱昺子玉珊，往依张。使玉珊衣垢敝服，杂荛儿牧竖中，卒有急令，窜山泽。夫人以身先之，每抚其顶，泣曰：我一家兵祸极矣。汝父存亡未可知。刘氏一宗，若发悬不坠者，赖汝在耳。奈何虎豹又窥伺未已耶！鬼神若有知，得持汝以见汝父，我含笑入地矣。言讫衣袂尽湿。后八年⑤，昺从间道归见夫人，相与抱持，哭绝而复苏。夫人指玉珊，曰：吾

所以不死者,有此故尔。见者皆洒涕。昺因迎养新安⑥,复迁之浮梁。竟以疾卒张舍,实某年某月四日也。葬于发京乡之史源。昺以文学政事,向用于时。予辱与之交。自状夫人群行持以诣予,拜且泣曰:吾母以节自持,皦如出日,不幸遭离乱以死。死又无以暴白于后世,不孝莫大焉。倘先生怜而俾之铭,庶几可不朽者。予不敢辞,铭曰:

夫人之节,石坚玉贞。何不享有诸福而忧患,是婴彼宰物者。孰尸其平然而德厚,流光如箴斯征短,虽一日长或千龄,则夫人之不死者。愈远而愈名,史源之山,封若斧形,评鹭驯行,太史勒铭,后数百载,尚知为鄱阳节妇之茔。

【注释】①媵(yìng)女:媵女是先秦时期汉族婚姻制度的一种风俗,以媵妾随嫁的多妻制婚姻。本义为随嫁,陪送出嫁。后来也可指随嫁的人,或者用来称呼姬妾婢女,也有"送、相送"的意思。②赆(jìn)蒉(jù):赆,临别时赠予、赠送或馈赠的财物;蒉,指用茅草结成的圆圈,放在头上做顶东西的垫子。③壬辰:公元1353年。④疠(lì):疠气。又称疫疠之气、毒气、异气、戾气或杂气。为具有强烈传染性的致病邪气。⑤后八年:1361年。⑥新安:古地名,位于钱塘江上游的新安江流域,属于古代的浙西地区,所辖地域为今安徽黄山市、绩溪县及江西婺源县、浙江建德市(寿昌)、淳安县(含原淳安县、遂安县)。

故处士鄱阳刘公墓志铭

奉议大夫延平路总管兼管内劝农防御使安成周洪撰

公讳由孙,字杰夫,号环岫,姓刘氏,家鄱阳之义城。八世祖某唐兵部尚书,为时名卿,葬弋阳之旗鼓山。里人祠于社。其子孙蕃衍,居上饶之葛原、鄱之清塘、乐平之刘坊,屡有闻人。而义城为特盛。大父讳朝英,宋国子上舍。父讳瑞甫,有隐德。公生而魁岸,长好倜傥之画,以宋季不仕元氏。既下江南郡县,更代徭役,特烦里豪黠囚并缘吞蚀,闾左弗支,往往荡析。公慨然曰:吾独不能安辑吾里中耶?乃往谒令,请自受事,事无巨细,必核其底,即便于公私,亟趋以赴。有不可者,垦垦以白上,下利之而视公,为举措事以易集费,乃大减权横,不得舞其诈而罢。人滋息矣。乃共推公为巨人,长者而爱之若父母。县有疑狱,亦资公为直。由是挣讼有不之县庭,而析于公之一言。俗以丕变,素多良畴储谷数万斛。凶岁则减价出谷,而贷贫者食。或不能庚因赀①之,弗较凡溪壑之病涉者,悉为桥道以济人。尤便之平居以抑奸,辅嬺②抚良,善为心术,及施于政而没有识悼焉。公生某年某月某日。卒某年某月某日。葬于里之张家山。孺人李氏,有懿行。姑程氏,年逾

九十,事之极敬爱,而睦于姻族。数具楮衾草履及棺椁以给贫乏人。谓公之教,盖刑于家矣。子三人,长友竹,能鼓琴,好书而善青鸟之术。次友梅,集图史,喜宾客而乐花竹之玩。次友梧,从乡先生月湾吴公学,举子业,部使者王都中荐为德兴县教谕③。未几,翰林虞文靖公、揭文安公引为应奉。未行而殁。有诗一集。孙男十一人,营、爆、光、灿、燧、炯、炳、辉、煜、勋、燮。炳,字彦昺,友梧之子,亦以能诗,游缙绅间。距其大父之殁余三十年,而复求予铭是。将大其家者也,乃悉着之。

系以铭曰:源之濬,其流长。繁昔鼻祖,盛有唐。身教从孰,强御流亡。四集居者,讦我庾盈。孰阻艰,贾商以通嬴者。餐德之,形庇于迹。宜炽厥后,复其始维,乃孙袭,诗礼请,铭幽墟。列兹诔。

【注释】①赁(shì):出租、出借。②媺(měi):同"美",好,善。③教谕:学官名,宋京师小学和武学中设。元、明、清县学均置,掌文庙祭祀、教育所属生员。

泽 存 堂 记

同郡许瑶①撰

睹羹墙而见尧,观河洛而思禹。盖圣德元功著于宇宙,泽在人心,久而不泯。历千万岁,犹一日也。况生之膝下,覆育之恩,如天冈极劬劳之念。敢一日而忘哉!故《礼记》之言曰:父殁而不能读父之书,手泽存焉耳。母殁而杯棬不能饮焉,口泽之气存焉耳。鄱阳义城刘氏,为郡著姓,元至正之季,彦昺刘君以义旅从军于浙。见时政日乖,其志莫遂,迨龙飞江左,以献书言事,受知于上,擢官清要,辅政藩阃②,出宰百里,两考而归。以病告老,林下构堂。故址取《礼记》之意,而匾以"泽存",着思亲也。呜呼!兵革以来,故家文献、牙签、锦帙皆为灰烬,而刘氏能存之,君复能守之,顾堤在前,必恭敬止,岂特春雨霜露而兴。怵惕妻怆之思,其气发扬于上,而动昭明。莙③蒿之虑,终身之慕宁。或少替其与羹墙之见,河洛之思,同符合辙。岂不可尚也耶!孟子曰:君子之泽,五世而斩。岂其然乎?故祭义曰:致爱则存,致悫④则著。人子之思其亲也,思其居处、思其笑语、思其志意、思其所乐、思其所嗜,况以其手泽之存者乎?宜乎其不忍忘也。《诗》曰:永言孝思,孝思维则。刘氏贤予孙登斯堂者,必有所观,感而兴起于无穷也。故为记于堂之左方焉。

【注释】①许瑶:元末明初乐平人,史学家,早年授业于元代著名史学家马端临(1254—1340)。②藩阃(fān kǔn):犹"藩垣",指藩镇等藩卫国土的封疆大吏。③莙(jūn):莙荙菜,草本植物,叶有长柄,花绿色。用作观赏和调味菜。④悫(què):诚实,谨慎。

春 雨 轩 记

　　春雨轩，鄱阳刘君彦昺之所作也。春雨之儒人之所均被也，而刘君独取以名其轩。何哉？维君之母夫人朱，当盛年丧其所，天能保其家业，以不废其教诸子，使之有成贞节之着。凛如冰霜，夫何十年之间，丧乱荐罹而备历乎艰险。然迄能令其遗孙，以绍其先业。刘氏之不坠，繄夫人之力是赖。而今不幸不可作矣。君方以文章，向用于时，宦游金陵。去乡土日益远，以为生不及致钟斧之养，死又不能效昔人之庐墓。思亲之念，盖无时而或忘。方春之始，雨露既，儒君子履之孰无怵惕之思。思之不可见矣。故即夫所履者，以名其居。然则身之所履者，众人所均被而心之所思者。则固君之所独知，而人莫或知之者矣。记曰：致敬则存，致慤则著。敬慤者，即其心之思而着存。其犹身之所履乎？虽然君之居于斯也，食息梦寐如或见，其亲油然。孝思曾不与时而变迁，秋霜冬日，无非足以致其思也。岂特有感于春而然乎？夫人之墓，君既请铭于太史宋公，以予辱有斯文。一日之雅，复俾为文，以记斯轩。呜呼！仁人孝子之思其亲，推其亲亦曷有纪极也哉？

　　乌阳王祎[①]记。

【注释】①王祎（1321—1372）：字子充，义乌来山人，明初历史学家。至元十八年（1281年），朱元璋取婺州，受征召，为中书省掾。朱元璋评价他说："吾固知浙东有二儒，卿与宋濂耳。学问之博，卿不如濂；才思之雄，濂不如卿。"洪武二年（1369年），诏修《元史》，以宋濂和王祎为总裁。著有《王忠文公集》《卮辞》《大事记续编》。

答参谋刘彦昺书[①]

周伯琦[②]

　　伯温忝在葭莩而薄宦于外，未获承颜。令甥自闽至，远厘华札，并蒙豺皮、荔枝、煎海鲞、嘉茗之赐，久客乍归，非亲爱之至何以臻兹，铭刻铭刻！每忆先大人友梧翁，问业于月湾吴先生之席，区区则为同窗之契。我大父梅山公归窆，辱命祖杰夫公垂顾，不肖得以侍从几杖之侧，犹丰林虎豹严姿，雄议凛乎，其起敬也。前辈仪，则至今怀之。令兄彦振留燕京，为芳邻，尝诵足下佳什，恨不多见，今获《春雨轩集》，连日得玩味之喜。欲僭为叙引，别当奉呈。会稽杨廉夫登科时，于大宗师吴闲闲公席上会晤时，年少气锐，自信甚高，极慎许可。今篇中能一一评点，必其兴趣相吻合，故肯落笔如此，可嘉可嘉！不肖尝从侍吴文正公、虞文靖公、赵文敏

— 208 —

公于馆阁时,得承诗法,谓必兼诸体,制作方殊,故常佩服斯言。吾番前辈,如准轩吴公、芳洲黎公、谨思李公,诸作皆不尚雄浑,拟岂气运使然耶！李灿然待制、董宗文、许栗夫、朱公迁诸老,性理精到,专务举业,竟进取之科,故于诗道益寥寥耳。近闻令兄有《篆韵集钞》,渴欲一见,每歆羡其考究该博,时人无能及之者。建宁乃文公阙里,好学士夫必多,今有谁乎？清碧杜公,好古博雅,家武夷。名山中必有藏书,令人慨想有佳子弟乎？所嘉麻沙书坊,版籍无虞。又经此兵火一厄,斯文幸甚,此可以见执事军,行赞襄之政令耳。洪容斋随笔版在建学,可求致否？旧书临《石鼓文》一卷,专此奉献求教。年来眼力昏耗,不复能作字矣！何有清对以声所未闻乎？军前多便使,必有音问数往还耳。临楮不觉缕缕万万,自寿不具,至正二十三年[3]癸卯冬十二月吉日书。

【注释】①答参谋刘彦昺书:载于康熙版《饶州府志》。道光版《鄱阳县志》、同治版《饶州府志》均载,有删节。②周伯琦(1298—1369):字伯温,号玉雪坡真逸,饶州鄱阳人,元代书法家、文学家。以荫授南海县主簿,后转为翰林修撰。至正二十二年(1362年)临石鼓文册,现藏故宫博物院。《元史》本传称:"伯琦博学工文章,尤以篆隶真草擅名当时。"③至正二十三年:1363年。

自叙墓志铭[1]

刘 炳

呜呼！为丈夫者果如此而已乎？生无闻于时,死无垂于后！呜呼哀哉！

鄱阳刘炳,字彦昺,世居义城,八岁失怙。弟刘煜,颖悟过人,时号神童。壬辰兵起,与兄刘新谋曰:"乱世无兵,不足以卫身。"遂起山中,得数千人,贼来则拒之。不期贼众多,官军不援,遂为贼所败。举家鱼肉者数十人。炳弃妻子,走邻郡,思复不共戴天之仇。

闻安庆余左丞廷心公之贤,往依之,待以国士。然江淮孤立,军势不振,遂辞归江西。闻赣州余参政子仁,杖策见之,惟以投壶雅歌为乐。后回信州见佥事宋公的斤,议论颇合,为守御之计。江西陈氏遣王宣封使以兵来围之,两岁不解,炳间道往铅山请援兵,兵至而城破,的斤公以城死之。遂往衢州依宋监司,继而率十万军来围城,两月而城破,棲棲然无所依,浮沉军中者久之,始克复不共戴天之仇焉。

于是往说浮梁参政于光,曰:"当今豪杰无可为者,中原之师不能南下,张士诚

据苏州,玩兵富贵;江西陈氏兵权不一,尾大不掉;惟金陵兵壮,天下畏其锋,可往依之,以成大事。"于光大喜,即日遣书币名马,命炳上谒至金陵。上览书曰:"汝何来之晚也!不可归,当与汝谋东事。"遂问江东边塞城池军力,炳献策曰:"江西有可图之机。"留半载。

于是谋具海船讨贼。因遣炳复书参政于光,鼓率沿江诸城豪杰,若建昌王溥、都昌左丞江春,各具小战船数十,遂与朝廷合谋,上以海船溯江而上,于光同炳率各船出鄱阳湖,攻江西城九江,不意兵至,陈友谅弃城走湖广,而江西遂降。上大喜,授炳中书博士厅咨议典签,赐名马缎匹,留侍殿陛,日亲帷幄。

久之。岁癸卯,参谋沐总制守镇江,蒙敕炳同总制,曰:"命博士厅典签刘炳同差去朱文英前,往江南所属地方商议行事,务在允当。"后又移镇信阳、建宁,又往征王驸马,攻闽台、兰秀山,至则以檄书遗其归顺之道,贼遂降。海船万艘,旌旗蔽天,惊涛怒雷,诚天下壮观也。

又同总兵官傅都督[2]出征吐蕃,以铁骑数万出江淮,经楚汉之遗墟,溯黄河,出秦汉,万里之城,沙漠障天,边城萧条,经李牧廉颇古豪杰旧战之所,但见白骨如山,征马成群。登马逸山、葱岭,题名而还。

岁甲辰四月,敕授炳广武卫亲军指挥使司知事,仍守镇江。未几召赴京,而炳目疾,欲辞归,蒙上位优恤有加,仍令于沐总制处说书。踰年引疾力请,得旨还乡。洪武十二年,复蒙征承事郎、大都督府掌记,日近清光,与闻兵政。为目疾苦甚告老,除授东阿知县,因病归。

荆州湘王[3]殿下闻炳能诗,遣使聘之。一见大喜,以诗稿呈,遂蒙赐之序跋。天章云锦,深荷褒美,命工刊梓,以传于世。病归。

朝廷有修国朝实录事,亦病不能往。

炳祖字杰夫,两浙盐运提举,父字友梧,从乡先生月湾吴公习举业,授翰林供奉而夭。子某,孙某,娶某氏。以前元辛未九月初三日卯时生,以今某月某日某时死,合葬本里龟山,依先陇也。呜呼!所恨者自幼赖母氏教育以成,生不能遂一日甘旨之奉,竟如此而死耶!

呜呼哀哉!故自序其梗概,使观者知所自焉。铭曰:气有余志则违,匪人谋之不如。亦其命也夫!

(后以洪武己卯四月初三日寅时终于家,寿六十九)

【注释】①自叙墓志铭:本墓志铭四库本《刘彦昺集》所不载,今据道光版《鄱阳县志》录入。嘉靖刻本《春雨轩集》载此文,题作《自序墓志铭》。②傅都督:傅友德(?—

1394),安徽相城(今安徽淮北)人,明初开国名将,北征大漠,南平云贵。洪武三年(1370年),同知大都督府事,封颍川侯。洪武十七年(1384年)晋封颍国公。③湘王:朱柏(1371—1399),朱元璋第十二子。洪武十一年(1378年)封湘王,十八年就藩于荆州。

刘彦昺集后序

右《春雨轩诗集》一编,诸体大备,为诗若干首,鄱阳刘彦昺先生之所作也。先生以卓越之才,际文明之运,急英隽之交,职典签草戎檄,解铜墨①以归,休乎田里。故其发于吟咏若是,其富有也。盖尝论之温柔敦厚诗之教焉。迨夫世变,相乘与辞,偕极要必有正始之意,使人得于唱叹,然后为可贵哉。离骚而后,汉魏之五言是矣。晋代以还,嵇阮②绝出而陶公为至。宋齐之世,雕镂益工,而兴寄弥简。梁陈逮隋,风骨耗矣。唐之兴也,雅道几复。王杨卢骆③之徒出,而陈子昂④为至。有若李翰林杜工部⑤,其得于天分者。若殊然,皆义存风雅,气摩屈宋体裁。汉魏趣挹陶阮,词该累叶,才括数公,故卓然为诗家。若元次山⑥、储光羲⑦、王⑧、孟、高、岑、崔颢、常建之俦,悉盛唐之选也。大历已还,名家辈出。有若韦柳⑨之高婉邃雅,温李之瑰玮浓缛,李义山之雄丽,许用晦⑩之精切,皆伟然而自拔,整辔徐驱而方驾者之所驰。鹜规规然,意恐役贤者也。先生乃约数子之长,成一家言。以跻夫盛唐之阃奥⑪,其哀余忠宣之类,则又逼夫汉魏矣。盖其言与事,称有不期然而然者,宜夫延誉于大方,高踏乎一时,脍炙乎文人之口。洪武戊寅⑫,先生以为词源之沛夫江汉,而云梦之足观游也。挟其所辑以来,大蒙赏激,虽骏骨之市,燕照剩之宝,魏连城之归赵不足方也。先生之幸会,可谓厚矣。遂锲梓以传,则先生之精莹将遂不朽而膏馥于后人者博哉。庸敢摭其崖略,蔽以管窥,编诸末简,以备后序云尔。

是岁二月晦日汝南周象初述。

【注释】①铜墨:典故名,典出《汉书》卷十九上《百官公卿表上》:"秩比六百石以上,皆铜印黑绶。"因亦以"铜墨"指铜印黑绶,借指县令。②嵇阮:嵇康与阮籍。嵇(jī)康(224—263),字叔夜。谯国铚县(今安徽省濉溪县)人。三国时期曹魏思想家、音乐家、文学家。阮籍(210—263),字嗣宗,陈留尉氏(今河南开封)人,三国时期魏国诗人。二者均为竹林七贤之一。③王杨卢骆:指王勃、杨炯、卢照邻、骆宾王,四人擅长诗文,并称"初唐四杰",对初唐文学革新有贡献。④陈子昂(659—700):字伯玉,梓州射洪(今四川省射洪县)人,唐代诗人,初唐诗文革新人物之一。⑤李翰林杜工部:唐代著名诗人李白、杜甫。⑥元次山:元结(719—772),字次山,唐时河南人,著名诗人。⑦储光羲(706—763):润州

延陵人,田园山水诗派代表诗人之一。开元十四年(726年)举进士。因仕途失意,遂隐居终南山。后复出任太祝,世称储太祝,官至监察御史。安史之乱中,叛军攻陷长安,被俘,迫受伪职。乱平,自归朝廷请罪,被系下狱,后贬谪岭南。⑧王:王之涣,与后文孟郊、高适、岑参、崔颢、常建等均为盛唐时著名诗人。⑨韦柳:韦应物、柳宗元,后文"温李"指晚唐诗人温庭筠和李商隐(字义山)。⑩许用晦:许浑(791—858),字用晦,润州丹阳(今江苏丹阳)人。⑪阃奥(kǔn ào):本指深邃的内室、地域的中心,比喻学问或事理的精微深奥所在。⑫洪武戊寅:洪武三十一年,1398年。

辑 注 后 记

　　昔于山野得义城《明故处士刘先生墓志铭》残碑。碑载明代义城刘氏,"以诗书宦业世为邑著姓。至国朝有彦昺公,剪除群雄则助国元勋也。后伯参议公莘亦安国大臣也,自是冠盖相继。"此后颇多留意于当地文史轶事,于残垣断壁、蓬蒿枯井间,寻觅前代遗迹。今忝为区志(鉴)主编,收罗区内人文典籍。赖有网络讯息之通畅,偶得编修汪汝藻家藏本《刘彦昺集》。阅后欣喜不已。后值亦昕求学赣州,购得《豫章丛书》集部一册,内有康熙八年史简编《鄱阳五家集》,刘炳《春雨轩集》煌然在列。二集体例及入编诗文不尽相同,然观刘炳之作,始知其学识之渊博,经历之丰富,非常人所可比。至于其文笔之绝妙,铺陈之有序,用典之精当,方知其所以登大雅之堂。《刘彦昺集》因宋濂、危素等作序,入载《四库全书》而为世人所重视。

　　作为明代开国功臣又是江西诗派的代表人物的刘炳,实为乡梓之荣耀。然而,遗憾的是,数百年后的今天,当地人对此却不甚了解。查考区内文史资料,亦语焉不详。于是翻阅史志典章,考之于碑铭牒谱。详加句读,化繁为简,凡生僻古今殊异者加以注释。至于时代暌隔,古时人物地名等,则尽量附注说明。今以《四库全书》九卷本《刘彦昺集》为底本,另辑《春雨轩集》中《百哀诗并序》成十卷本。囿于篇幅,此次出版为选辑。

　　己亥孟秋长芗后学东亮于荷塘山房。

六、《皇明史惺堂先生遗稿》选注

[明]史桂芳撰　董国助校注

【史桂芳简介】

史桂芳(1518—1598),字景实,号惺堂。曾任歙县令、南京刑部郎中、延平知府、汝宁知府、两浙盐运使。早年在白鹿洞求学,是明晚期较有影响的学者、诗人、古文家。同罗汝芳、耿定向等人一起讲学,影响深远。后人赋诗称赞他:"碣石风霜历几春,遗文千载见精神。芝山蠡水今犹昔,三百年来无此人。"史桂芳为政以德化民,迁两浙盐运使时,当地百姓数千人相送。此外,史桂芳家训一直为人称道。"劳则善心生,养德养身咸在焉;逸则妄念生,丧德丧生咸在焉。"诚为处世为人之哲学。他记载胡闰遗事的《英风纪异》被收入《四库全书》;其裔孙史简编辑的《鄱阳五家集》汇集鄱阳自宋末至明初黎廷瑞、徐瑞、吴存、刘彦炳、叶兰五位诗人的古诗,这在鄱阳文化史上是一件十分了不起的事。《皇明史惺堂先生遗稿》也被收入《四库全书存目丛书》,分别被安徽省博物馆和复旦大学图书馆珍藏。今以安徽省博物馆藏为底本参校并选注其前四卷以飨读者。

《皇明史惺堂先生遗稿》卷一

后学陈曾[①]孝若父编次
序

古歙新城志序

嘉靖甲寅,承之吏歙。明年乙卯,寇侵,乃城歙。又明年丙辰,以新城属志于石川汪子。逾月志成,先之以十四图纪,巨细毕具而不惮烦者,备艰难辛苦之绩也。谟猷[②]者,在上者之艰难辛苦也。财力者,在下者之艰难辛苦也。登姓名于简册,见斯人于后日。曰:是业之所繇[③]造。其在诸大夫若人乎!是业之所繇就,其在诸大夫百姓若人乎!故次之以三表。气必鼓而后勇,民必鼓而后动。成业固难,守业亦不易。设施之典,典守之责,可少绥乎!故次之以二考。万事万物之终始,莫不本于文字,文字之起,繇人心生也。天地和,万物以之而生;人心协,万事以之而成。君子观厥成于人文,故终之以二编。于戏,大小艰难辛苦之绩,志载备矣。余之无乐乎!艰难辛苦不容己之情,隐然于志载者,未之及也。何也?安于无事而不乐于多事,人之恒也。是故入簧[④]而课读[⑤],巡野而课耕[⑥]。讼狱[⑦]简而礼义兴,俊杰既升,贡赋以进,□□熙熙,与民相安于无事者,余之心也。海上兵饷,四境兵守,伐石运甓,于山于陶,百工忙,庶人走,劳民动众而多事者,岂余之心哉!惟余既食于君,俯于国矣。见君之国无垣也,见国之民寇日棘也。其立而待乎其思,有以保民社乎哉!此难免乎多事矣!此志载隐然之意也。

是役也,挠之者上大吏与乡大老也,其言曰:"是役起数,十年而不溃,于成不若委蛇,安静可以坐致清华。"呜呼!为此言者身安而福厚,两得之矣。如民生何如天立,君而作牧,何如幼学?何岩邑也!无城可恃,急则奔,缓又不肯为之所,则何时何人而为之所乎!彼大吏已矣!大老桑梓[⑧]于此,而反沮庚桑[⑨]之志,人之贤不肖至于如此,而先生不我于人,亦不解免于人,岂置其书,于几若弗省者,然独与我赤子谋之,一月而成,功不费公币一文,此何才也!此何诚也!三百年所在民牧,皆若此可起而修礼乐矣!

【注释】①陈曾:字孝若,鄱阳人。与曹奏绩、王顺乾、程四达皆栖迹林泉,古道自励,时称"四先生"。郡守翟象陆屡加延揽,卒辞,避不见。迄迁去始以书答谢,人尤以此

— 214 —

高之。所著有《随庵文集》。②谟猷:谋略。③繇:同"由"。④黉:古代称学校。⑤课读:谓接受教育,学习知识。⑥课耕:谓督促耕作。⑦讼狱:诉讼。⑧桑梓:父老乡亲。⑨庚桑:老子弟子庚桑楚。

敬事录序

敬事①录者,取敬事后食②之义也。天皇圣恩,穷民膏血,忍徒食乎!一刻偷惰,一念淫邪。如吾君何?如吾民何?况常禄之外,又有监司③之奖赏,当路④之礼币,复以义不敢辞,情不忍辞,贫不能辞,似伤廉⑤矣。此外倘非其义,而增益之天地鬼神,其谓我何?故作敬事录以自警。

先生此际真可质天地鬼神而无惭,强为是官,人其信之乎!

【注释】①敬事:敬慎处事。②敬事后食:谓凡事应当先尽力去做,待有功绩后才能享受俸禄。③监司:负有监察之责的官吏。汉以后的司隶校尉和督察州县的刺史、转运使、按察使、布政使等通称为监司。④当路:掌握政权的人。⑤伤廉:损害廉洁。

赠宗人凤桥馆长鸿胪考绩序

天地贞观①日月,贞明恒文而不已者,诚也。其在人心,无古今治乱,智愚贤不肖,亦恒久而不已也。故自羲黄至今,此心炯炯,相照昔人,常谓此脉之在天地间,大败极坏,而不灭泯者也。心泉之会,自甘泉湛氏倡之于宗人,玉阳子辈②和之,即其居为学官,即其田为学田。四方同志可游可居,往过来续于斯者,千百不啻,合异以为同,联疏以为亲,岂一二人之力!能维持而联属之乎!惟千百人之心一诚也,不约而同也。予生也晚,不及亲炙③前辈之盛,乃今辱临④诸君子之教。予宗人凤桥子亦得因会盟,以讲宗好。兹甘泉先生教泽之遗耶!亦人心之诚不容间也。今凤桥当以三年鸿胪⑤之绩献。天子戒行之前期,别诸君子于馆,且拜且析曰:"仁人渐逴,鄙吝日滋,曷以志不忘,而假诸君子于左右。"诸君子咸曰:"当赠之言,而常惺子必有先意徯⑥之者。"予赧然⑦应,反省吾心,种种不诚,而奚以赠人,虽然予之不败终自暴弃者,当与凤桥共勉焉。凤桥有事于宗庙,果能夙夜惟寅,而可以对越上帝乎。反之此心,果有如在其上,如在其左右之诚乎!书曰:"至诚感神。"而先儒又曰:"吾心之诚即神也。"鸿胪之绩或无以踰此,然则凤桥之对越乎上帝者,即所以献最于明王者耶!嗟夫,一心之征,众欲攻之,货色之冠,有一于此,即雍容樽俎⑧皆伪也。凤桥承祖宗之积,亦云厚矣。然不一事生殖庶不累于

货也。家无歌儿舞女,对客无急管繁弦,庶不累于声与色也。至其好善勤恳,呐呐如不能出诸口,兹亦近仁矣。奈何悠悠尔无发愤忘食之勇。好善不能如好好色之真,恶恶不能如恶恶臭之切也。使兹心炯炯在中,举天下之物无以动之,更何有牵我缠我而使我悠悠者乎!我凤桥当益猛进,毋徒以近道之资而自尽也。

古今多少近道之资,只一自尽便了却无限,先生逢人造就,诚之不已如此。

【注释】①贞观:谓以正道示人。贞,正,常。观,示。②子辈:儿女。③亲炙:谓亲受教育熏陶。④辱临:敬称他人的来临。⑤鸿胪:官署名。《周礼》官名有大行人之职,秦及汉初称典客,景帝六年(前151年),更名大行令,武帝太初元年,改称大鸿胪,主掌接待宾客之事。⑥先意徯:先意,孝子先父母之意而承顺其志。徯,等待。⑦赧然:惭愧脸红貌。⑧雍容樽俎:宴席上顺随的样子。

赠郑双溪献最北征序

孔子曰:"古之学者为己,今之学者为人。"子思曰:"君子之道,暗然而日章①;小人之道,的然②而日亡。"孟子曰:"鸡鸣而起孳孳为善者,舜之徒也;鸡鸣而起孳孳③为利者,跖④之徒也。"吾人志学,当以孔子为的彼为己者,岂有他哉!惟孳孳为善而已,其道日章与否,君子弗计也。出乎此则入乎彼,非善则利,非舜则跖。其间固无可逃者,而夫子则不忍斥言之。但以古今别之耳。何其温也,故其立教恒贵,谦而忌满,其系谦之辞。六爻⑤皆吉,一吉不足以当凶悔吝⑥。天下之常势也,惟谦则能胜之,此岂枉己从人,而脂韦⑦夫当世者耶!走赋质凶傲,每有志焉,而未能观于双溪子,而知其善学矣。少年才华冠乡国,恒退然如不胜言,呐呐如不出诸口。暨教武陵,即以是训多士道久,化成观风者荐之天子,天子下玺书征之,命铨部⑧复试之,知荐者之言不谬,遂优以南台之命,其任不亦重乎!将以广大中丞之聪听,联诸侍御之风裁,兹固天子之重臣,而众人之所其荣者也。双溪方且歉然谦下如初,其深有得于谦之教者乎!虽然为己为人之机不可以不辩,谦与谄相似而实不同。歉然⑨惟见己之不足。孜孜汲汲,不暇夸诞⑩,此谦也,为己之学也。希世取容,依阿流俗而不顾理之是非,此谄也。其去谦亦远矣,而害谦亦甚矣。乡国后进,将何以为法,吾与双溪共勉,于为己之学而已矣。

学贵谦而谦必辩,其真与似泛论欤!切规欤!不有益于昔人,必有益于今人矣。

【注释】①暗然而日章:隐晦深远,不易为人所见。②的然:明显貌。③孳孳:勤勉;努力不懈。孳,通"孜"。④跖:赤脚奴隶。⑤六爻:《易》卦之画曰爻。六十四卦中,每卦

六画,故称。⑥悔吝:灾祸。⑦脂韦:油脂和软皮。比喻阿谀或圆滑。⑧铨(quán)部:主管选拔官吏的部门。⑨歉然:惭愧貌。⑩夸逞(chěng):夸耀、显示。

新泉精舍留别鲍少潭序

人之生也,有此形气,即有此欲。声色臭味,穷乏得我,诗文技能,勋名①气节,皆足以累人。故聪明豪俊慷慨自负之士,其初甚锐,竟尔沦落。明而卒归于愚,强而卒归于桑者②,比比③也。陆象山曰:"吾人忍使虽愚必明,虽柔必强之言,弃而不验,岂不甚可痛哉!所谓人一己百,人十己千,日用间作何功课?不然,则累我者固纷纷也。而何以胜之?即使归深山,清夜独处,非心妄念愈甚,驱遣用力,灭东生西,其端不可得而穷也。识仁之学,其出民水火者乎!大者立,则小者不能夺。日乾夕惕④,必有可倚仗者。"陈白沙云:"虚无里面,明明应其有得于识仁者乎!尧舜孝弟之道也,乡党宗族之所称,初无二理,但尧舜之学如天之不可名,彼就其资之所近。力行以有成,则有所谓孝也弟耳。而扩充未能惜哉!"少潭服父兄之教,夙以孝友称于乡,而犹孳孳问学于四方。其亦欲进于是者乎!顷之竣⑤,部事将告归,有不能忘,于是者孔颜传授心法,独大程子⑥为得其宗,其言曰:"学者先须识仁。"吾侪⑦致力于此,则非远迩离合⑧之可间者。又何形气之欲之为累哉!时嘉靖壬戌中秋。

学不至于仁,即暂有所立,亦终必亡而已。深山独夜,忽然刺心披衣而起,取先生此篇,坐而彻晓,户外人起而犹兀然,以坐者不知凡几虽深。

【注释】①勋名:功名。②桑者:柔弱的农民。③比比:谓到处都有或每每有之。④日乾夕惕:形容自早至晚勤奋谨慎,不敢懈怠。惕,小心谨慎。⑤顷之竣:不久完工。⑥大程子:指程颐。⑦吾侪:吾辈。⑧远迩离合:远近分合。

别梁司训①刘县尉序

爵赏②所以劝天下,宜人③从荣之,而天下后世有以为辱者。刑戮④所以惩天下,宜人人畏而避之,而知士仁人乃乐而赴之,慷慨悲歌之士皆归焉。天下后世乃仰而趋焉。此天理常存,人心不死。非爵赏刑戮所能尽夺也。邑分教梁兰溪,三父母刘仁斋,均为大计所罢,而士民乃眷眷⑤焉。不忍父母师保之夺夫也。后生英俊,方争奋顾,拜清风之后尘⑥,二君均于名教有光矣。兰溪训士,先器识后,文

— 217 —

艺⑦一洗时陋⑧。仁斋一介不取⑨，虽交际常礼，亦峻拒⑩之，闻报之日不能举，火归之日，无妻无子无仆。呜呼！皇天有灵，将佑二公，俾炽而昌，俾寿而臧，使廉吏之在天下后世者，咸知二公虽不获乎人，而终获乎天也。又知天下有大荣大辱，虽不在一时，而在永久，终将荣于后世也。梁先生讳尚宾，广之增城人，今寓广城。刘先生讳启元，占籍博野，今□迹四方矣。隆庆六年三月。

读此文者，莫不为梁刘荣矣！要肯以其身，为梁刘而无所沮者，何人？乃思真人品之难。气动墓中，怨矣，而仍不怒。

【注释】①司训：明清时县学教谕的别称。②爵赏：爵禄和赏赐。③宜人：谓合人意。④刑戮：指各种刑罚。⑤眷眷：依恋反顾貌。⑥拜清风之后尘：晋代潘岳与石崇谄事贾谧，每候其出，辄相与望车尘而拜。后遂以"拜尘"指谄事权贵。拜清风之后尘，其意则相反，指尚清正廉明。⑦文艺：指撰述和写作方面的学问。⑧时陋：当时的陋俗，指谄事权贵之风。⑨一介不取：谓一丝一毫亦不苟取。⑩峻拒：严加拒绝。

赠枝麓张公祖序

阳明先生谪居龙场①，学益进，何哉？盖人情必有所惩，而后能淬励②。淬励至，则群阴③剥，一阳复。一阳复，则□照，而群阴始无所容。反观内照④，了了如见须眉然。至是而知自反⑤之学之无穷也。愈自反，愈有进，岂三反之能限哉！苟遂三反而止，即弃之为妄人，为禽兽，毋亦自塞自阻乎！此先生居夷之学，所以大有裨于一生，而当日之所以投之杀之之意，反所以相成而相济也。吾于是而重有望于张公祖矣。方吾之寓浙也，闻浙士人以为天下才举天下事，无难为者。又以为能却廪饩⑥之常供，斥武臣之厚，遗屏坐中，声乐峻拒，艳丽而声色货利⑦，一无所挠，呜呼！知公者，浅矣！顷余还故楼，黄童白叟若贤若不肖咸曰：吾饶其更生乎！不惟主翁廉而胥史千人皆不能贪昔之醉饱。嘻浪者今杀然面黄矣。昔之横索夜游者，今愀然手敛矣。公之自奉虽一纸一笔，亦以俸易之。昔人云："退幽室不燃公烛，作私书不以官纸。惟公为无愧。"又曰："公听断情伪立见，犹必详慎再三，不忍即决，得诡秘之隐则愀。"然不乐人皆异之要，皆公之细事也。公每视学必进诸生授经义，虽甚冗倦不废，其命诸生曰："诸生常如讲书时，敬谨便是学其旨深哉！此公政教之原，产仁之本也。"偶为同侪所中，夺我父母，闻之凄然其伤，虽然公祖方妙龄，能因此益，自反安知今日之中，伤者不为他日之龙场也哉。

【注释】①谪居龙场：贬官降职到龙场。②淬励：激励；鞭策。③群阴：各种阴象。

④内照:指内自省察。⑤自反:反躬自问;自己反省。⑥廪饩:旧指由公家供给的粮食之类的生活物资。⑦声色货利:音乐、女色、货物、财利。泛指旧时统治阶级所追求的物质享受。

阖府大会录序

天地之所以能为天地者,赖有人也。人之所以能为人者,赖有伦也。兹欲明伦以成人,参天两地①,断断乎不可无学。学之不讲,吾夫子忧之。吾饶自开郡以来,数千年,其间豪俊不知凡几②,乃不闻忧吾夫子之忧,而求所谓学者。今夕何夕③千载!一时耶,岭南④唐君仁卿为之主盟,而鄱余浮德万五县之士,订为一会,此后背而去者,吾不忍也。更相观摩⑤,兴起至千万人,吾所愿也。乾坤之所以不毁,端在此举,而文运⑥之所以大振,未必非此会肇之也。万历三年十月望前一夕。

文不满二百字,而天地之气运开焉。文章亦莫大乎。是矣。按年谱是岁先生遂初服者五年矣。太守东粤陈省斋公,以教化为己任,登请先生出山,为七饶师,于是上而台臬,当道郡邑达尊及七饶子弟莫不景从。每会至数百人歌,声彻云汉,先生叹曰:吾垂老见此,此即唐虞世界⑦也。饶其兴乎!明年江陵柄政⑧禁讲学,部使者承风⑨击陈公,去谓以讲学废政,词连先生,郡讲遂辍。噫!祖龙焚书矣,而不能焚道。江陵独不闻乎!部使者又何人,即不闻公伯寮乎!

【注释】①参天两地:为《易》卦立数之义。《易·说卦》:"参天两地而倚数。"引申为人之德可与天地相比。②不知凡几:不知道有多少,表示同类的人或事物很多。③今夕何夕:今夜是何夜?多用作赞叹语,谓此是良辰。④岭南:指五岭以南的地区,即广东、广西一带。⑤更相观摩:相互观看彼此的成绩并互相学习研究。⑥文运:指科举应试的运气。⑦唐虞世界:唐尧与虞舜并称,指太平盛世。⑧江陵柄政:指张居正把持朝政。江陵,张居正名号。⑨承风:谓迎合上官的意图。风,口风。

别邻父母黄新阳序

乙亥春新阳黄君以德兴令擢南工部主政①,邑人咸念之,而邑人之贤者念之尤切,祝延之走书告予,禄素知先生绝不作应酬文字,而窃愿有请敝邑黄侯之子,我民也。有赤衷,有清操,有敏才,且倡学以振聋聩,恐吾兴闻邑以来,无有出其右者,吾辈快然②,言不能出诸口,祝介卿③复作书申,前请且曰:"饶昔未有此学,惟

侯毅然担当。无容一却步,命加严矣。抑孰知老农有怀,特有甚于二三子乎!"程子曰:"治天下以正风俗,得人才为本。愚窃以得人才,又为正风俗之本。"三代以降,风俗何如不忍言矣。及今尤不忍言矣。所倚仗而匡救之者,在斯人焉。考郡志以宦名者盈二十人,及考其政事不过廉吏能吏耳。人才风俗未之闻也。自秦罢侯置令以来,上下数千年,乃寥寥若此不可痛哉!纪事者仅班马胸襟,不能书先奥耶!不尔!则行能若此。而宦以名志,将有余愧矣。秉史笔者纪善以示劝,并及不善以示惩,志名宦若此,何以劝后之吏?兹土者愚读此书。又将有余憾矣。掩卷思之而得其意。孟子曰:"饥渴者易为饮食,古之天下君养民也。"今之天下民自养也,自养且不暇,而府史胥徒之属,方磨牙摇毒咸欲吸而食我。得一稍廉能者主持之于其上,斯人即出水火,莫不曰我今真圣人也。岂真圣人哉!其责而望之,我者轻且浅焉故也。此二十人之所以称于当时,书于后世也。君始至痛老稚④之冤役也。讴齰不丁之滥,邻封父老闻之,窃自恨曰:"安得黄父念我垂死,宽我旦夕之命?弛我力役耶!"复牵稚孙摩其顶曰:"安得黄父假汝数年,即任力役耶!"黄父真圣人也。岂真圣人哉!饥渴者易为饮食故也。凡民七十以上,十五以下,不役。祖宗二百年成法也,四海九州岛县令,共守之。不难也。君毅然蠲⑤之。不过能勾稽籍册,不为史胥卖耳。亦能吏之常调也。至如核一邑税粮不虚合勺,复为鼠尾册⑥,预定粮解,遂无侵渔逋负,听断立决,狱无一囚。虽皆能吏所难要之,非治本也。君下车一扫污陋,曰常例,曰羡金,吏农公入学谢礼,判朱给引,诸凡孔隙尽塞之。亦廉吏之常调也。至如入觐公费,一以例却,从未裁一衣置一器,门筐无一钥,又皆廉吏所难要之。非治本也,何也。廉也能也,随君而来,亦随君而去者也。常存而不去者,其惟人才风俗乎!欲得人才正风俗,其惟此学乎!君亲师取友游,天真怀玉,学既有得,出晋江以及德兴,举而措之耳。朔望⑦谒先师毕,必与师生真切研磨,复置学田若干亩,贫生不能婚者为之娶,以废寺山为义,吁真知乡约一事,即可易俗移风,真诚倡率,故深山穷谷皆闻圣训,彬彬礼让,歌声布四野。九都齐姓自相仇杀,毁宗祠、绝昭穆,各称誓不面者数年矣。感乡约,雍睦如初。十九都祝陈二姓,争地不盈亩,讼六年不结,感乡约互相推让。此风一倡,或可数十年无讼,谓之常存不去者。此耶!吁未也。继君者以乡约为迂,则此风亦去矣。可久可大,独作人一事,君今得人如某某,其心君之心也。勤学好问不倦其学,君之学也。君至郡,必会诸贤老农,今年城居亦得扣。君微旨,诸后进童子亦勃勃然上进,自一心化为千万心。置之而塞乎天地溥之,而横乎四海,放之后世而无朝

夕,岂真常教一邑哉！程子论治,千古不易定论。但愿大家并力此学,不以人我异,不以久暂异,则祝子⑧问邑,惟君之言,必有所试矣。万历乙亥。

【注释】①主政：官名,旧时各部主事的别称。②怏然：形容不满意、不服气的样子。③介卿：次卿,副卿。④老稚：老幼。老人和小孩。⑤蠲(juān)：除去,免除。⑥尾册：指按一定顺序排列的账册。⑦朔望：朔日和望日。旧历每月初一日和十五日。亦指每逢朔望朝谒之礼。⑧祝子：德兴祝世禄,上文"祝延之""禄"皆指祝世禄,也称祝无功。

赠邻父母李渐斋入觐序

古圣王五载一巡,狩群后四朝,今惟三载一朝,会京师阛阓之望,君门万里而远,我民饥而啼寒而号。惟今是赖其系于民,顾不重与？方其承命之初,身未出都门,而为之子弟者,即驰问余父母为谁氏？作何状？老稚妇子无不愿其为圣人。士夫则不尽然。或愿其为圣人,亦或愿其为盗跖①,左右前后则无复有圣人之愿矣。令之为令,又不难与？虽然此余一隅之见也。左右前后之人,其术则非其心,未必尽非也。士夫于我其势稍隔,而深山穷谷厚望我者,其势尤隔,殆有终三年不及一见者。彼诚欲长吾善、救吾失,吾亦安从受之耶！思其艰、图其易,是诚在我,士夫就学而愈明,左右畏威而寡罪。上者可教,而下者可制,吾兹得之。李后其述乐平职,献圣明庶矣乎！子大夫黎抑庵、鲍少潭孝友人也。其寓书于余曰："后三年于兹始终一节。"又曰："节舆马,肃厨传②,虽忤权,势不恤。"又曰："李后政,先教化,群诸生,相砥磨,先德行,后文艺。"余山居去乐平界,不二十里,时见其山樵野叟为余言曰："李后听讼,至公关节,一毫入素,常玩官侵民者,率绳以法。"以是之谓。明其所易明,以立教则昌；制其所当制,以立威则强。山樵野叟,虽未及一相面,而其心固已相通矣。乐平俗尚斗纤芥③,犯即刃阵残杀比年怙,息非其验与？降自夏商不及巡行,独以大计群吏之治,亦克用义,其此类与？

【注释】①盗跖：相传为古时民众起义的领袖。②厨传：古代供应过客食宿、车马的处所。颜师古注："厨,行道饮食处；传,置驿之舍也。"③斗纤芥：崇尚细小的争斗。

徐工部诗序

昔李伯药见王通而论诗,上陈应刘①,下述沈谢②,四声八病,刚柔清浊,靡不毕究,而王通不答。薛收曰："吾尝闻夫子之论诗矣。上明三纲③,下达五常④。今

子之言诗,是夫子之所痛也。"噫!王通之所痛正诗人之所趋,玩物丧志⑤斯人之溺也。亦久矣。吾同年徐益庵独不为所溺,诗数篇,有关风教。思祖母,可以兴孝;吊唐同年,可以兴忠;邹滕道上,可以兴仁;忆山中诸同志,可以兴学。如曰:"谩劳剿说闲清画,祗恐流光易白头。"又曰:"有身不学更何求,读至此顽廉儒立。"

【注释】①应刘:指应玚、刘桢(字公干)。②沈谢:指沈约、谢灵运。③三纲:我国封建社会中谓君为臣纲、父为子纲、夫为妻纲,合称三纲。④五常:指旧时的五种伦常道德,即父义、母慈、兄友、弟恭、子孝。⑤玩物丧志:沉迷于所爱好的事物,而丧失远大的理想。

《皇明史惺堂先生遗稿》卷二

后学陈曾孝若父编次
序引

赠石澜张子出守黎平序

张子石澜以比部郎①,献绩京师,天子嘉乃绩,陞领贵阳黎平郡。报至,南士人咸评曰:"方今南北多故,淮扬青徐之间,赤土相望。扶老筐幼而逃者载道,而特选横调,犹取给此辈,其何以堪?守令苟非其人,史胥②乘之为奸,一在官而九暴殄③矣!圣天子之需才于天下,不亦亟乎!得通敏④如张子,而仅守黎平。"见麓蔡子闻是言也,以省中诸大夫之意,问序于予,且示以所闻,予应之曰:"学与仕二乎哉!"蔡子曰:"一而已矣。"予曰:"所学何事?"蔡子曰:"学者先须识仁。"予曰:"得之矣!"仁者以天地万物为一体,薄海内外皆吾赤子,而况疆域之内乎!黎平虽隶贵阳,渡湖南靖州即其境,祖宗不忍以吾赤子,委彼酋长⑤而督以王官,其意明矣。今世士夫逞逞以近且美者为善地,其意何居?将以庶且富者为可教与?不知十室之邑,必有忠信,而况古朴⑥不诈之性。雅与张子,宜贵张子,诚端本以教之,此行将有善政可录矣!攘外安内,使天子无贵竹之虑,而东南兵力得以专向倭奴⑦,其功岂小哉?然则黎平未可以为少也,张子尽心焉耳⑧矣。

赠送文即是讲学,所谓终日⑨言而不离⑩乎是。

【注释】①部郎:中央六部中的郎官。②史胥:掌管文书的小吏。③暴殄:任意浪费、糟蹋。④通敏:通达聪慧。⑤酋长:部落的首领。⑥古朴:质朴而有古风。⑦倭奴:对倭寇、日本侵略者的蔑称。⑧焉耳:于是,而已。⑨终日:整天。⑩不离:差不多;还不错。

寿岸南陈翁华诞序

岸南翁,东广布衣,有令德①,笃生②省斋翁,为吾郡祖父,故翁为大祖父云。祖父初下车,誓士民曰:"吾与若辈安,不敢不尽心,否则单骑还,尽吾孝也。"兹余二年,安亦安矣。而家山念不忘,每一念及即哽咽不能出一语,此至情不可解也。万历三年,抄郡藩被盗,即捕得之无或逸漏③者,督抚大吏疏以闻公祖与兵巡黄公

咸谪边幕④,所以警臣工之惰也,庙谟⑤弘矣!凡天下大乱皆起于微,微而扑之,其力易,而其功大。蔽而不上通,因循养寇⑥,以致大败极坏,则损者多矣。故筹国者欲速闻,盖有所惩也。著之令甲,岂非长计,顾天下之远,万民之众,其休戚痛痒,有不能以尽闻者。不能以尽闻而必欲闻之,殆有与斯世斯民之情大相戾⑦者,方公祖之来也。虑黎甿之隐之不易闻也。于是谆谆揭示,令其来而通之,然而得通者,嚣真讼人也。旬日而通者,郊关市集人也。山林川泽,仰之如在天上,公念之,聊以蓝田之约,民复骇而走曰:"吾民千余年来,未闻所谓乡约者,无乃藉我为兵乎!无乃括吾丁口重吾赋乎!"久之有知书者以颁书诵而晓之。民咸信曰:"将谕我于孝恭也,将奠我于平康也,而博士之巡行者,肃将休命不饮民杯。"水民益信曰:"诚非昔之以供帐劳我者。"又闻城之孝子某,节妇某,皆有庆。赌博某,诓诈某,皆有罚。一时劝沮之风达四境。逾年孝友兴,奸宄远。民且喜且忧曰:"安得长知此?时为我屏盗赋,使我暮归,困倦时不重劳,我负耒耜归耶!遗穗弃秉,寡妇得以自利,无有盗刈者耶!富者无楼鼓之守。贫者柴门反关而假一夕之安也。又安得长如斯时,豪右不敢纵马牛,食我禾稼,使我户外寸土,皆得播种,方阪阡亩,众麦盈畴,如去之冬。今之夏,殆忘其为俭年也。将欲叩九重,乞久任,忽以细故去,民其谓何?"将曰:"昼无放豕,夜无犬惊。吾之太平也,固九重之所愿闻者,奈之何其不能以尽闻也。而仅以其所闻者,夺我慈父耶!"九重之上,将欲计安吾民,而反使我老稚妻女,惊号痛哭耶!闾闾草泽,焦焦不自宁,余士人从旁解之曰:"九重布令若此,则边鄙遐荒⑧,有一虏犯顺,必羽檄四驰,将士奋励,而中夏永同矣。所屈者在一方,所计者在天下,又其势之不能以尽全者也。苟能安四方,公祖何惜于谪,天地鬼神必欲安一方,必能保抱维持,以需公之再泽也。今公归矣,拜垂堂双白,为我亿万孙子,致南天遥祝祖父,活我饶数万女,其积庆不在二亲乎!"训我饶二三生,断断然学圣贤,将来必有砥磨⑨而兴者,翁之寿不亦大乎!遂书以贺。

盗劫一宗室耳,且获矣!必逐一循良太守乎!文有一肚皮说不出,处而优游,醇肆婉章,志讽天王至明兮。臣罪当诛,立言若此,可以怨矣!妙是曰:"即捕得之,无逸漏矣!"又曰:"大吏疏以闻。"又曰:"警臣工。"又曰:"长计。"徐乃将民隐痛,发一长段,轻轻掉出"忽以细故去"五字。即又以朝廷屈一吏而计天下,一段大论救正之。谗人高张国是颠倒俱于言外,可想昔人谓读离骚郁而不得伸是矣!

【注释】①令德:美德。②笃生:生而得天独厚。③逸漏:遗漏。④边幕:指边地军营的帐幕。⑤庙谟:庙谋、庙算。春秋战国时期是中国古代军事理论的大发展时期,战略理论也比较系统地形成了,其重要标志就是《孙子兵法》的问世,它提出了我国古代最早的战略概念——"庙算"。⑥养寇：姑息纵容盗寇。⑦相戾：前后矛盾；相违背。⑧退荒：边远荒僻之地。⑨砥磨：砥砺，磨炼。

寿岸南陈翁华诞后序

余闻之，先辈云身寿者百年，名寿者千年，能开美而不自用者寿万年。感于物而动者，人之情也。得意而喜，失意而悲。其初感圣人与吾人一也。动而不流如浮云者，圣人也。君三子长即吾郡翁，翁举于乡报者至，君方观鱼于圃，若罔闻知，人人促之归，君不顾，抵晚步归，且云儿作儿事，我何与焉！寻举进士报者又至，闾①里呼者踵接②，君在圃治蔬，毕圃事始归，其不动如初，是非感于可喜而不动于喜者耶！郡翁官给③舍犯颜④敢谏触，先皇怒死生莫测报者又至，君亦如捷报时。又非感于可惧而不动于惧者耶！感于物而不逐物，是之谓动而常寂，君之天常厚矣！事亲从兄，恤孤⑤赈贫，寡言笑闻，人一善如获拱璧⑥，有不善即面诤⑦之，其浑朴直造羲皇之上，乃潜晦⑧丘园而不自用，盖所以广其用于不匮⑨也。郡翁志必为圣人，以尧舜为必可学，治吾饶甫二年，士人诚感诚应，亦毅然以尧舜为必可学。夫非不置之明验⑩乎！区区以名寿，以身寿，浅矣！

曹逸我曰："古道照人。"

【注释】①闾里：里巷；平民聚居之处。②踵接：踵趾相接。谓人接连不断。③官给：犹官俸。④犯颜：旧谓敢于冒犯君王或尊长的威严。⑤恤孤：存恤孤弱的人。⑥拱璧：拱，谓合两手也，此璧两手拱抱之，故为大璧。后因用以喻极其珍贵之物。⑦面诤：当面谏劝。⑧潜晦：隐藏才能，不使外露。⑨不匮：不竭；不缺乏。⑩明验：明显的证验或应验。

寿屠母项夫人八旬序

曩余令歙不当上意①，督察大吏将欲执缚②之，先后监司③大震怒庭诟之，独江院屠石崖公抗违众论曰："是出格之才，当超常用之。"窃自揣量④，非所宜蒙，独以知己之感，郁郁含情者几年，思见其仲叔季弟幼子童孙，一倾积抱而不可得，不图今日得屠侯瞻山之为邑也。侯先宰宿松大造，宿松人，当事者以松不尽侯才，乃得借寇甫下车，即清赋税复大造番人⑤矣。黄童白叟为侯祝愿，加食饭为番搜十年积蠹⑥焉！而侯若瞆瞆然者，以尊慈八旬寿诞，不及舞斑称觞⑦为歉，子大夫进而为之解曰：舞斑称觞，一人寿也。吾番千万人，愿母百年，使侯得久任，千万人寿也。

况母有凤德⑧,事舅少保康僖公,尽敬相夫渐山公,以文章鸣世,病则刮股,致虔训五子成立,长芝溪,次石崖公,次穆溪石衢,以及吾侯孙谦蒙,皆科甲蜚声⑨,为侍御,为铨郎,宦业日进月盛,皆母德所遗也。为之子孙者,计何以报母。但思祖宗厚德,发祥自尚书,以至今日。发荣甚盛,益封培壅⑩植,保聚先德,以开后人,其力殊不易。进德修业,其日夕干惕哉! 是则所以寿母也。侯然之,怡怡亲民事,子大夫以余有凤怀,命之言。万历八年正月。

以如是感,作如是题,而言只称情而止。

【注释】①上意:君上的心意、意旨。②执缚:逮捕;捆绑。③监司:负有监察之责的官吏。④揣量:忖度,衡量。⑤番人:鄱阳人。⑥积蠹:指多年的弊病。⑦称觞:举杯祝酒。⑧凤德:早成之德。⑨蜚声:扬名;驰名。⑩培壅:于植物根部堆土以保护其根系,促其生长。

钟文陆①自警编序

顷闻胡敬斋②陈白沙③王阳明④三先生,从祀追随孔门,弟子后说者云:"明兴三百年,豪杰滚滚,昔祀薛文靖⑤,并今仅四人,何难也!"又云:"圣门求仁,颜门三月不违仁,其次则月至,又次则日至。吾辈夜坐清虚,或师友聚会,逼真恍然。有悟时一至,仁诚有之。旦昼应接危乎! 不可恃矣。敢望日至乎? 四君子试反省,果月至乎? 抑日至乎? 甚矣! 仁之难成也。虽然,非仁之难也,知所志者难也。"陆象山⑥先生曰:"宇宙何尝限隔人! 人自限隔宇宙。"诚悼夫形气之为累,陷阱之难拔也。乐平自开治以来千余年,其间百廉能者凡几? 进而为循良者又几? 而有志者,独一杨慈湖⑦。又五百年,仅一钟文陆。其奋迅激昂之气,具在录中。可按而知也。而功课条目,录未之及,乃发会所。昨年冬孟,大会四方来学,士民沉默久之,奋然曰:"修德、讲学、迁善、改过,此四者求仁功课也。"师而事神,使民礼师生士大夫吐握,邑中长者散衙就馆,理典谟旧业,此课当无断续。明年入觐⑧,走马都门⑨,见吓吓贵人,云某为清,某为要,某为清且要。乘问则奉身入焉。此旦昼之大者危乎! 危乎! 自今当必有大主脑,为四课根基,请从源头一段,贴实寻求。诚感诚应,乐平士人将见知何志者,奋焉。托不朽之业,余邻封⑩亦被余润,老夫有厚望焉。

时万历十三年正月十日书于利阳镇山庐。

【注释】①钟文陆:钟化民,字维新,别号文陆,明仁和博陆(今属余杭区)人。万历八年(1580年)进士,授乐平知县,多惠政。②胡敬斋:胡居仁(1434—1484)。③陈白沙:

陈献章,明代思想家、教育家、书法家、诗人。④王阳明:王守仁,汉族,幼名云,字伯安,别号阳明。浙江绍兴府余姚人。⑤薛文靖:薛瑄。⑥陆象山:陆九渊(1139—1193),字子静,抚州金溪(今江西省金溪县)人,南宋哲学家,陆王心学的代表人物。因书斋名"存",世称存斋先生。绍熙三年(1192年)十二月卒,年五十四。追谥文安。⑦杨慈湖:杨简,世称慈湖先生。⑧入觐:指地方官员入朝进见帝王。⑨都门:京都城门。⑩邻封:本为相邻的封地。泛指邻县,邻地。

寿城西刘公五旬序

易曰:积善之家必有余庆,积不善之家必有余殃。此义不发于乾,而发于坤者何?乾道成男属阳,阳性发散,故多开明而慈仁①;坤道②成女属阴,阴性收敛,故多暗塞而残忍。且不得寻师取友以开其锢迷,故流于恶也易,而上达于善也难。吾见世之为兄弟者其煦煦依依,有如一身,转眼如途人,如仇讐,皆起于妇人,故妇贤则其夫愈贤,而善日积,庆日至,否则难于独善也。且将胥而入于恶矣,故积不善以致殃亦多起于妇人。吾夫子列庆殃③、垂法戒,叮咛于坤意远哉!其心尤不忍遽已也。其它章又曰:二女同居,志不同行,诚以阴性多妬,两相嫌猜,故主母之残婢妾比比也。城西刘母高氏无子,劝夫置妾,夫常督运真州,得钱女果诞子,高喜曰:但借汝产,此儿养之教之,皆我事,不忍复烦汝。稍长令习勤劳,日携圊□,涤除④韭畦瓦石,雨雪则磨厅所砖,宾至则举案供茶,历试诸艰,皆惜阴运甓⑤之教也。母之虑深哉!常人甫举一子,追贫□必爱,获过劝,况武胄世禄⑥,抱膺从容爵禄,自从者乎!不知人劳则善心生,诚爱之也,能勿劳乎!非有圣贤长远之虑,能破常情至此乎!常情易妬,母不妬,常情易溺爱,母不溺爱,陶孟何加焉!此盖善积自阴,而庆之所以有余也。子一孙四曾孙八,环立膝前,享年若干,而终天之报母者厚矣!虽然未艾也,母之子掩骼埋胔⑦,泽及朽骨,母之孙为馈粥活□饿,母之曾玄济济青衿,勤学好问,杜诗所谓将军不好武,稚子总能文,天之报母者远矣!母之玄孙⑧光文,问学于严子而泰,而泰问学于我,居常以道义相规磨,同志诸子以光文严翁端蒙⑨五十诞辰,谒言为寿,吾曰:侈词相借非益也,吾将表其先德,俾邦人士知母贤,归语其家,则而效之。又知天之福善祸淫,皆目前实迹,诸子曰是,则贺刘子者弘且远也,请书之。

世非无如是之贤母也,而或不得以传,即得文人之文而传。犹之乎不传也,是母之贤,从此其传矣!

【注释】①慈仁:慈善仁爱。②坤道:谓大地的属性。③庆殃:福庆与祸殃。④涤

除:洗去;清除。⑤运甓:比喻刻苦自励。⑥世禄:古代有世禄之制,贵族世代享有爵禄。⑦埋胔:谓收葬暴露于野的尸骨。为古代的恤民之政。⑧玄孙:自身以下的第五代。孙之子为曾孙,曾孙之子为玄孙。⑨端蒙:古代历法中岁星在"乙"的称呼。

贺王宁之序

少卿潘仲,洁着闇然①。堂类綦云:会稽陶仕成,正统间以富民供大珰阮某,阮被命人意不测,密召成,以私积六千金托之,成持金归投井中。居数年,阮竟死,成出井金走,白守吴某守曰:金无知者尔,金也盍取诸成固谢,会岁饥,悉散以赈乡人,四世孙陶谐赠兵书,试官工侍。五世孙某官兵书。六世孙大临第一甲官,学士承学,官礼书。七世孙望龄会试第一,乡试第二,廷试一甲第三,而部寺郎郡邑长,贰将百数今墨吏家六千上下,或亦不少,其子孙有乞丐者,甚则抄家灭族,何不以仕成为师?乐平布衣王邦本,事父母孝,父殁,事之如生。悬遗容于中堂,旦夕哭奠,有家事,必禀度②焉而后行。事长兄邦允如父,盖视兄如父不知其为兄也。抚孤侄如亲子,盖视侄即父之手足不知其为侄也。族人虽亲疏不同,溯思上世祖宗,皆其子也。贫而向学者,祖父贤子也,祖父所爱者,邦本爱之。爱祖父也,好修而贫者。祖父所怜也,不克③婚丧者,助之,推祖父之恩也。凡此皆孝也。孝子尝饭,必先进父母,父母饱而后敢举箸。山林臣民,何以忠君?诗云献耕,俗云曝背④,臣民之心也。遵父母官教令,粮差先完,亦先进饭之意。不完粮⑤差,不敢举箸。金父崇奖节义,以礼让为邑。邦本先意承志⑥,捐三百金创讲堂,令士民讲学其中,此忠也,亦孝也。且掩骼埋胔求药以待贫病。岁出谷平县,其后人必有如陶会稽者,理固然⑦矣。

按王布衣捐赀⑧相邑令创洎阳书院,郡志止载义民,犹未详其孝友,有曾大父此序,王诚为不民云。不孝简谨识。

【注释】①闇然:隐晦深远,不易为人所见。②禀度:犹受教,听从教导。③不克:不能。④曝背:借指耕作。与"献耕"意同。⑤完粮:旧指交纳田赋。⑥先意承志:本谓孝子先父母之意而承顺其志,后泛指揣摩人意,谄媚逢迎。⑦固然:本来就如此。⑧捐赀:私人或团体出资金办理或资助公共事业。

丽阳书院志序

天不能秘斯道,而泄之河马。伏羲画封,又不能尽泄。复泄之洛龟,禹叙九

畴①。然羲画无言,禹止九言。文王与箕子②同囚,静极理明。文演易③,箕演洪范④。公旦⑤周旋膝下亲受父传。故曰箕子之明夷利贞,孔子默受周公启迪,故曰箕子之贞,明不可息也。此后杂霸⑥杂夷,终不可息。至周子大明,朱以积累,陆(陆象山)以开悟,入门虽异,志学则同。象山之说,至慈湖(杨简)大明。天心仁爱乐平,得杨慈湖为师帅⑦。斯道大明于饶,虽元猾夏⑧,而斯道之明,终不可息。程仕简程显以孝传,张彦芳以忠传,虽一节之行,而斯道之全体呈露,无非慈湖之教也。慈湖祠宇虽废,而其教可终废哉!岁乙酉,钟文陆新其祠,讲学祠中,余纪以诗云:"富阳扇讼点真心,喻义流传到乐平。千里君今轻一日,孔颜路上见斯人。"次日会邑士夏子羽歌曰:"杨君解墨绶⑨,去作国子师。江南十万户,远道婴儿啼。"云云。满堂欣然,如见慈湖。今金丽阳以兴起斯文为己任,乐平士人向学者日众,祠隘不能容。余门生王邦本捐六百金为书院,岂偶然哉!斯道大明,终不可息。慈湖精神,至今尚在。后必有为圣为贤,光扬羲文之教者,岂徒⑩富贵功名而已哉!书以俟。万历二十五年八月二十六日。

【注释】①九畴:指传说中天帝赐给禹治理天下的九类大法,即《洛书》。畴,类。②箕子:商代贵族,封于箕。曾劝谏纣王,被纣王囚禁。③文演易:指周文王困羑里时推演《易》之八卦为六十四卦之事。④洪范:大法;楷模。⑤公旦:指周公旦。⑥杂霸:谓用王道掺杂霸道治理国家。⑦师帅:表率。⑧猾夏:扰乱华夏。⑨墨绶:结在印纽上的黑色丝带。后因以"墨绶"作为县官及其职权的象征。⑩岂徒:难道只是;何止。

赠别朱虞封①宗师提留都卿序

我方豪朱大先生承十代书经家学,捡身澡行,以训令器,而令器虞封宗师以庭训训吾江省,故校士者艺也。所以校者非艺也。其训曰:捡身之外,无教条圣人复起。不易斯言矣,夫所谓以身风之云者,非有意以此身立标也。圣诚而已矣!学圣者亦诚而已矣!当其校士时起一门墙桃李②念,是要乎下也,伪也,非诚也。起一阿狗自便③念,是要乎上也,伪也,非诚也。弗诚则多事,劳且苦矣!诚则无事,成己成物,胥④此矣!上以诚感,下以诚应。今年饶士越杨澜左蠡⑤赴南康,一童生不见收,夜宿归舟,反省自愧曰:昨年除夕拂老母意,大不孝!宜不收于大孝之门。一少年子舟败援而起之,怡怡然如平时,同舟者怪问之,少年子曰:上之人无一念,前此领案⑥者,兹亦漏案,此大公顺应景象,亲领此景,奇遘也。归拜庭帏⑦,但曰:心之进学,不知身之未进学也。诸如此类,皆训士之实际也。皆推庭训以训吾江省之实功也。故知学者藉此以不推,未知学者亦欣欣焉。去彼而趋此,

他日必得一二士报国,虽然得借寇十年,或三四十年,其所造岂止此哉!此迂老之所惜也。我公祖归拜庭帏,幸首以蒭言⑧献。首献者何?正亟亟⑨交相警勉之时也!县今日以溯十世之上,其闭关密藏者何坚?及今始开。邵子云:好花看到半闭时。戒慎恐惧,樽节爱养,诚之通也。厥父以之祖宗积德百余年,始发于吾身。自今日以垂百世之下,至诚无息⑩,悠久无穷。诚之复也,厥子以之,是为赠。万历十九年十二月初十日。

简身之外,无教条,惟虞蒩师有之,然后能言之。自此,以降能以文事兴起一方者,代不乏人,至以躬行为士先,如吾师者,固指不多屈也。呜呼!此何世哉!

【注释】①虞蒩:朱廷益,字汝虞,号虞蒩,寓居嘉兴春波坊,室名"清白堂"。②门墙桃李:成语,比喻他人所栽培的后辈或所教的学生。③阿狗自便:阿狗,喻平庸之辈。自便,按自己的方便行事;自由行动。④胥(xū):全、都。⑤杨澜左蠡:杨澜湖即鄱阳湖,湖北曰左蠡。⑥领案:考试成绩第一。⑦庭帏:庭闱。指父母居住处。⑧蒭(chú)言:浅陋卑贱者的言论。多用为自谦之词。⑨亟亟:急忙;急迫。⑩无息:不间断。

赠山元明之郴州别驾序

制取士以文,而得行者,遇也。不可恃而尝得者也。士能文而澡行①者,志也。可得而自必者也,士何往而不可修不击乎,遇也。朱学②博,每会辄道乡国荒疫相仍,藉其太守廉,又能化其僚属廉,不惟禁一郡史胥③之贪,且能禁五属④邑史胥之贪。饥民尚亦有赖哉!门生山子领郴倅,邦人士咸曰:郴太守吾乡高品山兹得师矣。山过家,道布人同词亦云余曰:子遇哉,昔禀诸生后,学使校荐诸生前,一遇;兹得文且行者为长吏,二遇;子行矣,一存心肖长吏,一出政肖长吏,敬上缉下肖长吏,郴人尚亦有赖哉!彼滔滔者,为身图,为家图,陋亦甚矣。缔观墨吏⑤危,清吏⑥安。危者富为灾,安者鬼神自有主宰⑦,所贵乎讲学者,不以彼而易此也。

【注释】①澡行:谓使品行纯真。②朱学:指宋代思想家朱熹的学说及其学派。③史胥:掌管文书的小吏。④五属:五服内的亲属。颜师古注:五属谓同族之五服,斩衰、齐衰、大功、小功、缌麻也。⑤墨吏:贪官污吏。⑥清吏:廉洁的官吏。⑦主宰:主管;统治。

别孝子程烈小引

程子忠①,初不读书,不识字,独念母葬荒山,身不忍归家。结茅②为庐,不蔽风雨。冻雪③埋庐,庐无火烟,衣不遮体④,食不克饥肠。凡有人心⑤者,时赈救之,始得终三年丧⑥。此一忠一念真切，虽冻馁⑦惨凄之极，不能改也。子忠我师也，余执业门墙⑧，尤惧辱焉！第以子忠惑异端⑨，日诵经念佛。陈免山锡，时造其庐，谕以圣人之学始知读书。余实与免山同此苦心，遂与子忠订为会友，吁愿天下人皆师子忠之孝，勿忤逆⑩以干天和，愿子忠闻一善言，见一善行，即虚心师之，勿为孝子拘定。隆庆四年九月十九，余将之浙书别。

先生一生，拳拳汲汲以成人材率如此。

【注释】①程子忠：名程烈，明嘉靖八年（1529年）己丑科殿试金榜第二甲第46名进士出身。②结茅：亦作"结茆"，编茅为屋，谓建造简陋的屋舍。③冻雪：冰雪。④衣不遮体：衣服破烂遮不住身体。形容极端贫困。⑤人心：特指善良的心地、良心。⑥三年丧：古代丧服中最重的一种。臣为君、子为父、妻为夫等要服丧三年。为封建社会的基本丧制。⑦冻馁：饥寒交迫。⑧门墙：指学术的门径。⑨异端：古代儒家称其他学说、学派为异端。⑩忤逆：不孝顺。

储邑父举业引

辛卯初春，余出山，储父过余曰："史五池书云，实心任事，即是真才。"余曰："上报君亲①，垂裕后昆②，皆在实之一字。"储父曰："不论效验，不敢不实，分内③事也。"余默然自惭，老朽④尚有计功谋利之私乎！愧悔者屡月⑤，忽见诸生刻储父举子业，伪为吾言序首简⑥，余大骇焉！一开卷即作伪者，殆不诚无物乎。储父始至。训诸士民，口不敢以一身荣进⑦乱此念，但愧怍天人，则吾岂敢。既而见之行事，正色率下⑧，不一左右视。左右近习，亦不敢仰视。货色⑨两妖，若与此身无相涉者，此可伪为哉！诚之发也。诚则明，明即真才。昔人谓谢安诚与才合，是不知诚也。诚才非二物，以彼合此非诚也。诚发于言为文，专心致志为修辞立诚⑩。杜诗曰：语不惊人死不休。惊人何为者？为人也。为人则伪，是亦伪为。余序者耶！请刊其伪而着吾诚。辛卯正月二十八日。

【注释】①君亲：君王与父母。亦特指君主。②垂裕后昆：为后人留下业绩或名声。③分内：本分以内，引申指必然。④老朽：老人自谦之词。⑤屡月：数月。⑥首简：犹序言。⑦荣进：荣升高位。⑧率下：做下属表率。⑨货色：财货和女色。⑩修辞立诚：撰文要表现作者的真实意图，不可作虚饰浮文。

《皇明史惺堂先生遗稿》卷三

后学陈曾孝若父编次
书

上张明崖书

走尝读春秋①云：知天下有贵臣②，而不知有天子。盖天子之怒人，犹可原也。贵臣之怒人，不可解也。然则炙手贵人，自古畏之矣。况赵人犹可畏乎！凭陵卿相③，奴视郎署，四方之士且不敢仰视，况捧监军之命。下江南，专制一方。生毅予夺，歙之伎艺④细人，多在帷幄。而富贾钱神，□□□□，巨盗元凶，又投为家兵。故歙之谤言满耳。走且执法论事，不少贬，赵人犹不加怒，但授旨求索耳。数月不应，赵大怒，扬言闻府必执而杀之。授意按院⑤莫翁，莫翁已惴惴危矣！面命郡大夫谕走自图，走又不应，莫惧祸及己，亦大怒。一邑令⑥何足文耶！独翁政令不易度，下吏稍有持循⑦，修尝职，又闻翁出姑苏，赵以死生恐翁，必廷杖某，挫辱几死，为少□耳，不然，祸且不测，翁若罔闻知，岂翁不爱其身？而以身卫一属吏耶！抑爱人好士甚于爱其身耶！而庸劣下走，无一长可爱。孤寒远士，又无先容于左右。况赵人之威能加海内，翁乃拒其所不敢拒，而庇其所不必庇，翁自有雅度耳。刀锯鼎镬⑧，岂能尽惧天下之豪俊哉！贵人亦可畏也，能使督抚瞬息易位。倭奴蹂践⑨东南，数年而后定。隆庆改元，始以边才推翁。迄今复荐扬，此正气之在乾坤。祖宗列圣之灵，鬼神实呵护之。指日大展布，答海内苍生也。不然，何赵人构奇疾，肉未寒，而子姓窜徙哉！是必有主之者。书云：惠吉逆凶。易云：余庆余殃，终古不爽。愿翁愈淬愈精，以需殊召走，受知于念年之前，而驰书在念年之后。罪也何如？天道人心愈久愈真，惟翁亮之。走窜田亩已三年，兹因张父母之便，且相知，敢通尺素。万历元年正月十一日。

张以爱护先生，自取摈斥⑩，先生于二十年后始致一书一爱人，而不使人知一，感人而不亟鸣于人，皆非今人之所有也。

【注释】①春秋：古编年史的通称。②贵臣：本指公卿大夫位高的家臣，后泛指显贵的大臣。③凭陵卿相：凭陵，侵犯；欺侮。卿相，执政的大臣。④伎艺：技艺，指手艺或艺术表演等。⑤按院：明代巡按御史的别称。⑥邑令：县令。⑦持循：遵循。⑧刀锯鼎镬

(huò)：四者皆古代刑具。借指酷刑。⑨踩践：踩踏。⑩摈(bìn)斥：排斥；弃去。

上兵宪黄碧川书

深山野人戒言，时事但闻，公祖①咨求忠迹至勤，且二百年幽潜不易知也，敬陈列如左。胡闰字松友，番右族②也。居西隅硕辅坊胡家桥，博学修行，高皇征陈友谅至番吴芮祠，见壁间题松诗："幽人无俗怀，写此苍龙骨。九天风雨来，飞腾作灵物。"物色之得闰名后，以荐举秀才至阙。上识之曰：此题诗番君庙者也，官督府都事迁，经历建文元年，增置补阙拾遗，官首擢右补阙，以闻直谅名也。七月燕兵起，李耿怀二③败遁。上肆大青，闰与庐振、谢升、董庸、牛景先露章劾之。逾年燕兵日逼，闰与黄子澄、齐太、方孝孺、练子宁、戴德彝、宋征、韩永辈筹划防御日勤。建文三年东昌济南捷至。上以闰帷幄劳进大理左少卿。明年六月十四日谷王献金川门。成祖遂入城，闰哀经望阙□哭，强项不屈，有殿下逞一时侥幸等语。上命力士以金瓜④碎其齿，竟不屈支解⑤。七月揭榜，讨左班文职奸臣二十九人，籍闰家子传庆、传道，暨族老幼皆斩，妻汪氏女郡奴尚在室，给配，内亲无焦类矣。永乐八年，爰穷治外亲，嫁女之子史遇通、天福、天赦，全家抄解都察院，分成庐龙开平山海三卫，而天福天赦尚在襁褓，以篮舆行，幼从军古何无时人痛之。仁宗即位初年十月三十日降特旨，奸恶外亲，分成各卫者，止戍一人，余放还。次日又降特旨，奸臣家属发教坊司⑥、锦衣卫、浣衣局并习匠及功臣家为奴者，宥为民还所籍产且戒天下告讦⑦，奸党闰女始得归，贫甚无依，乡人竞遗钱谷⑧曰：此忠臣女也。旬日饶足。嘉靖初学宪邵锐祠之学官，邑士程文献纪以诗略云：百年讳乘书忠笔。众口惊传犯阙词。赖有文宗邵夫子独扶木主□乡祠。夫立朝建白，与帷幄筹划，既讳书而不传矣。独恨百年前所惊传者，今亦不传耶！幸今圣君贤相首命崇祀，封其墓，录其后嗣，而院司郡邑又皆以风教为己任。咨询垦至，此吾饶文明之会，忠魂再表之辰也。顾吏书坊老或不知为风化所急，而庠序晚生亦有并其名而不知者。老农幸有所知，敢不上闻，录老农远族，联姻公家，以故族中长老，岁时念诵，老农儿时窃尝闻之。长复考郡邑古志海盐郑晓吾学编，新淦张芹备遗录颇知其概，云痛公朽骨，不知委弃何所，且绝无血彻，上承厚加恤录之思，仅存一胡家桥耳。亦尝独步斯桥，感今思昔，胡公二十九八之心，其夷齐⑨之心乎！周自积功累仁至于武王，而又当纣恶之既稔，牧野之师，天下皆以为是矣。而夷齐独以为兆。虽然此众人之见也，不足言也，至于武周，则天下之大圣也。二圣人且以为是，而夷齐犹

以为非,此盖存君臣之义,以植纲尝,旋干转坤⑩于不朽也。武周义而扶之,不敢少涉,挫辱其为万世,虑至深远矣。曹魏五季,忠义鲜闻,僭叛踵起,非明鉴乎!董氏曰:世故无尽,人欲无涯,不忠之臣,何代无之。此孔父之义,所以取贵乎春秋。胡氏曰:春秋贤孔父,崇奖节义之臣,此天下之大闲。有国者之急务也。刘执斋曰:方先生之事烈矣,而一时死事者尤多,窃恐摧挫之余,忠义之气不振,表章而兴起之,当如拯溺救焚,计公祖亦必有拯救之心,敢以尺素闻。万历二年九月朔。

【注释】①公祖:旧时士绅对知府以上地方官的尊称。对地位较高者,亦称老公祖、大公祖和公祖父母。流行于明清。②右族:鄱阳豪门大族。③怀二:怀有二心,不忠。④金瓜:古代卫士所执的一种兵仗。棒端呈瓜形,铜制,金色。⑤支解:古代碎裂肢体的一种酷刑。⑥教坊司:管理伎乐的机构,专司音乐、戏曲、舞蹈的教习、排练及演出等事宜。⑦告讦:责人过失或揭人隐私;告发。⑧钱谷:钱币、谷物。⑨夷齐:伯夷和叔齐的并称。⑩旋干转坤:谓改天换地,根本扭转局面。

答蔡肖谦书

陈瞻岳过贵郡辱乎教,并示心德①悬知山中,日有功课,生人至乐,无以逾此。外疑请明剖之,立天②之道曰阴与阳,立人之道曰仁与义。但仁义之前,尚有成性③,成性之前,尚有继善,继善之前,尚有形气④,形气与阴阳相对待,古无一字。孔子开口创说太极⑤,此中字内看出精蕴⑥,孔子添一太字,使人知尊敬,此后滞于物。周子开口创学无极,使人心悟,盖甚不得已⑦也。此后玄寂⑧,流入异端。肖谦开口创说人极,此老朽夙有意而不能发也。再参详⑨仁义以前意思,庶不陡峻,血脉易贯也。老朽谬意如此,吾兄静中有见千万译示,不妨异同参验。马理少年颖透,今虽吏事旁午⑩,亦须劝其旁午中时,一察未发气象,则静而和。丙戌七月二十日。

【注释】①心德:指人的意识与性情。②立天:立身,做人。③成性:天性。④形气:形和气。形,指具体物象;气,指构成宇宙万物的最根本的物质。⑤太极:古代哲学家称最原始的混沌之气。谓太极运动而分化出阴阳,由阴阳而产生四时变化,继而出现各种自然现象,是宇宙万物之源。⑥精蕴:精深的含义。⑦不得已:无可奈何;不能不如此。⑧玄寂:玄虚寂静,形容守道无为。⑨参详:思量;琢磨。⑩旁午:亦作"旁迕"。交错;纷繁。

复张太尹书

父母以节孝为治,故用情①于崇奖者独至②。王良弼以远山老儒,黄祖儿以不

识一字牧竖,方将与草木同腐朽耳。而大匠乃取之以树教化③。祖儿承面命,恳到真切④。虽圣贤立言,亲父母训子,莫或⑤逾之。王生高不见诸侯之义。虽再经观风之收录⑥,而终不肯一足城府⑦。父母又出格礼之。此岂廉能吏所能辩哉!循良遗轨⑧,终古不息之幸也。陈孝子必不辱父母之命,此行必风四境矣。犬亩老农不任忻忭⑨,灯前对使草草⑩。

王生时何妨一足城府,上有好者,下必有甚焉者矣!

【注释】①用情:以真实的感情相待。②独至:独到。谓达到某种境界,与众不同。③教化:教育感化。④真切:真实确切;清楚明白。⑤莫或:没有。⑥收录:收集抄录。⑦城府:官府。也比喻人的心机多而难测。⑧遗轨:前代或前人留传下来的规范准则。⑨忻忭:欢欣的样子。⑩草草:匆忙仓促的样子。

复蔡见麓书

用行舍藏①,此理甚易见。孔子何为独与颜子,而三千之徒,皆不能与。反之此心之微,诚未易搜刷②,用者但知尽分修职③,无一毫别念。升可也,降可也。眼前职业,万万不尽。五鼓升堂,半夜退堂,妻子皆忘,始谓之用行。见曰勉强应命,便返初服④,此何心也!又曰委而去之,此何心也!窃为兄不取。久闻浙藩为天下最,难清理者兄并昼夜之力,又乐取刘芝阳为助,不分左右,清一浙藩。一生学问足矣。乃有弃去之念,无乃以去为高耶!此孔子之所不与也。弟今居山颇有长益,时因一二知己书问,辄起妄念,始知舍而不藏者,皆私也。(一毫不隐)又孔子之所不与也,弟与兄共戒之。弟性凶傲,老巧垂殂,尚消融不尽兄谕。昔硁然,今浑然。全未全未。乙亥年倾手教云:不作乡愿,知心之言也。弟赋来本非乡愿,不作二字,亦无此意,但凶傲病亦因此带来。兄往昔亦有此病,相别三十四年,不知化尽否? 刘芝阳云兄平恕⑤,进此一步则气质难克,处克得非⑥天下大勇乎! 耿楚侗兄近日书来,道渠⑦只一子无孙,亦不挂念。钟文陆近日书来,学大进,弟在山中不及。报兄呼渠三子,付之长子良臣,次子名臣、纯臣。名臣在乐平行冠礼⑧,请弟为宾,命之字曰实甫,文藻⑨充蔚,生厚望⑩之,吾丈之念小孙,即弟之念钟郎也。

相别三十四年,不知化尽否? 彼已处一毫不容隐,今人到此处便住手。

【注释】①舍藏:亦作"用舍行藏"。谓被任用就行其道,不被任用就退隐。②搜刷:搜索。③修职:处理政事。④返初服:谓辞官归田。⑤平恕:持平宽仁。⑥得非:莫非是。⑦渠:他。⑧冠礼:古代男子二十岁(天子、诸侯可提前至十二岁)举行的加冠之礼,表示其成人。⑨文藻:文采、辞藻。⑩厚望:很大的期望。

寄张洪阳书

辛卯冬,杪道丈①□□翁,夜会各出,肝膈②相质,正犹未尽者,夜深寒□也。壬辰初春先别,但云莫改,故步耳时衰,麻客在坐,未得悉,兹以小孙赴试之,便详之。远色贱货易,去谗难。欲去谗,必贵德③。贵德者,非贵他人之德,贵自己之德也。真贵德,则臭味如兰。自亲贤④,两人肩舆,日出郊二十里,哀省三周,此自心不容⑤,已无一毫立教维风⑥意,而士人向风⑦所以成物也。积此诚通天地,感鬼神,格君心。四海内外,无一毫恩怨形迹,稍有一毫恩怨形迹,便非持心⑧如水,安得诚。辛卯冬夜,道丈曾云:故者,无失⑨为故。至今思之,未敢以为然。

一味切直⑩。

【注释】①道丈:对老年道士的敬称。②肝膈:犹肺腑。比喻内心。③贵德:重视德行。④亲贤:亲近贤人,爱慕贤才。⑤不容:不能容纳;不能宽容。⑥立教维风:树立教化;维护民风。⑦士人向风:谓知识阶层士大夫、儒生仰慕其人之品德或学问。⑧持心:谓处事所抱的态度。⑨无失:没有失误。⑩切直:切磋相正。

答耿楚侗书(耿定向)

来书云:眼前幻景,百态胸中,亦自如尝①,兄至此泰然②矣。处之一,则化而齐,富贵贫贱,夷狄患难,皆眼前幻景。然顺境少,逆境多,自是③尝理。若非些儿④主张,安能无入不得。近读周子通书,颜子师友二章,甚省发。孟子说性善,周子却说道义,繇师友有之。此周子苦心体贴真言,到此方识得性善。弟念幼淫放如鬼魅⑤,稍长荷师友,颇知趋向如再生⑥,此心甚明。顷山居废师友,兄贵之甚当⑦,更何敢逃罪。严子而泰归自都下,道面命之严范,与同会诸友共商之,咸倾尊教。但先祖母葬在山庄之后,日夕在侧,此心方安妥。而妻孥⑧衣食取给于此,故不能丢舍,顷因郡侯陈公祖,以兴教化为己任,屡书山中催督入城将议。长儿书言,居乡事农业,弟与幼儿二孙居城,庶会友为便。念昔年与老伯每一会,即一感太古意,今年愈高,德必日进,百年上寿,自可以理必之。汝愚定向子昔年以童子作奇语,初意必大发,乃迟迟至今何故!虽然吾望汝愚,不徒作科甲中人耳。定裕定向幼弟近作何状?悬知两日无交外累⑨,自寡进德,自易为力。令侄彼年尚幼,不能学文,亦拜我为师,此岂俗心为文墨计哉!将订终身之盟,期不负愧于师友间耳。此兄之爱侄如子,故以侄相托,不后于托子,故我之致望于二生,亦不后于吾之子若孙也。二生其念之,兄命二生,各亲笔书年来功课复我。

想其世相磋切,是何相取,今日设身其间,尤凛凛有蓬生麻中之势,况于亲炙之乎!

【注释】①尝:同"常",后文"尝理"即为常理。②泰然:安然。形容心情安定。③自是:自然是。④些儿:少许,一点儿。⑤淫放如鬼魅:任性游荡像鬼怪一样。⑥趋向如再生:前行像死而复活重生一样。⑦甚当:很对;很正确。⑧妻孥:妻子和儿女。⑨外累:身外事物的烦扰、拖累。

与耿子健书(耿定力)

子健近日文着矣,反省真心,喜乎?厌乎?抑恶之耶!老朽不能窥子思蕴奥①,独觉子思平生②全在一恶字上,得力古今豪杰,孰能无喜心,只此一喜便作孽③,子思尚纲一念,日用工夫,步步踏实,直做到天地位,万物育,天下平。远是笃恭④,无声臭恶⑤,字有结果⑥。忆昔作令,无奈喜心作孽,时放纵⑦,愧死愧死⑧!亦得钱怀苏年兄夹持⑨。辛酉寓都下作会,大有益。壬戌癸亥颇知恶,今年七十六,万念俱冷,始知恶欲⑩与子健共此学。

以先生作令而犹曰:喜心作孽,此真正独知之言。

【注释】①蕴奥:精深的含义。②平生:指平素的志趣、情谊、业绩等。③作孽:谓遭罪受苦。④笃恭:纯厚恭敬。⑤臭恶:腐臭粗劣。⑥结果:用以指人事的最后结局。⑦放纵:放任而不受约束。⑧愧死:极言羞愧。⑨夹持:犹夹辅,匡助。⑩恶欲:邪恶的欲望。

寄邓定宇书

道丈此行,为老亲行也。近闻朝野①,愿丈人比此,亦须详告贤母,听命以为行止,着一毫私意,便非纯孝②,外启实迂谈③,况非末世所便,希静思之。弘治十七年三月,南国子祭酒章懋,奏乞于尝贡外,令提学宪臣,不分廪增附通,考求行着乡间④者,充贡⑤送监,积分⑥出仕,此意固善,然局于文校,山谷岂无遗贤⑦,且势要粉饰乡行,今止据孝行,直书充贡,不拘文艺可也。举人不会试者,坐令衰老,深可痛惜,宜令抚按⑧复命⑨,荐五科未试者,径授学录⑩,去年雪日一会,甚切实,至今怀思,差有长益,固教赐也。

【注释】①近闻朝野:最近若干年来朝廷与民间的逸闻逸事。②纯孝:犹至孝。③迂谈:迂阔的谈论。④乡间:古以二十五家为间,一万二千五百家为乡,因以"乡间"泛指民众聚居之处。⑤充贡:作为贡生。⑥积分:元、明、清三代国子监考核学生学习成绩、

选拔人才的方法。⑦遗贤:指弃置未用的贤才。⑧抚按:爱护提携。⑨复命:完成使命后回报情况。⑩学录:国子监所属学官。宋、元、明、清皆置,掌执行学规、协助博士教学。

与朱虞莳书

公祖自吉安回,老朽闻之,惊骇诸生奔走①,问或曰②:食少事烦③。此司马之伪言也,后世误信之,老朽历验之。勤读书,勤政事,昼夜并力,亦不致病。惟酒色能杀人,经年④无色欲,虽甚劳亦无妨。反藉勤劳潜消妄念⑤,精神倍长,虽寒暑饮食受病,亦即可退,必不伤生。而人人皆云,往年学道⑥,止理考卷一事足矣!其它公移⑦,一切委之吏书⑧,公祖兼理,故动火,此又不然。凡公移一字不经亲裁,则万烦并起,不可胜穷,惟亲裁则执一实御百虚,庶可⑨肃士心、端教化,方有裨于名教。但不可暴怒自伤,止绳之以法⑩,不少借分毫。闻在抚州诸生,举乡贤未核,公祖令庭举,复得黄毅所抚,人士大快!老朽遥闻,亦大快!此兄亲师取友,一段勤恳,非独一乡之贤也。

【注释】①奔走:为一定的目的而忙碌。②或曰:有人说。③食少事烦:每日吃饭很少,可是处理的事务非常繁重。形容身体衰弱,不堪承受繁重任务。④经年:经过一年或若干年。⑤潜消妄念:暗中消除不切实际或不正当的念头。⑥学道:学习道艺,即学习儒家学说,如仁义礼乐之类。⑦公移:旧时行用于不相统属的官署间的公文的总称。⑧吏书:指秘书之类人员。⑨庶可:差不多可以。⑩绳之以法:以法律纠治不法之人。指犯罪者接受法律的制裁。

寄朱虞莳书

向山居,辱寓潘仲洁手教①,七月初四至舍,初七日出山,匆匆间函又领警语②,所云吾人一心,通千百士子之心,千古不易定论。又云自家捡点③,合当④如此,日用⑤实功也。又云非修身之外,别有教条。孔颜复起,不易⑥斯言矣!但为学如登悬崖绝顶,努力十分,方进一步。刻苦百倍,方透一关。偶至出头,灵光呈露。如再生,如另是一乾坤。回视尘寰⑦万种,皆挂搭不上,此是孔颜乐处,此是绝顶刻苦之验,稍宽失脚,一堕便即堕九渊中,山半腰,站脚不住。尧舜就业⑧,持之终老,百年如一日,有味哉!何言阳季、康川、丘观顾三公,南考功京察事,竣转光禄少卿,今公祖出部四年,复如三公之转,亦不速化,闻公祖且欲乞养⑨,或介意乎!昔约荣摇报至,即赐一音,何不示片纸乎!即当趋送,并致赠言,但用绢帐,不敢泥

金锦纻为华,更寄小稿请教尊太翁先生面教,指期缕缕⑩莫尽。

【注释】①手教:手书。对来信的敬称。②警语:警策动人的语句。③捡点:自己查点,查看。④合当:应当;应该。⑤日用:每天应用;日常应用。⑥不易:不改变;不更换。⑦尘寰:人世间。⑧兢业:谨慎戒惧。"兢兢业业"的省语。⑨乞养:请求辞职回家奉养父母。⑩缕缕:连续不断。

复朱学宪书

至诚①之道,舟中闻邃旨②,不忍分,第夜已阑,势难久停。匆匆别,与三生吟风弄月③以归,有吾与点也④之趣,不知夜之阑,老之倦也。抵家漏下⑤四鼓。信此学能益人性,分有真乐,真乐得乎,尘世一毫挂搭不上。所颁教条云:以道义相夹持,关节当绝,请谒⑥当杜,此言当信如四时。信如四时,此天之所以为天也。一毫不信,便违天⑦,明知不可枉法屈理以循之。徒畏人而不知畏天,自开侥倖之门,此门一开,而拒人投之。此人心之所以杂也。况天下有一侥倖者,即有一不幸者。彼苦志奋发之士,三年对一隙光⑧,忍负之乎!忍自我置之不幸乎!公祖彻底照饶士,饶士亦彻底归之。但愿始终如一⑨,无一念杂,无一息间。则至诚之道身实体之。至简至易,但见快乐,不见劳苦。反是则万状万变不胜矣。前言有未尽者,具另幅。孔子曰:畏天命足矣。又云畏大人,昔守汝宁,一上司不协,即拂然置之,当年以为是,山居二十年,方觉其非,上司所以能考府者,君命之也。承君之命,则有君道存焉,虽不可阿,亦不可抗。易曰:德言⑩盛,礼言恭,厚之至也,不曰敬之至,而曰厚之至,最有味,不恭则见已是,何等浅薄。

曹逸我曰:痛切语,今人谁开此口。

【注释】①至诚:古儒家指道德修养的最高境界。②邃旨:深刻的意义。③吟风弄月:形容心情闲适洒脱。④吾与点也:用以指长者的赞助。⑤漏下:漏刻(古计时器)的水面已经下落。指时间已晚。⑥请谒:请求谒告。⑦违天:违背天意。⑧隙光:时光;岁月。⑨始终如一:自始至终都一样。⑩德言:德教;合乎仁德的言论。

与许敬庵书

白下①之会,道义骨肉②,不比泛交③。今在庙堂,独兄与见麓二人在山林④。弟与楚侗二人,潜见异趋⑤,一心相照。弟衰年⑥七十六矣,日日病,恐改过无日⑦,辜负知心⑧,兄居清吏首,凡见者服。陆公为真吏部,兄更进学⑨答知己。癸巳春

正念日。

更进学答知己,有此语绕致书,绕至书便有此语,今人汗漫寒暄千言,寻不出此一句。

【注释】①白下:古地名,在今江苏省南京市西北。唐移金陵县于此,改名白下县。后因用为南京的别称。②道义骨肉:谓一同修道的义友像亲人一样。③泛交:泛泛之交,一般的友谊。④山林:借指隐居。⑤异趋:不同的志趣。⑥衰年:衰老之年。⑦无日:遥遥无期。⑧知心:相互深切了解的人;深交。⑨进学:使学业有进步。

答陈郡尊书

前月闻公祖对食咨嗟,不学失箸①者数四,每夜矫首望天外,抚膺②痛悼徘徊,夜分不能寐,今早复见公祖徒步赤日中,中心达于面目而叩之不应。其罪在下,不在上也。昨年水灾,今年抗旱,盐米交腾倍价,当家祖父,奔走烈焰中,遑遑③求为子孙计,为之子孙者,方且晓聒不休,其饱暖者,流连妓馆,淫秽竟昏晓,排忧者流,列管弦迎门,藐天王命,若罔闻知,至一凶人,夜持尺刃,横杀三四人而去,此天心祸淫之明验也。岂惟是哉!富者唱筹执概,缕算铢求,贵者舞女歌儿,左提右挈,及见人菜色呻吟,即族属不肯分杯饭,即分饭必嗟而来,目且流视。吾知人怨则神怒,而扇灾觉祸,固有繇矣。然此皆下愚④,天地鬼神之所不较者也。独怪从事此学者,其胸中亦塞满高亢之气,种种忌疾猜嫌,皆自此出。是胸中先自亢旱矣。先自旱而旱至此理也,非数也,罪孰大于是。我祖以焦劳之心,寝食不节之身,冒此烈焰,势必病,一日病不视事,则一日之内持挺呼乱矣。何也?遭此困极,宁饥死而不忍为不义者,恃有一人在也。愿加食素馔⑤,时一假寐稍息,此岂厚自保爱哉。存我所以厚苍生也。周礼云:荒正十有二聚万民。一曰散利;二曰薄征,宜早报灾伤,以便覆勘⑥;三曰缓刑;四曰弛役,弛放其力役之征;五曰舍禁;六曰去几,去门关之几,察荒年多盗,门关几察,似不可去,库狱尤当慎之;七曰青礼,吉礼之中,减其礼数,藏乐器而不作;十曰多婚,既曰青礼,复曰多婚,盖凡窘迫之极,不得已者,皆在所原也;十有一曰索鬼神,搜索鬼神而祈祷之,凡鬼神皆当搜索,况精忠贯天地者乎,洪忠宣(洪皓)江古心(江万里)已祷矣,而张睢阳(即张巡)关云长(关羽)及康王三庙当次第祷,胡忠臣(胡闰)久缺血食⑦,忠愤在天地间,祷之必有神应;十有二曰除盗贼,近日乡约取结⑧,始家至人晓,盗贼无所容,一时觉多盗贼,其实乃无盗之。真源也,凶⑨维持人心,独此道义耳。故虽困极不忍冻馁其亲,叛

逆其君,一念愧耻⑩,救正颇大,窃意荒政当以振救节孝为首,而周公散利,必加意善人,特注周礼者偶未详耳。嘉靖乙巳年,闻乐平饥死二孝子,不大伤天和也利!

曹逸我曰:今日安得士夫讲荒政!

【注释】①失箸:因受惊而失落手中的餐具。②抚膺:抚摩或捶拍胸口,表示惋惜、哀叹、悲愤等。③遑遑:惊恐匆忙,心神不定。④下愚:极愚蠢的人。⑤素馔(sù zhuàn):犹素食。⑥覆勘:审核。⑦血食:受享祭品。古代杀牲取血以祭,故称。⑧取结:领取地方官府的证明文书。⑨凶年:荒年。⑩愧耻:羞耻。

答陈省斋公祖书

读手教及乡约,一念古循良迹,可想矣,庆喜如狂。夜取列传朗诵,至汉贾彪掩卷①。太息传云:彪辟孝廉补新息长,小民困贫多不养子,彪严为制,与杀人同罪。城南有劫盗杀人者,城北有妇人杀子者,彪出案发②而县吏欲引南,彪怒曰:寇贼杀人,此则常事,母子相残,逆天违道。遂驱车北行,案验③其罪,南城贼闻之,亦面缚自首④,数年养子千数。金曰:贾父所生,男名曰贾子,女名曰贾女,念饶不遇贾父,十夫九鳏,后将若何? 痛哉! 汝宁聘财不越二三金,以故人从有室家尝也⑤。父老道及杀女事,辄惊异云:世固有是事哉! 而饶则习而安矣。长民者亦得玩视之,恝不加念矣。顷居洁山,视见农人之苦,欲治二十金,娶一田家妇如登天,然坐见斩嗣灭族者,比比贾父之泽汝南,谓不久且大哉! 走守汝二年未伸名宦。一奠俗吏寡学,谓汝无守可也。三复追思切有疑焉。传云:小民困贫,彪不动心,独以严为制耳,如循良何? 且搏击尝调,恐感城南之面缚。而困贫无聊之甚者,复忍执而杀之耶! 数年举子千数,复命名以志不忘。殆必有所以深感之者,非严威之所能及也。或者班马⑥胸襟,仅模写其大端,而润漏其大节耶! 幸我公祖下车,首欲仿朱子社仓⑦,探本之论,循良之大节也。但欲复社仓,必赖乡约,乡约举,则保甲⑧寓,而庶政⑨咸备矣。用是深加庆焉。副柬云云,非面不悉容趋造焉。万历二年九月既望⑩。

曹逸我曰:仁人之言其利普哉。

【注释】①掩卷:合上书本。多为阅读中有所感触的举动。②案发:到案件发生处查验。③案验:查询验证。④自首:自行投案,承认罪责。⑤以故人从有室家尝也:所以人们都跟着娶妻成家,这是常理。"尝"同"常"。⑥班马:古代两人的并称。指汉班固与司马迁。⑦社仓:义仓。古代为防荒年而在乡社设置的粮仓。始于隋代。⑧保甲:旧时统治人民的户籍编制。⑨庶政:各种政务。⑩既望:周历以每月十五、十六日至廿二、廿

三日为既望。后称农历十五日为望,十六日为既望。

答邓海阳书

士夫居乡不能善俗①止讼,辅邦大夫之教化,又不能博古通今②,广帮大夫之聪明,徒以己私哓哓摄政③,奚取于子弟哉!况与吾侯有夙爱,以其纯道义而不杂也。侯反省当年,曾有一毫势利④否!寸丹⑤炯炯相照。侯初下车,即面告走居山租税先供。决不敢一字私,但有言者皆伪也。幸绳以法,此相成之至谊也。昨辱歉教,言及他事,山中静思,追悔无及,悔之不已,作书自鸣,且使空鉴,无先入也。念汝泉兄书云:三人以心相知,是以道相磨也。乃敢尽弃其平生而苟利禄乎!伋虽贫,不忍以身为沟壑,况贫不如伋乎!走历⑥郡县,谢绝⑦于请,乃躬自⑧蹈之乎!凶傲为时所弃,乃复自弃,不将深渊乎!琐琐⑨至此,皆缘一言之误,愧死无地。幸相照相成,山居欠庄草草。隆庆六年十一月二十五日。

曹逸我曰:力绝于请,自是士夫第一难事。

【注释】①善俗:改良风俗。②博古通今:通晓古今的事情。形容学识渊博。③摄政:代国君处理国政。至北洋军阀统治时期,总统缺位,由内阁代行职务,亦曾一度沿称摄政。④势利:指以地位、财产等分别对待人的恶劣表现或作风。⑤寸丹:一寸丹心的省称。谓一片赤诚之心。⑥走历:走过,经过。⑦谢绝:婉言拒绝或推辞。⑧躬自:自己;亲自。⑨琐琐:形容事情细小,不重要。

与郑父母书

山居雪拥门,忽黄孝子至。色忻忻①喜,坐而问故,乃知父母政教被穷庐也。黄子山野牧竖耳。自幼牧佣,未尝亲师传,读一书识一字,乃自童年即知孝,遂使一乡老幼,见而知爱,闻而知敬。久之张父母物色之。注宪纲白诸当道,粟帛优赉②,茅草生辉光矣。不意今日复遇仁父,敦伦③立教,大书旌孝④扁其庐,一日声闻四乡,节孝⑤善类加勉,反道悖伦者沮悔,仁父之教泽,实为不朽。彼薄书期会,廉能赫赫,恐未必久而传也。武王登极初政⑥,释箕子囚,封比干墓,式商容庐,可以观为政大小缓急之分矣。今之观风⑦,使君代天子巡狩,乃详于法纪略于教化,日与群囚应酬⑧,遂谓完事⑨。而忠孝节义之士,不一识面,何与武王具也。善善短而恶恶长,非诸君子之心,风会之派,多与素心⑩违耳。我圣祖教戒任官,亲贤远奸,奈何左右前后皆奸,而贤者远耶!闾闾有钱粮词讼之官,亦令稍奸猾者,出而

善良者,亦不得接。况可亲耶! 此事势使然而古道难见也。幸我仁父于匆□旁午中,念及孝子,则圣祖亲贤之愿始慰矣。老农庆幸裁书,虽秃笔不择,不容择也。

【注释】①忻忻:欣喜得意。②优赉(lài):优厚的赏赐。③敦伦:敦睦人伦。④旌孝:表彰孝行。⑤节孝:贞节和孝顺。⑥登极初政:即位开始执政。⑦观风:观察民情,了解施政得失。⑧应酬:勉强应付。⑨完事:完善的政策。⑩素心:本心;素愿。

复钟文陆书

人情①满则愚,虚则圣。秀才②自满,则视天下文采③,皆不如己。士宦④自满,则视天下宦业⑤,皆不如己。虚则时时刻刻自省⑥,自省则愈觉不足。其初视天下皆吾文也,渐进⑦则视天下皆吾师也。好问⑧好察过言⑨,不容自已⑩。友之云乎! 师之云乎!

【注释】①人情:人的情绪、愿望。②秀才:元明以来用以称书生、读书人。③文采:指文学才华。④士宦:做官的人。⑤宦业:仕宦的业绩。⑥自省:自行省察;自我反省。⑦渐进:逐渐进展。⑧好问:勤于向人请教。⑨过言:错误的言论。⑩自已:抑制或约束自己。

寄李宁宇书

教札云:朽人贱降①,欲赐华言为寿②,万万恳辞③,祝延④之日夜挥翰⑤,应答不暇,何劳翰及朽人耶! 今年衰老殊甚,饮食减半,不能开卷者一月矣。复辱达官贵人华言,折磨朽人寿岁。万万恳辞,养正图解一书,甚关世教⑥,展诵如获拱璧。即准寿言可也。舍弟⑦梓芳复业南雍⑧,持此书谢并辞,但会令郎⑨叔茂,即添精神,可见益友⑩之当会也。

延之翰墨倾倒,一时先生言盖讽之也。

【注释】①朽人贱降:朽人,年迈衰老之人。多作谦辞。贱降,谦称自己的生日。②为寿:谓席间向尊长敬酒或赠送礼物,并祝其长寿。③恳辞:恳切辞让。④祝延:祝人长寿。⑤挥翰:挥毫。⑥世教:指当世的正统思想、正统礼教。⑦舍弟:对别人谦称自己的弟弟。⑧南雍:明代称设在南京的国子监。雍,辟雍,古之大学。⑨令郎:称对方儿子的敬辞。原称"令郎君",后省作"令郎"。⑩益友:有益的朋友。

《皇明史惺堂先生遗稿》卷四

后学陈曾孝若父编次
书

寄严师孔书

二科省会,复遇京会,师孔终身受用,此非朝廷之恩,安得有此良便!贫士①欲裹粮走四方,求师友,亦甚难矣。然邹、刘首倡,耿、鲁诸公相继联属,教泽②与生己者等。人苟自甘凡民③,则静修足矣,无复望人资助。倘不自甘,则不容不求师友④,自耕稼陶渔以至为帝,无非取人为善,此实心不奈何⑤。故穷至身亲耕稼陶渔,虽终岁勤动⑥,无一刻暇,尤必偷功取善帝天下,日万几⑦不敢急傲,亦止以取善为首务,老农衣食颇足,不必身亲耕陶,乃促促一室,不能走四方,求师友。白鹿南都,徒悬梦想,是村夫俗叟,为儿孙作马牛也。更不思贻谋⑧弘远者何在!近得诸友振作,于老农补益良多,我师孔固扶我一铁杖也。山震卿力行孝义,又海宇风化一铁杖也。望之师孔为我写数通,遍致会友⑨,愿相砥砺以底于成,庶不枉⑩了乾坤间一丈夫也。

曹逸我曰:朋友之求如饥如渴,只为自家放不下。

【注释】①贫士:穷士;穷儒生。②教泽:教化或教育的恩泽。③自甘凡民:心甘情愿做平民百姓。④师友:老师和朋友。亦泛指可以请益的人。⑤实心不奈何:真心实意不难为。⑥勤动:辛勤劳动。⑦万几:泛指执政者处理的各种政务。⑧贻谋:指父祖对子孙的训诲。⑨会友:聚集朋友。⑩不枉:不冤枉,表示事情没有白做。

与严师孔书

南都是吾再造之地,吾子复宦此。幸莫大焉。别后日课录上。会仁卿及诸同志磨勘。往年看太极图①不切,今月廿五以后,夜夜读,反复不知几遍,时时不能忘,有若饥渴之切也。自吾形气中,提出真太极,此是一生倚靠,断不误我。二十九日,看《易击辞》下传七章,易之兴也,其于中古乎!作易者其有忧患乎!夫子当进忧患,默会文王当年之心,本义恐未可说出羑里②。且周公心事,夫子亦一时

会到，临川小注发"兴作"二字，义明。但以独指文王、羑里，且恐直突。夫子此时尚浑涵，他日更有感，乃毅然直书十一章。易之兴也，其当殷之来世，周之盛德耶！当文王与纣之事耶！不曰申古直指其时，不曰作易者，直指其人。盖甚不得已也。然此时甚安，故灵透，不似他人处引手忙脚乱。三圣人③素有大倚靠，纵天翻地动也，动他不得。故三圣忧患，不是拘挛困苦的，不曰周之盛世，而曰周之盛德，此夫子灵透。而又曰三以天下让，何也？商小乙廿六祀甲寅，幽亶父④迁于岐，改号曰周，三月成城郭，一年成邑，二年成都，仅一小国耳。谓之让国且不可，何以让天下！吾夫子之学识微，故曰易有太极。易变易也。二代改革其端甚微，阴阳动静其变千状。要之有至当之理，故曰太极。尧舜以来无此语，是夫子开口创始，无极二字又周子创始，故曰知几其神乎。序书终秦，誓知战国之必并于秦。作春秋，严华夷之辨，知后世之必有元。所谓三以天下让，自王季文王以及武王耳。让也者，圣人之真心，但文王幸而武王不幸耳。此理甚明，而其机最难识。商自小乙甲寅以及纣之亡也，尚二百年。朱注云：太王之时，商道寝衰⑤，周日强大，殊非实录，迁岐逾三年，武丁嗣，传说相，学而后臣，尧舜禹汤之学至是复明。迁史⑥云：传说论列天下之事，偏且陋矣。政事修举一语，何以尽高宗，故太王之时，商道未衰，而周道方萌耳。强大二字甚不安，此必战国策士之语，朱子中授门人，一时草创，未及更定。又曰：季历又生子昌，有圣德，太王因有剪商⑦之志。宽哉！宽哉！太王必无此志，此志不轨也。安敢诬太王。此注更当刊误。朱子解太极图精微，吾辈受教益，有成我之恩。有师之义，与生我者等安忍不纳忠。又曰：泰伯不从，太王遂欲传位季历，遂之一字，何其轻率，必非朱子语。太王有贤子圣孙，而高宗圣君在上，太王之心，必兀兀不自安，中心隐痛，安有利心，因有剪商之志，此误语也。朱子当年或未入目。今何敢隐忍不为朱子一洗刷邪！周颂之诗曰：居岐之阳，实始剪商。说诗者不以辞害意可也。武成曰：太王肇基王迹，肇基迹三字的确。太王虽未有剪商之志，然太王实得民心，王业之成，实基于此，此注亦明。但蔡注成，朱子已殁，未及更定。朱子又曰：太王遂欲传位季历，以及昌，泰伯知之，即与仲雍逃之荆蛮⑧。又误也，泰伯仲雍心知侄昌之圣，必劝太王立弟历，太王坚持立嫡长之义，屡劝之而屡不从，必欲立泰伯，泰伯不从，遂与仲雍亡之荆蛮，文身断发，其心尤恐季历必踪迹求之，无以自免。乃毁形灭迹以遂其让。夫子所谓至德，以其至诚也。周子曰：圣者诚而已矣。太极必是无极的，此民无德而称焉。亦不是泰伯自泯其迹。朱注又曰：夫以泰伯之德，当商周之际，固足以朝诸侯有天下，尤为误也。泰伯之时，商道隆盛，周道始萌，未可以有天下，至文武可言商周之际，然天命

人心,间不容发,以泰伯至诚岂不识微,而谓其足以有天下耶!其曰:即夷齐扣马之心。而事之难处有甚焉者,此谦微之论,必朱子方见到此,他日论武王得人之盛,比隆唐虞,正深嘉而乐道之。忽又叹文王至德,此吾夫子微辞,与义难以语人者。朱注又引或曰:别以孔子曰:起之自为一章,便无深味,当刊去纣既燹死。越二月闰月三月,武王反旧都,退处西伯之位,必辞避再三,中心歉缺如汤之惭。让微于箕子,及求贤自代,意不可得,又越半月,庶邦家君暨百工万姓,急于得君,乃即位,此段系万古纲常,惜史不传其文,故吾夫子于易断之曰:汤武顺乎天而应乎人。又曰:武未尽善,盖有根于心而不容泯者。一则曰:泰伯至德,非泰伯真有天下也。一则曰:文王至德,非文王真有天下。三分之二也,良工心独苦,惟周子能识之。周子不繇师传,默契羲黄周孔以开明道⑨,明道先生固心识之不忘。伊川谓得不传之学于遗经,岂知本之论乎。读朱子太极解,此心冷冷然,绌绎义理,周流洞彻,万变无穷,只恐过劳,亦学倦伤,欲罢不能,正无可奈何。安有暇念,名利尘垢耳。声色荼毒耳。于我何与,向来枉费推移,周朱其万世师哉。四书大全蒙引,皆儿孙携去,山中无书,严子为我考订赐教,悬企⑩,悬企。万历十二年正月二十九日。

直欲将大圣人心事,揭日月而行。曾孙简谨识。

【注释】①太极图:旧时用以说明宇宙现象的图。②羑(yǒu)里:殷代监狱名。③三圣人:三个圣人。指伏羲、文王、孔子。④亶父:亦作"亶甫"。即古公亶父。周文王的祖父,周武王追尊为太王。⑤寖衰:逐渐衰减。寖,通"浸"。⑥迁史:《史记》之别称。⑦剪商:谓剪灭商纣。借指剿灭无道,建立王业。⑧荆蛮:古代中原人对楚越或南人的称呼。⑨明道:宋程颢的私谥。颢死后,文彦博题其墓曰明道先生之墓。⑩悬企:冀求;想念。

答黎抑庵书

昨日读《草庐先生集》①,正怀老兄今捧手教,敢录以闻,云:甚矣!人之不可忘孝也。孝者何?尝以父母为心而已矣。人而尝以父母为心,则所以谨其身者,将何所不至②哉!一举足而不敢忘父母,一出言而不敢忘父母。父母庆而庆焉。父母喜而喜焉。行必不招辱也,言必不招忿也。其顺必足以尊长,其忠必足以事君。惟知父母之可慕,虽有名位之贵而不慕也;惟知父母之可慕,虽有货财之富而不慕也;惟知父母之可慕,虽有声色之纷华③而不慕也。一瞬息之间未尝忘父母,则无瞬息之过矣。一毫发之事未尝忘父母,则无毫发之过矣。孔子以谨身④为庶人⑤之孝,孟子亦以守其身而后能事其亲。然人能思,所以孝于亲,则自在所以谨

守其身矣。使一瞬息间一毫发事而不以父母心，则是忘其身之所从来者，而又何能知所谨守哉！曾子曰：父母全而生之，子全而归之，至哉言也。学者苟能深有体于其言，则于父母自不能忘，而于身自不能不谨矣。充之以至其极，则虽尧舜文王亦不外是。呜呼！此孝之所以为至德也与！弟往年看孝，止念念在亲足矣，近觉得浅且陋，惟念念在吾身孝斯全矣。兄昔年会试，已入浙，夜念亲，即飘然返棹⑥，此慕父母不慕名位之真心也。兄更反省，慕货财乎！慕声色乎！老嫂殁后，房无一婢庶矣，一瞬息间或忘乎！一毫发事或忽乎！一举足或招辱乎！一出言或招忿乎！有一于此，则亲在慕之、亲殁忘之矣。贵县孝子，兄昔年谈之甚详，曾托传其事，若因艺文求工，遂因循未举，则是慕名心尚在而返棹之念尚欠扩充。昔曾与鲍少潭言之，今怀思如渴，恐善行泯泯，则吾三人之罪大矣。不学便老而衰，可不惧哉！黎夫人孝节报修，百代之师也。弟与诸生洒扫门墙，尤惧辱焉。省斋陈公祖亦与寮属⑦共太息，云吾辈男子，愧此妇多矣。陈公祖初至即欲一见兄，不可得，次年虚大宾座奉迁后，称疾不赴，虽然，乐平之事，不可不一一道之。盖知己难负也。贤郎理田庐⑧，不落仕宦子孙套。固是善根，然必贤孙奋志圣贤，方为孝子，此后日夕兢兢⑨，敢曰旦暮即土少自宽乎！忠池年兄往矣。年侄肖否，兵巡道⑩遣祭至否，亦须致意年侄，令其远大以为志。使旋草草，复陈公祖，秋冬间至乐平观约，兄幸勤勤相之。万历三年六月十三日时苦旱无好怀。

所言皆近里，着已无一刻使人自宽，不孝至今，读之清夜，猛省。识时己亥仲春十一日，曾孙简谨识。

【注释】①《草庐先生集》：吴澄撰。②何所不至：用反问的语气表示无所不至。指没有达不到的地方。③纷华：繁华。富丽。④谨身：整饬自身。⑤庶人：西周、春秋时对农业生产者的称谓。⑥返棹：亦作"返櫂"。乘船返回。泛指还归。⑦寮属：僚属；属官。⑧田庐：田中的庐舍。泛指农舍。⑨兢兢：小心谨慎貌。⑩巡道：官名。明代各省按察司除按察使外，还有按察副使、按察佥事等官员，负责巡察州、府、县的政治、司法等方面的事情，称分巡道、兵巡道等。

答王心庵书

老年兄①诗教作于丁丑初夏，七年于兹矣。一日忽见之，喜其来而悲其晚，情交集矣。近感时事，益思我兄世德之厚，老年约已爱人，而孝子善承家学，故德修于身，教立于家，惠泽及人。江陵②革邮滥、清浮粮③，改折漕粮④本色，亦有惠泽及人。而闾阎愁叹，尚不能免，此何故哉！盖政府纳贿，则巧宦争趋，不剥削士民，何

以充费！且不爱白金而爱黄金，不爱珠玉而爱古异珍怪，搜索烦困，言之痛心。书院传自先圣贤，淫院革于当代贤相，今毁书院，教化焉顿，江陵子孙，奢淫破败至此，人祸天灾，何所底止⑤。贾似道妻妾与妃嫔杂坐，江陵母妻接宾纳赂，海内凋残，四夷僭叛⑥，皆繇于此。年伯⑦母躬行节俭，年嫂化之，吾兄德业，皆繇此发。能守此家法，王氏子孙，当为圣贤。岂特公相一瞬耀哉⑧！吾兄以不能救石介为负言官⑨，毅然求去，炯然一史鱼也。世代即更翻，此义无今古。乔艮斋年兄有一段义气，遭虏破城之变，正是天意琢磨，不知近日意思如何？弟近日不饥不寒，何贫之有？尤恐稍有庆余，即起骄佚⑩。人情骄则必惰，淫则必丧身灭门，眼前二子四孙一曾孙，不知究竟，兢兢危惧。丁卯禅房夜会，崔徽州雅有廉声，灯前古谊，三子者殊不相负，此夜将登舟入山，破暑书怀，不知何日可达贵门，李乡兄方在仕途，或可因也。万历十一年癸未六月念六日。

【注释】①年兄：科举时代同年考中举人进士者的互称。②江陵：张居正。③浮粮：定额之外的钱粮税款。④改折漕粮：改折，旧时赋税制度中以其他物品或银两替代原应交物品的缴纳办法。漕粮，我国封建时代由东南地区漕运京师的税粮。⑤底止：终止。⑥僭叛：越礼背叛。亦指越礼背叛之人。⑦年伯：科举时代为对父亲同年登科者的尊称，明代中叶以后亦用以称同年的父亲或伯叔，后用以泛指父辈。⑧岂特公相一瞬耀哉：难道只是对官长一时间的荣耀吗？⑨言官：谏官。⑩骄佚：骄傲自大。

与潘仲洁书

王曾①天下正人，德器深厚而寡言，当时有得其品题②一两句者，人皆以为荣。韩琦③为谏官，王曾云：近日频见章疏④甚好，只如此可矣！高若讷⑤辈多是择利，范希文亦未免近名。夫高若讷，当时鄙为不肖，何足言！但范仲淹自做秀才时，便以天下为己任，必非好名者。况其微时祷神，不得良相，则愿为良医。仁爱一念，根于天性，岂忍彰君之过以饬虚声耶！虽然王曾必有见，或其壮年盛气激发，近名耳！中遭挫折，学日进，敛华就实，所以万古不朽。彼好名者，立见破绽⑥，安能久？盛年志豪气雄，敢言危行，奋发激烈，死且不避，况声名乎！但发于气，非学问养成，气习渐染，或移声色，衰暮好利，必庇贪夫，庇贪淫，则指正人为邪，一败涂地。仲洁尝语余曰：往见先辈自题谏草，曰成是录，又曰自靖录，心窃不忍，向枉山庐时盛暑，且黄昏执简就檐前披诵，汗雨下不知，别去犹读书，从人酣寝⑦犹独坐，次日馆人为余言，余窃思清气亦有偏，惟学能变化，每与会友言之，一友曰：好货色，浊物不足责，与小人争也，好清声，与豪杰争也，其谁肯让！故曰：名者造化所忌。夫

造化无迹,安有忌心!天命绝否,何以知之!人情而已。一友又曰:岂惟好名不可,虽忠孝廉节亦不可好,好则着,着则理障⑧,起恶念固幻,起善念亦幻。余曰:此释氏⑨妖言最惑世,一友又曰:白沙所云,致虚立本,岂亦妖乎。此心如镜,有物先入,则不照。余曰:镜本虚物,故不可有心。非镜比灵感万变,本不可无。程子曰:有主则虚,功深力到之言也。秉彝好德,自是本来,岂可无!一友又云:此心原实,不是善,即是利。赵概投豆,亦是苦功。钱怀苏云:朋友是我性命,亦是真言。白沙所云:静中养出端倪⑩,亦是少年光景。晚年进德自平实。仲洁曾云:尧舜有天下不与,即是出世。此语亦平实,不落禅,又不近名。老朽近来学日粗俗,乞仲洁驳教。

曹逸我曰:水落石出之言,真所谓步步踏实,不容人弄半点虚头,着一毫名根。

【注释】①王曾(978—1038):字孝先,青州益都(今山东青州)人,北宋仁宗时名相。②品题:品评的话题、内容。③韩琦:字稚圭,自号赣叟,相州安阳(今属河南)人。北宋政治家、名将,天圣进士。与范仲淹共同防御西夏,名重一时,时称"韩范"。④章疏:旧时臣下向君上进呈的言事文书。⑤高若讷:字敏之。北宋并州榆次(今属山西)人,徙居卫州(今河南汲县)。天圣进士。⑥破绽:漏洞;毛病。⑦酣寝:熟睡。⑧理障:佛教语,谓由邪见等理惑障碍真知、真见。⑨释氏:佛姓,释迦的略称。亦指佛或佛教。⑩端倪:头绪;迹象。

答友人贺六十书

荷华翰①录老惰久稽裁,谢先正云:不学便老而衰。今始信焉。乡邻日日来曰:老爹居这地位又六十岁,此大喜事。生诘曰:运使②比阁老何如?六十岁比八九十岁何如?官是谁大?寿是谁高?众皆不答。生复曰:严阁老做三十年,阁老③寿八十六岁,今亦不在朝廷之上矣。众皆曰知。又齐曰:那人无德行。生曰:你既知无德行,则我平生罪过甚多。心曲暗室,人所不及知者,甚多仔细查算。六十年前,只有一两年是人,其余皆鸡犬。鸡犬居地位,犹狐狸升御座④,是大不祥。一两岁人岂是真寿,众人将信将疑,徐有读书者来,生诘曰:试说当贺否?答曰:老翁爵禄福寿,小子敬仰。生曰:子每年于此讲过通鉴,看古往来人,有善,人人相敬爱如父母,有恶,人人贱恶如仇雠⑤。夷齐岂靠福禄?颜子岂靠寿如?秦隋之暴,莽操之奸,李林甫韩侂胄辈之误国,人人贱恶,万年唾骂,殊不觉其为君为相之难也。禄位名寿,以德而致,乃天地之常理,不以德而自致,是逆天地之常理,则不祥莫大焉。子每于此见我,或午后□□,或蓬垢终日,此与鸡犬何异?今年来得徐以行夹

持⑥,每日天明时,歌诗一首,即起焚香,谒吾夫子,外面方成个人。子所见,心中杂念甚多,子所不及见,应曰:然不敢拜矣。又有徽人来曰:福寿多男子,生曰:胡忠臣一族皆无后,至今知道理者皆思慕之,万世而后,皆其子孙。适有同志者来,生曰:若但以相处之情不容己,则无滋味,此夜彼此互相规磨。夜分乃止,即此真切笃实,方不虚度了光阴。华札殊姑息之甚,特述数日问答请教。

曹逸我曰:读此却贺书,世俗登锦祝词张筵⑦商会大是扯淡⑧。

【注释】①华翰:对他人来信的美称。②运使:古代官名。水陆运使、转运使、盐运使等的简称。③阁老:明清又用为对翰林中掌诰敕的学士的称呼。④御座:帝王的宝座。⑤仇雠:仇敌。⑥夹持:相助。⑦张筵:设宴。⑧扯淡:指闲扯。

与朱元卿书(计四篇)

陶承学①尚书,归卖园还债,二子同科,内望龄②会元及第,幼学布政,归富敌国,独子无孙。又欲发移祖坟,兄乞止不得,元卿居庐③,共子职耳,遂成物。张晋仲语④余曰:同年滚滚好修,忍自弃乎!浮梁夙习丕变⑤,此外数公,初亦自振,一引情欲遂收不住,今骨朽⑥矣。英妙尚借口⑦,某当年亦如此,一念不戒,岂惟杀子孙,贻祸⑧甚远。江陵张居正十六岁举乡,二十三入秘书省,五十入相,得君亲贤讲学,风动华夷⑨,一念不戒,肆欲妄行⑩,无所忌惮,遂与李斯同传。

人有终日,提命以此而敢不敬身者乎!士生当时一何幸也。

【注释】①陶承学:明代官员。字子述,号泗桥,浙江会稽(今绍兴)人。嘉靖二十二年(1543年)举人,二十六年(1547年)进士,授中书舍人,擢南京御史。②望龄:陶望龄,明南京礼部尚书陶承学之三子,榜眼陶大临的侄子,少有文名。③居庐:住在守丧的房子中。指守孝。④语:告诉。⑤夙习丕变:积习大变。⑥骨朽:死亡已久。⑦借口:以某事为理由。⑧贻祸:使受害;留下祸害。⑨风动华夷:广泛响应中国。⑩妄行:随便行动。

与朱元卿书

陶桓公运甓①,是圣学,勤则善心②生,为圣为贤,皆从此起,惰则淫心③生,丧德丧身④,皆从此起,独怪世人以诗酒为工夫,误却一生。

【注释】①运甓(pì):典出《晋书·陶侃传》,后以"运甓"比喻刻苦自励。②善心:善良的心,好心肠。③淫心:邪乱的思想;贪心。④丧德丧身:丧失德行和生命。

与朱元卿书

陈瞻岳附潘仲洁书,深念①严子,问立孤托之何人,平日不信,今信之如此。可见严子真也。仲洁托我为严子作传,我权应之,婴之人真不必传,田夫野叟②亦为严子伤。此岂党同之私哉!

【注释】①深念:十分思念。②田夫野叟:同"田夫野老"。

与朱元卿书

元卿中后,曾作会①否?元卿昔年曾道罗近溪年兄仁体②,今得朝夕③否?□朝夕与会,身心不自放④,夜归便可作时文数篇,读书自有味,若只应酬,到夜即昏倦,势利俗心勃勃起,而举业亦退。请元卿验之。万历乙酉重九。

元卿以是岁举于乡,先生寄书以重九去揭榜,绕数日也,提命⑤如此,真使人不倦矣。

【注释】①作会:举行会盟。②仁体:仁爱的本旨。③朝夕:指东和西。借指方向。④自放:摆脱礼法的约束。⑤提命:亲自教诲。

寄袁学会姨丈书

大舜真圣①,自耕自稼,自食其力②,鳏无内助③,自樵自爨,自供薪水,以奉养父母,父母又不容。傲弟日般唆,舜只自反④,只苦思如何不孝致父母不喜,如何不友爱不见信于弟。并不向人分诉⑤一句,只近里着已做功夫,所以有成⑥。

【注释】①大舜真圣:大舜是真正的圣人啊!②自食其力:靠自己的劳动养活自己。③内助:称妻子为"内助"。④自反:自己反省。⑤分诉:辩解。⑥有成:成功;有成效;有成就。

寄江姊丈山秀书

处贫不发愤,更待何时。屈子①曰:人穷则善心生,穷而善心不生,何人哉!非屈子之言不信也。仆尝思乙巳荒年②,衣食窘乏③,及癸丑会试,长途寒苦,平日非心妄念,到此消磨殆尽。使不遭此二度,纵肆④无耻,不知当何如?可见世间庸才,必待困心衡虑⑤而后作也。虽然此等庸才亦不多得,仆自二度苦心之后,复尔间

断,非心妄念,犹问窃发,是困衡之作,尚难靠也,深自省视⑥。吴康斋先生亲自耕耘,愈贫愈学,真豪杰也。《康斋日录》幸时时省玩,百岁光阴,将过一半,不就此时发愤,更待何时!即奉养令慈⑦、尊亲母,不专在甘旨⑧。子路负米,为古今孝子。令郎克载近日,能改旧习否?望严加训饬⑨。祖母尝念,欲就白下⑩聘一故家室女,不知亲母俯从否?向寄布袜,倘倒并乞,批教不尽种种。嘉靖己未冬,抄寓留都。

【注释】①屈子:指屈原。②荒年:庄稼歉收或颗粒无收的年头。③窘乏:穷困;贫乏。④纵肆:放肆;放纵。⑤困心衡虑:谓心意困苦,忧虑满胸。⑥省视:察看;探望。⑦令慈:对他人母亲的敬称。⑧甘旨:指对双亲的奉养。⑨训饬:教训诫勉。⑩白下:与"留都"均指南京。

与刘近之书(计三篇)

儿托门墙①,举业亦进,愚意②在有道门下,当进德不惟进业而已③。故相年十六,举于乡,无喜色,年念三,举进士。选馆,馆中寡言笑,静思勤学好问,当时重之,留作养。二十年不请求,不宴饮,追拜相,凛然好修,门如古刹,此隆庆初年吾所睹记。无何秉钧当国④,求贤好士,犹可观,越数年沉酣⑤矣。招权纳赂⑥,引用凶邪,贼虐善类,无父无君,万古贼臣也。其始大贤,其终大盗,人生难保始终,如此可不畏哉!韩魏公⑦诗云:莫羞老圃秋容淡,要看黄花晚节香。当歌咏以儆偷惰。与程希哲读《子汇》⑧至十卷,墨子云:吾闻之非无安居也。我无安心也,非无足财也,我无足心也。余山庐,夏雨淋其南,冬雪侵于北,城居坊柱久摧,朽腐可虞⑨,以此二事,往来于怀,今读墨子名言,洒然安矣。《兼爱》篇云:圣人以治天下为事者也。不可不察乱之所自起。起不相爱,子自爱。不爱父,故亏父而自利。弟自爱,不爱兄,故亏兄而自利。臣自爱,不爱君,故亏君而自利。此所谓乱也。盗贼亦然。盗爱其室,不爱其异室,故盗异室以利其室。爱其身,不爱其人,故贼人以利其身。若使天下兼相爱,则天下治。即其言,观其心,岂不慈祥恺悌⑩乎!视欺君窃权窃科第自利,相去远矣!而孟子关之甚严。至诋之为禽兽,为其学术杀天下后世也。仁者以万物为一体,而施繇亲始。孟子曰:仁之实,事亲是也。朱子训之以"切近精实"四字。惜墨子未闻此训,使其早闻,不执己见,未必不进于圣门也。杨子(指杨朱)在今日,亦是第一廉士,但心高气傲,故流异端,吾与同志可不明辩哉!

【注释】①门墙:指学术的门径。②愚意:我认为。对自己意见的谦称。③而已:助词,表示仅止于此,犹罢了。④当国:执政、主持国事。⑤沉酣:沉酒而酣适。⑥招权纳赂:把持权势,接受贿赂。⑦韩魏公:韩琦。⑧《子汇》:丛书名。明代周子义等辑刻。⑨可虞:使人忧虑。⑩恺悌(kǎi tì):和乐平易。

与刘近之书

出处显晦①皆有定分,一毫智力不能与也。陆象山先生家训之言极有味,定定定,经营太甚违天命。老农愚见以为天命必不可违,且不敢违。敢于违之,大不祥②焉!此辛丑白鹿洞闻之傅愚斋先生。今观眼前历历可见,如张江陵③王篆④皆违天利己,无所不至,今天灾人祸并至。尊翁昔年领案有梦兆,今年考不利亦有梦兆,可见有定也。尊翁平日教子,近之平日事父母,道义相将,今小挫不安义命可乎!尝见安义者鬼神所怜,不安义命者鬼神所妒。贫苦中琢磨出豪杰,富贵中养育出浪子。山万重尝对予言:尊翁昔年,馆渠家灯火彻晓,是年即领案。不肖⑤子弟,酒囊饭袋⑥,书不开卷,日高方起,宿娼赌钱,皆富厚中养出来。暂时挫晦,亦是家中福。吾见人间富贵以道得之者安,不以道得之者危。凡物以一路得之者,视之甚轻,故失之亦轻。艰难困苦⑦而后得,屡失屡复而后得,则视之甚重,故享之悠长,必不轻失,此人情大抵然也。尊翁达此理久矣!吾友以此理事乃翁⑧久矣!但恐豪迈之士,急趋势利⑨,以势利之言惑尊翁,则贤智之士亦为浮言所摇,所赖父有诤子⑩,匡而救之。

【注释】①显晦:比喻仕宦与隐逸。②不祥:不吉利。③张江陵:明张居正,湖北江陵人,故称"张江陵"。④王篆:字绍芳,嘉靖乙卯举人,壬戌进士。⑤不肖:不成才;不正派。⑥酒囊饭袋:讥讽无能的人,只会吃喝,不会做事。⑦艰难困苦:处境困难,生活艰苦。⑧乃翁:你的父亲。⑨势利:指以地位、财产等分别对待人的恶劣表现或作风。⑩诤子:能直言劝谏父亲的儿子。

与刘近之书

闻近之读书过苦,甚不宜①!精神②长,便是学问进③。发为文章便和鬯④,文思⑤可养不可强,德业⑥可渐不可骤。

【注释】①不宜:不应该。②精神:指人的精气、元神。相对于形骸而言。③学问进:知识、学识进步。④鬯(chàng):指古代祭祀时所使用的一种酒。⑤文思:文章的意境

或思想。⑥德业：德行与功业。

与王宗臣书

陈公祖行后大变乱一场，比入山见山间，老稚①无不痛伤堕泪。但不先奏闻一节，虽为所阻，终无以自解②，庙廊元老③亦甚惜之。近日因人情甚拂，偶读《易》，甚有省发④。《易》之为书也，其恐惧修省⑤之书耶！读此才可消除凶傲，经此一番颇有进。古诗云：名利真谁破两关。近日可望⑥。万历四年八月初五。

【注释】①老稚：老人和小孩。②自解：自求解脱；自行脱落。③元老：朝廷老臣。④省发：领会。⑤修省：修身反省。⑥可望：能够望见。

答将乐百姓潘环书

我在延平止七日，去延平又九年，旧民犹念我不忘，如将乐潘环。又在外县，七日之政，何能及尔。尔登我堂，我在远山，不及①与尔话旧，特赠尔乡约图②，尔日诵一遍，妻子依此孝顺，即同见我也。但能孝顺，天必降祥，即我之所以报良民③也。香饼传至远山，我已享矣，手帕布，尔带回，盖因无物酬答，非忍拒也。时隆庆六年壬申夏五月之吉。

潘一属邑编氓④耳。感于七日之政，真九年如一日，我曾大父⑤告语：勤慨又不啻⑥家人父子之情，想当时爱戴之诚，永矢⑦难谖⑧，而感动之速，导民孔易已尽，见此数行中矣。不孝简谨识。

【注释】①不及：赶不上；来不及。②乡约图：乡规民约图。③良民：旧时指安分守法的百姓。④编氓：编入户籍的平民。⑤曾大父：曾祖父。⑥不啻：不仅；何止。⑦永矢：发誓永远要（做某事）。常用于否定语前。矢，通"誓"。⑧难谖（xuān）：难忘。

七、昌江村景诗

程仁修、石国禄、董国助整理

○ 丹山十景诗

[清]张庆寿①

郭璞②晴云

千仞高岑③郭璞峰,白云晴锁玉玲珑。闲依绿树腾苍狗④,懒上瑶空拥玉龙。断处好风生岭上,明时初日上天东。何时奋发恁⑤处去,大沛甘霖九域⑥中。

【注释】①张庆寿:鱼山慈义村人,官拜大清御史、钦巡南直隶。光绪十年(1884年),张庆寿作《丹山十景》歌咏故园景色。②郭璞:此指郭璞峰,原名阳峰,位于昌江、鄱阳、乐平三地交界处,因西晋文学家郭璞曾隐居于山中而得名。③岑:原指小而高的山,此指高山。④苍狗:指浮云,有成语"白云苍狗"。语出杜甫《可叹》:"天上浮云似白衣,斯须改变如苍狗。"⑤恁:哪里。⑥九域:九州。《文选》:"绥爱九域,罔不率俾。"李善注:"薛君曰:九域,九州也。"

瓜峰①暮雪

瓜峰千尺耸岩峣②,残雪春来尚未消。云母帐③涵新玛瑙,月娥宫锁湿琼瑶。寒光遥映南箕尾,冻色高凝北斗④梢。幽客丹山⑤延望久,吟怀浑胜霸陵桥。

【注释】①瓜峰:又名瓜子尖,位于慈义村东处,因山峰形似瓜子而得名。当地民谚云:"瓜子尖,一把椅子顶上天。"②岩峣:亦作"岧峣",高峻,高耸。三国魏曹植《九愁赋》:"践蹊隧之危阻,登岧峣之高岑。"③云母帐:用云母做饰物的帐子。唐李康成《玉华仙子歌》:"夕宿紫府云母帐,朝餐玄圃昆仑芝。"④南箕、北斗:均为星宿名,前者形状像簸箕,后者形状像酒斗。《诗经·小雅·大东》:"维南有箕,不可以簸扬;维北有斗,不可以挹酒浆。"⑤丹山:慈义村古称丹山。

村中古木

老树村中翠列行,故园千载护门墙。龙蛇身世冲牛斗,铁石根株饱雪霜。宗祖栽培遗世泽,子孙珍护比甘棠①。只防材大难韬晦,抡入皇家栋朝廊。

【注释】①甘棠:木名,即棠梨。《诗经·召南·甘棠》:"蔽芾甘棠,勿翦勿伐,召所茇。"陆玑疏:"甘棠,今棠梨,一名杜梨。"《史记·燕召公世家》:"周武王之灭纣,封召公于北燕……召公巡行乡邑,有棠树,决狱政事其下,自侯伯至庶人各得其所,无失职者。召公卒,而民人思召公之政,怀棠树不敢伐,哥咏之,作《甘棠》之诗。"后遂以"甘棠"称颂循吏的美政和遗爱。

小桥拂柳

依依杨柳拂桥栏,霭雾横烟荫碧澜。曳瓦软条青缕缕,点波飞絮白漫漫。梢头挂月三更霁,檐角敲风六月寒。绿锁画桥谁不爱,老陶难怪早辞官。

东涧松风

千尺长松倚涧东,四时柯叶鼓狂风。夜凝波浪翻高汉,晓讶钧韵响太空。玄鹤起听华表柱,素娥惊梦广寒宫。几番喧人重云窟,驱出卷阿久蛰龙。

西园竹月

西园修竹数千竿,明月珊珊夜未阑。清影静涵金错落,白辉斜映玉琅玕。翠梢露洗银蟾湿,琼馆风生彩凤寒。一览无暇清辉满,素娥应下绮云端。

仙井香泉

古井曾经郭璞淘,灵泉千载奋空濠。庐山飘下香难比,仙掌分来味更高。未许丹山凝沆瀣①,要归沧海作波涛。瑶池会宴西王母,汲上天厨煮六鳌。

【注释】①沆瀣:夜间的水汽,露水。

肥墩书塾①

肥墩书塾几千年,丹山书香远益绵。进德育材期后世,联科屡第仰前贤。
三冬磨琢冰凌砚,半夜吾伊月在天。玉树芝兰森砌下,着鞭不让祖争先。

【注释】①肥墩书塾:肥墩,今之鱼山镇墩头村,在慈义村南向。唐代张英朴游学至此,遂定居,成为鄞东丹山张氏发祥地。肥墩书塾在当地较为有名,现在其址之上建"张氏宗祠"。

西 岭 樵 歌

西岭嵯峨数百寻,樵歌相应白云深。调高太古清平曲,韵合中天治世音。
得趣岂思王质事①,寓情应契买臣②心。命乖何似三缄口,可待征书到碧岑。

【注释】①王质事:指"王质烂柯"之事。典出南朝梁任昉《述异记》:"信安郡石室山,晋时王质伐木至,见童子数人棋而歌,质因听之。童子以一物与质,如枣核,质含之不觉饥。俄顷,童子谓曰:'何不去?'质起视,斧柯烂尽,既归,无复时人。"②买臣:西汉的朱买臣,家里很贫穷,但非常爱好读书。他不治产业,四十岁仍然是个落魄儒生,常常靠卖柴换回粮食维持生计。

山 村 牧 笛

牧童牛饱暮归忙,吹笛山村送夕阳,绝胜钧韶调律吕,何劳丝竹奏宫商。
声闻蟾阙仙娥舞,响入丹山彩凤翔。忆昔伶伦①分候气,应将此曲教轩皇。

【注释】①伶伦:相传为黄帝时代的乐官,中国音乐的始祖。《吕氏春秋·古乐篇》载:"昔黄帝令伶伦作为律。伶伦自大夏之西,乃之阮隃之阴,取竹于嶰溪之谷,以生空窍厚均者,断两节间,其长三寸九分而吹之,以为黄钟之宫,吹曰舍少。次制十二筒,以之阮隃之下,听凤皇之鸣,以别十二律。其雄鸣为六,雌鸣亦六,以此黄钟之宫适合。黄钟之宫皆可以生之。故曰:黄钟之宫,律吕之本。黄帝又命伶伦与荣将铸十二钟,以和五音。"

○方塘八景诗

徐永源　徐安澜①

其一　青湖古塔

方塘②佳景障乡关,万羡层峦万仞③山。

古峙平原崇屹屹④,湖澄浅水响潺潺。

名留旧迹千年镇,获长新晴一望闲。

贤母课儿知会曲,题名容易列鸳班。

【注释】①徐永源、徐安澜:都是徐坊村人,清乾隆时举人。②方塘:今徐坊村古代(元朝)称方塘村,因村前有两口大方塘而得名,后又因土壤为混沙土,最适宜种植萝卜,有俗语云:徐坊、徐坊,萝卜挂满框,食味甜又脆,口感非常强。清代改称徐坊村,一直沿用至今。③仞(rèn):古代八尺或七尺为一仞。宋代陆游《秋夜将晓出篱门迎凉有感》:"三万里河东入海,五千仞岳上摩天。"④屹屹(gē):高大的样子。

其二　绿水花浮

北涧南流更向东,燕桥①西逝②大河通。

长堤界断门前水,未待桃花惹③钓篷。

【注释】①燕桥:指徐坊村前有上下方塘,塘中间有一座石桥将塘水上下分开,这座桥取名燕桥。②逝:指流去的塘水。③惹:指招引、牵引。

其三　仙殿石环

秀搂①龙灵产异材,村居正不减蓬莱②。

麻姑米掷珠千颗,王母桃留核七枚。

松点玉填颜面好,依稀③金阙④顶头开。

何人更入神仙队,引得云姑去又来。

【注释】①搂:指把东西聚拢在一起。②蓬莱:这里指蓬莱仙境。③依稀:指景物或记忆不清晰、隐隐约约。④阙(què):指宫门,(古)城楼。

其四　青松屏列

旧种青松十亩间,屏风九叠①远遮山。

怕他风雨三更夜,化作龙飞误鹤还。

【注释】①叠(dié):重复,一层又一层。

其五　金华书声①

何处清音快耳鸣,静传心曲奏瑶笙②。

一起传就官商协,众楚咻③除字韵明。

叶尽金山并玉新,听来鬼泣且神惊。

执教时响还加霭,遏④得行云精足生。

【注释】①金华书声:在明代方塘村(今徐坊村)有一所金华书屋,时学子众多,很兴盛。②瑶笙(yáo shēng):神话传说中昆仑山的天池,是西王母居住的地方。此句是指好像从天池传来的歌舞时簧管之乐器声。③咻(xiū):乱吵、喧扰。《孟子·滕文公下》:"一齐人傅之,众楚人咻之。"④遏(è):指抑制、阻止。

其六　风颈①秧歌

稻田数顷旁京山,半绕松林半水湾。

不是秧歌连日起,那知春色老吉关②。

【注释】①风颈:指地名。②吉关:指美好的、幸福的、吉利的。

其七　龙头行径

古庙通灵苗秀英,四围修竹尽峥嵘①。

轻枝摇曳②猗猗③美,密叶参差个个明。

曲径贮凉人尽憩④,疏林呈瑞凤来鸣。

龙头提胜非闻笔,原说吾乡有老成。

【注释】①峥嵘(zhēng róng):形容高峻的样子。②曳(yè):指动、拖、拉、牵引。③猗猗(yī):美好茂盛的样子。④憩(qì):指休息。

其八　猫头樵唱

隔水樵夫①发浩歌，一肩红叶映青螺②。
此中大有神仙境，生怕迟归已烂柯③。

【注释】①樵(qiáo)夫：指打柴的人。②螺(luó)：软体动物，体外有个螺旋形的壳。③柯(kē)：指树枝。

○ 徐坊十景诗

徐安澜

其一　鱼山帆影

夕阳柳外挂征帆，解缆①忽七度翠岩②。
未识蠡③湖何日到，双鱼好报故人函。

【注释】①缆(lǎn)：粗绳，解缆开船。②翠岩：指昌河中岩石已生绿苔。③蠡(lǐ)：《汉书·东方朔传》："以蠡测海。"比喻对客观事物理解很浅薄。

其二　龙坞①滩钓

木舟不动万夫扛，晓梦惊回兴未降。
手把鱼竿滩下钓，羊裘②惟听水淙淙。

【注释】①龙坞：指徐坊村对面东南有滩名龙坞曲。②裘(qiú)：指羊皮衣。

其三　马鞍山

立马夷山①霸业空，无才谁送一帆风。
隔江且喜山长在，螺髻②高堆夕阳红。

【注释】①夷山：指马鞍山。②螺髻(luó jì)：指马鞍山活像螺丝堆积成的高山。

其四　狮园①寒翠

丁字溪头落照余，一林寒翠画难如。

石桥锁断东流水,怕有迷津^②问老渔^③。

【注释】①狮园:古代徐坊村前方塘东南侧有一片林园名叫狮园。②迷津:比喻使人迷惘的境界。③老渔:这里指年老的渔民。

其五　燕桥^①麦浪

四月南风麦浪横,盈盈绿画砺平□。

掠波燕子双双过,错认桃花旧涨生。

【注释】①燕桥:在徐坊村东里坞有一座桥名叫燕桥。

其六　狗钵^①松涛

十年生计绿松栽,万斛^②涛声共雨来。

蓑笠^③牧人亭霞卧,满身凉影梦惊回。

【注释】①狗钵:指徐坊村有一座山叫"狗钵山",山之东数十步有一亭叫"梦惊亭",是古建筑。②斛(hú):量器名,十斗为一斛。③蓑笠(suō lì):用棕毛或草编制的雨衣。

其七　金华书声

半夜书声如银铃,举头高唱遏^①乐行。

而今三笑嗟^②何在,老树昏黄野鸟鸣。

【注释】①遏(è):停止、停留。王勃《滕王阁序》:"纤歌凝而白云遏。"②嗟(jiē):感叹、叹息。

其八　建灵^①月色

闲步南阡^②作夜遨,珠林^③稍歇几经秋。

我来笑问溪前月,曾照禅师^④通宵留。

【注释】①建灵:据徐氏宗谱记载,在南宋时方塘村(即徐坊村)前东南方7公里处建有建灵寺,时香火鼎盛、诵经声声。时至明朝崇祯元年(1628年)因战事被毁。②阡(qiān):指田间小路。③珠林:茂密的树林。④禅(chán)师:泛指有关佛教的事,这里指念经的和尚。

其九　燕窝①枫林

挚友②相邀访燕窝,停车几度夕阳过。

丹枫③万树徐照画,争把胭脂泼翠萝④。

【注释】①燕窝:徐坊村西二里之处有一名山叫燕窝山,古代此山上有一片枫林。深秋时节,当地名人墨客往往到此观赏红红枫叶,每有感怀。②挚友:指知心的朋友。③丹枫:红色的枫叶如火一般。④翠萝:青绿色苍翠欲滴。

其十　垅头竹径

古庙垅头月照中,湾环一径竹溪通。

何当寻叶烹①佳茗②,其话如同六月风。

【注释】①烹(pēng):煮。②茗(míng):泛指茶。

○咏方塘诗四首

其一　鲤穴秋烟①

焚烟②吹起鲤鱼风,霜叶轻笼万树红。

我欲③停车吟不得,秋坟鬼唱夕阳中。

【注释】①鲤穴秋烟:徐坊村有一片曾家林形似鲤鱼,举人徐恩遇公墓在此,史珥秋天前去祭奠点起的香纸烟。②焚烟:烧香。③欲:想要、希望。

其二　龙坞滩声①

轻舟不动万夫扛,晓梦惊回兴未降。

手把鱼竿朝下钓,羊裘②惟听水淙淙。

【注释】①龙坞滩声:徐坊村之东北有一名滩,滩中流水很浅,水流湍急,经常发出一种急促的潺潺、淙淙流水声。②羊裘:指羊皮衣。

其三　仙姑石环①

先人坟墓碧山阴,寒食清明酒自饮。

为问仙姑缘底事,玉环抛掷到如今。

【注释】①仙姑石环:古方塘村昌江河东面有奇山,名叫仙姑山,此山中怪石嶙峋,形状各异。

其四 荻湖古塔①

老庙高蹲古塔巅,杨柳影乱夕阳烟。
辨香湖畔添惆怅②,欧母难忘画荻贤。

【注释】①荻湖古塔:据徐氏宗谱记载,古方塘村前2华里之处有一座古塔(至今有残垣),石塔高三丈余。塔前有一古溪,流水汇聚在一口大古塘内,时名荻湖。千百年沧桑流失,如今已不复存了。②惆怅:形容失意、伤感,不痛快、不称心。

○丽阳十景诗

黎廷瑞

古 寺 松 风

僧房幽幽入松林,长风西来号其端。窗户潇潇气怀冽,金铁凛凛秋阑珊。
半夜龙吟海涛立,万壑虎啸山雨寒。但愿收入解愠操,毋使大夫长不安。

荒 祠 藓 石

巉岩老石依荒祠,香烟晓拂苍苔滋。斜棱翠剑龙可化,钩角架箭虎不疑。
秋干发枯铁骨瘦,夜深月出璞玉奇。何当作去中流砥,颓波倒澜为扶持。

浮 洲 山 色

高标巍巍跨苍穹,悬崖隐隐如升龙。红颜正娇花浴露,翠光不动松无风。
晴云暖阁画屏阔,晨昏晏然香发浓。何时一陟最高处,招摇九华归其中。

石 口 滩 声

吁嗟万物鸣不平,奔涛撼滩滩有声。夜凝出海潮浩浩,朝闻击铁冷风风。

翻洲挟势雷震怒,触石嘘气鲸敲舫。谁访羊裘风雨趣,神光半夜磨客星。

璞阜晴云

郭璞晋踪遗至今,白云舒转岩壑深。悬崖磅礴缥缈间,高标耸峭势欹崟。
画晴荡光不作雨,苍狗变态浑无心。几时结茅向其上,当追仙客为同吟。

樵楼暮角

樵楼画角斜阳前,悲风隐隐连荒烟。西风吹入杂芦管,落梅行尽惊霜天。
深闺悠悠怨离别,孤馆惨惨烦愁眠。枕戈关戍寒浸骨,无端月色秋娟娟。

义井寒泉

繁宗同井宗义全,晨昏共饮夸甘泉。渊深不动其本静,饥渴可慰良自迁。
一泓无尘冷湛湛,百汲澈底清涓涓。谁家秋葵惜枯槁,辘轳晚响银床边。

石梁夜月

老石横梁亘清溪,明月高照良夜奇。苍龙横沙拥骨节,玉兔落水涵琉璃。
光芒摇辉尘脱角,斜棱倒影鱼露鳍。夜深气秋清入画,上天下天能相宜。

野渡横舟

野渡茫茫秋月明,石根重击孤舟横。蒲帆卷风韫经济,桂棹卧月贪幽清。
芳草洲前伴鸥宿,绿杨影里招人行。何时解缆从所意,去寻赤壁追吟晴。

江城晚照

天气朗朗悬晚晴,江村日落从西倾。残照酣沙雁落渚,归鸦闪闪风木明。
回光贯去连远峤,彩霞映水摇荒城。扁舟渔翁收钓罢,长歌欸乃山自鸣。

【说明】以上黎廷瑞的丽阳十景七言律诗,载于丽阳《黎氏宗谱》《吴氏宗谱》。

○丽阳十景诗

史 珥

古寺松风

风与人偕去,松因寺尚存。怒涛挟秋雨,隐隐撼云根。

荒祠藓石

祠荒余石丈,枯藓积为衣。介性知难转,长年卧落晖。

浮洲山色

山名洲肇锡,应欲并浮丘。紫翠年年色,闲庭一望妆。

石口滩声

石立滩成骨,滩奔石作鳞。浅清便洗耳,偏聒饮牛人。

璞阜晴云

崔嵬千仞翠,丹青隐云深。昨夜霖初霁,余霞散满林。

樵楼暮角

斜阳迷古戍,寒角动西楼。却忆狼居外,征人总未休。

义井寒泉

井以寒为德,泉因义更甘。何年随邑改,汲绠委烟岚。

石 梁 夜 月

石虹跨秋水,蟾影射清濠。铁笛一声起,遥天霜露高。

野 渡 横 舟

舣舟何所待,独自卧渔蓑。醉后无拘束,吟成击楫歌。

江 城 晚 照

睥睨前朝圯,营茅望里黄。许多兴废事,强半付斜阳。

【附】史介隐翁遗笔:黎芳洲集,沉晦几四百年,及余伯父意芝翁(史简)始刊传之,近从黎氏谱复见其丽阳十景诗,硬语横空,品在当时,东湖诸咏上,又仁祐庙记亦雅质有法,皆原籍所无,又有名希言者,改葬其父母墓铭,仿昌黎胡评事墓铭体,只三十六句,而始葬及改迁时地向背,并己姓名撰铭之意,皆具阳明先生田州铭体全似之,不知阳明曾将览及此而仿之抑偶合也,迹是谱以观,吾邑诗文湮没不传者何限哉?

【说明】以上史珥丽阳十景五言绝句诗,及史介隐(史既济,史珥之父)翁遗笔,录载于丽阳《左台吴氏宗谱》。介隐公,定节公史白第五子,讳既济,字若川,以子贵例赠奉直大夫,生于康熙丁未(1667年)四月十七日,殁于乾隆丁巳(1737年)九月十四日,享年七十一。配胡氏例赠宜人,生于康熙甲子四月初四,殁于康熙辛卯十一月初二,合葬城西尧山中交椅山,坐巽向乾,继魏氏生于康熙庚午五月廿七,殁于乾隆乙未十二月廿三,享年八十七,葬古田同源桥董宅,坐西向东,子五传祺胡出,传禔、传祎、传裸、传祳俱魏出。

○丽阳八景诗

[南宋]彭大雅

东 山 书 院

山绕平岗水向东,书声吐呀出林中。良宵直到鸡鸣后,篝火藜光映彩红。

古 寺 松 风

松间拂拂晚秋凉,古寺轻风送夕阳。鸲讶梵声相断续,微微隐隐按宫商。

义 井 寒 泉

金井沙堤甚自然,不穿不凿出寒泉。仰流一豚清如镜,安受途人饮马钱。

郭 璞 晴 雪

迢递层峦耸半空,晴雪满岫影重重。徒存遗迹荒苔石,谁觅仙丹古灶中。

夕 阳 东 流

东流一片水茫茫,落日山御景色苍。堪叹光阴如逝者,今今古古吊斜阳。

石 口 滩 声

发声隐隐似鸣雷,残碣排空急濑来。今古兴亡多少恨,长江不尽有余哀。

樵 楼 暮 角

樵楼耸峙建城东,暮角吹来晚照中。几度凄凉无处觅,烟云缥缈绕长空。

浮 洲 山 色

山洲遥接势相迎,山白青兮水自泓。淡淡暮烟浓暮树,高低断续两分明。

【说明】彭大雅公自四川致仕归里,乐守山林泉石,因写附近八景以自娱。载于丽阳镇《彭氏宗谱》。

○新田坂六景诗

原 荡 洲

云笼深柳水笼沙,鸥鹭追陪宿草丫。好是新田烟火景,堆成古迹获人家。

鸦 鹊 塘

草色青青水色清,盈塘丽孟却分明。禽知沐浴鱼知跃,鸦鹊成群野晴□。

仙 人 桥

白石嶙嶙几万年,清涟河水淼无边。波回浪涌常如此,天降神桥渡众仙。

彭 家 园

有形有势最堪娱,草色葱茏树影疏。卧听禽声忙报喜,前峰钟鼓动栖乌。

小 港 水

一派汪洋一派流,清潺澈底去悠悠。而知小港鱼游乐,自有渔翁泛钓舟。

马 家 林

一林深秀树苍然,忽睹村庄起暮烟。为问此间光景处,牧童遥指是新田。

【说明】载于丽阳《彭氏宗谱》,彭氏族人聚族居住在新田彭家,所处新田坂,山环水绕,景致佳丽。有六咏诗以赞之,韵气清丽,诗雅可观。惜族谱未载作者名。

○陶家嘴十景诗

独 山 松

鹤鹿归来一若何,独山松色密如罗。千年劲节原无匹,卧听猿猴唱啸歌。

大 坞 塘

坞底垅深獭遂鱼,冰洁水气亦非卢。此塘今古须防旱,定卜农家庆有余。

古 井 泉

无涤无尘澈底清,石间流出却无声。几多渴者思泉饮,岂仅吾村任支烹。

村 边 竹

雨洗风摇色色亲,猗猗萧竹绕为邻。故人君子村边合,深处留来慰客宾。

柏 树 林

树色参差一派荣,杉林万木始坚真。蚕娘采摘归家里,又有葵花向日倾。

双 板 桥

上通徽婺下通饶,一派东流决此桥。自古至今谁考究,当知双板是根苗。

凌 湖 岭

高不高兮低不低,雪横烟锁与天齐。人行半岭无停处,自有苍松息马蹄。

百 花 洲

蜂蝶纷纷舞半空,百花开放各西东。闵游此地多住色,触我诗怀与不穷。

旗 山 石

旗山形势恰如嵩,一片斜阳照眼红。最是吾材烟火景,清泉滴滴石树珑。

梨 树 园

疏红密绿映梨园,子弟噫嘻究本原。忽听猿声初啸月,此花满地不开门。

【说明】载于丽阳《彭氏宗谱》,昔彭氏族人由丽阳镇迁居陶家嘴,见其景美妙,山水如画,茂林修竹,秀雅可观,遂作十景诗而录之族谱。陶家嘴在丽阳方家新村,附近有古井及彭家桥为证。

○中山嘴十景诗

芦 柴 林

水村山国少人知,鸿雁□□正及时。乍觉芦林花吐处,那知洲白鸟将至。

烟 波 山

层岩耸翠若千重,惟有烟波万里浓。山面松表排闼送,宛如雪拂老人峰。

桂 花 园

天香馥郁桂园中,子弟闻知兴无穷。折去拨来看不厌,犹如月里广寒宫。

蜈 蚣 峰

岭上苍松一派浓,葱茏万木秀层峰。森然气象连云拥,朝听泉声暮听钟。

梁 上 燕

前堂上下顾徘徊,料与春风一路来。偶向上林穿过去,花飞片片是新栽。

铜 君 山

铜君山前风景闲,任君到此便开颜。莫言此地无幽雅,绿树阴浓获发□。

红 嘴 雀

天生佳境获村前，四处观来第一先。自是乾坤钟秀气，到今犹唤雀名传。

纱 帽 山

巍巍高耸一峰奇，纱帽名之有为□。后嗣果能绳祖武，那时移向凤凰池。

叶 里 桃

云苍树树绕四图，村耆遥望武陵微。层岩献去无穷趋，幸得高人手指挥。

象 鼻 嘴

地利丰腴几万年，湾环象鼻获村前。无边秀色看难尽，一样风情景倍鲜。

【说明】载于丽阳《彭氏宗谱》。丽阳镇彭氏在宋元时期由丽阳镇迁居陶家嘴、沈家坞、中山嘴、三门、小源坞、大坂上、新田坂、桐源桥等地。过去丽阳镇往北连绵起伏的小山上均居住着彭氏。

○溪南十景诗

余运一

虎 涧 清 泉

越壑穿岩一槛肥，源源接浙灌田陂。樵人一插怀千镒，虎喷龙涎味更奇。

井 头 夜 月

万里长空一样同，无如此地倍玲珑。素娥相莹水泉内，豁度幽人解闷容。

马 滩 客 艇

滩势流轰砥柱雄，舟人到此着心瞳。往来不断他乡语，过此方能乱使蓬。

渡口朝烟

时气清和日上堤,东方正曙影离离。沿河一缕横拖带,不是浮云不是霓。

牛山菉竹

不生淇澳与山齐,信渡来人路接衢。脱却班衣君子操,武公德配正相宜。

河洲牧笛

二川相决隔河洲,顶注钟潭下斗牛。两畔碧连春草长,四时闻笛牧童游。

龙窟渔灯

一水频分三峡流,春潮夏涨任君游。渊源一注龙居此,数点渔灯傍柳洲。

塘坞樵歌

信是人烟辏集中,以时人伐乱鬓松。堤边樵担难枚举,嘹亮歌音彻碧空。

西山伐木

高峙崔巍伫宅门,杉桑松柏翠连云。丁丁响彻秋空内,付与他年作栋人。

古刹钟音

妙智钟潭水溯洄,沿河古寺势崔嵬。南熏解愠游人趣,风送钟声此地来。

【说明】载于溪南《余氏宗谱》,溪南即港南。余氏定居港南最早。余氏运一公撰题溪南十景诗,并作序云:文者实之着也。凡我先祖并后之行实着于史籍传记之实,或先世褒锡之荣,与宗著述诗文之属,不有何记,后人无以知之。而兴起其读书世海之良心也。故叙世居诗文。

○溪南八景诗

王翰香

河洲牧笛

江畔何人撅笛声,芳洲隔断水盈盈。千条杨柳笼烟处,飞去梅花一曲清。

塘坞樵歌

翘首山巅剩又曛,深林挑去半肩云。樵歌随意沿溪转,时被春风隔岸闻。

马滩客艇

花自缤纷草自香,扁舟一掉拂垂杨。科头尽日篷窗坐,风景何须忆故乡。

龙窟渔舟

叠嶂临江半壁孤,琉璃万顷碧波铺。更添几个渔舟入,谁展天然一幅图。

渡口朝烟

团团白露遍郊坰,凉浸篷窗梦乍醒。绿树阴中谁唤渡,起看一抹晓烟青。

井头夜月

薄蔼浮云万里空,井头明月起溪东。悠然一片清光里,如坐琼楼玉宇中。

牛山修竹

远山修竹耸千竿,翠色平分到画栏。不问主人何处是,倚倚长许卷帘看。

虎 涧 清 泉

踞石何人坐碧阴,流泉几派漱清音。烹茶时作松风响,惊起双栖翠翡禽。

【说明】载于溪南《王氏宗谱》,中华民国七年戊午春月,溪南王翰香撰并序云:览村中八景,作七绝八首以录其事,俾后人知之,有以兴起其读书之心,是予之所厚望也。

○ 溪南八景诗

徐书云

河 洲 牧 笛

驱犊登河畔,横吹玉笛幽。曲终天霁朗,遗韵绕芳洲。

塘 坞 樵 歌

塘坞无岩令,山村任采樵。兴来分鸟韵,随处响歌谣。

马 滩 客 艇

客子鸣萧瑟,轻舟渡马滩。风帆飞片片,破浪逐双弯。

龙 窟 渔 舟

渔唱声何急,渔灯照碧峰。明河星子落,惊起在渊龙。

渡 口 朝 烟

晓日初升渡,千条挂柳烟。波平双岸阔,风正一帆悬。

井 头 夜 月

皎皎圆光满,清晖印井头。水天同一色,高下两轮浮。

牛山修竹

苍松萦古路，美竹荫牛山。咏叶淇源句，猗与岂等闲。

虎涧清泉

危石泉声咽，泠泠虎涧清。风从归大海，鼓荡振蓬瀛。

○溪南八景诗

徐书云

河洲牧笛

江畔何人撅笛声，芳洲隔断水盈盈。千条杨柳笼烟处，飞去梅花一曲清。

塘坞樵歌

翘首峰头睹夕曛，深林挑去半肩云。樵歌随意沿溪唱，时被春风隔岸闻。

马滩客艇

花自缤纷草自香，扁舟一掉拂垂杨。科头尽日篷窗坐，风景何须忆故乡。

龙窟渔舟

叠嶂临江半壁孤，涟漪万顷碧波铺。更添几个渔舟荡，疑展天然一幅图。

渡口朝烟

溥溥白露遍郊坰，凉浸篷窗梦乍醒。绿树阴中谁唤渡，试看一抹晓烟青。

井头夜月

薄蔼浮云万里空，井头明月起溪东。悠然一片清光里，如坐琼楼玉宇中。

牛山修竹

远山修竹耸千竿，翠色平分到画栏。安问主人何处是，猗猗长水卷帘看。

虎涧清泉

几派流泉涧里鸣，有人踞石听清音。汲来且把新茶煮，时向松阴一抚琴。

【说明】载于溪南《徐氏宗谱》。

○坑培八景诗

徐应润

两峰兢耸

突兀巉岩势接天，两峰并峙矗门前。游人蹑履攀罗上，极目穷高果浩然。

双月联辉

宛肖娥眉月一湾，天然两美兢呈芳。好凭静对参元境，心印明时意趣长。

新荷擎盖

碧水环流绕带长，芙渠拥翠满银塘。花穿细浪金鳞戏，馥遍村墟君子香。

古堰鸣珂

菑畲新绿遍平畴，古堰潺湲水绕流。雅韵悠扬时在耳，如弦断续不春秋。

凤 栖 修 竹

曾因医俗植千竿,结实离离瑞霭攒。翙羽和鸣迎晓日,不须过客费雕剜。

狐 尾 松 乔

青松霭霭碧云俱,山势疑分岣嵝孤。岂是谈经三宿稳,缘何听讲有丰余。

宅 外 红 莲

拨剌渔惊月一钩,垂虹影里荡轻舟。前津早结披蓑侣,莫使人方富渚俦。

田 中 石 笏

法相庄严石丈人,田中笏立俨朝真。米颠拜后苔封久,吸露餐霞迥绝尘。

【说明】载于溪南《徐氏宗谱》,坑培村在丽阳镇北约六华里,属江联村委会,坑培徐氏与港南徐氏及马田徐氏为同宗,均尊南昌徐孺子为祖。

○义城十景诗

刘 炳

乌 石 樵 歌

乌石冈头路,林峦胜景开。洲连青野阔,山俯碧溪迥。墨沼春生草,书堂雨荫苔。樵歌时出谷,野兴屡登台。自得园庐药,生涯不用媒。

【说明】乌石冈,在义城东五里许,刘公德新爱其地有林泉之胜,故卜宅筑池,以樵隐居焉。

花 桥 钓 艇

花桥通驷马,锦里昔鸣珂。红雨桃飘浪,青丝柳蘸波。石兰晴更倚,钓艇晚还过。鱼暖金翻藻,鸥凉白宿荷。先贤多胜赏,落日一渔蓑。

【说明】昔青田知县刘公英,尝游钓于斯,桥废后友松公重建。

鲁坛古市

洙泗流波远,尊崇百代同。衣冠循习气,俎豆想余风。市废残槐绿,坛虚野杏红。坏垣迷古铎,宿草卧悬钟。文治今更化,弦歌幸岁丰。

【说明】市花桥东,唐宋时,甲第骈凑弦诵之声连户,敦尚礼义,春秋设坛祭祀,有邹鲁遗风,故号鲁坛。余迹存焉。

汉营余垒

先世逢昌运,经邦建武威。六韬开豹略,八阵出鱼丽。山岳雄图在,风云霸业移。泉声悲鼓角,树影见旌旗。自拟羊口石,登临不尽思。

【说明】先世中书令颍川尚书刘公汾曾驻兵于义城之南,故号汉营有余垒存焉。

鸡笼晓月

林峦多胜概,仿佛类鸡笼。古木千章绕,泉流一脉通。曙光泽杳霭,云气总朦胧。玉兔远流白,金乌昧以红。降神生俊彦,何必羡高崧。

【说明】鸡笼峰在汪师源东,一水迢遥,自山门出五里许入河,其山峭拔而圆,每晓月流辉,烟雾杳霭,状若鸡笼。

马鞍晴云

二气多融结,奇形解六飞。岚光时吐吸,日影半熹微。顷刻成苍狗,须臾变白衣。去来如有意,动静总忘机。一旦为霖雨,丰穰振岁饥。

【说明】山在金竹源东北,形类马鞍,峰峦奇绝,云气飘扬,四时不改。

清新酒斾

结构清新馆,晨昏绝市嚣。柴扉通杏坞,竹径接花桥。日暖醅香好,风清斾影高。渔翁频岸艤,行客屡停轺。喜际羲轩世,酣歌慰寂寥。

【说明】馆在花桥之西,杏村之口。酒旆高悬,商旅市沽,得有所济。

绿野书楼

先世儒为业,建楼多蓄书。不殊裴相宅,那让邺侯居。绕屋竹自长,侵阶草不除。往来无俗子,谈笑有才谞。即此供耕获,何须蕡与畲。

【说明】楼在义城祖住旁,先世建楼数间,以为书塾,竹树阴翳,轩窗幽豁。四时呷唔之声,自宵达曙焉。

榉洲雁集

榉洲秋色晓,鸿顾日回翔。已解逃荟缴,应能饱稻粱。肯同鸥伴侣,偏与燕参商。灵囿沾仁化,周诗荐乐章。帛书曾系足,千载仰苏郎。

【说明】大溪之北,桐江之南,有洲宽平十余里,其上柜柳成林,秋风零落,则有鸿雁翔集焉。

钟潭龙蟠

臣镛隐灵物,潜伏碧潭深。冶铸知音昔,流传直至今。波涛时汹汹,云雾日阴阴。自有为霖志,能无济世心。何时九霄上,鼓舞发清吟。

【说明】载于《鄱阳县志》。潭在碧滩之下,百顷澄澈,潭际奇峰,笔立一古寺存焉。世传下有洪钟,中有伏龙。

○文昌阁八景诗

阁在钟潭,明刘文庄建,自为诗,有序云:余少时于钟潭山巅,构文昌阁,吾族水口山也。族间少长每月集斯阁,论文课艺,以承先世。阁右有古寺,书舍乃先祖获轩公所建。强半颓矣。余复构一小庵,榜曰"蟠龙"。丙戌秋月,又结书屋二间,榜曰"卧云别墅"。暇时常寄榻焉。庚寅携子读书,兹山散襟遐瞩,风日颇佳,爰咏八章,以告同志,兼记岁月云尔。卧云子刘文庄自识。

古寺疎钟

丛林深处绝尘埃,古殿钟音入座来。下界潜山飞锡杖,上方莲社卜金台。

闲僧贝叶拈香意,过客匡床梦蝶回。谩看凭栏松子落,禅关夕照几徘徊。
【说明】阁西妙智寺,朝暮钟音自下至上,隐隐焉出空中云间也。

空 阶 霁 月

阶自岭脚大河边,斗折迭砌数十丈。层级而上四时玩,月不减南楼清兴。
金砌疏梧影正明,江流澄澈月盈盈。此中忽见琼楼满,三鸭齐飞下野平。

清 湖 荷 盖

十里清湖带夕曛,一池芳草绿如云。采莲歌笑谁家女,鱼戏苏堤酒半醺。
【说明】湖在阁南里。

书 舍 茶 烟

书堂初结草晞微,人迹车尘到亦稀。洗砚墨波鱼乍跃,烹茶烟超鹤先飞。
明窗净几堪容与,玉轴牙签任指挥。讲诵不嫌开万卷,四窗读罢理琴徽。
【说明】获轩公旧斋,后代子姓讲习于斯。

古 岸 渔 灯

小艇矶头一叶轻,苹洲荻火有人声。披裘严子终埋迹,垂钓元真自隐名。
点点寒光惊鹜起,荧荧冷焰动鸥鸣。薪庐烧烟渔翁唱,掩映沙汀灭复明。
【说明】阁后古港渔人集此,夜静开窗,荧荧可爱。

村 墟 牧 笛

铁笛频吹锁翠峦,四围空对倚栏干。闲亭欹枕声嘹亮,好为诗人助笔端。
【说明】郊垌近牧子嬉游所在,笛嘹亮。

橹 声 破 梦

崚嶒高阁占河边,竹屋松窗傍午眠。曾入草堂诗得句,几经花縩笔生妍。

啼鸦忽断青山外,寒雁翻惊绿浦前。来往遍寻庐荻岸,棹穿斜日一渔船。

【说明】大河通祁浮,客舟往来不绝,读倦假寐歇,乃声频频入梦。

龙 影 沉 潭

古迹荒唐费讨参,没潭复出没钟潭。纽边梁石波心见,颔下明珠月底涵。
薄暮鸳声喧渚北,高秋雁影到江南。东川异气何年发,皂阁鸣时寄小庵。

【说明】载于《鄱阳县志》。金钟原没浮邑北港,梁大清二年,复出取以入朝,扣之不鸣,送回役此潭募渔人探之,云石梁贯其纽,蛟龙绕其腹,不可得。事载府志。

○福见村十景诗

张上诚

旗 山 古 石

壁立悬崖似走旗,百千古石列如眉。苔青藓绿美如画,磊落巉岩瘦亦奇。

海 坞 樵 歌

坞深似海列山多,往采樵人叠发歌。一路崎岖悠不断,闲云相送几声和。

高 峰 晴 霁

高作凌湖水口峰,晴来新霁锦重重。随阳灿烂深鬟表,堪与飞霞断丽容。

松 林 夜 月

林间蟾蜍照高松,遍有清阴寂寂浓。向月老龙麟亦著,还腾涛韵应宵钟。

村 前 田 水

眠来一案锁千阡,水绕村前遍是田。每到稻香流不竭,环六瑞蔼胜清渊。

陇畔溪声

陇畔流来却是平,非金非石出幽声。凌凌有韵溪边放,偶送窗前响亦清。

饶坂茶烟

饶坂南居是我家,轻烟淡绕四边茶。每逢谷雨春三月,叶叶含香趣最嘉。

丽阳酒市

葡萄美酒出谁乡,闹市从来羡丽阳。各路沽春声不断,提壶争说郁金香。

寺山秀障

一障青青现秀颜,松间古寺倚高山。排来曲曲如三折,拱立门前翠可攀。

新井寒泉

井里源流别有天,龙行带秀出鲜泉。若教永饮甘如许,常有新机汲万年。

【说明】载于丽阳镇福建村《张氏宗谱》。"福见村"名为其村始迁祖所命,为后代子孙福气可见之意,又因从福建清流始迁而来,遂改今名"福建村"。福建村历代文人荟萃,历届修谱均有人作十景诗录入族谱。

○荫墩村① 八景诗

徐桂補②

乾隆丁酉年隐退居住故里,携侄读书有怀村中,山水田园云胜美,足以玩赏。因列为八景,聊作俚句③,以志先世择居之善,以诗传于后人也。

【注释】①荫墩村:指今鲇鱼山镇新桥村。②徐桂補:清嘉庆年间曾任过豫章漕运史,善诗文吟,荫墩村(今新桥村)人。③俚句:指民间的、通俗的。

南 山 翠 屏

层恋徙翠照疏稀①,一派南山列画屏。漫卷风廉有黛色②,小窗恒挹③数峰青。

【注释】①疏稀:空隙大,疏密相同。②黛色:指青黑色。③挹:指动或牵引。晋郭璞《游仙诗》有"临源挹清波"之句。

北 涧 清 流

迢迢北涧灌西畴①,四季清波绕宅流。徙此恩膏滋畎②亩,黎民千载沐天庥③。

【注释】①畴(chóu):已耕作的田地。②畎(quǎn):指田间小沟。③庥(xiū):庇荫、保护。

东 谷 樵 歌①

听得樵歌响太空,寻声来自紫薇东。读读细按饶佳韵,兴致怦然寄谷中。

【注释】①樵歌:指砍柴的人随口唱的山歌。

西 畴 耕 乐

欢然乘来向西行,戴月披星不辍耕①。乘时春末休荒业,大有秋成乐岁亨②。

【注释】①辍耕:指日夜不停地耕作。②亨:顺利。《周易·坤卦》:"品物咸亨。"

清 池 荷 碧

翠盖亭亭表新规,参差层叠点方池。碧筒风佛摇银浪,满目清香在水湄①。

【注释】①水湄:指水边、岸旁。

郭 璞 云 阴

云横郭外岭横阴,望裏迷离①黛色深。漫说仙翁②丹熟后,试看宝气护山村。

【注释】①迷离:模糊不明的样子。②仙翁:指晋代尚书郎、风水仙翁郭璞。

银溪月影

团团皎月碧溪浮,影映山家卖酒楼。云掩半规疑浪破,晴空万山满金瓯①。

【注释】①金瓯(ōu):指金色的酒杯。

古堰①涛声

返照悬崖近五更,月明如画满山城。飞流瀑布三千尺,细数涛声水更清。

【注释】①古堰(yàn):挡水的堤坝。

○湾山十二景诗

程炳文①

自 跋②

吾乡原有八景,先辈亦赏吟咏之,但未入谱刊,今皆逸矣!然事在百陵谷,易于变迁,物华常为更迭,故有昔之所识。而今属泯减者亦有今之所增,而昔未及收者,不才今有标题,较诸先世多无非据,见在实际,而实征之。若虚妆远摘炫耀美观,此添足于蛇腹徒,贻识者之睹也,所喜自幼能勤学苦练,钟爱诗词之类,今咏之故里,只能点缀一二。昔人有佳景而无佳句,信然哉!信然哉!馆中稍暇间,自诵之,真是字字勾勾,俱欲抹杀,又念吾年已七旬,退居故里,若倘莫为之先,又时而有为之后哉!虽昌固陋所不取之辞,唯愿观者当以吾为稗谌③是即。祖宗之功,臣不才诩④翼也。

清嘉庆十八年秋月下

【注释】①程炳文:清乾隆四十年(1776年)任新安太守,嘉庆十四年(1809年)退居故里。自幼勤学苦练,钟爱诗词之类。②跋(bá):书卷的题文。③稗谌:古代指稗官野史。清代袁枚《祭妹文》:"前年予命……汝来床前,为说稗官野史可喜可贺可愕之事,聊资一欢。"著者自谦语。④诩(xǔ):指夸赞。

花园宦迹①

名园创筑自先年,人去花残世已迁。古道久疏车马辙,故宫剩有黍离延。

洛阳只读希无祀,金谷空传石季箢。愧吾身闲徒伫望,追踪应属后来贤。

【注释】①花园宦迹:明代时关山村程氏家族曾有官宦人家住在今慈义村与源家湾村之间的"百亩花园"之处,如今的"百亩花园"仍隶属关山村管辖。

金 竹 仙 踪

金色辉煌紫色重,古今传说是迁踪。丹成熄火留灰冷,石烂招云带月封。

洞古久无人吸露,台荒只有鹤楼松。年来颇谙①到圭②术,白画何时羽翰③冲。

【注释】①颇谙(ān):指熟悉知道。②圭(guī):古代量名,一种玉器。③羽翰:指书信或文章。

虎山①北踞

山形类虎竦人观,几度登临胆更寒。只许凤凰岗上立,岂容麇鹿岑头参。

风云变态文常炳,霜雪交凝势愈端。雄据吾乡为北障,往来休作等闲看。

【注释】①虎山:昌江河绕关山村而过,村庄河对面有一座名山,叫虎头山,满山全是硬石块,山形似虎,虎头伸向河中心。

狮岑①南蹲

出门伫立瞩南离,一岑雄蹲势若狮。雨洗不巉②惊爪现,风吹松舞骇毛披。

频来虎豹相徼逐,更引熊罴③共隧驰。万古堪舆知不改,吾乡永藉壮威仪。

【注释】①狮岑:指凤岗河东村沿昌江河不远处下游有一奇山,形状活像一头雄狮盘踞在河边,故名曰"狮子山"。②巉:形容山势高而险。③罴(pí):熊的一种。

西 郊 农 唱

康衢①久矣无遗响,天籁时鸣又此乡。满室满沟祈祝遂,载昌载和齿牙香。

牧童挟笛同帮板,樵子依腔互侑觞②。鼓腹含哺忘帝力,西郊仿佛一陶唐。

【注释】①康衢(qú):指四通八达的大道。②侑觞(yòu shāng):指举杯劝酒。

东岑樵歌①

熙朝②幸际做尧氓,岑上高歌庄太平。豪放恐率林木振,悠扬颇谐雪春晴。声传幽谷惊莺唪,籁发层峦起鹿鸣。倘过卖臣驰担读,班荆③对坐细评论。

【注释】①樵歌:打柴的人随口唱的山歌。②熙朝:指清朝康熙帝。③班荆:在地上铺开荆条坐下。

金钓滩①转

谁挽狂波使转流,地灵默顾去而留。昌江钓冷移兹地,渭水②钓闲注此洲。新月半轮欣映合,湾山一臂笑相俦③。谁人悟透观澜趣,川上清心点点求。

【注释】①金钓滩:昌江水流经关山村,村对岸有一座老头山,离老头山下游不到1华里处,有一浅滩,名叫金钓滩,又名金斗滩。②渭水:渭河,发源于甘肃渭源县,经陕西流入黄河,此河盛产鱼类。③相俦(chóu):同伴,形影相亲。

玉斗洲①横

端平如斗势漠长,砥柱中流障一方。夜月映来沙色丽,春湖徵断浪头狂。野花深处留鸳宿,芦荻丛中过雁藏。想是鸿门②轻掷弃,至今珍重在吾乡。

【注释】①玉斗洲:关山港下村斜对面上边有一沙洲,名叫玉斗洲,又名富家洲,洲长2华里余,宽有半华里。自古有二水中分玉斗洲之说。②鸿门:形容宽大。

小港渔灯

朝入清波争棹①航,依依小港漫挑钏。淡江映水抛珠影,浓稻穿蓬伴月光。或浅或深相仿佛,时分时集任猜详。得鱼沽酒频歌饮,尚有余辉对玉缸。

【注释】①棹(zhào):指船桨。

湾山①书舍

名山灵运正当昌,新舍追踪二酉堂。四壁烟云邀翰墨,一溪风浪焕文章。凭栏今得鸢②鱼趣,开座飘来桂杏香。自有人龙锤间气,圣明应卜得贤良。

【注释】①湾山:旧时叫湾山村,今更名为关山村。②鸢(yuān):指老鹰。

深涧碧泉

超超出涧有泉宫,雨后当瞻宿蝾螈①。片石透来澄彩色,一泓②汇处显残红。器成辟斧金常满,兆报席筵酒已空。灵气得交良不偶,云根还讶孕潜龙。

【注释】①蝾螈(róng yuán):两栖动物——蜥蜴。②泓(hóng):指水深而广。

前山牧笛

年来欲洁扣歌盟,忽听山前笛韵清。想是牛羊足春草,致令童顽发出声。无腔休论商和羽①,信口依稀②瑟与笙。试问铃铛车马客,何时博得此身轻。

【注释】①商和羽:商、羽指古代音韵。②依稀:指景物或记忆不清晰,隐隐约约。

○沙咀头七景诗

汪谷旦

其一 妙智古寺

胜景非凡绝点埃,金容玉像笑颜开。岩潜龙脉苍柏翠,石露禽痕长绿苔。塔形高升红日表,钟声响扣白雪隈。四时物色常如此,和锡飞仙任往来。

其二 社树灵祠①

秋宜植柏夏宜松,乔木阴阴老更浓。祭祀本由前代始,燕尝亦与此时同。民安物阜神威显,雨顺风调岁运丰。秋报春祈无异常,里人欢饮酒东风。

【注释】①社树灵祠:古代沙咀头村百姓在村头建有一座社公社母灵祠,用以祭祀护村,庇护本村人丁、六畜兴旺。

其三 赵坞云耕

万顷膏腴①事业多,一犁黄犊慢蹉跎。仁风暖袭三春物,化雨荣治九穗禾。

劳苦分甘忘疲力,公私事辩毕差科。秋咸获得唐虞世,说甚含哺唱欢歌。

【注释】①膏腴(yú):形容丰裕、富裕。

其四　五峰列画

叠叠云岗耸翠屏,四时端拱在门庭。雨余曲涧流泉响,风过层峦芳草馨。藏隐神仙名显耀,降生英杰气钟灵①。倚栏极目门前盼,松柏严冬不改青。

【注释】①气钟灵:形容善与美且有豪气。

其五　青湖客店

财源滚滚涌春泉,村落繁华胜市烟。龙脉石蹬名各有,权衡有度物无偏。亲朋即至居沽便,客旅交游贸易全。四方迎来多主顾,瀛洲万贯屡胺缠。

其六　家塾书声

绛帐高悬聚众英,咿唔朗诵做寒更。阔开思路知礼仪,指引登云岁月程。瑚琏①器因磨琢就,栋梁树待养培成。公侯将相由兹出,学足三余定显荣。

【注释】①瑚琏:指用珊瑚磨琢出来的项链儿。

其七　石桥便涉

一桥横伸搭小溪,千金不吝众人齐。行人稳步无惊恐,过客扬鞭免揭衣。平坐老驴诗又就,高车驷马①志堪题。晚来一雨初收霁②,牧唱樵歌竞捐西。

【注释】①驷(sì)马:指古代套四匹马的车。②收霁(jì):指雨或雪停止,天气放晴。

○建德农庄十景诗

徐升一

鹊　湖　月　亭

亭幽风影回然殊,夜涤尘襟意自娱。栏杆玲珑①能引月,鸟瞻飞舞恰临湖。

座绕皎影浮朱槛②,彻透银光映玉壶。时卷珠廉③频酌酒,清词绘出卧游图。

【注释】①玲珑:形容器物精巧。②朱槛:指门下的横木,俗称门槛。③珠廉:指放在窗槛上一块升降灵活,能遮风挡雨,精致美观的布。

豫 章 云 榻

傲寄林泉养性真,壁斗谷深醉清醇①。花间图籍雪间榻,竹里楼台画裹身。
明月半帘梁苑②梦,清风一枕葛天明③。何人领取烟霞趣,独效希夷④步后尘。

【注释】①清醇:味道浓厚的美酒。②梁苑:泛指一般名园或好处所。③葛天明:用葛织成布。唐代杜甫《端午日旸衣》:"细葛含风软,香罗叠雪轻。"④希夷:指平和、和悦。明代宋濂《送东阳马生序》:"与之论辩,言和而色夷。"

仰 高 书 屋①

渊源家学证修藏,仰止巍然旧讲堂。绿树阴笼冷月席,紫藤花罩读书床。
四面屏立闻图画,一水环流泛羽觞②。诗礼相传唯图画,六经自昔燕贻长。

【注释】①仰高书屋:据《徐氏宗谱》记载,老屋下村(即今鹊湖村)唐、宋、明时曾在村头山洼中设仰高书屋,培养出十八把白纸扇(即举人),此书屋在古代很有名气。②羽觞:指隐没在此,举杯劝酒或自饮。

建 德 农 庄

十筑幽庄住细氓①,云山深处种香粳②。红榴灼灼低低屋,绿柳依依小小槛。
百亩桑麻承祖泽,一犁烟雨勤农耕。羊羔岁酒田家乐,俭慰勤劳诵太平。

【注释】①氓:古代称百姓。②香粳:泛指稻谷,特指香稻。

郭 岑 仙 踪

昔年名胜留仙处,今日仙飞只境空。丹熟冷烟教竹扫,石床明月倩花笼。
神归兜率青天外,羽化巉岩白雪中。古踪不磨山不老,长留遗像在幽宫。

远公禅刹[1]

一粟乾坤景最宜,锡飞传说大元时。山光回绕青鬟立,瀑布奔流白练垂。罗汉竹森愚公石[2],观音莲现养生池[3]。不嫌世隔人踪少,中有仙猿[4]解下棋。

【注释】①禅刹:泛指有关佛的事物。②愚公石:指郭璞峰山涧中一块刻有"愚谷次"的石碑,至今尚在,又称愚公石。③养生池:郭璞峰山涧中的"愚谷次"上方有一深潭,碧水清澈。传说中每到月头月尾,玉泉寺夜半钟声后,观世音下凡来此地用回光返照之术进行洁身梳洗。④仙猿:指郭璞峰二尖岑上有一块棋盘石(至今尚在),又称仙人下棋石。

桃源樵径[1]

三月夭桃浓似绣,登山雅识径通幽。林深屈曲千重远,花密纡回[2]一线修。牧笛吹残红雨[3]落,樵歌唱彻碧云浮。武陵松拟春光好,人在桃源烂漫游。

【注释】①樵径:打柴人的山路。②纡回:环绕、回旋。③红雨:红色的雨。

莲沼渔矶[1]

数亩芳塘比小星,渔矶一片傍渊汀[2]。花呈水国闻成紫,鹭立苍苔[3]点破青。渍雨斑纹成半皱,临风萼跗[4]发余馨。坐来垂钓清香里,借景敲诗思杳冥[5]。

【注释】①矶:水边突出的岩石。②渊汀:指深潭。③苍苔:一种贴地生长于阴湿之处的绿色苔藓植物。④萼跗:由若干萼片组成,指花的底部。⑤杳冥:形容深远之意。

云岑浮岚[1]

叆叇[2]乘风出曲阿,浓烟闻处鸟飞过。千寻叠嶂神工削,百尺浮云画墨拖。蔽树英英垂白练,弥山[3]汉汉罩青螺。呈祥摇曳多音译,停看为霖意若何。

【注释】①浮岚:指山里的雾气。②叆叇(ài dài):形容云多而厚。③弥山:指很长的山伸向远方。

天 池 浴 日

坎池阳精似转丸,泉渟巨岑一泓宽。天光倒映青鸾镜,曦影浮涵赤玉盘。瑶沼险以尘外赏,火轮幻向水中看。莫言宇宙无奇境,美景生成在石峦。

八、古诗文拾遗

程仁修、石国禄、董国助整理

昌江古诗拾遗

郭璞峰

[清]徐人元

天际耸苕荛,云母仙宫据。
双峰峭削成,五色连昏曙。
屯谷鸡犬闻,排空鸾鹤翥。
上有霞可餐,下有芝可茹。
但链入云心,自识遗丹处。

赠吴鲁瞻①往云南幕

刘彦昺②

官海功名黍一炊,簪缨③文藻眼中稀。
东风白发双亲健,南国青云一羽归。
袍带御香开绿幕,锦裁宫袖戏斑衣。
华坛莫惜如渑酒④,又见行旌遂鸟飞。

【注释】①吴鲁瞻:鄱阳鲇鱼山吴家村人;明代官至云南幕,与彦昌同乡。吴家村与义城隔河相望。②刘彦昺:明朝洪武元年(1368年)开国功臣,任军事参议、大都督掌记,后官至侍御史。③簪缨:古代官吏的冠饰,用来显示身份。④渑(miǎn)酒:泛指为国立下巨大功勋的庆功酒宴。

浮洲小酌[①]

[清]史彪古

爱携双屐出郊坰[②]，野色岚光集水亭。
入座远分千顷碧，穿林遥献数峰青。
轻舫赁酒[③]浮明镜，晓堞凝烟列翠屏。
客去尚余鸥作侣，忘机[④]泛泛狎前汀。

【注释】①浮洲小酌：《浮洲小酌》及以下彪古诗选自《饶州府志》之《艺文二·记》。清时鄱阳地名"浮洲"者有二，其一在饶州东湖，其二在丽阳镇郊昌江上。从此诗及其他丽阳村景诗来看，史彪古这首诗描写的正是丽阳镇的浮洲。②郊坰(jiōng)：泛指郊外。晋代葛洪《抱朴子》："或建翠翳之青葱，或射勇禽于郊坰。"③赁酒：赊酒。《说文》："赁，贷也。"④忘机：没有机巧之心，与世无争。唐代王勃《江曲孤凫赋》："尔乃忘机绝虑，怀声弄影。"

钟潭[①]月钓

澄潭正喜在门前，不费勤劳繁钓船。
轻手着将香饵设，无心贪恋紫袍穿。
绿蓑清笠无拘束，明月芦花共醉眠。
一味晨昏供鼎簋[②]，依时取及此新鲜。

【注释】①钟潭：昌江河内钟潭湾离义城古村不到一华里，此地水深鱼肥。②鼎簋：指古代最好的器具盛食物。

昌河扬帆

清流环绕自昌江，迢递逶迤[①]抵此方。
来来往往无阻滞，多多少少任潜藏。
渔家欸乃轻彭蠡，客语谊华小洛阳。
南北东西风自便，回还如送雁飞忙。

【注释】①逶迤：指河流长而连绵曲折。

赠吴郡朱吉①

宦游湖海已多年,长忆邱园思惘然②。

红叶枫林酣玉露,黄花离落铸金钱。

夕阳牧笛山村外,秋水泛舟野岸边。

判簿③白头身尚健,拂衣未许赋归田。

【注释】①朱吉:刘彦昺官场上的挚友。②惘然:形容失意,似乎失掉了什么。③判簿:古时官名,地方长官副手。

故居清舍感怀

三两人家傍水阿,石桥分路上坡陀①。

白云未放晓风出,黄叶渐添秋意多。

张翰尊鲈归正好,陶潜松菊远如何。

节支我欲买山隐,早晚相从入薜萝②。

【注释】①坡陀:指路高低不平。②薜萝:一种草,属蒿草类植物。

秋日登高

年年秋客上巍峰,今吾来登逸兴浓。

欲访仙丹寻郭志①,日携樽酒②学恒公。

醉余偶助题糕笔,卷至仍贪落帽风。

远水湖光看一掬,遥山岫翠③压千重。

凭虚莫问岚留阁,览胜惟听鹤唳松。

回忆先人幽尝处,只闻玉寺④数声钟。

【注释】①郭志:指晋代著作郎、尚书郭璞被奸臣王敦陷害,隐居在郭璞峰。②樽酒:古代盛酒器。③岫翠:苍翠隐约的山色。④玉寺:指郭璞峰山中的玉泉寺。

钟潭龙蟠①

钟潭②在碧滩之下,百顷澄澈,潭际奇峰笔立,一古寺存焉。世传下有洪钟,中有伏龙。

山关隐灵物,潜伏碧潭深。

冶铸知因昔,流传直至今。

波涛时汹汹,云雾日阴阴。

自有为霖志,能无济世心。

何时腾霄上,鼓舞发清吟。

【注释】①《钟潭龙蟠》载于《四库全书》卷十三。②钟潭:在鱼山镇新桥村北,相传村边深潭里有孽龙为害,以巨钟镇之。

西 郊 农 唱

神农未必留遗响,信口相传又一乡。

为说千畦春雨足,也夸万亩稻花香。

击耒土鼓先祈社①,润透歌喉再奉觞②。

七月酉成田畯喜,幽风小雅岂荒唐。

【注释】①祈社:指当地百姓,祀奠社公和社母神,保一方平安。②奉觞(shāng):古代的一种酒杯,如举觞称贺。

南 岑 樵 歌

深林欢腾沸野氓,樵歌庆衍①泰阶平。

待除败叶吟秋爽,已伐枯薪斌午晴。

此放狂呼凌谷响,彼余逸韵应泉鸣。

籁从山上大风下,胜听胡笳②塞外声。

【注释】①庆衍(yǎn):指扩展、发挥。②胡笳(jiā):我国古代北方民族的一种乐器,形状像笛子。

陈文衡①诗三首

深涧虹②泉

深渊久蓄梵③王宫,色相圆光幻影虹。

山角漫流春涨绿,石边曲照夕阳红。

知非旧井无禽顾,端是蒙泉击石空。

此际神鳌④谁钓得,银涛作吼去乘风。

【注释】①陈文衡(1535—1615):字惟平,鄱阳四十二都凤岗村人,历官广西右布政使等职。为官刚正清廉,为明代重臣。②虹:指雨后天空水滴经阳光折射而形成彩色或白色的圆弧。③梵:佛教用语,指清净,寂静。④神鳌:传说中大海里的大鱼或大鳌鱼。

莲塘夏色

清梦夏回月正明,碧荷净洁表芳规。

浓香远送游人醉,花影风摇宕①水湄。

旖旎②荷开绿锦池,团团翠盖漾涟漪③。

波间掩映朱华动,绝胜西湖六月时。

【注释】①宕(dàng):指放纵,不受拘束。②旖旎:指柔美。③涟漪:指水面的波纹。

庚寅夏洞孟来戊岐山游九星岩①

将军能好客,载酒探奇冥②。

山色杂林越,溪光映斗星。

九峰高插戟,一径曲穿庭。

石角发清响,蛮③儿欲断魂。

【注释】①九星岩:在广东省云浮市云城镇域内,今被列为风景区山水旅游景点,此地古迹颇多。②冥:幽冥昏暗。③蛮:我国古代对南方各族的称呼。

阳府山

金君卿

山势萦纡①一径斜,水烟深处梵王家。

闻香已荐鸡鸣声,未雨先赏雀舌茶。

吟客披云题玉壁,药僧和露采松花。

疲倦向晚寻归路,溪口平沙卧古槎。

【注释】①萦纡:盘旋环绕,曲折。

阳 府 山

明曾题咏

坞僻境偏静,桥横泉更清。

禅堂坐白昼,树杪①一禽鸣。

【注释】①树杪(miǎo):树梢木末。

昌江河中宝石①

刘景芳

试问飞来石,飞从何处来?

山景留胜地,永不放飞回。

【注释】①宝石:在阳寺上游一公里的昌江河中,耸立三石,出水余丈,石根相连,民间称其为"宝石"。

顺 昌 书 屋

程宝云①、程仁修整理

藏书致富有奇方,顺理交通利自长。

经营昌大操胜算,记来记往事端详。

【注释】①程宝云:明洪武元年(1368年)封山阳内史,关山村人。

怀故友诗一首

刘莘①

诗侣方逢梦与微,摅怀未尽遽②言归。

正思玉鲙③将登俎④,应笑缁⑤尘又染衣。

金石交情知不改,辅车形体自相依。

何时得遂⑥江湖乐,薄宦牵羁⑦甚墨徽。

【注释】①刘莘(1384—1467):字志尹,今鲇鱼山镇义城村人。明代永乐十六年

(1418年)登戊戌科进士,授官行人,领颁诏、册封、抚渝、节奉使等职。其办事勤谨,廉洁奉公,深得黎民赞誉。于明宪宗成化三年(1467年)卒,安葬于今童子坞后山上。②遽(jù):指匆忙、突然。③玉鲙(kuài):亦作"玉脍",鲈鱼脍,因色如玉,故名。常借指东南佳味。④俎(zǔ):古代祭祀、朝聘、宴容时盛肉等食物的器皿、礼器。⑤缁(zī):黑色的缁衣。⑥遂(suì):指成功。⑦羁(jī):束缚、受牵制。

浮洲小斟步韵

[清]吴士骥[①]

相从载酒过郊坰,坐对晴光上翠亭。
弱柳细含春水碧,轻烟遥带晚山青。
香浮琥珀分残照,响促笙歌彻画屏。
明日还期重眺望,莫教风雨乱沙汀。

【注释】①吴士骥:清代鄱阳名人,康熙二十二年(1683年)曾编撰《安仁县志》。

九月舟中述怀

[清]史彪古

病骨轻舟兴若何,晴霞片片映烟波。
暮帆千里悬秋色,戍柝三更接晓歌。
醉里摊书灯影乱,床头望月客思多。
故园丛菊衡门外,孰是柴桑载酒过。

清　斋

[清]史彪古

清斋许自问,懒性怯征尘。
对鹤琴为侣,悬鱼酒是邻。
兴余林外屐,身隐梦中贫。
竹塌连千帙,沉吟见古人。

登芝山步韵

[清]史彪古

蹑屐步崔嵬,幽寻亦快哉。
千樯云外出,双塔望中来。
磬罢僧归定,岚横鸟数回。
行行仙路近,洞古为谁开?

鄱滨渔者

[清]史彪古

星淡暗沙溪,秋风动钓丝。
船移隔岸火,竿拂落花泥。
绝壑藏云湿,临渊待月迟。
濠梁亦有兴,应与漆园期。

挽王羽仪

[清]史乘古

归休今日竟归休,诵罢君诗叹白头。
宫柳雁空栖北锁,澹湖人怕过西州。
书沾血迹添新感,砚带啼痕触旧愁。
为访仲宣楼故址,孤烟冷月一荒丘。

舟过珠湖

[清]史班

横江薄雾掠轻舟,坐倚篷窗一纵眸。
水接长天归雁迴,人吹短笛晚林秋。
荒村酒斾当门飐,野埠渔罾逐伴收。

正有北风斜雨细,自摇轻桨趁沙鸥。

郭　璞　峰

[清]史白

郭岭何崔嵬,晴空耸寒翠。
引领绝攀援,岚光在襟袂。
细缊玉篆文,醇醐金丹气。
仙翁招欲来,划然探灵秘。

【说明】载于清道光版《鄱阳县志》。

昌江古文拾遗

嘉鱼李氏义学记

[明]余祐

学校之建,将以淑人心、变士习而美风俗也。三代盛世,养民有制,人皆获遂其生,而又自里巷以至国都,莫不有学,以为施教之地。其所教者,人伦物理纲维世道,实为政治基本所从出焉。自秦已降,治弗古,若学校之设,或亦谓遍天下,然皆干禄求进之人,聚处其间。而凡闾阎里巷,皇皇觅食与衣,犹不免于冻馁者,果何暇于务学,而亦何有能教之者哉。呜呼,治之衰,道之否也。道之否,学之废也。天下国家,大小虽殊,而士君子欲自尽其辅世之心,在家者犹其在国也,在国者犹其在天下也。势或不获行之于远,而近岂不可以致力耶。嘉鱼李氏司寇立卿,最称邑之名族,尊甫讳某,仕至副都御使,茂着贤声。兄茂卿(承芳)世卿(承箕)皆由科第讲求正学,不与俗谐。立卿(承勋)同予官南都时,每于政理之暇,讲切相资,益详其实闻,尝为予称其远祖讳宗儒者,宋庆历间,创建湖西义学,合族共助田若干,岁敛其入以为师生肄业之资。迨元未坠,当时李氏子姓固在教育之中,而乡邻延及旁邑,亦多沾其惠泽。

国朝初年兵火,顿废,已逾百二十年。弘治庚申,大理评事茂卿又偕族人即义学旧址,再建堂宇,渐图兴复。然有学无田,事难久持,卒莫克振。嘉靖乙酉,立卿独念先世美善,不忍失坠,而义学旧址去今族众祖庐,势颇疏越,子弟肄业,往返未便。而有学不可无田,即教养兼举之意也。又尝依附祖墓,肇造祠堂,以祀其先,置祭田以供其祀,有余即瞻族之贫乏。乃就祠堂偏左重建义学,为室五间,偏右建义学五间,用贮祭田之入,均给奉祀兴学之费。属予记其首末。且曰师之所教,弟子之所学,必有的焉,以为终身祈至之地,敢请一言为训,庶俾后进不迷于所从也。予闻之曰,学未有得,奚能言,而立卿义举,与其先世之懿,乌可无一言哉。人生而蒙,长无师友之资,则进益于愚,而遂不可由于人道,所谓去禽兽不远者是已。人岂可不学,而学岂可不切于吾之身哉。四德者,身之所蕴也;五伦者,身之所处也;百行者,身之所由也。修四德,敦五伦,励百行,师之教弟子之学,此其最大且急。而词翰之丽,爵禄之荣,功名之显,皆非吾身之所固有者,得之不加益,失之不加损,而世竟趋焉。此岂李氏自昔迄今,兴建义学之意乎。况嘉鱼邑治,既有儒学师

生之讲习矣。义学师生所从事者,果与之同耶,即无之可也,抑与之异耶。则当审彼之失,求吾之得,恳切用功,无或怠荒,庶几真有助于人道之立而于辅世之功,亦甚伟矣哉。然则义学虽为李氏私塾,其有关于公家政理如此,凡为子弟来游是学而克自奋励,穷则为家之才子,达则为国之良臣,立卿偕予均有望焉。

嘉靖五年丙戌十二月朔日吏部右侍郎鄱阳余祐书

因旱诏求直言具疏[①]

[明]张岐

为谨陈管见,备旱以解圣忧,聚水以苏民困。

事伏惟:国以民为本,民以食为天,而食必出以禾,禾必资以水。窃见洊年以来,霖雨屯而天时降炎,川泽枯而地利莫济,寸土而焚,嘉禾立槁所在多。然广东为甚,臣待罪承宣,愧无良策,只见饥荒状时进于庭,呼号声日满于耳,势难矫制,徒切绘图,幸赖陛下深仁,旰食宵衣,蠲租发帑,民稍更生,然天炎何岁蔑,有人当先事豫防,经理不先补苴,何及揆厥,所由皆因小民,平日不知聚水之方,故一时莫获灌救之力。稽古制,田有沟洫,泽有陂堰,水聚放地,力可回天。无奈愚氓,怠玩偷安,勤罔修筑,且多豪右,幸灾射莫肯纠工,是以遇旱炎,举手莫措。奏乞纶音,敕各郡县官吏,督民相地,及时兴工,三里一堰,十里一隄,豫贮水利,以待不虞,庶禾不尽槁,于天时而食,可取于给于地利,聊以仰舒。

睿虑俯裕民依臣未敢擅专,伏祈圣鉴,谨疏以闻。

御批:这所奏真有补国计裕民生,允即督令修筑,该部并敕各省属一体遵行可也。

正德九年十月初一日因旱诏求直言具疏

【注释】①此奏章载于慈义《张氏宗谱》。

陈文衡碑文

奉天敕命

朕逮下以恩褒奖,而况其父有式毅显彰。明乃原任刑部湖广布政,孚于宗族笃于家之风。食报福善斯徵兹持都宪,史司主事益衍。

奉天承运,皇帝敕曰:朕逮下以恩褒奖,而况其父有式毅显彰。明乃原任刑部

湖广布政,孚于宗族笃于家之风。食报福善斯徵兹持都宪,史司主事益衍。敕命之宝,万历二年。

孝有秩以上并获显杨。

【说明】2010年8月,在凤岗村大沙坡出土陈文衡碑石,墓碑立于明神宗万历二年。

岱 游 记①

史彪古

长安数载,晨兴羸马,夜而索居,尝思适意山水之乐,少涤尘痾。乃西山在门屏外,若碧霞、玉泉、香山诸胜,曾不得以过。从接韦公半日闲,何暇远及岱宗之观哉?

顾事有不期而遇者。甲午仲冬,余既奉归省之命。驿驰而南,蒙犯冰雪,曾十宿而达泰安。以马瘏仆,诜诜说止。窥见巍然天半忽动人景行仰止之思者,询之,为岱岳也。及州守来揭,复为余备述四方祷祀之应。予思此行良不易易,用是斋被致祀焉。

是月十日,减导从,携篮,与爱令州佐孙君昌嗣向道偕行。黎明,出州之北门,已觉翠色朗然,照人眉睫。行里许,至都城,是岳之麓。又四里许,为灵应宫,即一天门也。

自是而登,趾渐高,步渐蹙,径渐狭,石渐险,泉声渐雄矣。又五里,为歇马崖。又五里,为回马岭。路愈隘,石愈险矣。徒步而上,犹时有颠踬之虞,行人首戴于足。不知宋真宗以前封禅,诸君、六飞、百僚、千乘、万骑何以联辔扬镳耶?道旁五大夫松已沦其四,其一高不逾寻丈,仅枯桠耳。从人指今道昔,相与嘘唏者久之。又五里,为朝阳洞,逾洞而上,曲折蚁行,凡历十有八盘,始达南天门,至平地已四十里矣。入门,又五里许,始至元君殿,故宏敞儗王宫,今稍颓圮。折而东,陟殿之北,俯视全殿,也称元君休息殿。神卧像、帐帏、裘袭与宴安之设毕具。殿后壁立者,为唐开元摩崖碑,削成数丈,字未漶减,可读。文既古雅,笔复遒劲,为一再拭之。想见元宗初年之盛,不可谓非燕许诸公力也。前后多唐宋人留题,与夫近世老生宿儒之至此而拜者,亦皆勒石于此,夸诞登且归,而矜语于人者也。西南崖石碣,颜曰"孔子登临处"。及黄华洞诸景,则走秦观、月观诸峰道也。大石刻"登封台"三字,岱于此为绝顶矣。

石峰萃翠,四顾苍茫,远则东海碣石、大华嵩室,近则河汶泗济漕渠。数千里

建瓴横竖,高者而倍嵝,卑者而衣带也。是日,纤云不兴,气清天宅,望中若螺纹可数。祠者为予言:"或逢晻暖,则笼罩若失。"喜予与霁,宜抑山灵实相之乎?从倚良久,诚不知身之在天上,抑人间也。

步而南,祠者复前通,曰:"是秦无字碑也。"觚棱四削,厚二尺许,高可三丈余,翠润如璧,掬之若隐隐有光射入,真秦代石也。相传揭其顶者,立致风雷之异,予未信也,然当之意动矣。又东南,为日观峰,旧有观海寺,即半夜候日出处,今荆榛矣。又抠衣而东,为舍身崖。其下有仙人桥,桥支空中,垒两石于悬崖之际,见者搔首,叹人力不至此,故度者鲜矣。

自始而降,与人之于陟也,甚艰。其于降也,若张翼而趋,顷刻数十里。复东至曝经石,有石刻金刚经。不远一亭,上扁"高山流水",乃宋真宗宴群臣处也。会日已近迫暮,松风呼啸,激泉轰崩,若虎豹驰突,使人悸栗不敢留。逡巡而返,望雉堞堙垄间,暝色四合矣。

昔人云:"无风雨、远近之间者,是称胜游。"是役也,称胜游云。嗟乎,以予之情忧泉石,顾不能得之西山几案间,而天孙晤对,若邂逅于屺岵瞻望之余。事固有出于意计之外者,岂登临亦别有道缘耶?遂敲烛而为之记。

【注释】①《岱游记》选自《饶州府志》之《艺文二·记》。此文为史彪古自北京回江西省亲时途径泰山而作。

康熙戊申本《鄱阳县志》序[①]

[清]史彪古

一代之兴、方策辉煌,下至郡国,文献之昭垂,莫不有书焉以志不朽。鄱有志,创始宋嘉定乙亥,明景泰间章常山先生续稿,称为明备。嘉靖间胡司寇踵修之。逾八十年,万历己酉,刘司空复修之,今所徵者,己酉本也。洪惟我大清统制画一,车书咸同,诸如疆理形胜,兵农庸调。漕河律历,以暨制科学校,若瓣祖,若清问,若星野灾祥之必书,若忠孝幽芳之咸秩,纲举目张,外薄四海,廉有阙遗。况吾鄱六十年来,水土播远,文光吐新,代有循良,治臻既庶,皆不可不亟为纪述,以备职方之掌故者也。先是岁丙申,太守翟公将有事于郡志,驰札燕邸,属余校佳佳焉。未几,公以迁屯田使去。已而楚咸郑君谋葺邑志,又未几而郑君复以量移滁州去,弗遑副墨。讵志之待夫人也,抑亦有时乎?诚慎之也。兹卢侯甫下车,即集邑中名彦,酌古核今,修辑缺典,各矢公慎,分酝详订,而余复以归者之暇,得观厥成。

因忆余嚷者分藜中秘,折衷良史,不啻详焉。而惟是职方纪载之体,其异词者三:夏五郭公,传疑承误,车书炳郁,路马蹴刍,则文与字之传闻宜辨也,宁为鱼亥,毋为具敖也;七谈八州,识其大者,瑞芝丹井,剑气郁宣,则事与人之所闻宜核也,宁为固密,毋为迂疏也;甲子周星,其在兹乎!承筐之岁,绛人可问,尚猷洛社,则罔所怼,唯是吾鄱之博雅诸君子,操觚以从之也,夫何辞之与有,则名与实之所重者,详以核也,宁为鲁衮,毋为齐谐也。沧溟有言,善是之具,非徒以存文献而已。谓夫一方纪载之盛,具以嘉励将来于勿替焉。鄱自秦汉以来,号称望邑,田治赋清,彬彬乎其土,熙熙乎其民,化纯俗厚,纪载犁然可考,何昔之鄱独臻盛欤!亦代有良司牧噢咻而董率之耳。后之君子,休养元元,厘剔夙弊,以主持风化为己任,则良父师澡德于上,士若民率俾于下,何风治之不古若也?志成而卢君适内擢计曹,其鄱志之幸欤?抑亦人逢其会,时遘其宜欤?予不敏,爰弁数言于诸君子后,亦庶几毋忘窃取焉尔。

【注释】①此序选自1998年版《鄱阳县志》。康熙年间,戊申本《鄱阳县志》撰成,郡令邀史彪古为之作序。

《芝郡文献录》序①

[清]史简

夫百里一贤,千里一圣,群宗其至以为归也。今人与居,古人与稽,我取其型以成式也。生长父母之邦,举前贤之姓字无闻,则视听塞矣!身被先王教泽之隆,举乡先生之行谊文章,不能别黑白而定一尊,则是非淆矣!

予自垂髫,受先君子提命,尝闻某邑有某先贤遗书,辄心识其姓氏不敢忘。今溯前代文献,存者半,亡者半。若建文时之胡公闰,正统时之孙公原贞,成化时之孙公需,弘治时之戴公珊,正德时之余公廷瓒、苏公章,嘉靖时之卢公琼、舒公春芳,万历时之刘公应麒、陈公文衡、陈公嘉训、陈公大绶,天启时之黄公龙光,皆国之桢干,邦之典型也。今欲撅拾其遗文,几为空谷之足音矣。惟幸为胡公传者,有《英风纪异》一编,此则不必其言之传,而传之者已有其人。

若夫言与人之必可传,传而必可法者:若敬斋胡公、古城张公、切斋余公、先人惺堂公,其学行则濂洛关闽之遗也;若念斋程公、青峰汪公、星桥金公,其文辞则庐陵、盱江之气也;资启沃,勤献替,则桂太傅、祝黄门是采,此又政治得失之鉴,而董江都、刘更生之筹画也。思数君子者,生当其时,幸而躬逢其盛,为宰相,为卿贰,

为藩臬,为台谏,为良牧守,则各致君泽民;为岩穴老,则亦明体适用,皆不负所学以彰国家文明之治;即不幸而身履其变,为志士,为仁人,则独舍生取义,奋不顾家,以续纲常人纪之统。是其文章足以华国,道德足以持躬,至性足以质天地、格鬼神,声施至今,何赫奕也!

予尝欲仿宋景濂先生评浦阳人物,著《饶郡名贤记》,有志未逮。今幸先后罗致诸先生集于家,推当时休养之隆,念师友渐摩之力,卜山川秘惜之珍,与鬼神呵护之灵,虽经乱离颠沛,不致磨灭澌尽,犹得裒集而叙次之,用示后人。自是而后,悉其姓氏,察其言行,知诸先生之遗泽在一时,而流风在百世者,悉于是焉徵之。徵之而足,尚藉此留有美则传之盛,而闻见无违;徵之犹或不足,亦藉此辟无善而称之诬,而疑殆斯阙。则斯编也,匪但不没夫昔人,或亦小补于后人矣。

编成,劬见江公、梧叟叶公,两家子弟各以存稿见示。呜呼!小子于二公,尤亲承颜色者也。

彼都裘带之容仪,时厘瘠瘵,负剑辟咡之诚恳,奚啻再三。今犹昔也,顾谁为询黄发者乎?谁为系硕果者乎?讽诵遗篇,盖不胜穆然兴感矣!亟为诠次,附于编内。姑志予平生所见知者又如此,共计文若干卷,谨题曰《芝郡文献》,著实云尔。

【注释】①《〈芝郡文献录〉序》选自《饶州府志》。史简编辑《芝郡文献录》,保留前代鄱阳文献资料,这是史简汇辑《鄱阳五家集》后又一本文献集。

利阳镇考

[清]史珥

《三国史》"鄱阳"言:历阳山石文理成字,《晋志》"鄱阳郡"有历陵县,《宋书》载,《永初郡国志》"鄱阳郡"有历陵县,汉旧县,何志无观。此则历陵置于孙吴,废于刘宋,疑历陵即历阳,陵阳字相似而讹。必吾鄱境内地,非今之历阳,亦非今江州德安旧为历陵者。而郡邑志皆不载,今郡治东北百里外有历阳镇,宋彭公大雅、黎公廷瑞之里也。元末于公光,尝结乡勇保聚其间。明初移其城甓石筑浮梁城,居民遂散。今城址犹存,一面临江,三面环深溪,固一方险要也。名以镇者,意必尝设官守御于此,疑在刘宋废历阳县后。盖吴晋未置浮梁,此地毂绾其口,立以为县,正当要害。及县废镇立,土人遂称镇而县名隐矣。今字或作丽作利,而语言则皆历音也。聊即所见,俟究心往迹者折衷焉。

东岳庙记①

[南宋]彭应孙

地之祇,岳最贵;岳之神,岱最尊。庙虽在东,而祠宇遍于四海。意者东主生生之意,充周乎天地之间,而享祀广应,如是耶!

予利阳镇东岳庙,以广应王陪祠。相传王为岳帝元嗣,肇迹于西蜀,着灵于吾乡,庙则吾遵父命之所创也。岁不雨,祷于王,请诸其父,其应也,倾注若出其所藏。

宋嘉熙己亥,鄱邑旱甚,守臣遣使致祭祠,乃得四境霑足,年谷大熟。遂疏闻于朝,凡三锡命,加封昭应宜惠仁福王。呜呼!一雨之功,当时之所以报神,犹亶亶然,若是其勤于民之心,亦可想见矣。

夫庙在东,历岁兹久,风雨漂蚀,梁栋柱宋,腐朽弗支。至元己丑秋前,应孙召里族父老谋曰:乙亥丙子间,吾乡南北军旅,往来之衢,马足之压吾境者屡矣。而终不践其一草,四民安堵,弗改其旧,非有神相之冥冥之中,岂人力所可及哉!今祠宇敝坏,何以妥神?吾属因循弗修,非以报德,乃一志齐力,度材命工,载饰载营,新庙奕奕。以明年五月之吉,奉归于庙,而请予记之。

窃惟吾乡山水绝奇,两峰东起大川,西驰石梁,积陈云岫列拱,峭石巨壁错立,外户卜者曰:吉,是中有王侯出焉!已而吾得疏封王。而吾父,四川制置使,亦得加封忠烈侯,又封其父为灵佑侯。

夫王起于蜀,而庙于鄱,侯庙于鄱而大有功于民,其可记也。固宜然,宋三百年,饶郡方千里,而王侯之封,独并见于吾乡。则山川之灵,阴阳之说,亦有不可诬者欤!诚如是,则庙貌之历千古而弥盛焉,亦可操左券而豫必矣。

宋淳祐十六年(1256年)三月,赐进士出身、授司农寺丞、惠州路同知应孙撰。

【注释】①宋时彭大雅因守重庆城有功,理宗皇帝便下诏赐建东岳庙。彭大雅便归命幼子彭应孙鼎新重建,塑仁福王于法云寺之庙西,以报其德而佑境内之民。庙建成后,彭应孙便撰写此《东岳庙记》。

判官桥记

汪仁坚

桥之建尚早矣,丽阳镇有判官桥,相传名上市桥,不知建自何代,命名之意义与创始之姓字概不传焉。想见古人浑浑噩噩①,不欲以分内事博身后名,诚善俗也。迄今②居是土者俗仍纯朴,称仁里③焉。余尝随黎尧书先生诸前辈为法云寺④游览,其山川爽气⑤自觉涤去尘俗。间述及黎芳洲先生著书处,与其县志所载鄱江楼、里中社诸制作,凭吊有感,令人想见山高水长,遗风迩年,来诸老成,半作蓝桥之游,爱客僧犹能道旧时过客之盛,风景如昨,感慨系之矣。岁月迁流,桥亦不似昔之完善,旧春修葺⑥,工言渗漏已甚,苟且补苴⑦,非久远计,但改作费重举须众擎,爰嘱法云寺和尚性空召僧募化⑧,奈远村输费者疑其借端自肥⑨,故乐捐者少,而近处收项又初募僧耗去,不得已立知单若干卷,诸首事自行劝输,得制钱四百余,于旧七月开工,至今之月告竣。内兄弟翘南列首事⑩,以桥之颠末商记于余,谓费不专自己出,实集众腋而后成,不为之记,将无以勤善,不得以前人未尝作记,自我开好名之经为辞,且称尧书先生亦以是为嘱,余不获辞,遂据往昔步桥之胜,缀数语以弁其首。

附丽阳古迹:

1.英布城:秦二世二年吴芮婿英布将兵屯此筑城以卫,故曰英布城,又曰丽阳镇城,三国孙吴立此为历陵县,设官守御,后刘宋废县,改丽阳镇名焉。2.法云寺:唐建。3.流云阁:有诗。4.东岳庙:宋建。5.东山书院:有诗。6.朝霞观:见志。7.判官桥:宋建,又名上市桥。(载于丽阳《黎氏宗谱》)

【注释】①浑浑噩噩:糊里糊涂。②迄今:至今;到现在。③仁里:仁者居住的地方。④法云寺:在寺山。"法云"为佛教语,谓佛法如云,能覆盖一切。⑤爽气:明朗开豁的自然景象。⑥修葺(qì):修理(建筑物)。⑦补苴(jū):补缀,缝补。⑧募化:化缘。指佛、道徒求人施舍财物。⑨自肥:假托事由谋取财货以利己。⑩首事:为首主持其事。

金坑桥记

[明]刘莘

里仁乡金坑桥,陈氏居桥东北一里,宋元多至百家。有讳南仲者,尝垒石两岸为桥,岁久挠腐不支。逮玄孙志同余祖姑之子常,欲重建未遂,齐志而没,尔来二

十年余。厥配尧山朱氏从顺,早佩姆教,略知书史,寡居以节,自励治家抚子,资产益饶裕,遇岁歉则赒贷之。正统己未(1439年)夏,霖雨连旬,溪流冲激,桥就圮毁,徂冬寒冱过者病涉焉。朱氏出己帑,钞以锭计逾千,米以斛计逾百。鸠工庀材,凿石于山,伐木于林,鼎新重建,欻密键固。视昔有完老桥,不若重建,当文诸石,以纪永久,朱氏之功亦垂不朽。常闻孟亚圣既曰:徒杠成,又曰舆梁成,民无病涉焉。惠而为政之端也。朱以寡居治家抚子,资产不堕,固以可嘉,矧不吝己帑,重建斯桥,能遂夫志,尤为可嘉,实宜书之以示来者,若夫鸠集匠作,提督佣役,宗族亲邻名氏,请列记之左云。

【说明】在今鱼山镇北六公里低丘宽谷中有一村叫金桥村,金桥村有一古石桥叫金坑桥,金桥村就因这座古石桥而得名。宋元时期这座古桥的肇建沿革虽不可考,但自大明正统五年(1440年),岁在庚申冬十一月初,此桥重修并镌石铭文,而且还载入《陈氏宗谱》。后,此桥的来由就大体可知。虽镌石铭文的石头不能得见,但载入《陈氏宗谱》的文章还在。此文乃明朝时进士出身、官居奉直大夫、礼部仪制司员外郎、家居义城后隐居丽阳同子坞的刘莘所撰。刘莘撰写此文要告知后来者的不仅是重建此桥的不易,而且还是陈氏遗孀朱氏治家的勤俭节约精神。此文一出可订正两处文章的音误,一处是一九八八年编撰的《景德镇市地名志》上称金坑桥为"金岗桥",另一处是《鄱阳湖文化研究》中由陈孟庆撰写的《鄱阳古桥》称此桥为"金杭桥"。另外还可订正一处笔误,将"里仁乡"误称为"至仁乡"。

种德桥记

[民国]戴谈经

桥名种德,何自昉哉?盖自黎姓仁人见村左小溪,往来病涉,乃驾木为桥,用济行旅,厥功甚巨,无如片板之薄脆,不胜众辙之杂蹂。未几而朽腐,见告到此者,宁无临履之忧乎?所谓苦海即在当前,王子登朝目击心伤,欲改建石梁垂诸永久,于是鸠工伐石,不惮劳瘁。阅数月而桥成,从此虹腰达驾,履险如夷,驷马高车,永无濡轨①患矣。丙子春,予馆福建村,王子丏予作碑志诸珉②石,子维王子不过一商人耳,能竭一己之力成此巨举,不藉乎众擎,其功德不更巨且大哉!兹承王子之请,谨书数语,用答其意云。

古番樵芗甫戴谈经谨撰

各村所助工列后：

利阳镇黎姓助土工一百二十个，株树廿根

福见村张姓工三十二个

徐杨村方姓工二十四个

石口村王姓工三十四个，吴姓工二十七个

泺塝上余姓工二十六个

饶坪方姓工二十六个

大坂上村工一十二个，彭金虎松树洋二元

姜姓董姓凤凰山共工十四个

三门村助工四个

中华民国二十五年岁次丙子冬月谷旦

造司胡鞋喜

【**注释**】①濡轨：济水涨高了，就要漫过两旁道路了。②珉（mín）：像玉的石头，一种美玉。东汉许慎《说文》："珉，石之美者。"

汝砺公重修墓志铭

[明] 刘莘

芮城距东数里曰仙坛，宋故状元汝砺公墓所寓焉。爰自宋室隆兴，天下文明，故五星聚奎，而人才盛焉。粤太祖太宗及真宗太平兴国，大中祥符以来，善类满朝同寅协恭缙绅荣之洎。英宗治平年间，则汝砺公出焉。公姓彭氏，字器资，番阳人。曾祖荫，祖袭，父素，赠少保，初居浮梁，游学郡庠，迁居番之凤凰岗宣砺巷。治平二年乙巳及状元第，英宗年敕命迁入廓扁坊锦标，历职御史、兵、刑、礼、吏侍郎，升天官尚书，终极密都丞旨。兄汝发（字仲直）官显谟阁待制，汝芳知衢州诟贼死节，谥忠毅，赠龙图阁直学士，并同贵显于朝尚书，娶宁德封安君，赠德化县。君先卒葬于县之西廓牛首山，义犬乡美正里，舅姑茔左。宣和年间，尚书致仕，建炎己酉秋，游于宁氏门，七月十三薨于彼焉，享寿八十有二。嗣男曰侗，早卒；修，举进士，任太常寺协律郎，知醴州，赠中大夫，侁任分宁县尉。侄偶，字德陵，任奉议郎。孙烨，任常平司提干；燨，任将仕郎；炤，任嵊邑宰。侄孙焕，任南康星子县主簿。曾孙大问，任五二将仕郎；大鄂、大信、大同、大训俱宦游四方。时进士妻侄宁瑄具棺敛忌葬尚书。公□彼之江村南向潮井，绍兴三年修奉。敕命荣迁于县东怀

德乡,仙坛马蹄山之西,迁德化县,君合葬焉。嗟夫!惟公善始令终,克大所为,置义庄以赡养宗族,注诗文以贻后来,居官惠爱而尚忠义,显白之操,丧母庐墓,以致甘露白鹤之祥,故丰碑嵯峨,以纪（述）实,昭示悠久者非幸也,宜也,暨元末兵燹,文字磨灭毁弃,惟龟趺存焉。自尚书越三世祖焕,芮城锦昭,迁居宾贤,距祖墓七十里余。洎天顺庚寅,十二世孙贵德公,年丁八十有五,钦蒙恩典优老之官,受帛携弟,公信守成翁,经由拜墓,追慕嘅叹,以谓不重立碑文,恐终坠厥绪致后无闻。于时心同意协,果于有焉,勒石垂成,而贵德公寻逝守成,翁年七旬有五,第恐众心泮涣,怠于因循,庸是率合族,属捐金庀功,确尽乃心,以显先烈。令侄邑庠生泰微文,篆刻以示悠远。水木本源,如指诸掌,岿然灵光,不灭旧物,庶有光于祖宗焉。俾前代之丰功茂绩,昭如日星,荡人耳目,清风伟烈,流诸千万世,耿耿而不磨猗欤,盛哉!其辞曰:

彭维钜姓,侨寓昌江。洎公游学,继世鄱阳。唯其秀异,器宇昂藏。汪洋学识,奎璧文章。迁墀较艺,首冠词场。伟哉梁栋,陟彼严廊。番绅正笏,显历明扬。风云步武,志节秋霜。随时伸屈,兴道翱翔。爰封斧屋,敕命辉光。具君贤懿,合祔崇冈。穿碑继刻,炳焕昭彰。子孙千亿,俾炽而昌。绵绵翼翼,永嗣遗芳。

【说明】宋故状元彭公汝砺的墓葬地有多处,并多次迁葬,于是便有墓志铭多种。由明代刘莘撰文、周璇篆额、徐轸书丹的这篇铭文应该说是彭汝砺的最后一篇墓志铭。载有此铭文的碑石现珍藏在状元故里鄱阳滨田"彭汝砺公纪念馆"内。馆内珍藏着由彭汝砺撰写的《宋夏侯处士墓志铭》碑石,可谓是镇馆之宝。

吴昌瑞公墓志铭

汪升英

公姓吴讳弘瀓,字昌瑞。族著海阳,唐左台监察御史少微公三十九世孙,先十一世琇公今本邑迁居金竺,至宋淳熙丁未,进士枢密格公仲子易公,是为迁良安之始。前明万历间公曾祖正学公,游学鄱阳,慕其山川之胜,遂家焉。书香接衍,奕叶绵延。叙厥门楣,兆自宋朝之礼乐;谱其氏牒,实出唐代之衣冠。远仰勋贤,振簪缨于渤海;近传懋绩,蕴诗书于松萝。柏墩之树,葱菁英风长在;金竺之箭,耸秀芳泽犹留。世居良安之街,游学鄱阳之水。可耕可读,因奇秀而寓家;而炽而昌,遂殷阜而成业。公则生而纯孝,性本仁亲,尊人太翁。蔼蔼端良,为乡邦之矜式;温温真挚,洎侪偶之周行。初娶太安人,曾传内助之声,敦诗说礼;继娶太安人,聿

修宜家之颂,咏菊鸣椒。公甫届胜,衣年未跻乎象勺;遽伤失怙,事母切凛乎冰霜。轧轧机声,以事父者而事母;依依月影,以触目者触心。有兄既产于前慈,埙篪叶响;而公乃毓于后妣,金石联音。所以敦伦饬纪之仪,褆躬独善;矩步绳趋之则,将母尤纯。方逾卯角之年,绝无童稚之俗。动贤人之誉,望嘉其炼达而端方;极儒者之治,生暂辞缥缃而货殖。恢鸿基而创业,展伟略以垂模。然诺无欺,交游不苟。笃爱犹子,既婚娶以及时;致念周亲,复殷勤而循礼。解纷拯困,周恤抚危。隆师之礼必诚,报本之念弥切。曩归桑梓,聚族论心。旋返芝城,临岐握手。仅多公之美德,不尽余之揄扬。恭逢天家之隆恩,褒锡节孝;窃喜大母之旌奖,特叨殊荣。公之元配程安人,伊洛峨宗,醇儒文胄。早读采蘩。夫子仅生一女,旋驾三山。淑配曹安人,推七步之家声,媲三从之妇德。维蚕有续修,克勤于家风;维蟹有筐立,克俭于身世。凛盘匜于堂上,叶琴瑟于室中。程安人一女,单秀于笄帏;曹安人五男,二媛于瑶砌。咸为令器,可卜奕世之其昌;尽属奇英,信斯门之必大。凡兰荪之蔚起,知鸾鹭之高骞。铭曰:

番山之巅番脉蜿蜒一气流行直接练川宛彼君子裔系勋贤维德称足维行足传葆真完粹乐善夫全俪德有妇继室昭宣燕山五桂兰萼香绵纳石幽宅表著千年

赐进士出身年家姻教弟汪升英拜撰

张氏宗谱序

[清]董谊

张氏望族也。受姓原于修职,功名显于留侯①,善行敦于公艺。精微则理学名贤,事迹则宰辅台谏。至高科甲第,阀阅缙绅,特其余耳。

迁鄱之祖,秀辉公生长闽中,少精举业,尤嗜学于相阴阳②,仪容古朴谦谦可风,语言质直呐呐③不出。以汀洲清流土虽可怀而人苦。满揽山川之形胜,爰于利阳之饶坪托处焉,地与黎接壤。

吾乡芳洲前辈后,尊行尧书先生者,长厚慕义,始则代为经画,继旦联为婚姻,虽秀翁睦邻有道,而运筹决算,尧书之力居多。翁六子,幼子克熔,聪明绝伦,久从尧书游于经义文章,力追先生诗句,幽思独造不屑,拾人牙后,语每聚首,必磐桓终日,讨论搜寻奇文共欣赏,疑义相与晰,临别犹依依不舍。其笃学④有如此者,而精心苦志,尤在仰观天象,俯察地理,家学渊源可知也。其子翼云读书,稽古立身,制

行肖厥考而颖悟过之。性谦虚,寡言笑,有少年老成之概,循循规矩亦孺子可教也与？一门之内,秀者读,鲁者耕,经商通贿,不出四民之外,真所谓难能而可贵者。至数世不分永昭雍睦⑤,非深礼祖宗之遗意而能少成若性哉？尧书先生序其谱,原原委委,灿如日星。授稿于予,且命予序。噫！先生序明且悉矣,予复何序？于以秀翁之为人,与其后嗣之行,谊撮举⑥以并其首,使知尊祖敬宗,重实行非关虚文也。克熔,尧书先生之侄婿,有大志,未遂而殂,子翼云先生以重侄女字之,当就予学焉。

大清道光壬午年五月年家同学弟董谊拜撰

【注释】①留侯：张良。②阴阳：指擅长星相、占卜、相宅、相墓方术。③呐呐：形容说话迟钝。④笃学：专心好学。⑤雍睦：和睦。⑥撮举：撮要举出。

重修方氏宗谱序

[民国]方礼清

人生之关系莫重于谱牒,有谱牒亲疏得以分,长幼得以序,坟墓得以志,生殁得以明,上而政府,下而民族,俱不可少也。我方氏受姓始自方雷公,郡望于方叔①,其后汉有纮公,晋有干公,唐有圭公,宋有迁浮廷实公,皆名乡巨宦,备载家乘,班班可考,无庸详述焉。兹将我饶坪支祖而称道之,元末行七十二世祖普二公,见此地山清水秀,龙正地灵,因此而居之,是为饶坪之始祖,奈有干无枝,单传十一代至八十三世祖荣一公,承祖宗在天之灵,得生五子,于是后世,亦皆硕彦②名儒,秉心正直,以下子孙振振,人稠派广,不暇枚举。然我饶坪族谱二十年一修,祖例相承今一十有六,谓非修之不速欤！其间有大意存焉,修谱之法以无讹为宗旨,至今文人凋谢,精于斯者仅有国光一人,倘若不修,年湮日远,漫无所考,几不至黄口孺子而齿反,居尊苍然老叟而序反,居末之弊也。是以族众相商,此事不可延慢,观国光前已纂修二届,今又公举,谅必无辞,于是聘请梓师,约于本年八月初三开盘,并举义修、礼燃、礼清、礼志等共商其事,以好俟后有人书云,使先知觉后知盖此意也。所以当局者勤,勤非懈,凡以图像文言生殁名讳一及事项,悉遵前人成法,并不妄加臆断③。从此以往,愿我宗人,各亲其亲,各表其表,谨守族规④,无蹈法外,务农者耕一余三,为士者才贯中外,斯无负我同人之志,昔今已梓成稿付,因以为序。

中华民国三十六年岁次丁亥吉旦饶坪裔孙礼清谨撰

【注释】①方叔:周宣王时贤臣。②硕彦:指才智杰出的学者。③臆断:主观地判断。④族规:封建社会宗族或家族的法规。

余氏重修支谱序

[清]徐世炳

是岁三月春,予与画初叔、绍说兄同在溪南①修家谱,功告成,其邻居余淑谱、淑思、先登等遵宪例,亦欲重辑,庭承持谱来观,盖经数十余年之久,恐蹈昔贤所云:"三世不修之弊焉。"予与绍说兄校字,并求一言以弁②其首。予稽余氏盖皆出于由余③之后,厥后支分族散,各成大家。溪南一派祖居徽邑鼋川,灏公任丽阳镇巡宰,绍兴十年迁于此,迄今丽阳北凌湖尚有古迹坟墓存焉,此固同怀所出,为本支之所急也,由此辨世系,联家谊,使昭与穆罔④紊,支与支相联,后之览者皎若日星可矣。至妄附同姓之隆,盛录远代之显达,以为族党光,不惟有悖圣天子颁行之至意,亦于亲祖若宗之义无当耳。兹余氏谨忘登之弊,法欧苏之要,书行书讳,纲目井然,纵传之奕世,谅无不亲其亲,不祖其祖者矣。独计予鄱余氏在明有伯献先生⑤谏南巡疏,十上忠烈详于郡志,且认斋先生⑥慨然以圣贤自期,平生无他嗜好,专心理学所著《自性书》与夫《经世大训》,斯皆先达可法可传者,高山仰止之思,心犹向往焉,况淑谱为同宗之人也哉,故予序余氏之谱,窃愿特柳玭⑦之言,以相励云。

时大清乾隆四十六年岁次辛丑蒲月上浣穀旦马田徐世炳顿首拜撰

【注释】①溪南:丽阳镇港南村。②弁(biàn):古时的一种官帽,通常配礼服用。③由余:春秋时期,西戎官员,很有才干。由余的祖先原为晋国人,因避乱才逃到西戎。后来,由余奉命出使秦国。他见秦穆公贤明大度,便留在了秦国,为秦穆公出谋划策,帮助秦国攻伐西戎,灭了12个国家,使秦国成为西方霸主。由余的子孙以他的名字为姓氏,称为由氏和余氏。④罔(wǎng):不。⑤伯献先生:余廷瓒,字伯献,明朝政治人物、进士出身。正德九年(1514年),登进士,授行人司行人,后累升至司副。明武宗南巡之争中,当时礼部、兵部官员纷纷进谏,余廷瓒以率领行人司官员陈述不可巡游,其奏折单独被通政司扣留。几天后,各位官员已被罚跪,其疏才上。武宗读后更怒,对其惩罚尤其严格。余廷瓒在杖刑后身亡。⑥认斋先生:余祐,明江西鄱阳人,字子积,号认斋,弘治进士,程朱派理学家胡居仁弟子,为南京刑部员外郎,因事忤宦官刘瑾,落职,瑾诛,起为福州知府,迁山东副使,补徐州兵备副使,为中官王敬所诬下狱,后谪南宁府同知,迁韶州知

府,嘉靖初,终官云南布政使。为学墨守师说。在狱中作《性书》三卷。⑦柳玭:唐朝的一个官吏,他告诫他的子孙不要依仗门第而骄傲自大。

夏宁源余氏谱序

[明]陈文衡

夏宁源余氏洪四公后裔也,且公迁兹地以来,燕贻谋①者有人,绳祖武②者有人,而且戴仁抱义名垂简册者有人。与予余姓,桑梓相越无多,素结葛萝③,得附葭④未兹。值续修家谱,予婿辉向予索序焉,予曰而亦知谱之所由作乎。夫人之有祖,犹水之有源,木之有本也。表曲者影必斜,源清者流自洁,人克穷本穷源则孝弟,于是乎生礼让,于是乎出族党,亦于是乎崇信敦义,虽推此以达诸邦国遐陬⑤,鲜⑥有不道一而风者,矧⑦一家已乎,无如世之勃溪起构风雨兴悲,以致角弓之偏反行野之感,悼者总缘本原,两字殊多蔑没也,贵族宗谱所由作也,而续修之洞洞属属不忘乎前,继继绳绳永垂于后,则将来之比户可封门庭日大者,不察可量也,爰乐为之序。

皇明天启六年秋菊月吉旦赐进士第原任监察御史山东按察使司按察使年爱姻晚生陈文衡顿首撰

【注释】①燕贻谋:泛指为后嗣作打算。②绳祖武:踏着祖先的足迹继续前进。比喻继承祖业。③葛萝:意寓兄弟亲戚相互依附。④附葭:典故名,典出《汉书》卷五十三《中山靖王刘胜传》:"今群臣非有葭莩之亲,鸿毛之重。"因以"附葭"喻攀附戚谊。⑤遐陬(xiá zōu):指边远一隅。⑥鲜:少。⑦矧:况且。

选英公暨夫人张氏古稀事略

[民国]王训典

选英公字仁勇,性仁厚,与人罕言语,幼时因父任侠好客,家酷贫。尝习缝工一载,公自负,固鄙是业,仍归业农。二十岁娶夫人张氏,由是耕馌①倡随,克家②是矢,惟以儿女日繁俯畜维艰,每值霜雪③,悉无冠机,戚党人俱怜之。夫人张氏极崇俭,非家忙辄日食二餐,席间无菜羹,仅食盐一盅,以蓍蘸之,每日入室,整理床蓐,既昏便息,夜不焚膏,人不堪其忧,而公夫妇处之怡然,独勤俭不稍懈,是以公

出六子二女,八孙六女孙,虽酷贫而均能次第婚嫁。今公七十有三,夫人六十又九,儿孙辈分居者已穰穰七家,率皆勤俭成风,门楣④丕著。公每闻出则童稚成群,前后左右,巨跃欢呼,里巷为之哄然。或见之无不啧啧称羡,都观公夫妇。回首当年,相顾今日,何不私心告慰乎!

中华民国三十四年谷雨节族孙训典拜撰

【**注释**】①耕馌(yè):比喻妇女勤俭治家。②克家:指能继承家业。③霜雪:指寒冷的冬天。④门楣:门庭;门第。

后　　记

　　《昌江古代诗文选集》从开始编撰到出版发行，历时两年，在中国共产党成立100周年来临之际，付梓出版，可喜可贺。

　　昌江区历代文人辈出。北宋状元彭汝砺，宝文阁待制程节，"政声直入明光宫"的程筠，有"江东夫子"之誉的史邈，南宋抗蒙名将彭大雅，明代江西诗派的代表人物刘彦昺，理学家余祜、史桂芳，廉吏刘莘、陈文衡，抗倭名将蓝芳威等一大批曾经在饶州历史上显赫一时的人物从这里走出。然而，由于历史睽违，先贤遗留下来的诗文并不多见。除了彭汝砺、黎廷瑞、徐瑞、刘彦昺等人的部分诗文由《四库全书》《豫章丛书》保留下来外，大多散佚。

　　近年来，昌江区政协为贯彻落实习近平总书记的讲话精神"让尘封在族谱、方志及碑铭中的文字活起来"，积极组织部分委员以及地方文史研究者，对区内历代先贤诗文进行收集整理。他们广泛查阅各类典籍，考诸碑铭谱牒，尽最大努力，收集到一批珍贵的先贤诗文。这些诗文不仅具有较高的文学艺术价值，而且对于研究地方文化具有重要意义，是昌江区厚重历史文化的一个重要组成部分。按照本书编辑要求，收集整理者精心选取部分诗文进行认真校订，同时为便于阅读，还做了部分注释。

　　本书在文献收集与整理过程中，得到鄱阳、浮梁、乐平、德兴、婺源、祁门等史志部门以及地方文化研究者的支持，得到了区文化、史志等部门的配合，得到了民间在宗谱查阅上所提供的方便，在此一并致谢。由于编者水平有限，加之史志文献缺乏，宗谱资料残缺，部分先贤著作仅见书名，不免有遗珠之憾，不足之处在所难免，恳请读者批评指正。

《昌江古代诗文选集》编委会
2020年10月